O AVESSO DA VIDA

PHILIP ROTH

O AVESSO DA VIDA

Tradução
Beth Vieira

Glossário
Alberto Dines

3ª reimpressão

Publicado mediante acordo com Farrar, Straus and Giroux, LLC, Nova York

Título original
The Counterlife

Capa
Jeff Fisher

Revisão
Renato Potenza Rodrigues
Diana Passy

Dados Internacionais de Catalogação na Publicação (CIP)
(Câmara Brasileira do Livro, SP, Brasil)

Roth, Philip
O avesso da vida / Philip Roth ; tradução Beth Vieira ; glossário Alberto Dines — São Paulo : Companhia das Letras, 2008.

Título original: The Counterlife.
ISBN 978-85-359-1249-4

1. Ficção norte-americana I. Título.

08-04220 CDD-813

Índice para catálogo sistemático:
1. Ficção Literatura norte-americana 813

2022

Todos os direitos desta edição reservados à
EDITORA SCHWARCZ S.A.
Rua Bandeira Paulista, 702, cj. 32
04532-002 — São Paulo — SP
Telefone: (11) 3707-3500
www.companhiadasletras.com.br
www.blogdacompanhia.com.br

A meu pai,
aos oitenta e cinco anos

1. BASILÉIA

Assim que o médico descobriu no check-up *de rotina uma anormalidade no eletro (e depois que a cateterização coronária no hospital revelou as dimensões da doença), Henry começou a ser medicado com bons resultados; podia trabalhar e continuar vivendo uma vida normal, como antes. Nem mesmo se queixava das dores no peito ou da falta de ar que seria de se esperar num paciente com obstrução arterial avançada. Não tinha sintomas antes do exame que revelou a anormalidade, e assim permaneceu durante o ano que antecedeu sua decisão de operar — sem sintomas, à exceção de um único e terrível efeito colateral causado pela mesma medicação que estabilizava seu estado e reduzia substancialmente o risco de um ataque do coração.*

O problema surgiu duas semanas depois que começou o tratamento.

— Já ouvi isso mil vezes — o cardiologista disse quando Henry telefonou para contar o que estava se passando com ele.

O cardiologista, assim como Henry um profissional bem-sucedido e ativo, que não tinha ainda entrado na casa dos quarenta, não poderia ter sido mais compreensivo. Ia tentar reduzir a dose até um nível em que o remédio, um bloqueador-beta, continuasse controlando a moléstia coronária e reduzindo a hipertensão, mas não interferisse com as funções sexuais de Henry. Fazendo uma sintonia fina do medicamento, ele disse, às vezes se chegava a um meio-termo.

Experimentaram seis meses, primeiro com a dosagem e, quando isso não funcionou, com remédios de outros laboratórios, mas nada: ele não acordava mais com sua ereção matinal, não tinha mais potência suficiente para relações sexuais com a mulher, Carol, nem com a assistente, Wendy, certa de que era ela, e não o remédio, a responsável por esta surpreendente mudança. No final do expediente, com a porta de fora do consultório trancada e as persianas baixadas, trabalhava com toda sua destreza para despertá-lo, e de trabalho se tratava, labuta árdua para os dois; quando ele disse que não adiantava e implorou para que parasse, tendo que abrir ele próprio suas mandíbulas para que parasse, ela se convenceu ainda mais de que a culpa era sua. Uma tarde em que se debulhava em lágrimas, dizendo que sabia que era apenas uma questão de tempo até ele sair para a rua e encontrar alguém novo, Henry bateu nela. Se tivesse sido o ato de um brutamontes, de um selvagem num frenesi orgásmico, Wendy teria, como de praxe, sido complacente; entretanto, a manifestação não era de êxtase mas sim de completa exaustão diante da cegueira dela. Não compreendia, a burra! Claro que ele também não, ainda não tinha apreendido a confusão que uma perda dessas podia provocar em alguém que calhava de adorá-lo.

Imediatamente depois foi assaltado por remorsos. Abraçando-a, garantiu a Wendy, que continuava chorando, que agora ela era praticamente tudo em que ele pensava todos os dias — de fato (embora não pudesse dizê-lo) se lhe permitisse achar uma colocação para ela em outro consultório dentário, não teria que ser lembrado a cada cinco minutos daquilo que não podia mais ter. Ainda havia momentos, durante o trabalho, em que a acariciava disfarçadamente, ou observava com o velho desejo enquanto ela mexia as formas delineadas pela túnica e calças brancas, mas então se lembrava das pilulazinhas cor-de-rosa e mergulhava em desespero. Não demorou e, sobre aquela jovem que o adorava e que teria feito qualquer coisa para lhe devolver a potência, Henry começou a ter as fantasias as mais demoníacas, dela sendo possuída na sua frente por três, quatro e cinco outros homens.

Não conseguia controlar suas fantasias sobre Wendy e seus cinco homens sem rosto, e no entanto, no cinema com Carol, preferia agora fechar os olhos e descansar a vista até que as cenas de amor terminassem. Não suportava nem ver as revistas masculinas empilhadas no barbeiro. Tivera que fazer tudo para não levantar e sair da mesa quando, durante um jantar, um de seus amigos começou a fazer piadas sobre sexo. Começou a sentir as emoções de uma pessoa completamente sem atrativos, um desdém puritano, impaciente, ressentido pelos homens viris e mulheres apetitosas às voltas com seus jogos eróticos. O cardiologista, depois de lhe receitar o remédio, tinha dito:

— Esqueça seu coração e viva.

Mas ele não conseguia porque, durante cinco dias por semana, das nove às cinco, não podia esquecer Wendy.

Voltou ao médico para conversar seriamente sobre cirurgia. O cardiologista também já tinha ouvido aquilo umas mil vezes. Com toda paciência, explicou que não gostavam de operar gente sem sintomas em quem a doença mostrava todos os sinais de estar se estabilizando com a medicação. Se Henry optasse finalmente pela cirurgia, não seria o primeiro paciente a achar isso preferível a um número indefinido de anos de inatividade sexual; ainda assim, o médico o aconselhou seriamente a esperar e ver como ele se "ajustaria" com o correr do tempo. Embora Henry não fosse o pior dos candidatos para a ponte de safena, a localização dos enxertos de que precisava também não fazia dele o candidato ideal.

— O que isso significa? — Henry perguntou.

— Significa que esta operação não é sopa, mesmo nas melhores circunstâncias, e as suas não são as melhores. Algumas pessoas até morrem, Henry. Viva com isso.

Assustou-se com estas palavras, a ponto de, no carro, indo para casa, censurar-se muito, lembrando-se de todos aqueles que, por necessidade, viviam sem mulher, em condições muito mais dolorosas que a sua — homens na prisão, homens em guerra... mas logo depois estava se lembrando de novo de Wendy, imaginando todas as posições possíveis em que poderia ser penetrada pela ereção que não tinha mais, concebendo-a com a mesma fome de um presidiário que sonha acordado, mas sem poder apelar para o escape ligeiro, grosseiro, que mantém um homem solitário semi-são em sua cela. Veio-lhe à mente como tinha vivido feliz sem mulheres quando era um menino na pré-adolescência — será que tinha havido um período de vida melhor que aquela década de 40, aqueles verões na praia? Imagine-se com onze anos de novo... mas aquilo adiantou tanto quanto fingir que estava cumprindo pena em Sing Sing. Veio-lhe à mente o terrível desregramento gerado pelo desejo incontrolado — a maquinação, a expectativa, o ato loucamente impetuoso, o sonhar constante com o outro e, quando um destes outros fascinantes se transforma por fim em amante clandestina, a intriga, a ansiedade e o engano. Agora poderia ser um marido fiel para Carol.

Nunca mais teria que mentir para Carol — não teria mais sobre o que mentir. Poderiam uma vez mais gozar daquele casamento simples, honesto, leal, que tiveram até que Maria aparecesse no consultório, dez anos atrás, para arrumar uma coroa.

De início tinha ficado tão atarantado com o vestido de jérsei verde, os olhos turquesa e a sofisticação européia que mal conseguiu manter o papo social em que, normalmente, era tão bom, que dirá passar uma cantada enquanto Maria sentava-se na cadeira, abrindo obedientemente a boca. Pela formalidade com que se trataram durante as suas quatro consultas, Henry nunca havia de imaginar que, às vésperas de seu regresso à Basiléia, dez meses depois, ela lhe diria:

— Jamais pensei que pudesse amar dois homens.

E que a separação seria tão horrenda — tinha sido tão novo para ambos que conseguiram transformar em virginal seu adultério. Em nenhum momento ocorrera a Henry, até que Maria apareceu para lhe dizer, que um homem com sua aparência podia, provavelmente, dormir com todas as mulheres atraentes da cidade. Não tinha vaidade sexual, era profundamente tímido, um homem jovem impulsionado ainda, em grande parte, pelos sentimentos de decoro que absorvera e internalizara sem nunca questioná-los a sério. Geralmente, quanto mais atraente era a mulher, mais retraído Henry ficava; ao ver surgir uma mulher desconhecida a quem julgasse especialmente apetitosa, ele se tornava irremediável, rigidamente formal, perdia toda a espontaneidade e muitas vezes nem conseguia se apresentar sem corar. Aquele era o homem que tinha sido enquanto marido fiel — por isso tinha sido um marido fiel. E agora estava condenado a ser fiel outra vez.

O pior de se ajustar à medicação tinha sido ajustar-se à medicação. Chocava-o que pudesse viver sem sexo. Havia um jeito, ele estava dando um jeito, e isso estava matando-o — e foi isso, a incapacidade de viver sem ele, o que o matou. Ajustar-se significava resignar-se a ser desse jeito, e ele se recusava a ser desse jeito, sentia-se ainda mais desmoralizado por ter que se curvar ao eufemismo "desse jeito". No entanto, o ajustamento tinha transcorrido tão bem que, uns oito ou nove meses depois que o cardiologista o aconselhara a não se precipitar numa operação antes de testar o efeito do tempo, Henry não *conseguia mais se lembrar do que era uma ereção. Ao tentar, viu-se diante de imagens dos velhos gibis pornográficos, saídas dos "livrecos quentes" que haviam revelado aos garotos de sua geração o outro lado da carreira de Dixie Dugan. Estava contaminado por imagens mentais de pintos grotescos e por fantasias de Wendy com todos aqueles outros homens. Imaginava-a chupando todos. Imaginava-se a si próprio chupando todos. Em segredo, começou a idolatrar todos os homens potentes, como se ele mesmo não importasse mais como homem. Apesar de moreno, alto, bem-apanhado, físico atlético, parecia ter saltado, da noite para o dia, dos trinta para os oitenta.*

Um sábado de manhã, depois de dizer a Carol que ia dar um passeio pelos morros da Reserva — "para ficar só", explicara soturnamente —, foi de carro até Nova York, para ver Nathan. Não telefonou antes porque queria estar livre para dar meia-volta e ir para casa se decidisse, no último minuto, que a idéia não era boa. Não se podia dizer que fossem mais dois adolescentes, lá no quarto trocando segredos hilariantes — desde a morte dos pais não eram nem mesmo como dois irmãos. Entretanto precisava desesperadamente de alguém que o ouvisse. Tudo que Carol conseguia dizer é que ele não devia nem começar a pensar em cirurgia se isso significava correr o mais leve risco de deixar órfãos seus três filhos. A doença estava sob controle e, aos trinta e nove anos, ele continuava sendo um tremendo sucesso de todas as maneiras imagináveis. Como é que tudo isso podia importar tanto, de repente, se havia anos já que eles raramente faziam amor com paixão de verdade? Não estava se queixando, acontecia para todo mundo, não conhecia um casamento que fosse diferente.

— Mas eu só tenho trinta e nove anos *— Henry respondera.*

— Eu também — ela dissera, tentando ajudar sendo sensata e firme —, mas depois de dezoito anos, eu não espero que o casamento seja um tórrido caso de amor.

Era a coisa mais cruel que podia imaginar uma mulher dizendo ao marido: — Afinal, para que é que precisamos de sexo? *Desprezou-a por ter dito isso, odiou-a tanto que, naquela mesma hora, tomou a decisão de falar com Nathan. Odiava Carol, odiava Wendy e, se Maria estivesse por lá, a teria odiado também. E odiava os homens, homens com seus enormes pintos duros só de olhar para a revista* Playboy.

Achou um posto na altura da rua 80 Leste e, de uma cabine telefônica na esquina, ligou para o apartamento de Nathan, lendo, enquanto o telefone chamava, os rabiscos escritos no que restara da lista de Manhattan, acorrentada ao cubículo: Quer gozar na minha boca? Melissa 879-0074. *Desligando antes que Nathan pudesse atender, discou 879-0074. Um homem atendeu.*

— Para Melissa — disse Henry e desligou de novo.

Desta vez, depois de discar o número de Nathan, deixou o telefone tocar vinte vezes.

Você não pode deixá-los órfãos.

No edifício de Nathan, sozinho no hall de entrada, escreveu-lhe um bilhete que rasgou imediatamente. Num hotel, na esquina da Quinta, encontrou um telefone público e discou 879-0074. Apesar do bloqueador-beta, que ele pensara servir para evitar *sobrecarga de adrenalina no coração, o seu estava batendo como o coração de algo descontroladamente enfurecido — o médico nem precisaria de um estetoscópio para ouvi-lo. Henry agarrou o peito, fazendo a contagem regressiva para a explosão final, mesmo quando uma voz que parecia de criança atendeu o telefone.*

— Alô?

— Melissa?

— É.

— Que idade tem?

— Quem é?

Desligou bem na hora. Outras cinco, dez, quinze destas pancadas sonoras e a coronária teria resolvido o assunto. Aos poucos a respiração foi se estabilizando e o coração se parecendo mais a uma roda, atolada e girando em falso na lama.

Sabia que devia telefonar para Carol para não a deixar preocupada, mas em vez disso atravessou a rua na direção do Central Park. Daria uma hora a Nathan; se ele não voltasse até lá, esqueceria a operação e iria para casa. Não podia deixá-los órfãos.

Ao entrar na passagem subterrânea atrás do museu, viu na outra ponta um garoto encorpado, branco, de uns dezessete anos, que equilibrava um enorme rádio portátil num dos ombros e deslizava preguiçosamente pelo túnel, sobre patins. O volume estava a toda — Bob

Dylan cantando "Lay, lady, lay... lay acros my big brass bed...". *Bem o que Henry precisava ouvir. Como se tivesse topado, por acaso, com um velho companheiro querido, o garoto sorridente ergueu um punho para o ar e, deslizando por Henry, gritou:*

— Traz os anos 60 de volta, cara!

Sua voz reverberou pelo túnel de sombras e, muito afável, Henry respondeu:

— Estou com você amigo — mas depois que o rapaz passou por ele, não conseguiu mais segurar tudo lá dentro e começou a chorar.

Trazer tudo *de volta, ele pensou, os anos 60, 50, 40 — trazer de volta aqueles verões na praia de Jersey, os pãezinhos frescos perfumando o armazém no porão do Hotel Lorraine, a praia onde de manhã os barcos vendiam peixe recém-apanhado... Ficou ali parado, naquele túnel, atrás do museu, relembrando sozinho as lembranças mais inocentes dos meses mais inocentes dos anos mais inocentes de sua vida, lembranças sem maiores conseqüências, extasiadamente revividas — tão grudadas nele quanto o sedimento orgânico que entupia as artérias do seu coração. O bangalô a duas quadras da praia, com a torneira de fora para tirar a areia dos pés. A barraca de "adivinhe-seu-peso" na arcada do Parque Asbury. Sua mãe debruçada na janela quando começava a chuva, puxando as roupas penduradas no varal. Esperando, ao anoitecer, o ônibus para voltar para casa, depois do cinema de sábado à tarde. Sim, o homem a quem isto estava acontecendo tinha sido o menino que, com seu irmão mais velho, esperava o ônibus 14. Não era capaz de compreender — era a mesma coisa que tentar entender física molecular. Por outro lado, também não era capaz de acreditar que o homem a quem isto estava acontecendo era ele* próprio *e que, quaisquer que fossem as coisas pelas quais este homem tinha que passar, ele teria que passar também. Traga de volta o passado, o futuro, traga-me de volta o presente — eu só tenho trinta e nove anos!*

Naquela tarde não voltou à casa de Nathan para fingir que nada de importante acontecera entre eles desde os tempos em que eram os garotinhos de papai e mamãe. Na ida, fora pensando que tinha de vê-lo porque Nathan era toda a família que lhe restara, mas bem que sabia o tempo todo que não havia mais família, a família estava acabada, dilacerada — Nathan tinha se encarregado disso com o ridículo a que expôs cada um deles naquele livro, e Henry tinha feito o resto com as acusações descabidas, depois que o pai doente morrera do coração, na Flórida.

— Você o matou, Nathan. Ninguém vai lhe dizer isto, eles têm medo demais de você. Mas você o matou com aquele livro.

Não, confessar a Nathan o que vinha acontecendo há três anos no consultório com Wendy só iria deixar o filho-da-puta feliz, *provar que tinha* razão *— eu estaria lhe dando a continuação de* Carnovsky*! já tinha sido muita cretinice contar-lhe, dez anos atrás, tudo sobre Maria, sobre o dinheiro que dera para ela, o corpete preto, e aquelas coisas que guardou no cofre, mas do jeito que eu estava, explodindo, tinha que contar a alguém — e como é que eu poderia supor, naquela época, que explorar e distorcer os segredos da família era o ganha-pão de meu irmão?* Ele *não vai se condoer com o que estou passando, não vai nem ouvir.*

— Não quero saber — vai me dizer por trás do olho mágico, não vai nem abrir a porta. — Eu só iria botar tudo direto num livro e você não ia gostar nem um pouco.

E haveria uma mulher lá — uma esposa, da qual já se teria cansado, de partida ou alguma fã literária de chegada. Quem sabe as duas. Eu não suportaria.

Em vez de ir direto para casa, quando chegou a Jersey foi até o apartamento de Wendy e obrigou-a a fingir que era uma menina negra de doze anos chamada Melissa. Mas ainda que ela estivesse disposta — a ser negra, a ter doze, dez anos, a fazer o que ele pedisse — para o medicamento não fez a menor diferença. Mandou que tirasse a roupa e rastejasse no chão até ele e, quando obedeceu, deu nela. Também não ajudou muito. Sua crueldade ridícula, longe de instigar e excitar, reduziu-o às lágrimas, pela segunda vez no dia. Wendy, com um ar tremendamente perdido, afagava suas mãos enquanto Henry soluçava.

— Este não sou eu! Eu não sou desse tipo de homem!

— Ah, meu bem — ela disse, sentando-se a seus pés de cinta-liga e começando ela também a chorar —, você precisa se operar, precisa, senão vai ficar louco.

Tinha saído de casa pouco depois das nove da manhã e não voltou até as sete da noite. Com medo de que estivesse morrendo sozinho em algum lugar — ou morto, já — às seis Carol ligou para a polícia e pediu que procurassem o carro; disse a eles que ele tinha saído para dar uma volta na Reserva pela manhã e eles disseram que iriam até lá dar uma busca nas trilhas. Henry ficou alarmado ao saber que ela tinha chamado a polícia — vinha contando com que Carol agüentasse, sem desmoronar como Wendy, e agora o comportamento dele tinha acabado com ela também.

Continuava, ele próprio, atarantado e mortificado demais para conseguir compreender a natureza da perda para todas *as partes envolvidas.*

Quando Carol perguntou por que não tinha telefonado para dizer que só voltaria para o jantar, respondeu acusadoramente:

— Porque eu sou impotente! — como se ela, e não a medicação, tivesse causado aquilo.

Era ela. Tinha certeza. Era ter que ficar com ela e ser responsável pelas crianças que tinha causado aquilo. Se tivessem se divorciado dez anos atrás, se tivesse largado Carol e os três filhos para começar vida nova na Suíça, nunca teria ficado doente. O estresse, os médicos tinham dito a ele, era o fator principal das doenças do coração, e desistir de Maria fora o estresse insuportável que a provocara. Não havia nenhuma outra explicação para uma doença dessas num homem tão jovem e tão em forma. Era a conseqüência de não ter conseguido ter a crueza necessária para pegar o que queria em vez de capitular diante do que deveria fazer. A doença era o prêmio para o pai, marido e filho extremado. Você se vê num mesmo lugar depois de tanto tempo, sem possibilidade de escapar, eis que surge uma mulher como Maria e, em vez de ser forte e egoísta, você é, no final das contas, bom.

O cardiologista teve um papo bem sério com ele quando Henry fez o check-up *seguinte. Lembrou-o de que desde que começara a tomar a medicação, seu eletro tinha mostrado uma sensível diminuição da anormalidade que fora o primeiro sinal da doença. Sua pressão sanguínea estava sob controle e, ao contrário de alguns dos pacientes do cardiologista, que não podiam nem escovar os dentes sem que o esforço* lhes causasse uma séria angina, ele conseguia trabalhar o dia inteiro de pé, sem desconforto ou falta de ar. Mais uma vez foi tranqüilizado de que se houvesse uma deterioração de seu estado, com quase toda a certeza se manifestaria primeiro no eletro, ou com uma mudança de sintomas. Caso isso ocorresse, então eles reavaliariam a opção cirúrgica. O cardiologista lembrou-o de que ele poderia continuar seguramente com esse regime por mais uns quinze ou vinte anos, e até lá a ponte de safena seria uma opção ultrapassada; previu que por volta de 1990 com certeza estariam corrigindo obstruções arteriais com métodos outros que o cirúrgico. O próprio bloqueador-beta poderia em breve estar sendo substituído por um medicamento que não afetasse o sistema nervoso central provocando esta conseqüência infeliz — este tipo de progresso era inevitável. Nesse meio-tempo, como já havia dito antes e só lhe restava repetir, Henry devia simplesmente esquecer do coração e continuar a viver.

— Você precisa ver o remédio dentro do contexto — o cardiologista disse, batendo de leve na mesa.

Era então a última coisa que havia a dizer? Então agora ele deveria se levantar e ir para casa? Meio embotado, Henry lhe disse:

— Mas eu não consigo aceitar o golpe sexual.

A mulher do cardiologista era conhecida de Carol, e portanto, claro, não poderia explicar sobre Maria nem Wendy, ou sobre as duas mulheres no entremeio, e o que cada uma delas significara para ele. Henry disse:

— Esta é a coisa mais difícil que eu já tive que enfrentar.

— Então não teve uma vida muito difícil, não é mesmo?

Ficou aparvalhado com a crueldade da resposta — dizer uma coisa dessas a um homem tão vulnerável quanto ele! Agora também odiava o médico.

Aquela noite, do escritório de casa, ligou para Nathan, o último consolo que lhe restava, e desta vez encontrou-o em casa. Mal conseguiu evitar se desmanchar em lágrimas quando contou ao irmão que estava seriamente doente e perguntou se poderia ir vê-lo. Era impossível continuar vivendo a sós com essa perda vertiginosa.

Desnecessário dizer que estas não eram as três mil palavras com que Carol tinha contado quando lhe telefonou na noite anterior ao enterro para, apesar de tudo que levara os irmãos a se separar, pedir a Zuckerman se ele podia escrever um discurso fúnebre. Nem era o escritor infenso ao que é decente, ou indiferente às convenções que regem essas ocasiões; entretanto, uma vez começado, não havia como parar, e passou a maior parte da noite à escrivaninha, juntando o pouco que sabia da história de Henry.

Quando chegou a Jersey, na manhã seguinte, contou a Carol mais ou menos a verdade sobre o que tinha acontecido.

— Sinto muito se estava contando comigo — ele disse —, mas tudo que pus no papel era errado. Não funcionou, simplesmente.

Supôs então que ela fosse supor que se um escritor profissional se vê bloqueado, sem o que dizer no enterro de seu próprio irmão, das duas uma, ou é um caso incurável de emoções dúbias, ou então é uma antiquada consciência pesada a causadora. Bom, menos estrago naquilo que Carol achava dele do que em ler à assembléia enlutada esse texto altamente inadequado.

Tudo que Carol disse foi o que ela normalmente dizia: ela compreendia; até lhe deu um beijo, ela que nunca fora sua grande fã.

— Não tem importância. Por favor, não se preocupe. Nós só não queríamos deixar você de fora. As brigas não importam mais. Isso tudo acabou. O que importa hoje é que vocês eram irmãos.

Ótimo, ótimo. Mas e aí, *e* as três mil palavras? O problema era que palavras moralmente impróprias para um funeral eram exatamente as palavras que o cativavam. Não fazia vinte e quatro horas que Henry morrera quando a narrativa começou a queimar no bolso de Zuckerman. Agora iria ter a maior dificuldade em passar o dia sem ver tudo que acontecera como um *mais*, uma continuação não da vida mas sim de seu trabalho, ou futuro trabalho. Pronto, ao não usar a cabeça, ao remendar discretamente algumas lembranças de infância a algumas palavras convencionais de consolo, já não podia mais colocar-se em seu lugar com os demais, um homem decente de idade madura chorando um irmão que morrera antes do tempo — não, era outra vez o estranho da família. Entrando na sinagoga com Carol e as crianças, pensou: "Esta profissão fode até com a dor".

Embora a sinagoga fosse grande, todos os lugares estavam tomados e, amontoados no fundo e ao longo das naves laterais, havia uns vinte ou trinta adolescentes, jovens das redondezas, cujos dentes Henry tinha tratado desde que eram crianças. Os meninos olhavam estoicamente para o chão e algumas meninas já estavam chorando. A algumas fileiras do fundo, discreta em malha cinza e saia, estava uma jovem pequena, loira, com ar de menina, que Zuckerman não teria notado se não estivesse procurando por ela — que não teria nem sido capaz de reconhecer não fosse pela foto que Henry tinha levado consigo na sua segunda visita.

— A foto — Henry avisara — não lhe faz justiça.

Zuckerman foi agradável, apesar de tudo.

— Muito bonita. Você me deixa com inveja.

Um sorrisinho modestamente maroto de irmão mais novo se auto-admirando não pôde ser totalmente suprimido, nem mesmo quando Henry respondeu:

— Não, não, ela não fotografa bem. Não dá realmente para ver aqui o que é que ela tem.

— Ah, mas dá sim — disse Nathan, que estava e não estava surpreso com a sensaboria de Wendy.

Maria, embora não fosse *na* foto a mesma beleza estonteante da primeira descrição de Henry, tinha parecido bastante atraente, de um jeito tetônico, simétrico. Contudo, *esta* coisinha insossa — ora, Carol, com seus cabelos negros encaracolados, seus cílios compridos, parecia-lhe eroticamente mais promissora. Não havia dúvida de que Zuckerman devia ter entrado de sola em cima de Henry, com o retrato de Wendy ainda na mão — pode até ser *por isso* que Henry tinha levado a foto, para lhe dar a deixa, para ouvir Nathan dizer:

— Idiota! Cretino! De jeito nenhum! Se você não quis largar Carol para fugir com Maria, uma mulher que você *amava* de fato, não vai agora entrar no hospital para uma cirurgia perigosa só porque uma franga no consultório chupa você toda noite antes do jantar! Ouvi seus argumentos para a operação e até agora não disse uma palavra; mas meu veredicto, que é lei, é *não*!

Mas, visto que Henry à época não estava morto, e sim vivo — vivo e indignado que um homem com suas credenciais morais se visse contrariado nesta única, minúscula e inofensiva transgressão —, visto que já tinha aceitado o meio-termo de Wendy, quando o que ele tinha sonhado e negado a si mesmo era se refazer na Europa com uma mulher européia, transformar-se num dentista norte-americano expatriado desimpedido, robusto, totalmente amadurecido na Basiléia, Zuckerman viu seus pensamentos caminhando mais na seguinte direção: "Esta é a rebelião contra o trato que ele fez, a escapatória para o que restou de paixão bruta. Certamente não veio ter comigo para ouvir que a vida tem obstáculos, que a vida nega e que não há nada a fazer senão aceitar. Está aqui para argumentar na minha presença porque o meu forte não é, ao que *consta*, o talento para a abnegação. Eu, no folclore deles, sou o impulsivo irrequieto, espontâneo, a mim foi designado o papel de id da família, e ele é o irmão exemplar. Não, um irresponsável consumado não pode agora vir com tons paternais, a lhe dizer delicadamente: 'Você não precisa do que você quer, meu rapaz; abdique de sua Wendy e sofrerá menos'. Não, Wendy é sua liberdade e sua masculinidade, mesmo que a mim se pareça um pouco com a encarnação do tédio. Ela é uma boa menina, com um complexo oral e que, ele tem certeza, nunca vai telefonar para sua casa. Então por que *não deveria* tê-la? Quanto mais olho para este retrato, mais entendo seu ponto de vista. Quanto é que este pobre rapaz está pedindo?".

Mas você raciocina diferente quando está tão perto do caixão de seu único irmão que pode até encostar o rosto no mogno brilhante. Quando Nathan fez o inevitável esforço de imaginar Henry deitado lá dentro, não viu, silenciado, o adúltero desgovernado e superexcitado que recusou ter que se resignar a perder a potência — viu o menino de dez anos, deitado ali com seu pijama de flanela. Uma vez, no Dia das Bruxas, quando ainda eram crianças, horas depois que Nathan tinha levado Henry para casa, depois da ronda "confeito ou feitiço" pela vizinhança, muito depois que toda a família já estava na cama, Henry tinha se levantado, descido as escadas, aberto a porta e saído para a rua, na direção do cruzamento com a avenida Chancellor, sem nem calçar os chinelos, ainda dormindo. Milagrosamente, um amigo da família que morava em Hillside estava passando por ali justamente quando Henry ia descer da calçada, com o farol vermelho. Ele parou o carro, reconheceu naquela criança sob o poste de luz o caçula de Victor Zuckerman, e Henry estava são e salvo de volta, debaixo das cobertas, alguns minutos depois. Para ele foi emocionante tomar conhecimento, na manhã seguinte, do que tinha feito enquanto dormia profundamente e da estranha coincidência que o tinha salvo; até a adolescência, quando começou a ter idéias mais espetaculares com respeito ao heroísmo pessoal — era corredor de barreira no time da escola —, deve ter repetido para uma centena de pessoas a história de sua ousada excursão noturna, da qual ele próprio não tinha tido a menor consciência.

Mas agora lá estava ele no caixão, o menino sonâmbulo. Desta vez ninguém o levou para casa e o pôs debaixo das cobertas quando ele saiu a perambular sozinho pela escuridão, incapaz de desistir de seus feitos e feitiços. Igualmente possesso, num transe hercúleo, imbuído de uma infusão excitante de bravata típica dos pioneiros — foi assim que Nathan o viu naquela tarde em que aparecera em seu apartamento, recém-chegado de uma consulta com o cardiocirurgião. Zuckerman ficou surpreso: não era assim que ele imaginava sair do consultório de um desses sujeitos, depois que ele contasse seus planos para destrinchá-lo.

Henry desdobrou sobre a mesa de Nathan algo que lhe pareceu um projeto para um grande trevo rodoviário. Era o esboço feito pelo cirurgião para mostrar-lhe onde iriam os enxertos. A operação, pelo que Henry disse, não parecia mais perigosa que um tratamento de canal. Ele substitui esta aqui e prende elas aqui, dá a volta por estas três pequenininhas que se alimentam naquela ali — e eis aí todo o shmeer. O cirurgião, um eminente especialista de Manhattan, cujas credenciais Zuckerman tinha conferido minuciosamente, disse a Henry que já tinha passado por pontes de safena quíntuplas, inúmeras vezes, e que não estava preocupado no que lhe dizia respeito; agora cabia a Henry espremer fora todas as dúvidas e abordar a operação com a certeza de que seria um sucesso total. Ele sairia da cirurgia com um sistema novo em folha de vasos desobstruídos a fornecer sangue para um coração que, em si mesmo, era tão forte quanto o de um atleta e absolutamente sadio.

— E nada de medicação depois? — Henry perguntara.

— Isso é com seu cardiologista — foi a resposta —; provavelmente alguma coisa para uma ligeira hipertensão, mas nada parecido às gotas arrasadoras que você está tomando agora.

Zuckerman se perguntou se, ao ouvir o prognóstico maravilhoso, a euforia de Henry o teria levado a presentear o cirurgião com um instantâneo autografado, de 20 × 27, de Wendy em cinta-liga. Parecia intoxicado o bastante para tal, quando chegou, mas quem sabe seria esta a única maneira de se enfrentar provação tão assustadora. Quando Henry finalmente juntou coragem para parar de pedir garantias e se levantar para partir, o confiante cirurgião acompanhou-o até a porta.

— Se nós dois trabalharmos juntos — ele disse, apertando a mão de Henry —, posso dizer que não haverá problemas. Dentro de uma semana, dez dias, você estará fora do hospital, de volta à sua família, um novo homem.

Bem, do lugar onde Zuckerman estava sentado, parecia que, na mesa de operação, Henry não tinha dado tudo de si. O que quer que fosse que ele devia ter feito para ajudar o cirurgião parecia ter-lhe escapulido da memória. Pode acontecer, quando se está inconsciente. Meu irmão sonâmbulo! Morto! Será mesmo você aí dentro, um menino obediente e certinho como você? Tudo por vinte minutos com Wendy antes de sair correndo para casa, para a família que você amava? Ou será que estava se exibindo para mim? Não é possível que sua recusa a se habituar com uma vida dessexualizada tenha sido a sua idéia de heroísmo — sim, porque, entre todas as coisas, era a sua *repressão* seu grande trunfo para a fama. Verdade. Ao contrário do que você imaginava, eu nunca desdenhei as restrições sob as quais você desabrochou nem as fronteiras que você obedeceu tanto quanto você desdenhava as liberdades excessivas de que me julgava capaz. Você confiou em mim porque acreditava que eu compreenderia a boca de Wendy — e estava certo. Ela ia muito além do prazer suculento. Foi sua gota de existência teatral, sua desordem, sua escapadela, seu risco, sua insurreição diária contra todas as suas virtudes arrasadoras — perverter Wendy durante vinte minutos por dia, depois para casa, para as satisfações temporais da vida corriqueira em família. A boca escravizada de Wendy foi seu bocado de prazer temerário. Velho como as montanhas, o mundo inteiro funciona assim... e, no entanto, deve haver mais, *tem* que haver mais! Como é que um garoto genuinamente bom como você, com seu senso feroz de correção, pôde acabar neste caixote por causa daquela boca? E por que eu não impedi você?

Zuckerman ficou na primeira fila, ao lado de Bill e Bea Goff, pais de Carol. Carol sentou-se no meio, ao lado da mãe; do outro lado pôs as crianças — sua filha de onze anos, Ellen, o filho de catorze, Leslie, e na outra ponta Ruth, de treze anos. Ruth segurava o violino sobre os joelhos, olhando fixamente para o caixão. As duas outras crianças, acenando com a cabeça silenciosamente, enquanto Carol falava com elas, preferiram olhar para o colo. Ruth deveria tocar no violino uma música de que seu pai sempre gostara e, ao fim das exéquias, Carol falaria.

— Eu perguntei ao tio Nathan se ele queria dizer alguma coisa, mas ele disse que está um pouco abalado, no momento. Ele disse que está muito atordoado, e eu compreendo. E o que eu vou dizer — ela explicou a eles — não vai ser um discurso fúnebre, de verdade. Só umas palavrinhas sobre papai que eu quero que todo mundo ouça. Nada floreado, mas coisas que são importantes para mim. Depois nós vamos levá-lo para o cemitério sozinhos, só a vovó, o vovô, o tio Nathan e nós quatro. Nós vamos dizer adeus a ele no cemitério, como uma família, e depois vamos voltar para ficar com nossos parentes e amigos.

O menino estava usando um *blazer* de botões dourados e um par novo de botas marrons e, embora fosse fim de setembro e o sol tivesse andado meio arisco a manhã toda, as meninas estavam com vestidos leves, em tons pastel. Eram crianças altas, morenas, com o mesmo ar sefardita do pai, e sobrancelhas um tanto atraentes para garotos tão inocentes e mimados. Tinham todos belos olhos cor de caramelo, num tom mais claro e menos intenso que os de Henry — seis olhos, exatamente iguais, refulgindo liquidamente de espanto e medo. Pareciam-se mais a pequenas corças assustadas que tivessem sido apanhadas, domadas, calçadas e vestidas. Zuckerman se sentiu especialmente atraído por Ruth, a filha do meio, trabalhando diligentemente para imitar a calma da mãe, apesar da escala da perda. Leslie, o menino, parecia o mais vulnerável, o mais feminino, o mais perto de desmontar, de fato, ainda que minutos antes de saírem para a sinagoga tivesse chamado a mãe de lado e dito, pelo que Zuckerman ouviu:

— Eu tenho um jogo às cinco, mamãe, posso jogar? Se você acha que eu não devo...

— Vamos esperar Les — Carol disse, afagando ligeiramente a nuca do filho —, vamos ver se até lá você ainda vai querer ir.

Enquanto as pessoas continuavam enchendo os fundos da sinagoga, e foi preciso arranjar cadeiras desmontáveis para acomodar os recém-chegados mais idosos, enquanto não havia mais nada a fazer senão ficar em silêncio a apenas alguns centímetros do caixão, decidindo se se devia ou não continuar olhando para ele, Bill Goff começou ritmicamente a cerrar e descerrar o punho, abrindo e fechando a mão direita, como se fosse uma bomba com a qual ele iria adquirir coragem ou espantar o medo. Pouco se parecia agora ao jogador de golfe ágil, bem vestido e espirituoso que Zuckerman tinha visto pela primeira vez uns dezoito anos antes, dançando com todas as damas de honra no casamento de Henry. Naquela mesma manhã, quando Goff abriu a porta para ele, Nathan a princípio nem percebeu de quem era a mão que apertava. A única coisa nele que não parecia ter diminuído era a cabeça coberta de cabelos ondulados. Na casa, virando-se tristemente para a mulher, num tom ligeiramente ofendido, Goff tinha dito:

— Que acha disto? Ele nem me reconheceu. Para você ver como eu mudei.

A mãe de Carol saiu com as meninas para ajudar Ellen a decidir, pela segunda vez, qual dos vestidos de sair era correto usar, Leslie voltou para o quarto para tornar a polir as botas novas, e os dois saíram para o quintal, para tomar um pouco de ar fresco. Observavam do pátio enquanto Carol cortava os últimos crisântemos para as crianças levarem ao cemitério.

Goff começou a contar a Nathan por que tinha sido obrigado a vender a loja de calçados em Albany.

— Gente de cor começou a aparecer. Como é que eu podia mandá-los embora? Não é do meu feitio. Mas meus fregueses cristãos, de vinte, vinte e cinco anos atrás, não gostaram da história. Falaram na cara, sem rodeios. "Olha aqui, Goff, eu não vou ficar sentado esperando enquanto você experimenta dez pares de sapato em algum negrinho. Também não quero os restos dele." De modo que, um a um, meus maravilhosos amigos cristãos me deixaram. Foi aí que eu tive o primeiro ataque. Vendi tudo e me afastei, achando que o pior tinha passado. Afaste-se das pressões, o médico tinha me dito, de forma que acabei com o negócio e, um ano e meio depois, nas férias, jogando golfe em Boca, tive o segundo ataque. Tudo que o médico disse eu fiz, e o segundo ataque foi pior que o primeiro. E agora isto. Carol tem sido uma fortaleza: com apenas cinqüenta quilos e a força de um gigante. Foi assim quando o irmão morreu. Nós perdemos o irmão gêmeo de Carol quando ele estava no segundo ano da faculdade de Direito. Primeiro Eugene aos vinte e três, e agora Henry aos trinta e nove.

De repente, ele disse:

— O que foi que eu fiz? — e tirou do bolso um tubinho de remédio. — Pílulas para a angina — ele disse. — Minha nitroglicerina. Derrubei a maldita tampa de novo.

Todo o tempo em que estivera lamentando a perda da loja, da saúde, do filho e do genro, lá no fundo dos bolsos da calça suas mãos sacudiam trocados e chaves. Teve que esvaziar o bolso e catar as minúsculas pílulas brancas esparramadas no meio das moedas, chaves e um tubo de pastilhas. Quando tentou enfiá-las de volta no vidrinho, entretanto, metade caiu no chão de pedra. Zuckerman apanhou tudo, mas cada vez que o sr. Goff tentava devolvê-las para o frasco, derrubava algumas de novo. Acabou desistindo e estendeu as duas mãos em concha, com tudo dentro, enquanto Nathan recolhia as pílulas uma a uma e punha no frasco para ele.

Ainda estavam às voltas com isso quando Carol se aproximou com as flores e disse que estava na hora de ir. Olhou maternalmente para o pai, um sorriso suave tentando acalmá-lo. A mesma operação da qual Henry tinha morrido aos trinta e nove anos estava à espera dele, aos sessenta e quatro, se a angina piorasse.

— Está tudo bem? — ela perguntou a ele.

— Estou ótimo, filhota — ele respondeu, mas, quando ela não estava olhando, enfiou uma pílula de nitroglicerina sob a língua.

A pequena peça para violino que Ruth tocou foi apresentada pelo rabino, um homem corpulento, que dava a impressão de ser uma criatura afável, despretensiosa, de rosto quadrado, cabelos ruivos, usando óculos de armação pesada de tartaruga, e que falava com voz suave, melíflua.

— A filha de Henry e Carol, Ruth, de treze anos, vai tocar o Largo da ópera *Xerxes*, de Handel — ele disse. — Conversando com Ruthie ontem à noite, na casa dela, ela me contou que seu pai dizia que esta era “a música mais confortante do mundo” sempre que escutava Ruth tocando. Ela quer tocá-la agora, em memória dele.

No meio do altar Ruth acomodou o violino sob o queixo, retesou decidida a espinha e olhou fixamente para a congregação enlutada, quase como em desafio. Um segundo antes de erguer o arco, permitiu-se um olhar para o caixão e, ao tio, pareceu uma mulher em seus trinta anos — súbito ele viu a expressão que ela teria a vida toda, o rosto sério do adulto que impede o rosto da criança indefesa de se desmanchar em lágrimas de raiva.

Ainda que nem todas as notas extraídas fossem impecáveis, a interpretação saiu sonora e calma, com um fraseado lento, solene e, quando Ruthie terminou, deu a impressão de que bastaria virar para trás para ver sentado lá o pai zeloso da jovem instrumentista, sorrindo de orgulho.

Carol se levantou e, passando pelos filhos, entrou na nave. Sua única concessão às convenções era uma saia preta de algodão. A barra, contudo, bordada nalgum alegre motivo indígena norte-americano, tinha tons de escarlate, verde e laranja, e a blusa era de um verde bem claro, cuja pala revelava a proeminência da clavícula em seu torso delicado. No pescoço usava um colar de coral que Henry tinha comprado escondido dela, em Paris, depois de ela tê-lo admirado numa vitrine mas achado o preço ridiculamente alto. A saia ele tinha comprado para ela numa feira ao ar livre em Albuquerque, durante uma conferência.

Embora os cabelos brancos estivessem começando a aparecer nas têmporas, ela era tão delgada e tão elétrica que, subindo os degraus na direção do altar, mais parecia a primogênita adolescente da família. Em Ruth ele pensou ter visto de relance a mulher que ela seria — em Carol, Zuckerman viu a garota corajosa, a aluna viçosa e bonita de escola mista antes de amadurecer, a bolsista ambiciosa e resoluta que os colegas chamavam, em admiração, pelas duas primeiras iniciais até que Henry pôs um fim naquilo e obrigou as pessoas a usarem seu primeiro nome. Na época, meio brincando, Henry tinha confessado a Nathan:

— Eu nunca ia conseguir me excitar com alguém chamado C. J.

Mas, mesmo com alguém chamado Carol, a volúpia nunca veio a ser a mesma que com uma Maria ou uma Wendy.

Bem na hora em que Carol chegava ao atril, no altar, seu pai tirou as pílulas de nitroglicerina do bolso e acidentalmente derrubou-as todas. O Largo de Handel não o acalmara como costumava acalmar Henry. Nathan deu um jeito de enfiar o braço debaixo do assento e tatear o chão até que encontrou algumas pílulas que conseguiu apanhar. Deu uma ao sr. Goff e decidiu ficar com as outras no bolso, para o cemitério.

Enquanto Carol falava, Zuckerman se pôs mais uma vez a imaginar Henry com seu pijama de flanela estampado com palhaços e cornetas, viu-o maroto escutando de dentro da caixa escura, do jeito que fazia da sua própria cama quando havia um carteado em casa e ele deixava a porta do quarto entreaberta só para escutar os adultos a kibitz (tagarelar) lá embaixo. Zuckerman voltou até os tempos em que, no quarto dos meninos, nada se sabia sobre tentações eróticas nem escolhas e desafios mortais, à época em que a vida fora o mais inocente dos passatempos e a felicidade familiar parecia eterna. Pobre Henry! Se pudesse ouvir o que Carol estava dizendo, será que ia rir, será que ia chorar, ou será que ia pensar com alívio: "Agora ninguém jamais saberá!".

Mas claro que Zuckerman sabia, Zuckerman que não era assim tão inofensivo. Fazer o *que* com aquelas três mil palavras? Trair a última confidência do irmão, aplicar um choque na família exatamente como aquele que o tinha afastado deles? Na noite anterior, depois de agradecer a Carol por sua gentileza e de lhe dizer que iria na mesma hora começar a escrever o panegírico, tinha encontrado, entre os fichários amontoados sobre os arquivos, o volume no qual conservara o relato do caso de Henry com a paciente suíça. Será que de fato precisava ir lá espoliar anotações das quais, misericordiosamente, não tinha se esquecido — teriam elas estado todos esses anos à espera de uma inspiração tão imprevista quanto esta?

Espalhados pelas páginas manuscritas, havia dezenas de apontamentos sobre Henry, Maria e Carol. Alguns não tinham mais que uma linha ou duas, outros ocupavam quase uma página e, antes sequer de tentar imaginar o que dizer no enterro, Zuckerman leu tudo, devagar, cismado, enquanto sublinhava, grave, a frase promissora: "Aqui começou o fim, com uma aventura tão banal e corriqueira quanto esta — com a experiência milenar da revelação carnal".

H. à meia-noite.

— Eu tinha que telefonar para alguém. Eu tenho que contar para alguém que a amo. Você se incomoda, a esta hora?

— Não. Vá em frente.

— Pelo menos eu tenho você para contar. Ela não tem ninguém. Estou doido para contar para todo mundo. Na verdade estou morrendo de vontade de contar a Carol. Eu queria que ela soubesse o quão tremendamente feliz eu estou me sentindo.

— Ela pode passar sem isso.

— Eu sei. Mas fico querendo dizer: "Você sabe o que Maria me disse hoje? Sabe o que a pequena Krystyna disse ontem à noite enquanto Maria dava banho nela?".

— Ela parece tão longe, como os balaústres da cama quando eu era garoto, no nosso quarto. Lembra daquelas bolotas na ponta dos balaústres? Quando eu queria pegar no sono, costumava imaginá-las bem, bem longe, até que ficavam mesmo, e eu tinha que parar porque estava ficando com medo. Bom, ela parecia distante daquele mesmo jeito, como se eu não pudesse de jeito nenhum esticar a mão e tocá-la. Estava em cima de mim, bem, bem longe, e cada vez que ela gozava eu dizia: "*Mais*, você quer *mais*?". E ela acenava a cabeça, feito uma criança brincando de cavalinho, ela acenava que sim e começava de novo, o rosto vermelho, montada em mim, e tudo que eu queria é que ela tivesse *mais* e *mais* e *mais*, e o tempo todo eu a via tão longe.

— Você devia ter visto, você devia ter visto essa loira lindíssima, com aqueles olhos, em cima de mim com o corpete de seda preta.

Maria achou que teria que ir até Nova York para comprar a *lingerie* preta, mas acabou achando por lá mesmo. H. acha que talvez ela devesse ter ido de qualquer maneira.

Sábado H. viu o marido dela na rua. Parece um cara bom. Grande e bonitão. Maior até que H. Muito jovial com as crianças.

— Vai mostrar a *lingerie* para ele?

— Não.

— Você vai vesti-la quando estiver com ele?

— Não.

— Só para mim.

— Só para você.

H. sente pena dele. Parecia tão ingênuo.

No quarto do motel, enquanto a olha se aprontando para ir embora. H.:

— Você é mesmo minha puta, não é?

Maria ri.

— Não. Não sou. Puta recebe dinheiro.

H. está com dinheiro na carteira — uma bolada para pagar o motel, etc., sem usar cartão de crédito. Separa duas notas novinhas de cem dólares e estende para ela.

De início ela não sabe o que dizer. Depois parece que sim.

— Você devia jogá-las no chão — ela diz a ele. — Acho que é assim que se faz.

H. solta as notas que esvoaçam até o chão. De corpete preto de seda, ela se curva para apanhá-las e as põe na bolsa.

— Obrigada.

H. para mim:

— Eu pensei: "Meu Deus, estou com duzentas pratas a menos. É um bocado de grana". Mas não disse uma palavra. Pensei: "Vale duzentos, só para ver como é que é".

— Como é que é?

— Ainda não sei.

— Ela ainda tem o dinheiro?

— Tem, tem sim. Ela diz: "Você é um maluco".

— Parece que ela também quer saber como é que é.
— Acho que nós dois queremos. Quero dar mais a ela.

Maria confidencia que uma mulher que teve um caso com seu marido antes que se casasse com ele disse uma vez para uma amiga sua:
— Nunca senti tanto tédio na vida.
Mas ele é um homem maravilhoso com as crianças. E ele a controla.
— Eu sou a impulsiva — ela diz.

Maria diz que quando não acredita que H. é real e que o caso deles existe mesmo, ela sobe e olha as duas notas de cem dólares escondidas na gaveta da *lingerie*. Isso a convence.

H. surpreso porque não se sente de jeito nenhum culpado ou atormentado por ser tão jovialmente infiel a Carol. Não entende como alguém que tenta ser bom tão a sério, que *é* bom, consegue fazer isso tão facilmente.

Carol falava sem recorrer a notas, embora logo de início tivesse ficado claro a Zuckerman que cada palavra fora muito bem pensada, que nada fora deixado ao acaso. Se talvez Carol possuísse algum mistério para o cunhado, tinha que ser, acima de tudo, alguma coisa por trás daquela natureza excessivamente agradável; nunca conseguira saber exatamente o quão ingênua era, e o que estava dizendo agora não ajudava. A história que Carol optara por contar não era a que ele tinha recolhido (e decidido — por enquanto — manter para si); o infortúnio de Henry existia na memória de Zuckerman com uma importância e um significado inteiramente diferentes. A dela era a história que deveria figurar como a versão oficial autorizada, e ele se indagava se enquanto a narrava ela própria estaria acreditando.
— Há uma coisa sobre a morte de Henry — ela começou — que eu quero que todos vocês reunidos aqui hoje saibam. Quero que os filhos de Henry saibam. Quero que seu irmão saiba.

Quero que todos que o amaram ou que se importaram com ele saibam. Acho que talvez ajude a suavizar o impacto deste golpe monumental, se não esta manhã, então quem sabe um pouco mais para a frente, quando estivermos todos menos estupefatos.

— Se quisesse, Henry poderia ter continuado a viver sem aquela operação pavorosa. E, se não fosse aquela operação, ele agora estaria trabalhando em seu consultório e, em poucas horas, estaria voltando para casa, para mim e as crianças. Não é verdade que a cirurgia fosse imperativa. A medicação que os médicos lhe ministraram quando a doença foi diagnosticada estava realmente controlando seu problema cardíaco. Ele não sentia dores e não estava correndo perigo imediato. Mas a medicação o afetou drasticamente enquanto homem e pôs um fim em nossa relação física. E isso Henry não pôde aceitar.

— Quando ele começou a pensar seriamente em cirurgia, eu implorei para que não arriscasse sua vida apenas para preservar esse lado de nosso casamento, por mais que eu própria também sentisse falta. É claro que eu sentia falta do calor, da ternura e da afeição íntima, mas estava me habituando. E éramos, sob todos os outros aspectos, tão felizes nós dois com as crianças que a mim me parecia impensável que ele se submetesse a uma operação que poderia destruir tudo. Mas Henry era tão dedicado à inteireza de nosso casamento que não houve o que o detivesse.

— Como vocês todos sabem, como tantos de vocês estiveram me dizendo nestas últimas vinte e quatro horas, Henry era um perfeccionista, não só com seu trabalho, onde vocês sabem que ele foi o mais meticuloso dos artífices, mas com todos os seus relacionamentos humanos. Ele nunca escondeu nada, nem dos seus pacientes, nem dos filhos, e nunca de mim. Era impensável, para um homem tão expansivo, tão cheio de vida, que nem tinha chegado aos quarenta ainda, ver-se tão cruelmente mutilado. Tenho que admitir diante de todos vocês, como nunca fiz diante dele, que, por mais que tenha me oposto à cirurgia por causa dos riscos, eu às vezes me perguntava se poderia continuar sendo uma mulher amorosa e útil, me sentindo assim tão afastada dele. Durante este nosso último ano juntos, quando ele esteve tão retraído e tão brutalmente deprimido, tão atormentado pelo dano que supunha que nosso casamento sofria por causa deste fato desconcertante, eu pensava: "Se ao menos pudesse haver algum milagre". Mas eu não sou dessas pessoas que fazem um milagre acontecer; sou do tipo que se arranja com o que existe à mão, até, receio eu, com suas próprias imperfeições. Mas Henry não aceitaria imperfeições em si mesmo, assim como não as aceitava no trabalho. Se eu não tive coragem de tentar um milagre, Henry teve. Teve a coragem, agora todos nós sabemos, para tudo aquilo que a vida poderia exigir de um homem.

— Não vou dizer que prosseguir sem Henry será fácil para nós. As crianças estão assustadas com um futuro sem o pai amoroso para protegê-las, e eu também estou assustada com a falta de Henry a meu lado. Eu me acostumei a ele, sabem? No entanto, *fico* fortalecida ao lembrar que a vida dele não chegou sem sentido ao fim. Queridos amigos, queridos parentes, queridos, meus queridos filhos, Henry morreu para recobrar a inteireza e a riqueza do amor conjugal. Foi um homem forte, corajoso e amoroso, que quis desesperadamente que o elo de paixão entre marido e mulher continuasse vivendo e florescendo. E, meu muito querido Henry, o mais querido e doce de todos os homens, continuará; o elo apaixonado entre este marido e esta mulher viverá enquanto eu for viva.

Apenas os parentes mais próximos, junto com o rabino Geller, seguiram o féretro até o cemitério. Carol não quis que as crianças fossem numa daquelas limusines fúnebres e então foi ela mesma — com as crianças, os Goff e Nathan — dirigindo a perua da família. O sepultamento durou muito pouco. Geller disse uma oração encomendando o corpo e as crianças puseram os crisântemos colhidos no jardim sobre a tampa do caixão. Carol perguntou se alguém queria dizer alguma coisa. Ninguém respondeu. Carol disse ao filho:

— Leslie?

Ele levou uns instantes para se preparar.

— Eu só queria dizer... — mas, com medo que a voz falhasse, não foi adiante.

— Ellen? — Carol disse, mas Ellen, em lágrimas e agarrada à mão da avó, disse que não com a cabeça.

— Ruth? — Carol perguntou.

— Ele era o melhor pai — disse Ruth, em voz alta, clara —, o *melhor*.

— Muito bem — disse Carol, e os dois funcionários troncudos baixaram o caixão. — Eu vou ficar uns minutos — Carol disse à família, e ficou a sós ao lado da cova enquanto os restantes se dirigiam para o estacionamento.

Carol e as crianças em Albany para comemorar o aniversário de casamento dos pais. Grande acúmulo de trabalho de laboratório impede H. de ir junto. Maria estaciona a três quarteirões de distância e anda até a casa. Aparece, conforme o pedido, com vestido de jérsei de seda e *lingerie* preta. Trouxe seu disco predileto para tocar. Põe água nas plantas do hall de trás, que Carol esqueceu de regar antes de partir — também tira as folhas secas. Depois, na cama, amor anal. Após dificuldades iniciais, ambos extasiados. H.:

— É assim que te desposo, é assim que te faço minha mulher!

— E ninguém sabe, Henry! Não sou mais virgem lá e ninguém sabe!

No banheiro com ele, mais tarde, enquanto ajeita o cabelo com a escova dele, vê seu pijama pendurado atrás da porta e toca nele.

(— Não tinha percebido o que ela fez até a noite. Aí entrei e fiz também, passei a mão no meu próprio pijama para ver o que ela tinha sentido.)

(Também retira os cabelos da escova para Carol não achar.) Sentado com ela na sala — luzes apagadas — H., faminto, tomou quase todo o sorvete na própria embalagem enquanto ela tocava seu disco para ele. Maria:

— Este é o movimento lento mais bonito do século XVIII.

H. não se lembra o que era. Haydn? Mozart?

— Não sei — ele me disse. — Eu não sei nada sobre esse tipo de música. Mas foi lindo só de vê-la escutando.

Maria:

— Isto me faz pensar na universidade, sentada aqui deste jeito, cheia de você por todos os lados, e nada mais no mundo.

— Você agora é minha mulher — diz H. —, minha outra mulher.

Tocou seu disco de Mel Tormé para ela — tinha que dançar com ela enquanto a oportunidade existia. Grudados virilha com virilha do jeito que costumava dançar com Linda Mandel, quando estava no colégio. Dorme sozinho aquela noite em lençóis manchados de óleo para bebê, com o vibrador sem lavar sobre o travesseiro ao lado da cabeça. Levou consigo para o trabalho, no dia seguinte. Escondido no consultório com um exemplar de *Suíça* de Fodor que comprou para ler, e com uma fotografia dela. Também levou consigo os cabelos que tinha tirado da escova. Tudo no cofre. Os lençóis enfiou num saco preto de plástico e despejou numa lata de lixo no Milburn Mall, a dez quilômetros da cena do casamento. *Dostoiévski* de Fodor.

Era começo de tarde de um final de setembro: o frio do vento, o calor fraco do sol, o farfalhar seco, pouco estival das árvores, só isso bastava para se adivinhar o mês, de olhos vendados — quem sabe até adivinhar a semana. Será que deveria importar a um homem, por mais jovem e viril que fosse, ver-se condenado a uma vida de celibato se, todos os anos, enquanto viver, haverá dias de outono como este para gozar? Bem, esta era uma pergunta para um sujeito velho com barba e um dom para charadas impossíveis, e o afável Mark Geller parecia a Zuckerman um rabino de outra espécie — portanto recusou o convite para voltar no carro dele, e esperou com as crianças e os avós no portão do cemitério, onde estava estacionada a perua.

Ruth, com uma expressão esgotada, aproximou-se e pegou na mão do tio.

— O que foi? — ele perguntou. — Você está bem?

— Eu fico o tempo todo pensando que quando as crianças na escola começarem a falar dos pais, eu só vou poder dizer "minha mãe".

— Você vai poder falar de seus pais, no plural, sempre que conversar sobre o passado. Você teve os dois por treze anos. Nada do que fez com Henry vai desaparecer. Ele vai ser sempre seu pai.

— Papai levava só a gente, sem a mamãe, duas vezes por ano, para fazer compras em Nova York. Era a nossa festa. Só ele e nós, as crianças. Primeiro a gente fazia compras, depois íamos almoçar na Palm Court do Hotel Plaza, onde eles tocam violino. Também não tocam muito bem. Uma vez no outono, outra na primavera, todo ano. Agora a mamãe vai ter que fazer todas as coisas que o papai fazia. Vai ter que ser as duas coisas.

— Você não acha que ela consegue?

— Acho, claro que sim. Quem sabe um dia ela se case de novo. Ela gosta muito de ser casada. Aliás, eu espero que ela se case mesmo. — Aí, muito séria, ela se apressou em acrescentar: — Mas só se ela conseguir achar alguém que seja bom conosco e com ela.

Eles ficaram esperando bem uma meia hora até que Carol, com um passo apressado, saísse do cemitério para levar todo mundo para casa.

Um bufê local tinha servido a comida enquanto a congregação estava na sinagoga e, espalhadas pelos aposentos do piso térreo, havia cadeiras desmontáveis que tinham sido alugadas do serviço funerário. As meninas do time de beisebol de Ruth, dispensadas do período da tarde para ajudar os Zuckerman, estavam tirando os pratos de papel usados e completando as travessas com novas remessas que iam buscar na cozinha. E Zuckerman foi em busca de Wendy.

Tinha sido Wendy — quando começou a ficar com medo de que Henry fosse enlouquecer — a primeira que sugeriu Nathan como confidente. Carol, presumindo que Nathan não tivesse mais a mínima autoridade sobre o irmão, tinha insistido para Henry conversar com o psicoterapeuta. E por uma hora, todos os sábados de manhã — até a horrenda expedição daquele sábado a Nova York —, ele tinha feito isso, saído de casa e falado com a maior franqueza sobre sua paixão por Wendy, fingindo ao terapeuta, no entanto, que a paixão era por Carol, que era ela quem estava descrevendo como a companheira sexual mais divertida e criativa que um homem poderia sonhar em ter. O resultado eram longas e cuidadosas discussões sobre o casamento que pareciam interessar enormemente ao terapeuta mas que deprimiam Henry ainda mais porque eram justamente uma crudelíssima paródia do seu. Até onde Carol sabia, só quando ligou para Nathan para dizer que Henry morrera é que ele tomou conhecimento da doença do irmão. Seguindo escrupulosamente os desejos de Henry, Zuckerman fingiu ao telefone que não sabia de nada, um gesto absurdo que só fez piorar o choque e tornar claro para ele o quão incapaz fora Henry de chegar a *qualquer* decisão racional uma vez começado o martírio. Lá no cemitério, enquanto os filhos de Henry se debatiam ao lado da cova para dizer alguma coisa, é que Zuckerman entendeu, finalmente, que o motivo para impedi-lo era o fato de que ele queria ser impedido. A última coisa que Henry imaginava é que Nathan ia ficar lá sentado e aceitar com a maior naturalidade, em termos de justificativa para uma operação tão perigosa, aquele apelo obcecado de um desejo doido que ele próprio tinha ridicularizado em *Carnovsky*. Henry esperava que Nathan *risse*. Claro! Ele tinha ido de Jersey até Nova York para confessar ao autor zombeteiro o ridículo absurdo de seu dilema, mas fora recebido por um irmão solícito que não era mais capaz nem de aconselhar nem de ofender. Tinha ido ao apartamento de Nathan para escutar como era totalmente sem sentido a boca de Wendy ao lado da empresa ordenada que é a vida de um homem maduro, mas o satirista sexual tinha se sentado e escutado tudo a sério. A impotência, Zuckerman vinha pensando, o alienara da forma mais simples que existe de se distanciar de uma vida previsível. Enquanto foi potente, pôde desafiar e ameaçar, mesmo que por brincadeira, a solidez das relações domésticas; enquanto foi potente, houve um espaço em sua vida entre o que era rotina e o que é tabu. Mas, sem a potência, se sente condenado a uma vida manietada, onde todas as questões estão resolvidas.

Nada podia ter esclarecido mais isso que o relato que Henry lhe fizera sobre como se tornou amante de Wendy. Pelo visto, do momento em que ela entrou no consultório e que ele fechou a porta, praticamente cada palavra que trocaram o tinha agrilhoado.

— Oi — ele tinha dito, apertando-lhe a mão. — Já ouvi coisas tão maravilhosas sobre você do dr. Wexler. E agora, te vendo, eu acho que é boa demais, até. Você vai me distrair, é tão bonita.

— Ahn, uhn — ela disse, rindo. — Quem sabe então eu deva ir embora.

Henry tinha ficado encantado não só com a rapidez com que a deixara à vontade mas com o fato de que ele próprio se sentia também à vontade. Nem sempre era assim. Apesar de seu propalado relacionamento com os pacientes, ele ainda podia ser ridiculamente formal com gente que não conhecia, homens bem como mulheres, e, às vezes, digamos, quando estava entrevistando alguém para um emprego em seu próprio consultório, tinha a impressão de que era *ele* a pessoa sendo entrevistada. Mas alguma coisa de vulnerável na aparência desta jovem — alguma coisa de especialmente tentador em seus peitinhos — o tinha encorajado, ainda que neste exato momento encorajar-se talvez não fosse a melhor das idéias. Tanto em casa quanto no consultório tudo ia tão bem que uma aventura extramuros com uma mulher era a *última* coisa de que precisava. No entanto, justamente porque tudo *estava* indo bem é que ele não conseguia refrear aquela confiança vigorosa, viril, que já estava fazendo a moça girar nos gonzos, ele estava vendo. É que era um daqueles dias em que ele se sentia feito um ator de cinema, interpretando um grandioso sabe Deus o quê. Para que se reprimir? Havia dias que bastassem quando se sentia como um idiota.

— Sente-se — ele disse. — Conte-me sobre você e sobre o que quer fazer.

— O que eu quero fazer?

Alguém provavelmente disse para ela repetir a pergunta do dentista caso precisasse de tempo para pensar na resposta certa ou para se lembrar da que tinha preparado.

— Quero fazer uma porção de coisas. Minha primeira experiência num consultório dentário foi com o dr. Wexler. E ele é ótimo — um verdadeiro cavalheiro.

— Ele é um bom sujeito — Henry disse, pensando, sem querer, com este maldito excesso de confiança e vigor, que antes que tivessem terminado ele lhe mostraria o que era ótimo.

— Aprendi um bocado no consultório dele sobre o que anda acontecendo em odontologia.

Ele a encorajou com delicadeza.

— Diga-me o que sabe.

— O que eu sei? Eu sei que um dentista tem que escolher o tipo de clientela que quer ter. É um negócio, é preciso escolher um mercado, e ao mesmo tempo a gente está lidando com algo que é muito íntimo. A boca das pessoas, como elas se sentem a respeito dela, como elas se sentem a respeito de seu sorriso.

As bocas *eram* o negócio dele — dela também — mas falar assim delas — no fim do expediente, com a porta fechada e aquela loira miúda, jovem, pedindo um emprego — estava tudo ficando tremendamente excitante. Lembrou do som da voz de Maria lhe dizendo como seu pinto era maravilhoso:

— Eu boto a minha mão na sua calça, me espanta, é tão grande, redondo, e duro. Teu controle — ela dizia para ele — do jeito que você faz durar, não tem ninguém como você, Henry.

Se por acaso Wendy se levantasse, viesse até a mesa e pusesse a mão na calça dele, ela ia descobrir do que é que Maria estava falando.

— A boca — Wendy ia dizendo — é de fato a coisa mais pessoal que um médico pode tratar.

— Você é uma das únicas pessoas que me disse isso — Henry falou para ela. — Sabia?

Quando viu o elogio trabalhando a cor do rosto dela, levou a conversa para uma direção mais ambígua, sabendo, entretanto, que ninguém que os escutasse poderia, com legitimidade, acusá-lo de estar conversando com ela qualquer outro assunto que não suas qualificações para o emprego. Não que alguém pudesse estar escutando.

— Você considerava a *sua* boca como mais uma parte do corpo, um ano atrás? — ele perguntou.

— Comparando com o que eu penso dela agora, considerava. Claro, eu sempre cuidei dos meus dentes, sempre cuidei do meu sorriso...

— Você *se* cuidava — Henry interrompeu, com ar de aprovação.

Sorrindo — e era um sorriso bonito, um emblema do abandono totalmente inocente, infantil — ela pegou a deixa feliz da vida.

— Eu me cuido sim, claro, mas eu não tinha percebido que havia tanta psicologia envolvida em odontologia.

Ela estaria dizendo aquilo para ele ir mais devagar, estaria lhe pedindo educadamente para por favor dar um chega para lá da *sua* boca? Talvez não fosse tão inocente quanto parecia — mas isso era ainda *mais* excitante.

— Fale-me um pouco sobre isso — Henry disse.

— Bom, o que eu disse antes... o que você sente em relação a seu sorriso é um reflexo do que você sente em relação a você mesmo, e o que você apresenta para os outros. Eu acho que a personalidade toda pode se desenvolver, não só os dentes, mas tudo o mais que vem junto. Num consultório dentário você está lidando com a pessoa toda, mesmo que pareça que você está lidando apenas com a boca. Como é que eu satisfaço a pessoa inteira, inclusive a boca? E quando você fala em odontologia corretiva, aí é psicologia *mesmo*. A gente teve alguns problemas no consultório do dr. Wexler com gente que estava pondo uma coroa e que queria um dente branco, branco, que não combinava com seus próprios dentes, com sua própria coloração. É preciso fazê-los entender o que são dentes com aparência natural. Você tem que dizer: "O senhor vai ter o sorriso que é perfeito para o senhor, mas não dá para pegar *o* sorriso e instalá-lo na sua boca!".

— E ter a boca — Henry acrescentou, para ajudar — que parece lhe pertencer.

— Exatamente.

— Quero que trabalhe para mim.

— Ah, ótimo.

— Acho que vai dar — Henry disse, mas, antes que *aquilo* adquirisse significado demais, passou a expor à nova assistente suas próprias idéias como se pudesse, falando com a maior seriedade sobre odontologia, conter-se antes de se tornar altamente sugestivo. Estava enganado.

— A maioria, como você já deve ter percebido, nem sabe que a boca é parte do corpo. Ou que os dentes são parte do corpo. Conscientemente eles não sabem. A boca é um vazio, a boca é nada. A maioria, ao contrário de você, nunca vai dizer o que a boca significa. Se eles têm medo de dentista, às vezes é por causa de alguma experiência anterior amedrontadora, mas é fundamentalmente por causa do que a boca significa. Qualquer um que a toque ou está invadindo ou ajudando. Para fazê-los passar da idéia de que alguém trabalhando nela é alguém que a está invadindo para a idéia de que os está ajudando em algo de bom é quase como passar por uma experiência sexual. Para muitas pessoas a boca é um lugar secreto, onde nos escondemos. Como se *fossem* os órgãos genitais. É preciso não esquecer que, embriologicamente, a boca está relacionada à genitália.

— Eu estudei isso.

— Estudou? Ótimo. Então você sabe que as pessoas querem que você seja muito delicada com suas bocas. Delicadeza é a preocupação maior. Com todos os tipos. E, por incrível que pareça, os homens são mais vulneráveis, principalmente se perderam alguns dentes. Sim, porque perder os dentes para um homem é uma experiência muito forte. Um dente, para um homem, é um minipênis.

— Não tinha percebido isso — ela disse, mas sem dar o menor sinal de parecer ofendida.

— Bem, o que é que *você* acha da perícia sexual de um homem desdentado? O que você acha que ele acha? Tive um indivíduo aqui que era um sujeito importante. Tinha perdido todos os dentes e estava com uma namorada jovem. Não queria que ela soubesse que ele usava dentadura, porque isso significava que ele era um velho, e ela uma jovem. Mais ou menos da sua idade. Vinte e um?

— Vinte e dois.

— Ela tinha vinte e um. De modo que fiz implantes para ele, em vez de pôr uma dentadura, e ele ficou feliz, e ela ficou feliz.

— O dr. Wexler sempre diz que a maior satisfação vem do maior desafio, que normalmente é um caso calamitoso.

Será que Wexler tinha trepado com ela? Por enquanto Henry não tinha ido além do flerte de praxe com suas assistentes, qualquer que fosse a idade — além de ser pouco profissional, era por demais perturbador numa clínica movimentada, e podia bem levar o *dentista* a se transformar no caso calamitoso. Foi então que percebeu que nunca deveria tê-la contratado; tinha sido muito impulsivo e agora estava piorando ainda mais as coisas com toda essa conversa de minipênis que estava lhe dando um enorme de um pau duro. Acontece que ultimamente tudo andava se combinando para deixá-lo tão atrevido que não conseguia parar. Qual é a pior coisa que poderia lhe acontecer? Sentindo-se assim tão ousado, não tinha idéia.

— A boca, é preciso que você se lembre, é o órgão fundamental da experiência...

E lá ia ele, olhando fixa e ousadamente para a dela.

Ainda assim, seis semanas se passaram antes que superasse suas dúvidas, não só em relação a cruzar a linha divisória mais ainda do que já tinha feito durante a entrevista, como também quanto a mantê-la no consultório, apesar do excelente trabalho que vinha executando. Tudo que vinha contando sobre ela a Carol calhava de ser verdade, ainda que para ele soasse como a mais transparente das racionalizações do porquê de ela estar lá.

— Ela é inteligente, atenta, ela é engraçadinha e as pessoas gostam dela; ela consegue se relacionar com todo mundo e me ajuda muitíssimo. Por causa dela, quando eu chego, posso começar direto. Esta moça — ele contava a Carol, e com mais freqüência do que seria preciso, naqueles estágios iniciais — está me poupando umas duas, três horas ao dia.

Aí uma tarde, depois do expediente, enquanto Wendy estava esvaziando a bandeja e ele fazendo a limpeza de rotina, virou-se para ela e, simplesmente não havendo mais como adiar, começou a rir.

— Olha — ele disse —, vamos fingir. Você é a assistente e eu sou o dentista.

— Mas eu *sou* a assistente — Wendy disse.

— Eu sei — ele respondeu —, e eu sou o dentista; mas vamos fingir do mesmo jeito.

— E isso — Henry contara a Nathan — foi o que fizemos.

— Você fez o Dentista — Zuckerman disse.

— Mais ou menos isso — Henry disse —, ela fingiu que se chamava "Wendy", e eu fingi que me chamava "dr. Zuckerman", e nós fingimos que estávamos no meu consultório dentário. E aí nós fingimos que trepávamos, e trepamos.

— Parece interessante — Zuckerman disse.

— Foi, foi incrível, nos deixou loucos; foi a coisa mais estranha que eu já fiz. Fizemos isso durante semanas, fingindo desse jeito, e ela ficava dizendo: "Por que é assim tão excitante se tudo que a gente está fingindo ser é o que nós somos?". Meu Deus, foi o máximo! Ela era fogo!

Pois bem, aquela coisa ardente, brincalhona, tinha terminado, finda a marotagem de virar o-que-era no que-não-era ou o-que-podia-ser no que-era — só havia é-isso-aí disso que-é que era mortalmente sério. Nada melhor para um homem bem-sucedido, ocupado, cheio de vida, que uma Wendy no paralelo, e nada que uma Wendy goste mais do que chamar seu amante de "dr. Z." — ela é jovem, ela topa, está no consultório dele, ele é o patrão, ela o vê de branco sendo adorado por todo mundo, vê a mulher dele servindo de motorista para as crianças e ficando grisalha enquanto nem precisa se preocupar com a cinturinha de cinqüenta centímetros... absolutamente divina. Sim, as reuniões com Wendy tinham sido a arte de Henry; seu consultório, o ateliê; e sua impotência, pensou Zuckerman, como a vida artística a se esgotar para sempre. A ele fora devolvida a arte dos responsáveis — bem a sinecura da qual precisava tirar férias cada vez mais longas a fim de sobreviver. Ficara dependendo de seu talento para o prosaico, exatamente daquilo que o encurralara a vida toda. Zuckerman se sentiu tremendamente condoído e, por isso, burramente não fizera nada para impedi-lo.

Na sala de estar, foi abrindo caminho pelo clã, aceitando condolências, escutando recordações, respondendo às perguntas de onde estava vivendo e o que estava escrevendo até chegar à prima Essie, sua parente favorita e, tempos atrás, a locomotiva da família. Estava sentada numa poltrona, em frente à lareira, com uma bengala sobre os joelhos. Há seis anos, quando a viu pela última vez, no enterro do pai na Flórida, havia um marido novo — um idoso jogador de bridge chamado Metz —, agora morto, pelo menos vinte quilos menos que Essie, e nenhuma bengala. Sempre fora, pelo que Zuckerman lembrava dela, grande e velha, mas agora estava ainda maior e mais velha, embora, pelo visto, sempre indestrutível.

— Então, perdeu seu irmão — disse enquanto ele se curvava para beijá-la. — Uma vez eu levei vocês dois ao Parque Olímpio. Vocês foram em tudo que é brinquedo com os meus filhos. Às seis, Henry era a cara de Wendell Willkie, com aquela cabeleira negra. Aquele garotinho adorava você, na época.

Eles precisam voltar à Basiléia — Jurgen foi transferido de volta. Maria não consegue parar de chorar.

— Vou voltar para ser uma boa esposa e uma boa mãe!

Em seis semanas, Suíça, onde ela vai ter *só* o dinheiro para provar que foi real.

— É mesmo?

— Deus, ele não largava a sua mão.

— Bom, agora largou. Estamos todos aqui na casa dele e Henry está lá no cemitério.

— Não me fale sobre os mortos — disse Essie. — Olho no espelho de manhã e vejo a família inteira me olhando de volta. Vejo o rosto de minha mãe, vejo meu irmão, vejo os mortos de muito tempo atrás, todos eles lá, bem no meu nariz. Olha, vamos conservar, você e eu — e, depois de ajudada a sair da poltrona, conduziu-o pela sala, abrindo caminho feito um grande veículo que avança sobre um eixo partido.

— O que foi? — ele perguntou quando estavam no *hall* de entrada.

— Se seu irmão morreu para dormir com a mulher dele, então já está lá com os anjos, Nathan.

— Mas ele sempre foi o melhor dos garotos, Esther. O filho entre os filhos, o pai entre os pais e, pelo jeito, o marido entre os maridos também.

— Pelo jeito o shmuck entre os shmucks.

— Mas as crianças, o pessoal, papai teria um ataque. Como é que eu vou praticar odontologia na Basiléia?

— Por que teria que morar na Basiléia?

— Porque ela ama a cidade, por isso. Ela diz que a única coisa que fez South Orange suportável fui eu. A Suíça é o *lugar* dela.

— Há lugares piores que a Suíça.

— Para você é fácil falar isso.

Portanto não digo mais nada, apenas lembro dela montada nele no corpete de seda preta, muito, muito distante, como os balaústres da sua cama de menino.

— Não é tão shmucky assim quando você fica impotente aos trinta e nove anos — disse Zuckerman — e tem motivos para achar que nunca mais vai passar.

— Ficar no cemitério também não.

— Ele esperava viver, Essie. Senão nunca teria operado.
— E tudo pela esposinha.
— É a história que corre.
— Prefiro as que você escreve.

Maria lhe diz que a pessoa que fica sofre ainda mais do que a que parte. Por causa de todos os lugares familiares.

Descendo as escadas, bem atrás deles, vinham dois homens idosos que não via há muito tempo: Herbert Grossman, o único refugiado europeu dos Zuckerman, e Shimmy Kirsch, designado anos atrás, pelo pai de Nathan, como o cunhado neandertal e, possivelmente, o parente mais burro da família. Como fosse também o mais rico da família, havia que se perguntar se a burrice de Shimmy não seria assim como uma vantagem; observando o homem, era de se perguntar se, de fato, a paixão de viver e a força de vencer não seriam, no fundo, *muito burras*. Embora o porte colossal tivesse sofrido a erosão do tempo, e o rosto profundamente sulcado trouxesse todos os emblemas do empenho de uma vida, ainda era mais ou menos a pessoa que Nathan conhecera na infância — um enorme e inexpugnável nada na linha de produção em série, um daqueles filhos vorazes de famílias simplórias que não recuariam diante de nada, mesmo estando, felizmente para a sociedade, escravizados por cada um dos últimos tabus primitivos. Para o pai de Zuckerman, o dedicado à quiropodia, a vida tinha sido um galgar tenaz para além do abismo da pobreza do pai imigrante, não só para melhorar sua própria situação como também, eventualmente, para salvar todo mundo, na qualidade de messias da família. Shimmy nunca tinha achado necessário limpar assim tão assiduamente seu traseiro. Não que quisesse, necessariamente, se aviltar. Toda sua imperturbabilidade tinha sido usada para ser o que nascera e fora criado para ser — Shimmy Kirsch. Sem perguntas, nem desculpas, nada desta porcariada de quem-sou-eu, o-que-sou-eu, onde-estou-eu, nem uma gota de autodesconfiança ou o menor impulso na direção da distinção espiritual; não, como tantos outros de sua geração, saídos

dos velhos guetos judeus de Newark, um homem que respirou o espírito da oposição mas permaneceu completamente de acordo com os modos e meios da terra.

Há tempos, quando Nathan se apaixonou pela primeira vez pelo alfabeto e soletrava o caminho do estrelato na escola, estes Shimmys já tinham começado a deixá-lo incerto se de fato não viria a ser ele o esquisitão, em especial quando ficava sabendo das maneiras pouco cerebrais com que conseguiam vencer os competidores. Ao contrário do pai admirável que tinha tomado o atalho da escola noturna para chegar à dignidade profissional, estes Shimmys terrivelmente banais e convencionais exibiam toda a impiedade dos renegados, rasgando com os dentes um bocado do coxão cru da vida, para depois arrastar aquilo com eles por toda a parte, tudo mais empalidecendo e perdendo o sentido ao lado da carne sangrenta entre seus maxilares. Não tinham qualquer sabedoria; totalmente saturados, inteiramente auto-obcecados, não tinham em que se prender, exceto a mais elementar virilidade; entretanto, com apenas aquilo, tinham ido bem longe. Também tiveram experiências trágicas e sofreram perdas sentidas, afinal não estavam tão embrutecidos: quase morrer de pancada era uma especialidade deles tanto quanto espancar. A questão é que dor e sofrimento não os desviavam nem meia hora da intenção de viver. A falta que neles havia de nuança ou dúvida, do sentido de futilidade ou desespero do comum dos mortais, dava às vezes a tentação de considerá-los inumanos, e no entanto eram homens sobre os quais seria impossível dizer que fossem *outra* coisa a não ser humanos: eram o que o humano é de fato. Enquanto seu próprio pai ansiava sem descanso por incorporar o melhor do ser humano, estes Shimmys eram simplesmente a espinha dorsal da raça humana.

Shimmy e Grossman estavam discutindo a política externa de Israel.

— Bomba neles. — Shimmy disse sem rodeios —, joga bomba nos putos dos árabes até eles pedirem água. Eles querem puxar nossas barbas outra vez? Pois nós morreremos!

Essie, raposa velha, esperta, autoconsciente, um tipo totalmente diferente de sobrevivente, disse-lhe:

— Sabe por que eu contribuo para Israel?

Shimmy ficou indignado.

— *Você?* Você nunca abriu mão de um tostão na vida.

— Sabe por quê? — ela se voltou para Grossman, um perguntador de ótima espécie.

— Por quê? — Grossman disse.

— Porque em Israel se ouvem as melhores piadas anti-semitas. Em Telavive você ouve piadas anti-semitas melhores até que as da avenida Collins.

Depois do jantar H. volta para o consultório — trabalho de laboratório, é o que diz a Carol — e fica lá à noite lendo *Suíça* de Fodor, tentando se decidir. "A Basiléia é uma cidade que tem uma atmosfera toda sua, na qual elementos de tradição e medievalismo se misturam, inesperadamente, ao moderno... por trás e nos arredores de suas esplêndidas construções antigas e ótimos exemplares modernos, um labirinto de simpáticas ruelas e vias movimentadas... o antigo fundindo-se imperceptivelmente com o novo..." Ele pensa: "Que tremenda vitória se eu conseguisse ir!".

— Estive lá três anos atrás com Metz — Essie ia dizendo. — Estamos no táxi, indo do aeroporto para o hotel. O motorista, um israelense, se vira pra nós e, em inglês, ele diz: "Por que os judeus têm nariz grande?" "Por quê?", eu pergunto. "Porque o ar é de graça", ele diz. Na mesma hora eu fiz um cheque de mil pratas para a UJA.

— Que é isso — Shimmy disse para ela —, quem é que já conseguiu arrancar um tostão seu?

— Perguntei a ela se deixaria Jurgen. Ela me pediu para primeiro lhe dizer se eu deixaria Carol.

Herbert Grossman, que de firme só tinha aquela sua visão de mundo obstinadamente lacrimosa, nesse meio-tempo começara a contar a Zuckerman as más notícias mais recentes. A melancolia de Grossman, numa certa época, tinha deixado o pai de Zuckerman quase tão louco quanto a burrice de Shimmy; e era provavelmente a única pessoa sobre quem o dr. Zuckerman teve que acabar admitindo:

— O pobre homem não pode evitar.

Alcoólatras podiam, adúlteros podiam, segundo o dr. Zuckerman qualquer um podia mudar *qualquer* coisa em si mesmo, através do exercício diligente da vontade; mas porque Grossman tivera que fugir de Hitler, ele parecia não *ter* nenhuma vontade. Não que domingo após domingo o dr. Zuckerman não tivesse tentado pôr a maldita coisa em marcha. Com otimismo, ele se levantava da mesa depois do lauto café-da-manhã e anunciava para a família:

— Hora de telefonar para Herbert! — Mas dez minutos mais tarde ele estava de volta à cozinha, totalmente derrotado, resmungando para si mesmo: — O pobre homem não pode evitar.

Hitler era o culpado, não havia nenhuma outra explicação. De outra forma, o dr. Zuckerman não conseguiria entender alguém que simplesmente não regulava muito bem.

Para Nathan, Herbert Grossman parecia agora, como então, um refugiado delicado, vulnerável, um judeu, para readaptar e modernizar a fórmula de Isaac Babel, com um marca-passo no coração e óculos no nariz.

— Todo mundo se preocupa com Israel — Grossman ia lhe dizendo —, mas você sabe com que eu me preocupo? Com isso aqui. Os Estados Unidos. Alguma coisa de terrível está acontecendo bem aqui. Eu sinto, como na Polônia de 1935. Não, não um anti-semitismo. Isso virá, de qualquer maneira. Não; é o crime, a impunidade, gente com medo. O dinheiro — está tudo a venda, e é isso que conta. Os jovens estão cheios de desespero. As drogas são apenas desespero. Ninguém tem vontade de se sentir assim tão bem se não estiver profundamente desesperado.

H. telefona e por meia hora não fala em outra coisa senão nas virtudes de Carol. Carol é uma pessoa cujas qualidades você só pode conhecer realmente se tiver vivido com ela tanto quanto ele viveu.

— Ela é interessante, dinâmica, curiosa, perceptiva...

Uma lista longa e impressionante. Uma lista *surpreendente*.

— Sinto isso nas ruas — Grossman disse. — Você não pode nem mais sair para fazer compras. Você sai para o supermercado em plena luz do dia e os negros lhe roubam as calças.

Maria partiu. Troca tremendamente chorosa de presentes de despedida. Depois de se consultar com o irmão mais velho e culto, H. lhe deu a coleção das *Sinfonias de Londres* de Haydn. Maria lhe deu seu corpete de seda preta.

Quando Herber Grossman se afastou para comer alguma coisa, Essie confidenciou a Zuckerman:

— Sua falecida mulher tinha diabete. Ela fez um inferno da vida dele. Eles lhe amputaram as pernas, ela ficou cega, e mesmo assim não parou de mandar nele.

Assim o Zuckerman sobrevivente passou a longa tarde esperando para ver se Wendy aparecia enquanto escutava os ensinamentos dos mais velhos da tribo e lembrava-se de anotações de seu diário que não tinham parecido, à época em que as escrevera, notas fatídicas para *Tristão e Isolda*.

Maria telefonou para o consultório de H. na véspera do Natal. Seu coração começou a pular no momento em que lhe disseram que era um chamado internacional e não parou até bem depois de ela ter desligado. Ela queria lhe desejar um Feliz Natal americano. Disse que tinha sido muito duro nesses seis meses, mas que o Natal estava ajudando. Havia a emoção das crianças, a família de Jurgen estava toda lá, e seriam dezesseis à mesa, no dia seguinte. Ela achava que até a neve tinha ajudado um pouco. Já estava nevando em Nova Jersey? Ele se importava que ela telefonasse assim para o consultório? As crianças estavam bem? Sua mulher? E ele? O Natal facilitava um pouquinho para ele, ou já não era mais tão difícil?

— O que foi que respondeu a isso? — eu perguntei.

H.:

— Tinha medo de dizer qualquer coisa. Estava com medo de que alguém no consultório ouvisse. Eu fodi tudo, acho eu. Disse que nós não celebramos o Natal.

Seria *esse* o motivo por que ele a deixara partir, porque Maria celebrava o Natal e nós não? Era de se imaginar que, entre os ateus seculares de formação superior da geração de Henry, fugir com shiksas tivesse há muito tempo deixado de ser uma felonia e fosse visto, no máximo, como uma questão menor num caso de amor. Mas aí também o problema de Henry podia ser que, tendo passado tanto tempo como modelo de perfeição, estivesse ridiculamente emaranhado neste disfarce no exato momento em que seu destino era explodir, revelando-se bem menos admirável e bem mais desesperado do que qualquer um podia ter suspeitado. Que absurdo, que terror, se a mulher que despertara nele o desejo de viver de modo diferente, que significava para ele uma ruptura com o passado, uma revolução contra o velho curso da existência que chegou ao marasmo — contra a crença de que a vida é uma série de deveres a serem executados com perfeição —, se aquela mulher estivesse destinada a não ser nada mais nada menos que a memória humilhante de sua primeira (e última) grande farra *porque ela comemorava o Natal e nós não*. Se Henry estivesse certo a respeito de sua doença, se ela fosse de fato conseqüência do estresse provocado pela derrota onerosa e por sentimentos penosos de autodesprezo que o perseguiram até muito depois que ela se fora para a Basiléia, então, por estranho que pareça, o que o matou foi ser um judeu.

Se/então. À medida que a tarde se esgotava, começou a sentir-se cada vez mais inclinado na direção de uma idéia que libertaria aquelas velhas anotações de sua crueza factual e transformaria todas num quebra-cabeça a ser resolvido pela sua imaginação. Enquanto fazia xixi no banheiro de cima, pensou: "Suponha que naquela tarde em que ela veio escondida até esta casa, depois que se casaram fazendo amor anal, ele tenha ficado observando, aqui mesmo, enquanto ela prendia o cabelo antes de entrar no chuveiro com ele. Vendo que ele a adora, vendo os olhos dele se maravilharem diante desta estranha mulher européia, corporificação simultânea de domesticidade inocente e erotismo violento, ela diz, sorrindo confiantemente:

— Eu pareço mesmo muito ariana, com o cabelo para cima e o maxilar exposto.

— Que há de errado nisso? — ele pergunta.

— Bem, existe uma qualidade nos arianos que não é muito atraente, como a História mostrou.

— Olha — ele diz para ela —, não vamos botar o século contra você...".

Não, não são eles, pensou Zuckerman, e desceu para a sala de estar, onde ainda não havia nem sinal de Wendy. Mas aí também não precisa ser "eles" — poderia ser eu, ele pensou. Nós. E se, em vez do irmão cuja existência contraditória a minha deduziu, existência concluiu e que deduziu a mim, fosse *eu* o Zuckerman naquela agonia? Qual é o verdadeiro critério da situação? Poderia ser simples para alguém? Se de fato aqueles remédios incapacitam a maioria dos homens que precisam deles para viver, então existe uma bizarra epidemia de impotência neste país cujas implicações pessoais ninguém está investigando, nem na imprensa, nem em Donahue, que dirá em ficção...

Na sala, alguém estava lhe dizendo:

— Sabe de uma coisa, eu estava tentando interessar seu irmão em criologia, não que isso sirva de consolo agora.

— É mesmo?

— Nem sabia que ele estava doente. Sou Berry Shuskin. Estou tentando organizar uma instalação criológica aqui em Nova Jersey, mas quando vim falar com Henry ele riu. Um sujeito com um coração doente não pode mais foder, e não quis nem ler os folhetos que eu lhe dei. Era bizarro demais para um racionalista como ele. Na posição dele, eu não teria tanta certeza. Trinta e nove anos e está tudo acabado — isso é que é bizarro.

Shuskin era um cinqüentão jovial — muito alto, careca, com um cavanhaque escuro e um jeito *staccato* de falar, um homem vigoroso com muita coisa a dizer, que Zuckerman tomou inicialmente por um advogado, talvez algum tipo de executivo eficientíssimo. Mas era um colega de Henry, um dentista que trabalhava no mesmo complexo de consultórios e cuja especialidade era implantação de dentes, prender dentes feitos sob medida ao osso do maxilar, em vez de colocar pontes ou dentaduras. Quando uma implantação era muito complicada ou trabalhosa para Henry fazer em seu consultório, ele enviava o caso para Shuskin, que também se especializara em reconstruir a boca de vítimas de acidentes ou de câncer.

— Conhece criologia? — Shuskin perguntou, depois de se identificar como colega de Henry. — Devia. Devia ter seu nome na mala direta. Boletins, revistas, livros, tudo documentado. Eles descobriram como congelar, sem prejuízo das células. Estado de suspensão temporária. Você não morre, fica confinado, com sorte, por umas centenas de anos. Até que a ciência tenha resolvido o problema de como descongelar. É possível congelar, entrar em suspensão e depois ser revitalizado, as partes estragadas todas consertadas ou trocadas, e você ficará tão bom, senão melhor, do que quando era novo. Você sabe que vai morrer, você está com câncer, ele está prestes a atacar os órgãos vitais. Bom, você tem uma opção. Você entra em contato com o pessoal da criologia e diz, eu quero ser acordado no século XXII, me dêem uma *overdose* de morfina, drenem meu corpo e o coloquem em suspensão. Você não está morto. Só passa da vida para o confinamento. Sem estágios intermediários. A solução criônica substitui o sangue e evita que a cristalização do gelo prejudique as células. Eles colocam o corpo num saco plástico, guardam o saco num contêiner de aço inoxidável, que eles enchem com nitrogênio líquido. A duzentos e setenta e três graus negativos. Cinqüenta mil bagarotes para o congelamento, e depois você institui um fundo curador para pagar a manutenção. Isso é ninharia, mil, mil e quinhentos dólares por ano. O problema é que só existem instalações na Califórnia e na Flórida — e rapidez é imprescindível. Por isso quero estudar seriamente a possibilidade de formar uma organização sem fins lucrativos aqui mesmo em Jersey. Uma instalação criônica para homens que, como eu, não querem morrer. Ninguém faria nenhum dinheiro com ela, exceto alguns assalariados, que estão cada vez mais versados no assunto, para manter as instalações. Muitos caras iam dizer: "Porra, Berry, vamos lá, a gente tira uma grana disso e fode com todo mundo que acha que tem alguma coisa de sério aí". Mas eu não quero me meter com esses tipos de merda. A idéia é juntar um grupo de associados que queiram ser preservados para o futuro, de sujeitos que estejam comprometidos com o princípio e não com os lucros. Talvez uns cinqüenta. Provavelmente dê para arranjar cinco mil. Está cheio de sujeitos poderosos que estão curtindo a vida, que têm um bocado de poder e um bocado de *know-how*, e que acham uma merda ser queimado ou enterrado; por que não congelado?

Naquele exato momento uma senhora pegou na mão de Zuckerman, uma senhora de idade, pequena, com uns olhos azuis extraordinariamente bonitos, busto grande e um rosto cheio, redondo, alegre.

— Sou a tia lá de Albany de Carol. Irmã de Bill Goff. Queria lhe dar minhas condolências.

Dando a entender que compreendia as obrigações sentimentais do irmão do morto, baixinho, num aparte, Shuskin murmurou para Zuckerman:

— Queria seu endereço, antes de ir embora.

— Depois — disse Zuckerman, e Shuskin, que estava curtindo a vida, que tinha um bocado de poder e um bocado de *know-how* e intenção nenhuma de ser queimado ou enterrado, que ficaria deitado feito uma costeleta de carneiro até o século XXII, depois acordaria, descongelar-se-ia, para continuar mais um bilhão de anos sendo ele próprio, deixou Zuckerman condoendo-se com a tia de Carol, que continuava segurando firmemente sua mão. Shuskin para sempre. É este o futuro, depois que o freezer tiver substituído a tumba?

— Esta é uma perda — ela disse a Zuckerman — que ninguém vai entender nunca.

— É verdade.

— Algumas pessoas ficaram espantadas com o que ela disse, sabia?

— Carol? Ficaram?

— Bom, sabe, levantar-se no enterro do seu marido e falar daquele jeito. Eu sou de uma geração que não falava sobre essas coisas nem em particular. Muita gente não teria a mesma necessidade que ela de ser aberta e honesta sobre algo tão pessoal. Mas Carol sempre foi uma moça espantosa e não me decepcionou hoje. A verdade para ela sempre foi a verdade, e nunca teve nada a esconder.

— Eu achei o que ela disse muito bom.

— Claro. O senhor é um homem instruído. Conhece a vida. Faça-me um favor — ela sussurrou. — Quando tiver um tempinho, diga ao pai dela.

— Por quê?

— Porque se ele continuar do jeito que está agora, vai ter outro ataque do coração.

Ele esperou mais uma hora, quase até as cinco, não para acalmar o sr. Goff, cujo espanto era problema de Carol, mas pela possibilidade remota de que Wendy pudesse ainda aparecer. Uma moça decente, ele pensou — ela não quer se impor à esposa e às crianças, mesmo que eles ignorem o importante papel que ela desempenhou nisso tudo. A princípio pensou que ela iria querer muito falar com a única pessoa que sabia por que isto tinha acontecido e como ela devia estar se sentindo, mas talvez fosse exatamente porque Henry tinha contado tudo a Nathan que estava se mantendo a distância — porque não sabia se deveria esperar ser punida por ele, ou interrogada para uma revelação ficcionalizada, ou talvez até mesmo ser maldosamente seduzida pelo irmão esquisito, à la Ricardo III. À medida que os minutos se escoavam, percebeu que ficar à espera de Wendy ia mais além do que querer descobrir como ela se portaria com Carol, ou de ver por si mesmo, de perto, se havia algo mais ali que a fotografia não tinha revelado; era mais como ficar à espera de uma estrela de cinema ou na expectativa de dar uma espiadinha no papa.

Shuskin o alcançou no momento em que partia em busca do sobretudo guardado no que era agora o quarto da viúva. Subiram juntos a escada, Zuckerman pensando que era curioso que Henry nunca tivesse mencionado seu colega visionário, o implantodontista — que em seu estado enlouquecido não se tenha deixado tentar. Mas provavelmente não tinha sequer escutado o outro. Os delírios de Henry não chegavam a ponto de viver descongelado no segundo milênio. Mesmo uma vida na Basiléia com Maria já era muito perto de ficção científica para ele. Comparativamente tinha pedido tão pouco — disposto a se contentar por completo, pelo resto de seus dias naturais, com o modesto milagre de Carol, Wendy e as crianças. Ou isso ou ser um menino de onze anos no bangalô de praia de Jersey com a torneira de fora para tirar a areia dos pés. Se Shuskin tivesse lhe dito que a ciência estava trabalhando para fazer o verão de 1948, ele podia ter arranjado um freguês.

— Tem um grupo em Los Angeles — Shuskin estava dizendo —, vou lhe enviar os boletins deles. Uns sujeitos muito inteligentes. Filósofos. Cientistas. Engenheiros. Um bocado de escritores também. O que eles estão fazendo na costa Oeste, porque eles não acham que é o corpo o importante, a sua identidade está toda aqui, então eles separam a cabeça do corpo. Eles sabem que vão ser capazes de religar as cabeças aos corpos, religar as artérias, a base do cérebro, e tudo mais num corpo novo. Eles já terão resolvido os problemas imunológicos, ou então quem sabe possam obter um outro corpo por clonagem. Tudo é possível. Por isso estão congelando só as cabeças. Fica mais barato do que congelar e guardar o corpo todo. Mais rápido. Reduz os custos de armazenagem. Eles acham isso interessante, em círculos intelectuais. Quem sabe você também, se se vir na pele de Henry. Eu não gosto muito, não. Quero o meu corpo inteiro congelado. Por quê? Porque pessoalmente eu acho que a nossa experiência está muito ligada às memórias que cada célula do corpo tem. Você não separa a mente do corpo. O corpo e a mente são um. O corpo *é* a mente.

Não há como argumentar a questão, não hoje, nem aqui, pensou Zuckerman e, depois de encontrar seu sobretudo sobre a cama tamanho extra que Henry trocara por um caixão, anotou seu endereço.

— Se eu me vir na pele de Henry — disse, entregando-o a Shuskin. — Eu disse "se"? Perdão pela delicadeza. Quis dizer quando.

Embora Henry tivesse sido um pouquinho mais forte, mais musculoso que seu irmão mais velho, os dois eram mais ou menos do mesmo tamanho e porte, o que talvez explicasse por que Carol segurou-o tanto tempo quando foi se despedir dela. Era, para ambos, um momento tão fortemente emotivo que Zuckerman se perguntou se não estaria prestes a ouvi-la dizer:

— Eu sei sobre ela, Nathan. Sempre soube. Mas ele teria enlouquecido se eu tivesse dito isso a ele. Anos atrás, eu fiquei sabendo sobre uma paciente. Não podia acreditar no que ouvia, as crianças eram pequenas, eu era mais jovem, e importava tremendamente para mim. Quando eu lhe disse que sabia, ele endoidou. Teve um ataque histérico. Chorou dias a fio, voltava do consultório sempre me implorando para perdoá-lo, implorando de joelhos para não mandá-lo para fora de casa, se chamando dos piores nomes e implorando para eu não jogá-lo na rua. Nunca mais quis vê-lo daquele jeito. Eu sabia de todas elas, cada uma delas, mas deixei Henry em paz, deixei que ele tivesse o que queria, contanto que em casa ele fosse um bom pai para as crianças e um marido decente para mim.

Mas nos braços de Zuckerman, encostada ao peito dele, tudo que ela disse, com a voz embargada, foi:

— Me ajudou muito você estar aqui.

Conseqüentemente, ele não tinha motivos para responder:

— Então foi por isso que inventou aquela história — e não

disse mais nada além do que era de se esperar: — Ajudou a mim ter estado com todos vocês.

Carol então não respondeu:

— É claro que foi por isso que eu disse o que disse. Aquelas cadelas todas lá, se desmanchando de tanto chorar, sentadas lá chorando o *homem delas*. Ao inferno com elas! — Em vez disso ela lhe disse: — Significou muito para as crianças ver você. Elas precisavam de você hoje. Você foi maravilhoso com Ruth.

Nathan não perguntou:

— E você o deixou ir em frente com a operação, sabendo para quem era? — Ele disse: — Ruth é uma menina maravilhosa.

Carol respondeu:

— Ela ficará bem, todos nós ficaremos — e bravamente deu-lhe um beijo de despedida, em vez de dizer: — Se eu o tivesse impedido, ele nunca me perdoaria, teria sido um pesadelo pelo resto de nossas vidas. — Em vez de: — Se ele quis arriscar sua vida por aquela mulherzinha estúpida, era problema dele, não meu. — Em vez de: — Bem feito para ele, morrer assim depois do que me fez passar. Justiça poética. Que apodreça no inferno por sua chupada diária!

Das duas uma, ou o que ela tinha dito a todos no altar era o que realmente acreditava, ou ela era uma companheira bondosa, corajosa, cega e leal que Henry tinha enganado miseravelmente até o fim, ou era uma mulher mais interessante do que tinha imaginado, uma escritora sutil e convincente de ficção doméstica, que tinha ladinamente reimaginado um humanista decente, comum e adúltero como um mártir heróico do leito conjugal.

Não sabia de fato o que achar até que, em casa naquela noite, antes de sentar para reler as três mil palavras escritas na noite anterior — e para registrar suas observações sobre o enterro — pegou novamente o diário de dez anos atrás e folheou-o até encontrar a última de todas as anotações sobre a grande paixão contrariada de Henry. Estava bem adiante no bloquinho, enterrada entre apontamentos sobre outra coisa completamente diferente; por isso na noite anterior tinha escapado à investigação.

A anotação fora feita muitos meses depois que Maria telefonou da Basiléia, no Natal, quando Henry estava começando a achar que se havia alguma satisfação a ser tirada daquela esmagadora sensação de perda era o fato de que, pelo menos, não tinha sido descoberto — da época em que a depressão inicial, depauperante, tinha começado a ceder e a ser substituída pela conscientização humilde daquilo que o caso com Maria tinha exposto de forma tão penosa: o fato de que ele não era nem grosseiro o bastante para se curvar a seus desejos, e nem refinado o suficiente para transcendê-los.

Carol o apanha no aeroporto de Newark, depois da conferência sobre ortodontia em Cleveland. Ele senta atrás do volante no estacionamento do aeroporto. Noite e ventania de fim de inverno a caminho. Carol, de repente em lágrimas, desabotoa sua capa impermeável forrada de alpaca e acende a luz do carro. Nua à exceção do sutiã preto, calcinha, meias e cinta-liga. Por um momento brevíssimo ele até se excita, mas depois vê a etiqueta com o preço na cinta-liga e percebe naquilo tudo o desespero do surpreendente espetáculo. O que vê não é uma opulência de paixão da parte de Carol, não descoberta até então, cuja profundidade pudesse começar a sondar, e sim o patético das compras feitas obviamente naquele dia mesmo por uma mulher previsível, sexualmente tímida, com quem ficará casado pelo resto da vida. O desespero dela o deixou mole — depois irritado — nunca ansiou tanto por Maria! Como pôde deixar aquela mulher partir!

— Me fode! — Carol grita, mas não naquele alemão-suíço incompreensível que costumava deixá-lo tão excitado, e sim em puro e compreensível inglês. — Me fode antes que eu morra! Você não me fode como se eu fosse mulher faz anos!

2. JUDÉIA

QUANDO O LOCALIZEI NO JORNAL, Shuki a princípio não conseguiu entender quem eu disse que era — quando soube, fingiu estar pasmo.

— O que é que um bom rapaz judeu como você está fazendo num lugar como este?

— Eu venho regularmente a cada vinte anos para ter certeza de que está tudo bem.

— Bem, está tudo ótimo — Shuki respondeu. — Estamos indo pra cucuia de umas seis maneiras diferentes. É terrível demais até para fazer piada.

Encontramo-nos dezoito anos antes, em 1960, durante minha única outra visita a Israel. Como *Educação superior*, meu primeiro livro, tivesse sido considerado "polêmico" — armazenando tanto um prêmio judeu quanto a ira de uma porção de rabinos —, fui convidado a ir para Telavive para participar de um diálogo público: escritores judeus-americanos e israelenses sobre o tema "O Judeu na Literatura".

Embora só alguns anos mais velho que eu, em 1960 Shuki tinha acabado de completar uma passagem de dez anos como coronel do exército e sido nomeado assessor de imprensa de Ben-Gurion. Um dia me levou até o gabinete do primeiro-ministro para apertar a mão do "Velho", um acontecimento que, por mais especial que tenha sido, não foi nem de longe tão instrutivo quanto o nosso almoço, um pouco antes, com o pai de Shuki no refeitório da Knesset.

— Você pode aprender alguma coisa conhecendo um trabalhador israelense comum — Shuki disse —, quanto a ele, adora vir até aqui para comer com os figurões.

É claro que o motivo principal de gostar tanto de comer na

Knesset era o fato de que o filho, agora, trabalhava para seu ídolo político.

O sr. Elchanan estava, então, na casa dos sessenta e continuava empregado como soldador em Haifa. Tinha emigrado em 1920 de Odessa para a Palestina, que estava sob mandato internacional, na época em que a revolução russa começou a se mostrar mais hostil aos judeus do que seus adeptos judeus-russos tinham previsto.

— Eu cheguei — contou-me no bom, ainda que fortemente carregado, inglês que aprendera enquanto judeu palestino sob os britânicos — e já era um velho para o movimento sionista; eu tinha vinte e cinco anos.

Não era forte, mas suas mãos eram fortes — nas mãos estava o centro dele, o que havia de realmente excepcional a respeito de toda sua aparência. Os olhos eram bondosos, muito suaves, de um castanho-claro, mas de resto tinha feições comuns, indistinguíveis, num rosto perfeitamente redondo e delicado. Não era alto como Shuki e sim baixo, o queixo não se projetava heroicamente, mas retraía-se um pouco, um homem curvado por uma vida inteira de trabalhos físicos fazendo juntas e conexões. O cabelo esbranquiçado. Muito provavelmente você nem sequer o notaria se ele se sentasse a sua frente, num ônibus. Seria inteligente este feioso soldador? Inteligente o bastante, pensei, para criar uma família muito boa, inteligente o bastante para educar Shuki e seu irmão mais novo, um arquiteto em Telavive e, claro, inteligente o bastante para compreender, em 1920, que seria melhor sair da Rússia se tinha intenção de permanecer sendo um judeu e um socialista. Conversando, exibiu seu quinhão de sagacidade enérgica e até mesmo uma certa imaginação poético-jocosa na hora de me testar. Eu, pessoalmente, não consegui vê-lo como um operário "comum", mas também não era filho dele. Na verdade, não era nem um pouco difícil imaginá-lo como a contrapartida israelense do meu próprio pai, que na época ainda estava exercendo quiropodia em Nova Jersey. Apesar da diferença no *status* profissional, eles teriam se dado bem, pensei. Talvez fosse por isso que Shuki e eu nos déssemos tão bem.

Mal tínhamos começado a sopa quando o sr. Elchanan me disse:

— Então vai ficar.

— Vou? Quem disse isso?

— Bom, você não vai voltar para lá, vai?

Shuki continuou tomando a sopa — obviamente não era uma pergunta que se espantasse de ouvir.

Primeiro achei que o sr. Elchanan estava brincando comigo.

— Para os Estados Unidos? — eu disse, sorrindo. — Vou na semana que vem.

— Não seja ridículo. Você vai ficar.

Aqui, ele baixou a colher e veio até meu lugar na mesa. Com uma daquelas mãos extraordinárias, levantou-me pelo braço e me virou para a janela do refeitório que dava para toda a moderna Jerusalém até as muralhas da velha cidade.

— Está vendo aquela árvore? — ele disse. — É uma árvore judia. Está vendo aquele passarinho? É um passarinho judeu. Está vendo lá em cima? Uma nuvem judia. Não há país para um judeu senão este.

Em seguida soltou-me para que eu pudesse continuar comendo.

Shuki, assim que seu pai retornou a seu prato, lhe disse:

— Eu acho que a experiência de Nathan faz com que ele veja as coisas de modo diferente.

— Que experiência? — a voz de uma brusquidão que não existira comigo. — Ele precisa de nós — esclareceu o sr. Elchanan ao filho — e até mais do que nós precisamos dele.

— É mesmo. — Shuki disse suavemente, e continuou comendo.

Por mais honesto que eu fosse aos vinte e sete anos, por mais rigorosa, obstinadamente sincero, eu não queria de fato contar ao velho, bem-intencionado e encurvado pai do meu amigo o quanto ele estava errado, e em resposta ao que haviam dito me limitei a sacudir os ombros.

— Ele vive num museu! — disse muito bravo o sr. Elchanan.

Shuki meio que concordou com a cabeça — pelo visto também isto ele já tinha ouvido antes — de maneira que o sr. Elchanan voltou-se para dizê-lo diretamente a mim.

— Você está. Nós estamos vivendo num teatro judeu e você está vivendo num museu judeu!

— Conte-lhe, Nathan — disse Shuki —, sobre o seu museu. Não se preocupe, ele vem discutindo comigo desde que eu tinha cinco anos; ele agüenta.

Fiz então o que dissera Shuki e, pelo restante do almoço, eu lhe contei — como era de meu feitio naquela idade (principalmente com os pais), contei-lhe com extrema paixão, demoradamente. Não estava improvisando tampouco: estas eram conclusões que eu vinha tirando sozinho nos últimos dias, o resultado de três semanas de viagens por uma terra natal judia que não poderia ter me parecido mais remota.

Para ser o judeu que eu era, eu disse ao pai de Shuki, que não era nem mais nem menos do que o judeu que eu queria ser, não precisava viver numa nação judaica assim como ele, pelo que eu tinha entendido, também não se sentia obrigado a orar numa sinagoga três vezes ao dia. Minhas paisagens não eram as areias do Neguev, ou as colinas da Galiléia, nem as planícies costeiras da antiga Filistéia; eram os Estados Unidos dos imigrantes, industrializado — Newark, onde tinha me criado, Chicago, onde tinha estudado, e Nova York, onde vivia num porão, numa rua do Lower East Side, entre ucranianos e porto-riquenhos pobres. Meu texto sagrado não era a Bíblia mas sim os romances traduzidos do russo, do alemão e do francês para a língua na qual eu estava começando a escrever e publicar a minha própria ficção — não era a gama semântica do hebreu clássico mas o ritmo sincopado do inglês americano o que me excitava. Eu não era um judeu sobrevivente de um campo de concentração nazista em busca de refúgio seguro e acolhedor, nem era um judeu socialista para quem a fonte primeira da injustiça estava no demônio do capital, ou um nacionalista para quem a coesão era uma necessidade política judaica, nem um judeu crente, um judeu estudioso, ou um judeu xenófobo que não podia suportar a proximidade de góis. Eu era o neto norte-americano de simples comerciantes galicianos que, no final do século passado, tinham sozinhos chegado à mesma conclusão profética de Theodor Herzl — de que não havia futuro para eles na Europa cristã, de que não poderiam continuar sendo o que eram por lá sem incitar à violência forças terríveis contra as quais não possuíam qualquer meio possível de defesa. Mas que em vez de batalhar para salvar o povo judeu da destruição fundando uma terra natal num canto remoto do Império Otomano que fora, certa feita, a Palestina bíblica, tinham simplesmente procurado salvar suas próprias peles judias. Na medida em que o sionismo significasse tomar para si, ao invés de deixar a cargo de outros, a responsabilidade de sobreviver enquanto judeu, seria este o tipo de sionismo deles. E funcionou. Ao contrário deles, eu não tinha nascido cercado por uma classe agrária e católica debilitada que podia ser incitada ao fervoroso ódio aos judeus por um padre ou proprietário locais; para ser mais exato, a reivindicação de meus avós a um legítimo direito político não se tinha fundado no seio de uma população indígena e hostil, que não possuía qualquer compromisso com os direitos bíblicos judeus e não nutria nenhuma simpatia por aquilo que um Deus judeu tinha dito num livro judeu sobre o que se constitui em território judeu para sempre. A longo prazo eu podia até estar muito mais seguro enquanto judeu na minha pátria do que o sr. Elchanan, Shuki e seus descendentes jamais estariam na sua.

Eu insisti que os Estados Unidos não se resumem numa questão de judeus e gentios, e que o maior problema dos judeus norte-americanos não são os anti-semitas. Dizer: "Vamos e venhamos, para os judeus o problema sempre será o gói", pode ter laivos de verdade, no momento.

— Como é que alguém pode descartar esta declaração sem mais nem menos, neste século? E se os Estados Unidos porventura se transformarem num lugar de intolerância, superficialidade, indecência e brutalidade, onde todos os valores americanos sejam jogados na sarjeta, isso pode vir a ter mais do que laivos de verdade, pode vir a ser um fato.

Mas, eu continuei, o fato é que eu não conseguia pensar em

nenhuma sociedade histórica que tivesse alcançado o nível de tolerância institucionalizada conseguido nos Estados Unidos, nem que tivesse posto o pluralismo bem lá no meio do sonho publicamente alardeado de si própria. Eu só podia esperar que a solução de Yacov Elchanan para a sobrevivência e independência judaicas não viesse a ser menos bem-sucedida que o "não-político" e "não-ideológico" sionismo "familiar" instituído por meus avós imigrantes ao partirem, na virada do século, para os Estados Unidos, um país que não tinha em seu cerne a idéia de exclusão.

— Embora não admita isto quando estou lá em Nova York — eu disse —, sou um pouco idealista sobre os Estados Unidos; quem sabe do mesmo jeito que Shuki é um pouco idealista a respeito de Israel.

Não estava muito certo se aquele sorriso que eu vi era ou não um sinal de quão impressionado ele estava. Pois devia estar, eu pensei — com toda a certeza ele não ouve esse tipo de coisa dos outros soldadores. Depois até fiquei um pouco vexado, com medo de ter exagerado, de ter demolido *demais* as simplificações e os ideais do velho sionista.

Mas ele simplesmente continuou a sorrir, mesmo quando se pôs de pé, deu a volta na mesa e, uma vez mais, me levantou pelo braço e me levou de volta até onde eu pudesse descortinar suas árvores e ruas e pássaros e nuvens judias.

— Tantas palavras — ele me disse por fim, e apenas com uma sugestão daquela ironia que, para mim, era mais fácil de reconhecer como judia do que as nuvens —, explicações tão brilhantes. Pensamentos tão profundos, Nathan. Nunca, em toda a minha vida, eu vi um motivo melhor que você para não sairmos jamais de Jerusalém.

As palavras dele foram nossas últimas palavras porque, antes mesmo que pudéssemos comer a sobremesa, Shuki me carregou para o andar superior, para o meu programado minuto com outro cavalheiro baixinho envergando camisa de mangas curtas e que, em pessoa, também me pareceu enganosamente inconseqüente, como se o modelo de tanque que vi sobre sua mesa, entre papéis e fotos de família, não fosse mais que um brinquedo feito para o neto em sua pequena oficina.

Shuki contou ao primeiro-ministro que tínhamos acabado de almoçar com seu pai.

Isso divertiu Ben-Gurion.

— Então vai ficar — ele me disse. — Ótimo. Abriremos espaço.

Um fotógrafo já estava a postos para tirar um retrato do Pai Fundador de Israel apertando a mão de Nathan Zuckerman. Eu estou rindo na foto porque, bem na hora em que ia ser batida, Ben-Gurion sussurrou:

— Lembre-se, isto não é seu; é para seus pais, para que eles tenham um motivo de se sentirem orgulhosos de você.

Ele não estava enganado — meu pai não poderia ter ficado mais feliz, ainda que fosse uma foto minha em uniforme de escoteiro ajudando Moisés a descer do monte Sinai. A foto não era somente bela, era também munição para ser usada primordialmente, entretanto, em sua própria luta para provar a *si mesmo* que o que os rabinos mais eminentes estavam dizendo do púlpito às suas congregações sobre o meu ódio aos judeus não poderia nunca ser verdade.

Emoldurada, a foto ficou exposta durante os anos restantes da vida de meus pais sobre o móvel da televisão, ao lado da foto de meu irmão recebendo seu diploma de Odontologia. Estes, para meu pai, foram nossos maiores feitos. E os seus.

Depois de um banho e de comer alguma coisa, saí do hotel pelos fundos e sentei-me num banco na calçada larga de frente para o mar, onde Shuki e eu tínhamos combinado nos encontrar. Os pinheiros de Natal já estavam à venda na porta da nossa mercearia em Londres, e umas poucas noites antes Maria e eu tínhamos levado a filhinha dela, Phoebe, para ver as luzes da Oxford Street, mas em Telavive fazia um dia azul, claro, sem vento e, na praia mais adiante, corpos femininos se tostavam ao sol e um punhado de banhistas se balouçava nas ondas. Lembrei então que, no carro com Phoebe, indo para o West End, Maria e eu tínhamos conversado sobre o meu primeiro Natal inglês e todos os feriados comemorativos por vir.

— Eu não sou um desses judeus para quem o Natal é uma provação tremenda — eu disse —, mas devo lhe dizer que mais do que participar, de fato, eu observo, antropologicamente, a distância.

— Para mim está ótimo — ela disse —, o que você faz é quase tão bom quanto. Ou seja, você preenche os cheques mais gordos. É toda a participação necessária.

Sentado ali, com o paletó no colo e as mangas da camisa arregaçadas, observando homens e mulheres idosos nos bancos vizinhos, lendo seus jornais, tomando sorvete, e alguns com os olhos fechados, apenas aquecendo prazerosamente os ossos, lembrei das viagens que costumava fazer à Flórida depois que meu pai se aposentou, na época em que, tendo encerrado a clínica de Newark, dedicava toda sua atenção ao *Times* diário e a Walter Cronkite. Não pode ter havido patriotas israelenses mais ardorosos soldando nos estaleiros de Haifa do que aqueles reunidos nas espreguiçadeiras em volta da piscina do condomínio após o triunfo na Guerra dos Seis Dias.

— Agora — dizia meu pai —, eles pensarão duas vezes antes de vir puxar nossas barbas!

Militante, triunfante, Israel, para aquele círculo idoso de amigos judeus, era o vingador de séculos e séculos de opressão humilhante; o Estado criado pelos judeus na esteira do Holocausto tinha se tornado, para eles, a resposta tardia *para* o Holocausto, não apenas a corporificação da intrépida força judaica, e sim o instrumento do ódio justificável e da represália veloz. Tivesse sido o dr. Victor Zuckerman e não o general Moshe Dayan o ministro da Defesa de Israel em maio de 1967 — tivesse ele sido qualquer um dos integrantes da corte paterna de Miami Beach em vez de Moshe Dayan — e os tanques brasonados com a branca Mogen David teriam rolado pelas linhas de cessar-fogo adentro até o Cairo, Amã e Damasco, onde então os árabes se renderiam, como os alemães em 1945, incondicionalmente, como se eles *fossem* os alemães de 1945.

Três anos depois da vitória de 67 meu pai morreu, portanto não pegou Menachem Begin. Uma grande pena, porque nem mesmo a coragem de Ben-Gurion, o orgulho de Golda, e o heroísmo de Dayan somados poderiam lhe dar aquele profundo sentimento de vingança pessoal que tantos outros de sua geração encontraram num primeiro-ministro israelense que podia passar, pela aparência externa, por dono de uma loja de roupas na esquina. Até mesmo o inglês de Begin era o certo, muito mais parecido com a fala dos pais deles, imigrantes pobres, do que, digamos, os sons que emanavam de Abba Eban, o sagaz porta-voz da linha de frente judaica para o mundo dos gentios. Afinal de contas, quem melhor que o judeu caricaturado por séculos e séculos de inimigos impiedosos, o judeu ridicularizado e desprezado por seu sotaque engraçado, sua cara feia e seus costumes estranhos, para deixar absolutamente claro a todo mundo que o que importa agora não é o que os góis pensam mas sim o que os judeus fazem? A única pessoa que poderia, quem sabe, ter agradado ainda mais a meu pai, fazendo uma advertência geral de que o desamparo judaico face à violência é uma coisa do passado, seria um pequeno mascate de longas barbas no posto de comandante supremo das Forças Armadas de Israel.

Até sua viagem a Israel, oito meses depois da cirurgia de ponte de safena, meu irmão Henry nunca tinha manifestado nenhum interesse na existência do país ou em seu possível significado como pátria judaica, e mesmo aquela visita não surgiu de nenhum despertar da consciência judaica, nem da curiosidade pelos restos arqueológicos da história judaica; foi uma medida estritamente terapêutica. Embora na época já estivesse perfeitamente bem recuperado, em termos físicos, quando voltava para casa depois do trabalho continuava tendo acessos de desespero total, e muitas noites largava o jantar no meio, saía da mesa onde estava toda a família e adormecia no sofá do escritório.

De antemão o médico tinha prevenido o paciente e sua mulher sobre essas depressões, e Carol tinha preparado as crianças. Até mesmo homens como Henry, jovens e saudáveis o bastante para uma rápida recuperação física da cirurgia de ponte de safena, muitas vezes sofriam seqüelas emocionais que podiam durar talvez um ano. No seu caso tinha ficado claro desde o início que não escaparia aos piores efeitos pós-operatórios. Duas vezes, na primeira semana depois da cirurgia, teve que ser removido de seu quarto para a unidade de tratamento intensivo por causa de dores no peito e arritmia e, quando, dezenove dias depois, pôde voltar para casa, tinha perdido dez quilos e mal podia se suster em pé na frente do espelho para fazer a barba. Ele não lia, não assistia à televisão, não comia praticamente nada, e quando Ruth, a sua predileta, voltava da escola e perguntava se ele queria ouvi-la tocar suas peças favoritas ao violino, ele a mandava embora. Recusou-se até a começar uma série de exercícios na clínica de reabilitação cardíaca, e em vez disso deixava-se ficar debaixo de um cobertor, numa espreguiçadeira, lá no quintal de sua casa, olhando o jardim de Carol e chorando. O choro, garantiu o médico a todo mundo, era comum entre pacientes submetidos a cirurgias sérias, mas as lágrimas de Henry não cessavam e depois de algum tempo ninguém sabia por que ele estava chorando. Se, quando lhe perguntavam, ele se dignava a responder, era de maneira inexpressiva, com as palavras:

— Está me encarando.

— O quê? — Carol dizia. — Me diga, querido, e nós conversamos sobre o assunto. O que é que está encarando você?

— As palavras — ele lhe dizia com raiva —, as palavras "estão te encarando"!

Uma noite, no jantar, quando Carol, tentando ainda ter algum alento, sugeriu que já que ele estava fisicamente bom de novo talvez gostasse de participar da viagem de duas semanas que Barry Shuskin estava planejando fazer para praticar mergulho submarino, respondeu que ela sabia muito bem que ele não suportava Shuskin e foi para o sofá do escritório. Foi aí que ela me telefonou. Embora Carol estivesse certa em pensar que as nossas desavenças estavam praticamente sanadas, enganou-se ao achar que a reconciliação se dera durante as visitas que lhe fiz no hospital, no período em que Henry entrava e saía do tratamento intensivo; ela continuava sem saber nada sobre a época em que ele me procurava em Nova York, antes da operação, quando não tinha ninguém mais em quem ousasse confiar o porquê, na verdade, de o tratamento estar se tornando insuportável.

Fui a seu consultório na manhã seguinte ao telefonema de Carol.

— O sol, o mar, os corais; você merece — eu disse —, depois de tudo o que passou. Deixe os mergulhos submarinos lavarem todos os velhos resíduos.

— Sim, e depois o quê?

— Você volta. Você começa uma nova vida.

— O que é que há de novo nela?

— Vai passar, Henry, a depressão vai passar. Mais cedo do que você imagina, se se esforçar um pouquinho.

Sua voz não parecia pertencer ao corpo, quando me disse:

— Não tenho peito para mudar.

Não sabia se ele estava falando de mulheres outra vez.

— Que tipo de mudança você tem em mente?

— A que está me encarando.

— Que vem a ser?

— Como é que eu vou saber? Não só eu não tenho peito para executá-la como também sou burro demais para saber o que é.

— Você teve peito para fazer a operação. Você teve peito para dizer não ao remédio e se arriscar.

— E o que foi que ganhei?

— Eu suponho que você não esteja mais tomando os remédios, que você voltou a ser você mesmo, sexualmente.

— E daí?

Aquela noite, enquanto ele voltava a se ensimesmar no escritório, Carol me telefonou para dizer o quanto conversar comigo tinha significado para Henry e implorou-me para ficar em contato com ele. Embora a visita não me tivesse parecido lá muito bem-sucedida, telefonei-lhe assim mesmo outra vez, dias mais tarde e, na verdade, falei com ele nas semanas seguintes mais do que tinha falado desde os tempos de faculdade, cada conversa tão irremediavelmente circular quanto a anterior — até que, de repente, ele cedeu sobre a viagem e, junto com Shuskin e dois outros amigos, partiu num domingo pela TWA, com máscara e pé-de-pato. Ainda que Carol me tivesse dito, cheia de gratidão, que a minha preocupação é que o fizera mudar de idéia, eu me perguntava se Henry não teria simplesmente desistido, jogado a toalha como costumava fazer ao telefone, com nosso pai, na época em que era um estudante em Cornell.

Uma das paradas do itinerário era Eilat, a cidade costeira ao sul do Neguev. Depois de mergulhar três dias nas grutas de coral, os outros partiram para Creta; Henry, no entanto, ficou em Israel, e apenas em parte por causa dos insuportáveis monólogos egolátricos de Shuskin. Numa visita de um dia a Jerusalém, ele se separou do grupo depois do almoço e voltou, sozinho, para o bairro ortodoxo, Mea She'arim, onde tinham estado todos com o guia. Foi lá que, a sós, parado diante da janela de uma sala de aula de uma escola religiosa, ele teve a experiência que mudou tudo.

— Eu estava sentado no sol, no parapeito desse velho cheder caindo aos pedaços. Lá dentro tinha uma classe, uma sala cheia de crianças, garotinhos de oito, nove, dez anos, com casquetes e *payess*, recitando a lição para o professor, todos eles gritando a plenos pulmões. E quando os ouvi, senti dentro de mim uma corrente súbita, uma compreensão — na raiz de minha vida, na própria *raiz*, eu *era eles*. Eu sempre *tinha* sido eles. Crianças cantando em hebraico, eu não compreendia uma única palavra, não reconhecia um único som e, no entanto, ouvia como se algo que nem sequer sabia estar procurando estivesse estendendo as mãos para mim. Fiquei a semana toda em Jerusalém. Todas as manhãs, por volta das onze horas, eu voltava até aquela escola e me sentava no parapeito da janela, escutando. Voce há de convir que o lugar não é pitoresco. É pavoroso. Entulho amontoado entre os prédios, velharias empilhadas na frente das casas, nos quintais — tudo muito limpo, mas dilapidado, desmoronando, enferrujado, tudo vindo abaixo, onde quer que você olhasse. Nada de cor, nem uma flor, uma folha, um tufo de grama, faltavam mãos de tinta fresca; nada claro ou atraente em parte alguma, nada que tentasse, de alguma forma, atrair você. Tudo de superficial tinha sido afastado, queimado, não importava: *era trivial*. Nos quintais estava a roupa de baixo deles, pendurada nos varais, roupa de baixo grandalhona, feia, sem nada a ver com sexo, roupa de baixo de cem anos atrás. E as mulheres, as mulheres casadas, lenços amarrados em volta da cabeça, por baixo completamente carecas e, qualquer que fosse a idade, mulheres sem o menor atrativo. Procurei por uma mulher bonita e não encontrei *uma* sequer. As crianças também, desenxabidas, desajeitadas, abatidas, pálidas, garotos absolutamente descoloridos. Dos velhos, a metade me parecia anã, homenzinhos com longos sobretudos pretos e narizes tirados diretamente de uma charge anti-semita. Não consigo descrever de outro jeito. Só que quanto mais feias e áridas as coisas me pareciam, mais me seguravam, mais claras elas ficavam. Fiquei por lá uma sexta-feira inteira, observando enquanto eles se aprontavam para o sabá. Vi os homens indo para a casa de banhos com a toalha debaixo do braço, e para mim as toalhas se pareciam a xales de oração. Vi aqueles garotinhos descorados se apressando em voltar para casa, saindo da casa de banhos a sacudir os cachos molhados e depois se apressando em voltar para casa para o sabá. Em frente a um barbeiro, fiquei observando aqueles homens ortodoxos com seus chapéus e sobretudos indo cortar o cabelo. O lugar estava lotado, cabelo se amontoando em volta do pé de todo mundo, ninguém nem se importando em varrê-lo; eu não conseguia arredar dali. Era só uma barbearia, e no entanto eu não conseguia arredar pé. Eu comprei um challah numa padaria lúgubre — juntei-me à aglomeração, comprei um challah e carreguei-o o dia inteiro num saquinho, embaixo do braço. Quando voltei ao hotel, tirei-o do saquinho e pus em cima da cômoda. Não comi. Deixei-o lá a semana inteira, deixei-o em cima da cômoda para olhá-lo, como se fosse uma escultura, algo precioso que eu tivesse roubado de um museu. Era tudo assim, Nathan. Eu não conseguia parar de olhar, voltando vezes sem fim para olhar os mesmos lugares. E foi aí que comecei a perceber que de tudo o que sou, eu não sou nada, eu nunca fui *nada*, do jeito que eu sou este judeu. Eu não sabia, não tinha idéia, que toda a minha vida eu estava nadando *contra* isso; aí, sentado, ouvindo aqueles garotos da janela do cheder, de repente isso *era* eu. Tudo o mais *era* superficial, tudo o mais *estava* acabado. Você consegue entender? Talvez não esteja me expressando bem, mas na verdade pouco me importa como soe a você ou a qualquer outro. Eu não sou *apenas* um judeu, eu não sou *também* um judeu; *eu sou um judeu tão profundamente quanto aqueles judeus*. Tudo o mais é nada. E é isso, *isso*, isso que todos estes meses esteve me encarando! O fato de que é esta a raiz de minha vida!

Ele me contou tudo isso ao telefone na primeira noite em que estava de volta, falando num ritmo incrível, quase incompreensível, como se, de outra forma, não fosse ser capaz de comunicar o que tinha acontecido para tornar sua vida importante de novo, para tornar a vida, de súbito, da *maior* importância. Lá pelo final da primeira semana, entretanto, quando ninguém para quem ele repetiu a história deu sinais de partilhar da sua identificação com aqueles garotos do cheder, quando não conseguiu que ninguém levasse a sério o fato de que quanto mais pavoroso lhe parecia o ambiente, mais purificado ele se sentia, quando absolutamente ninguém pareceu capaz de compreender que é justamente na pura *perversidade* dessas conversões que está o poder de transformação, seu excitamento ardoroso se transformou em decepção amarga e ele começou a se sentir ainda mais deprimido do que estava antes de partir.

Esgotada, e a esta altura ela própria bastante deprimida também, Carol telefonou ao cardiologista para lhe dizer que a viagem não tinha adiantado e que Henry estava pior. Ele, por seu turno, lhe disse que ela estava se esquecendo do que lhe fora avisado logo de início — para alguns pacientes o transtorno emocional posterior podia ser ainda mais penoso que a cirurgia.

— Ele voltou a trabalhar todos os dias — o médico lembrou a ela —, apesar dos episódios irracionais ele está conseguindo se controlar e fazer seu trabalho, e isso significa que mais cedo ou mais tarde vai se recuperar completamente e voltar a ser ele mesmo.

E talvez tenha sido isso o que aconteceu três semanas mais tarde quando, no meio do expediente, depois de dizer a Wendy para cancelar as consultas da tarde, ele tirou o paletó branco e saiu do consultório. Chamou um táxi para levá-lo de Jersey até o aeroporto Kennedy, e de lá telefonou a Carol para contar-lhe sua decisão e dizer adeus às crianças. À exceção do passaporte, que vinha carregando consigo há dias, partiu para Israel no vôo noturno da El Al sem nada além do terno que vestia e os cartões de crédito.

Cinco meses passaram-se e ele ainda não tinha voltado.

Shuki agora dava aulas de história contemporânea européia na universidade, escrevia uma coluna semanal para um dos jornais de esquerda, via relativamente poucas pessoas, em comparação aos tempos em que estava no governo, e mantinha-se a maior parte do tempo sozinho, lecionando no exterior o mais que podia. Estava tão cansado da política, contou, quanto de suas velhas diversões.

— Não sou nem mais um grande pecador — confessou.

Na qualidade de oficial da reserva no Sinai, durante a guerra do Yom Kippur, perdera a audição num ouvido e grande parte da visão num dos olhos quando uma bomba egípcia explodiu, atirando-o a mais de quatro metros de sua posição. Seu irmão, oficial pára-quedista da reserva, arquiteto na vida civil, tinha sido capturado quando as colinas de Golan foram invadidas. Depois da retirada síria, eles o encontraram, e o restante do pelotão capturado, com as mãos atadas para trás, presas a uma estaca fincada no chão; tinham sido castrados, decapitados, e os pênis enfiados na boca. Espalhados pelo campo de batalha abandonado havia colares feitos com as orelhas deles. Um mês depois de receber a notícia, o pai de Shuki, o soldador, morrera de um ataque.

Shuki me contou tudo isso, prosaicamente, enquanto avançava pelo trânsito congestionado e circulava pelas ruas laterais, tentando achar uma vaga não muito longe dos cafés do centro. Acabou conseguindo espremer seu Volkswagen num ângulo de quarenta e cinco graus entre dois carros, com as duas rodas dianteiras na calçada, em frente a um prédio de apartamentos.

— Nós podíamos ter sentado como dois bons velhos amigos em frente ao mar tranqüilo, mas eu lembro que da última vez você preferia os bares da rua Dizengoff. Lembro que você devorava as moças com os olhos, como se achasse que fossem shiksas.

— É mesmo, não é? Provavelmente eu nunca consegui distinguir bem a diferença.

— Eu mesmo já não faço mais muita questão — Shuki disse. — Não é que as garotas não estejam interessadas em mim; eu sou tão grande agora que elas nem me vêem.

Anos atrás, depois de me mostrar Jafa e os locais turísticos de Telavive, Shuki tinha me levado uma noite até um café barulhento freqüentado por seus amigos jornalistas, onde nós acabamos jogando xadrez por horas antes de ir à zona e à minha festa sociológica especial, uma prostituta romena na rua Yarkon. Dessa vez ele me levou a um lugarzinho árido, insípido, que tinha alguns fliperamas nos fundos e ninguém sentado nas mesinhas de fora, à exceção de alguns soldados e suas namoradas. Ao sentarmos, ele disse:

— Não, fique deste lado, assim posso ouvi-lo.

Ainda que não se tivesse transformado exatamente no mastodonte de sua própria autocaricatura, guardava pouca semelhança com o hedonista moreno, esbelto, maroto que tinha me guiado pela rua Yarkon dezoito anos atrás — o cabelo, que costumava surgir da testa em pertinazes camadas negras, se tinha diluído em fiapos grisalhos penteados ao longo do crânio, e no rosto, consideravelmente inchado, as feições pareciam maiores, menos refinadas. Mas a maior mudança de todas estava no sorriso largo, um esgar que não tinha nada a ver com divertimento, embora obviamente continuasse gostando de se divertir e soubesse como divertir. Pensando na morte de seu irmão — e no ataque mortal do pai — me peguei comparando aquele sorriso seu com um curativo sobre uma ferida.

— Como está Nova York? — ele perguntou.

— Não estou mais morando em Nova York. Estou casado com uma inglesa. Mudei para Londres.

— Você na Inglaterra? O garoto de Jersey de boca suja que escreve livros que os judeus amam odiar? Como é que sobrevive lá? Como é que suporta o silêncio? Eu fui convidado alguns anos atrás para dar aulas em Oxford. Fiquei lá seis meses. No jantar, qualquer coisa que eu dissesse, alguém do meu lado sempre respondia "*Oh, really?*".

— Você não apreciava as conversinhas sociais.

— Sabe de uma coisa? Não me importava. Eu precisava tirar férias deste lugar. Todos os dilemas judeus que existem estão encapsulados neste país. Em Israel, é suficiente viver; você não precisa fazer mais nada e vai para a cama exausto. Você já percebeu que os judeus gritam? Mesmo um ouvido só é mais do que o suficiente. Aqui tudo é branco ou preto, todo mundo grita, e todo mundo tem razão. Aqui os extremos são muito grandes para um país tão pequeno. Oxford foi um alívio. "Diga-me, sr. Elchanan, como vai seu cachorro?" "Eu não tenho cachorro." "*Oh, really?*" Meu problema começou quando voltei. A família de minha mulher se reunia em casa às sextas-feiras à noite para discutir política, e eu não conseguia dar um aparte. Durante seis meses em Oxford, eu aprendi sobre civilidade e sobre as regras da conversa civilizada, o que acabou sendo absolutamente castrante numa discussão israelense.

— Bem — eu disse —, uma coisa não mudou; você ainda ouve as melhores piadas anti-semitas num café da rua Dizengoff.

— O único motivo que sobrou para viver aqui — Shuki disse. — Conte-me sobre sua esposa inglesa.

Contei-lhe então como tinha encontrado Maria em Nova York, pouco mais de um ano atrás, quando ela e o marido, de quem já se achava irremediavelmente separada, se mudaram para o apartamento duplex acima do meu.

— Eles se divorciaram quatro meses atrás, nós nos casamos e mudamos para a Inglaterra. A vida lá é ótima. Se não fosse por Israel, tudo em Londres seria maravilhoso.

— É? Israel também é culpada pelas condições de vida em Londres? Não me surpreende.

— Ontem à noite, num jantar, quando Maria mencionou para onde eu estava vindo hoje, não fui o indivíduo mais popular à mesa. Era de se imaginar, pelas temporadas de esqui na Suíça, as casas de veraneio em Toscana e as BMWs na garagem, que todos esses simpáticos, liberais e privilegiados cidadãos ingleses estivessem um tanto desconfiados do socialismo revolucionário. Mas não, quando o assunto é Israel, são os Ensinamentos do Grande Arafat, do começo ao fim.

— É claro. Em Paris também. Israel é um desses lugares que você conhece muito melhor antes de se ver aqui.

— Eram todos amigos de Maria, mais jovens que eu, lá pela casa dos trinta, gente de televisão, pessoal que mexe com livros, alguns jornalistas; todos brilhantes e bem-sucedidos. Eles me puseram no banco dos réus: quanto tempo mais Israel vai poder importar mão-de-obra judaica barata do norte da África para fazer o trabalho sujo deles? É fato notório em W11* que os judeus orientais são trazidos a Israel para serem explorados como proletariado industrial. Colonização imperialista, exploração capitalista — tudo executado por trás da fachada de uma democracia israelense e da ficção de uma unidade nacional judaica. E isso foi apenas o começo.

— E você defendeu nossa maldade?

— Não precisei. Maria o fez por mim.

Ele parecia alarmado.

— Você não se casou com uma judia, Nathan.

* West 11, bairro da classe alta de Londres, no lado oeste da cidade. (N. T.)

— Não, meu recorde está intacto. É que ela considera a postura moral da esquerda festiva muito, muito deprimente. Mas o que ela não gostou mesmo foi de ver que, aos olhos de todo mundo, defender Israel parecia automaticamente uma responsabilidade de seu novo marido. Maria não é do tipo que goste de uma briga, por isso sua veemência me surpreendeu. Assim como a deles. Na volta, eu perguntei a ela se era muito forte esse ódio a Israel, na Inglaterra. Ela diz que a imprensa acha que é, e acha que tem que ser, mas, em suas palavras, "não é coisíssima nenhuma".

— Não tenho muita certeza se ela está certa — Shuki disse. — Eu mesmo senti, na Inglaterra, uma certa, digamos, *aversão* pelos judeus; uma disposição de nem sempre, em todas as circunstâncias, pensar o melhor de nós. Eu fui entrevistado certa vez pela rádio BBC. Nós estávamos no ar há uns dois minutos quando o entrevistador me disse: "Vocês judeus aprenderam um bocado em Auschwitz". "O quê?", eu perguntei. "Como ser nazistas com os árabes", ele disse.

— O que foi que você respondeu?

— Eu não conseguia falar. No resto da Europa eu me limito a ranger os dentes; lá o anti-semitismo é tão difundido e enraizado que se torna definitivamente bizantino. Mas na civilizada Inglaterra, com gente tão bem-falante, tão bem-educada, até eu fui pego de surpresa. Não que por aqui eu tenha a fama do melhor relações-públicas do país, mas se eu tivesse uma arma eu o teria matado.

No jantar da noite anterior Maria parecia ela também pronta para pegar numa arma. Eu nunca a vira assim tão combativa ou empolgada, nem mesmo durante as tramitações do divórcio, quando o marido parecia disposto a arruinar nosso casamento antes que começasse, ao forçá-la a assinar um documento legal garantindo que Phoebe ficaria domiciliada em Londres e não em Nova York. Ele ameaçou ir ao tribunal pedir a custódia da filha, se Maria recusasse, oferecendo nossa ligação adúltera como motivo para declará-la incapaz como mãe. Presumindo que eu iria relutar em me exilar dos Estados Unidos até a virada do século em prol de seus direitos de visita, Maria começou imediatamente a se imaginar regressando a Londres descasada, sozinha com Phoebe, e sendo infernizada por suas ameaças.

— Ninguém, mas ninguém mesmo, vai querer jamais entrar numa disputa séria com ele. Se eu estiver sozinha e ele começar a lutar pela custódia, será pior do que simplesmente ficar sozinha.

Da mesma forma, ela temia o meu ressentimento caso, depois de aceitar as condições dele e mudar para Londres, eu descobrisse que afastar-me de minhas fontes familiares estava prejudicando meu trabalho. Ela vivia no pavor de que mais um marido se tornasse de repente um estranho depois que tivesse dado o passo irrevogável de engravidar.

Desnorteava-a ainda lembrar-se da frieza do ex-marido depois que tinha tido Phoebe.

— Até então — ela tinha explicado —, ele poderia ter me dito, com toda justiça, isso não está funcionando para mim. E *tivesse* ele dito isso, eu teria respondido, perfeitamente, não está mesmo, e por mais penoso que isso seja, que seja, e nós faremos outras coisas de nossas vidas. Mas por que ele não pôde perceber isso com clareza até depois de eu ter minha filha, quer dizer, eu *tinha* aceitado todas as limitações do nosso relacionamento, senão não teria tido um bebê. Eu *aceito* limitações. Eu conto com elas. Todo mundo me diz que eu sou submissa só porque eu reconheço o ridículo absoluto que é se debater contra aquelas decepções que são inevitáveis. Existe algo que toda mulher quer, que é um homem em quem pôr a culpa. Eu me recuso. Para mim, as falhas do nosso casamento não foram nenhum choque. Quer dizer, ele tinha defeitos terríveis, mas também tinha algumas qualidades maravilhosas. Não, o que me chocou, depois que o bebê nasceu, foram os maus modos declarados, implacáveis; maus-tratos, foi isso que houve logo depois que minha filha nasceu e que eu nunca tinha experimentado antes. Eu já tinha experimentado muitas, muitas coisas das quais eu não gostava, mas eram coisas que se podia ver desta ou daquela maneira. Mas não maus modos. Aí está; foi isso que aconteceu. E se acontecesse comigo outra vez, eu nem sei o que faria.

Eu garanti a ela que não aconteceria e lhe disse para assinar o acordo. Eu não ia deixá-lo ganhar a parada com essa bosta e obviamente não ia desistir dela, e com ela, do meu desejo, aos quarenta e quatro anos, depois de três casamentos sem filhos, de ter uma casa, não exatamente cheia de bebês, mas com um filho meu e uma mulher jovem de quem, ainda que ela se tivesse qualificado para mim mais de uma vez como "mentalmente muito preguiçosa", "intelectualmente muito retraída" e "sexualmente um tanto tímida", eu não me tinha cansado de maneira alguma durante as nossas muitas centenas de tardes secretas. Esperei meses para pedir-lhe que deixasse o marido, ainda que já estivesse pensando nisso na primeira vez em que combinamos nos encontrar em meu apartamento. Quando rejeitou com teimosia minha proposta, não sabia dizer se me tomava como mais um valentão que só queria vê-la concordar ou se ela acreditava de fato que eu estava me iludindo perigosamente.

— Eu me apaixonei por você — eu disse.

— Você é muito consciente para "se apaixonar". Sabe de uma coisa — disse, me olhando em minha cama —, se estivesse mesmo convencido do cômico, do absurdo que você sabe mostrar tão bem, não estaria levando nada disso a sério. Por que você não pode pensar nisso estritamente como um encontro de negócios?

Quando eu disse que queria um filho, ela respondeu:

— Você quer de fato passar um tempão envolvido com o melodrama da vida em família?

Quando disse que nunca ia me cansar dela, respondeu:

— Não, não, eu li seus livros; você precisa é de uma sedutora leonina aqui para dar uma boa sova em sua libido. Você precisa de uma mulher que saia por aí se organizando inteirinha para fazer o tipo certo de pose altamente estilizada e erótica toda vez que se sentar; e esta, definitivamente, não sou eu. Você quer novas experiências, e eu serei sempre aquela mesma velha coisa. Não haverá nada de dramático. Vai ser um longo e insípido serão inglês em frente à lareira, com uma mulher muito sensata, responsável e respeitável. Com o tempo você vai precisar de todo tipo de perversidade polimorfa para manter seu interesse e eu, como vê, estou até que muito contente com penetração pura e simples. Eu sei que as coisas não são mais assim, mas não me interesso por chupar cotovelos, essa coisa toda, verdade, não me interesso. Só porque estou livre durante as tardes para certos propósitos imorais, você pode ter ficado com uma idéia errônea. Eu não quero seis homens de uma vez só, por mais desatualizado que pareça. Antigamente, quando era mais jovem, eu às vezes tinha fantasias sobre esse tipo de coisa, mas, homens de verdade, eles raramente são bons o bastante para se querer *um* de cada vez. Eu não quero me vestir de camareira para satisfazer o fetiche de alguém por aventais. Eu não tenho vontade de ser amarrada e chicoteada e, quanto à sodomia, nunca me deu muito prazer. A idéia é excitante, mas receio que doa, portanto não poderemos basear um casamento nisso. A bem da verdade, eu gosto mesmo é de arrumar flores no vaso e escrever um bocadinho, de vez em quando; e é isso aí.

— Então por que é que eu tenho pensamentos eróticos sobre você?

— Mesmo? O quê? Me diga.

— Eu pensei a manhã toda.

— O que é que nós estávamos fazendo?

— Você estava diligentemente praticando felação.

— Ah, eu achava que fosse alguma coisa de mais inusitado. Aí então eu não faria mesmo.

— Maria, como é que eu posso estar tão vidrado em você se é tão comum quanto diz?

— Eu acho que você gosta de mim porque eu não tenho os costumeiros vícios femininos. Eu acho que uma porção dessas mulheres que parecem inteligentes também parece muito feroz. Você gosta porque eu pareço inteligente sem ser feroz, um alguém que de fato *é* bastante comum e que não está decidida a chutá-lo na boca do estômago. Mas por que levar isso mais adiante? Por que casar comigo, ter um filho e acomodar-se como todo mundo numa vida hipócrita?

— Porque eu decidi abandonar a ficção artificial de ser eu mesmo em troca da genuína e satisfatória falsidade de ser outra pessoa. *Case comigo.*

— Nossa, quando você quer alguma coisa você me olha de um jeito tão *assustador*.

— Porque eu estou conspirando com você para *escapar*. Eu amo você! Eu quero viver com você! Eu quero um filho!

— Por favor — ela respondeu — tente refrear as suas fantasias na minha presença. Olhe que eu achava que você era mais experiente do que isso.

Mas eu continuei não refreando nada do que sentia e, com o tempo, ela acabou por acreditar em mim, ou cedeu diante de minha insistência — ou as duas coisas — e depois disso, quando dei por mim, estava aconselhando-a a assinar um documento que iria, efetivamente, desligar-me de minha vida norte-americana até que a pequena Phoebe tivesse idade suficiente para votar. Claro que não foi como havia antecipado, e preocupei-me deveras com os efeitos que mudar para o exterior poderiam vir a ter no meu trabalho, mas uma disputa na justiça pela custódia da menina teria sido horrível por todos os motivos. Além do mais eu acreditava que dali a dois ou três anos, quando o delírio do divórcio começasse a esmaecer em todo mundo, quando Phoebe tivesse mais idade, entrando para a escola, e o ex-marido de Maria estivesse ele também casado e, quem sabe, fosse pai de novo, talvez se pudesse renegociar as estipulações da custódia.

— E se não for possível?

— Será — eu disse a ela. — Nós viveremos dois ou três anos em Londres, ele vai se acalmar e tudo dará certo.

— Dará? Será mesmo? Algum dia? Eu não quero nem pensar no que vai acontecer quando as coisas na Inglaterra começarem a dar errado com a sua fantasia de vida familiar.

Quando Maria começou a defender Israel perante os demais convidados no jantar, que vinham discutindo como se a responsabilidade pelos supostos crimes do que eles chamavam de "sionismo estarrecedor" coubesse, de alguma forma, a mim, eu me perguntei se o que a impulsionava não seria talvez o temor que continuava a ter de que as coisas dessem errado para nós na Inglaterra, mais do que a reputação do Estado judeu. Era difícil, de outra forma, compreender por que alguém que considerava confrontos diretos um inferno, que desprezava *qualquer* situação que lhe exigisse erguer a voz, se colocaria no centro de uma discussão sobre um assunto com o qual ela nunca antes me pareceu nem um pouco preocupada. O mais perto que já tinha chegado de se envolver nos problemas dos judeus, e nos problemas judeus com os gentios, tinha sido num ambiente muito mais moderado e protegido, no quarto do meu apartamento em Manhattan, quando me disse como era, para ela, viver numa "cidade judia".

— Eu gosto muito, até — ela disse. — A vida é meio que efervescente aqui, não é? Aparentemente uma proporção maior de gente interessante circulando. Eu gosto do jeito como eles falam. Os gentios têm seus pálidos momentos de exuberância, mas nada que se compare. É como se fala quando se andou bebendo. É como Virgílio. Sempre que ele tentava entrar pelo lado épico, você podia contar que lá vinham vinte e cinco linhas de latim deveras difícil, e nenhuma vinha ao caso. "E então o bom Anteu implorou a seu filho para que o pusesse de volta ao solo, dizendo: 'Meu filho, pense primeiro em nossa família, como quando...'" Essa fixação nos apartes, bom, isso é Nova York e os judeus. Inebriante. A única coisa que eu não gosto neles é que todos me parecem um tanto apressados demais em criticar os gentios por suas atitudes em relação aos judeus. Você também tem um quê disso, de achar as coisas tremenda ou ligeiramente anti-semitas, quando na verdade não são. Eu sei que não é de todo injustificado que os judeus se sintam sensíveis nesse ponto; mas, mesmo assim, é irritante. Oh-oh — ela disse —, eu não devia estar lhe dizendo estas coisas.

— Não — eu disse —, continue, dizer-me que você não devia estar dizendo é uma das suas estratégias mais atraentes.

— Então eu vou lhe contar uma outra coisa que me irrita. Sobre os homens judeus.

— Conte.

— Todo esse tesão pela shiksa. Eu não gosto disso. Não gosto nem um pouco. Não sinto essa coisa com você. Provavelmente estou me iludindo e você é o homem que inventou isso. Quer dizer, eu sei que existe um elemento de estranheza aqui, mas prefiro pensar que isso não influi *demais*.

— Então outros homens judeus têm tesão por você também, é isso que está querendo dizer?

— Têm atração por mim porque não sou? Em Nova York? Definitivamente. Têm. Isso acontece quase sempre que meu marido e eu saímos.

— Mas por que se irrita?

— Porque já existe política suficiente em sexo sem que a política racial precise entrar também.

Eu a corrigi:

— Nós não somos uma raça.

— *É* uma questão racial — ela insistiu.

— Não, nós somos da mesma raça. Você está pensando nos esquimós.

— Nós *não* somos da mesma raça. Não segundo os antropólogos, ou seja lá quem for que mede essas coisas. Há os caucasianos, os semitas, existem uns cinco grupos raciais diferentes. Não me olhe deste jeito.

— Não consigo evitar. Sempre me surgem umas superstições desagradáveis quando alguém fala na "raça" judia.

— Vê só? Você já está ficando bravo com um gentio por falar a coisa errada sobre os judeus; o que prova minha tese. Mas tudo que eu posso dizer é que vocês *são* de uma raça diferente. Supõe-se que estejamos mais perto dos índios que dos judeus, na verdade. Estou falando dos caucasianos.

— Mas eu sou um caucasiano, garota. Para o censo dos Estados Unidos eu sou, para melhor ou pior, considerado um caucasiano.

— Você *é*? Errada estou *eu*? Ai, você não vai falar comigo depois disso. É sempre um erro ser franca.

— Eu sou louco pela sua franqueza.

— Isso não vai durar.

— Nada dura, mas neste exato momento, é verdade.

— Então, bem, tudo que eu *estou* dizendo, e agora não estou falando nem de você *nem* de raça, é que eu não sinto, com uma porção de homens em Nova York que dão a impressão de estar querendo me cantar, que isso seja uma coisa pessoal, que eles me achem uma pessoa interessante que simplesmente acontece de não ser judia. Ao contrário, este é um tipo que eles já encontraram antes e com quem bem que eles gostariam de almoçar, quem sabe fazer outras coisas, apenas porque ela *era* aquele tipo.

No final das contas, se alguém naquele jantar tinha sido excessivamente apressado em criticar os gentios por suas atitudes em relação aos judeus, tinha sido a própria Maria. E, no carro, voltando para casa, quando ela não desabafou sobre a atitude hipócrita deles quanto ao Oriente Médio, eu comecei a me perguntar outra vez se toda aquela indignação não teria algo a ver com a ansiedade dela sobre o nosso futuro inglês. Talvez até tenha visto indícios daquela tendência de acomodação auto-aniquiladora que fora explorada tão cruelmente por seu ex-marido assim que perdeu o interesse nela.

A porta do carro mal se tinha fechado atrás dela, quando me disse:

— Eu lhe asseguro, as pessoas neste país que têm um pingo de bom-senso, as pessoas com algum tipo de discernimento ou capacidade de julgamento, *não* são anti-Israel. Quer dizer, essa gente tem a cabeça cheia de minhocas sobre Israel, uma certa ojeriza, mas o sujeito que controla a Líbia acha que ele sabe *pescar*. É completamente irreal, não é, a desaprovação seletiva deles? Essa gente desaprova seletivamente e mais veementemente o lado menos repreensivo.

— Você ficou bem irritada com isso tudo.

— Bem, chega uma hora que até mesmo uma mulher bem-educada perde o autocontrole. É verdade que eu tenho dificuldade em gritar com as pessoas, e nem sempre digo o que penso, mas até eu não sinto dificuldade em ficar brava quando elas estão ofendendo e sendo burras.

* * *

Depois que repeti a Shuki a essência da discussão da noite anterior à mesa londrina, ele perguntou:

— E é bonita, também, a sua estouvada defensora cristã do nosso incorrigível Estado?

— Ela se considera gentia, e não cristã.

Na carteira, encontrei o instantâneo Polaroid tirado na festa do segundo aniversário de Phoebe, umas poucas semanas antes. Na foto Maria aparecia curvada sobre a mesa, ajudando a filha a cortar o bolo, ambas com os mesmos cabelos escuros, anelados, o mesmo rosto oval, olhos felinos.

Shuki, examinando a fotografia, perguntou:

— Ela trabalha?

— Ela trabalhava numa revista; agora está escrevendo ficção.

— Portanto, bem-dotada também. Muito atraente. Só uma moça inglesa tem esta expressão no rosto. Observando tudo sem revelar nada. Está rodeada por uma enorme serenidade, Maria Zuckerman. Tranqüilidade fácil; não exatamente o nosso forte. Nossa grande contribuição é a ansiedade fácil.

Virou a foto e leu no verso as palavras que haviam sido escritas por mim.

— "Maria, grávida de cinco meses."

— Pai, finalmente, aos quarenta e cinco — eu disse.

— Compreendo. Casando-se com esta mulher e tendo um filho, você estará finalmente se misturando ao mundo de todo dia.

— Em parte, pode ser.

— O único problema é que no mundo de todo dia as moças não são assim. E se for um menino — Shuki acrescentou — sua rosa inglesa permitirá que seja circuncidado?

— Quem foi que disse que é preciso circuncisão?

— Gênesis, capítulo 17.

— Shuki, eu nunca fui totalmente devoto às injunções bíblicas.

— E quem é? Ainda assim, tem sido um costume unificador entre os judeus há muito tempo. Acho que seria difícil para você ter um filho que não fosse circuncidado. Acho que se ressentiria com uma mulher que insistisse no contrário.

— Veremos.

Rindo, ele devolveu a foto.

— Por que é que você finge tamanha distância dos seus sentimentos judeus? Nos livros, tudo que parece preocupá-lo é saber o que vem a ser um judeu, enquanto na vida você finge estar contente em ser o último elo da cadeia judaica do ser.

— Ponha tudo na conta da anormalidade da diáspora.

— Mesmo? Você acha que na *diáspora* é anormal? Venha viver aqui. Esta é a *pátria* da anormalidade judaica. Pior: agora *nós* é que somos os judeus dependentes do seu dinheiro, do seu *lobby*, das grandes verbas de Tio Sam, enquanto *vocês* são os judeus vivendo vidas interessantes, vidas confortáveis, sem apologias, sem vergonha, e perfeitamente *independentes*. Quanto à condenação de Israel em W11, Londres, talvez irrite a sua adorável mulher, mas, honestamente, não devia incomodá-lo. Caçadores esquerdistas da virtude não são nada de novo. Sentir-se moralmente superior aos iraquianos ou sírios não é lá muito divertido, portanto deixe que se sintam superiores aos judeus, se é só isso que é preciso para fazer a vida bela. Para falar com sinceridade, eu acho que nove décimos da ojeriza inglesa pelos judeus é puro esnobismo. Permanece o fato de que, na diáspora, um judeu como você vive em segurança, sem nenhum medo de perseguição ou violência, enquanto nós estamos vivendo justamente o tipo de existência judaica em perigo que viemos substituir. Sempre que me encontro com vocês, intelectuais judeus-americanos com suas mulheres não-judias e seus bons cérebros judeus, homens bem-educados, bem vividos, bem-falantes, homens finos que sabem como pedir num bom restaurante, apreciar um bom vinho, e ouvir com cortesia a opinião de um outro, eu penso exatamente isto: nós somos os judeuzinhos excitáveis, guetizados e trêmulos da diáspora, e vocês são os judeus com toda a confiança e a cultura que se sentem em casa onde quer que estejam.

— Somente a um israelense — eu disse — é que um intelectual judeu-americano se poderia parecer a um francês.

— Que diabos você *está* fazendo num lugar como este? — Shuki perguntou.

— Estou aqui para ver meu irmão. Ele se tornou um aliyah.

— Você tem um irmão que emigrou para Israel? O que é que ele é, um maluco religioso?

— Não, um dentista bem-sucedido. Ou era. Ele está morando numa pequena colônia fronteiriça, na Cisjordânia. Está aprendendo hebraico lá.

— Você está inventando isso. O irmão de Carnovsky na Cisjordânia? Deve ser mais uma das suas idéias hilariantes.

— Minha cunhada gostaria que fosse. Não, foi Henry que inventou. Parece que Henry largou a mulher, os filhos e a amante para vir a Israel se transformar num autêntico judeu.

— Por que iria querer ser uma coisa dessas?

— É o que vim descobrir.

— Que colônia é?

— Não fica longe de Hebron, nas colinas da Judéia. Chama-se Agor. Sua mulher diz que ele encontrou um herói lá, um homem chamado Mordecai Lippman.

— Encontrou, é?

— Você conhece Lippman?

— Nathan, eu não consigo falar sobre isso. É penoso demais para mim. Sério. Seu irmão é um seguidor de Lippman?

— Carol diz que quando Henry telefona para as crianças, só fala em Lippman.

— Mesmo? Ele está assim tão impressionado? Bem, quando você vir Henry diga-lhe que tudo que ele tem a fazer é ir até a cadeia e lá vai encontrar uma porção de bandidinhos tão impressionantes quanto ele.

— Ele pretende ficar, viver em Agor depois que tiver terminado seu curso de hebraico, *por causa* de Lippman.

— Mas isto é maravilhoso. Lippman entra em Hebron com a sua pistola e diz aos árabes no mercado como judeus e árabes podem viver felizes lado a lado, desde que os judeus estejam por cima. Ele está louco que alguém jogue um coquetel molotov. Aí seus capangas podem realmente entrar na cidade.

— Carol mencionou a pistola. Henry contou tudo às crianças.

— Claro. Henry deve achar muito romântico — Shuki disse. — Os judeus-americanos ficam emocionados com as armas. Eles vêem os judeus andando por aí com armas e acham que é o paraíso. Gente razoável com uma repugnância civilizada por violência e sangue, eles vêm em excursão dos Estados Unidos, vêem as armas, vêem as barbas e tiram férias da sensatez. As barbas para lembrá-los da santificada fraqueza iídiche, e as armas para certificá-los da força heróica hebraica. Judeus que nada sabem de história, hebraico, Bíblia, que nada sabem do Islã e do Oriente Médio, eles vêem as armas, eles vêem as barbas e começam a lhes brotar todas as emoções sentimentais que o grande sonho da realização é capaz de gerar. Um pudim médio de emoções. As fantasias sobre este lugar me dão ânsia. E *quanto* às barbas? O seu irmão fica tão emocionado pela religião quanto pelos explosivos? Você sabe que esses colonizadores são os nossos maiores judeus messiânicos crentes? A Bíblia é a *bíblia* deles; esses idiotas levam a sério. Eu lhe digo uma coisa, toda a loucura da raça humana se deve à santificação daquele livro. Tudo que está dando errado neste país se acha nos cinco primeiros livros do Velho Testamento. Derrote seu inimigo, sacrifique seu filho, o deserto é seu até o Eufrates. Uma contagem dos corpos de filisteus mortos em cada duas páginas, eis a grande sabedoria da maravilhosa Torá deles. Se você vai até lá, vá amanhã para o ofício de sexta-feira à noite, vá vê-los sentados em roda beijando a bunda de Deus, lhe dizendo como ele é grande e maravilhoso; dizendo aos restantes de nós como *eles* são maravilhosos, temerariamente fazendo seu trabalho como bravos pioneiros na Judéia bíblica. Pioneiros! Trabalham o dia inteiro para o governo em Jerusalém, depois voltam para casa à noite, para jantar na bíblica Judéia. Somente comendo picadinho de fígado de galinha na fonte bíblica, somente indo para cama nos locais bíblicos é que um judeu pode encontrar o verdadeiro judaísmo. Bem, se eles querem tanto assim dormir nas fontes bíblicas porque foi lá que Abraão amarrou o cordão do seu sapato, então que durmam sob o controle árabe! Por favor, não me diga o que esta gente está aprontando. Só vai me deixar furioso. Precisarei de um *ano* em Oxford.

— Conte mais sobre o herói de meu irmão.

— Lippman? Eu sinto cheiro de fascismo em gente como Lippman.

— Como anda o cheiro por aqui?

— Cheira do mesmo jeito que em todos os lugares. A situação está tão complicada que parece exigir uma solução simples, e é aí que entra Lippman. O negócio dele é jogar com a insegurança judaica; ele diz aos judeus: "Eu tenho a solução para o nosso problema do medo". Claro que existe uma longa linha de antecedentes. Mordecai Lippman não surgiu do nada. Em toda comunidade judaica sempre houve uma tal pessoa. O que podia o rabino fazer pelo medo deles? O rabino parece com você, Nathan. O rabino é alto, é magro, introvertido e ascético, sempre em cima dos livros, e normalmente está também doente. Não é uma pessoa que possa lidar com os góis. Portanto, em toda a comunidade existe um açougueiro, um carroceiro, um estivador, ele é grande, cheio de saúde; você dorme com uma, duas, quem sabe três mulheres, ele dorme com vinte e sete, e todas ao mesmo tempo. *Ele* lida com o medo. Ele desaparece à noite com o outro açougueiro e quando volta são cem góis com quem você não precisa se preocupar nunca mais. Havia até mesmo um nome para ele: o *shlayger*. O açoitador. A única diferença entre o *shlayger* da Velha Pátria e Mordecai Lippman é que, em nível superficial, Lippman é muito profundo. Ele não tem apenas uma arma judia, tem uma boca judia; até mesmo restos de um cérebro judeu. No momento existe um tamanho antagonismo entre árabes e judeus que até uma criança perceberia que a melhor coisa é mantê-los separados; de modo que Lippman entra na parte árabe de Hebron portando uma pistola. Hebron! Este Estado não foi fundado para que os judeus policiassem Nablus e Hebron! Esta não era a idéia sionista! Escute, eu não tenho nenhuma ilusão sobre os árabes e não tenho nenhuma ilusão sobre os judeus. Só não quero viver num país que seja *completamente* louco. Você se excita, me ouvindo falar desse jeito; estou vendo. Você me inveja; você pensa "Loucura e perigo, parece divertido!". Mas acredite-me, quando você já teve tanto disso por tantos anos que até mesmo a loucura e o perigo se tornam entediantes, então a coisa está *realmente* perigosa. As pessoas aqui estão com medo há trinta e cinco anos. Quando haverá uma outra guerra? Os árabes podem perder, e perder, e perder, e nós podemos perder uma vez só. Tudo isso é verdade. Mas qual é o resultado? Ao palco sobe Menachem Begin, e o passo lógico, depois de Begin, é um bandido como Mordecai Lippman que lhes diz: "Eu tenho a solução para o nosso problema judaico do medo". E quanto pior Lippman for, melhor. Ele está certo, eles dizem, esse é o mundo em que vivemos. Se a abordagem humana falhar, tente a brutalidade.

— E no entanto o meu irmãozinho gosta dele.

— Então pergunte ao seu irmãozinho: "Quais são as conseqüências deste homem maravilhoso?". A destruição do país! Quem é que vem para este país para ficar? O judeu intelectual? O judeu humano? O judeu bonito? Não, não o judeu de Buenos Aires, nem do Rio ou de Manhattan. Os que vêm dos Estados Unidos ou são religiosos, ou loucos, ou ambos. Este lugar se transformou na Austrália judeu-americana. O que nós temos agora são os judeus orientais, os judeus russos e os desajustados sociais como seu irmão, arruaceiros usando yarmulkes, vindos do Brooklyn.

— Meu irmão vem da suburbana Nova Jersey. Você não poderia classificá-lo em hipótese alguma como um desajustado. O problema que o trouxe aqui pode ser exatamente o oposto: ele se ajusta bem demais a sua confortável existência.

— Então para que veio? A pressão? As tensões? Os problemas? O perigo? Então ele está de fato meshugge. Você é o único esperto; você, entre todos os demais, é o único judeu normal, vivendo em Londres com sua mulher gentia inglesa e pensando que não vai sequer se incomodar em circuncidar seu filho. Você, que diz, eu vivo neste tempo, eu vivo neste mundo, e com isso farei minha vida. Aqui, você compreende, se supunha ser o lugar onde transformar-se num judeu normal era o *objetivo*. Em vez disso nos tornamos a obsessiva prisão judaica por excelência! Em vez disso viramos campo fértil para todos os tipos de loucura que o gênio judeu é capaz de inventar!

Já tinha começado a anoitecer quando fomos buscar o carro. Esperando, com a mulher e o filhinho, estava um homem amorenado, de constituição forte, de uns trinta anos, não mais, vestido com calça clara e camisa branca de manga curta, impecavelmente passadas. Parece que, ao estacionar em ângulo sobre a calçada, Shuki tinha, sem querer, impedido o motorista da frente de dar ré e sair da vaga. Ao ver que nós nos aproximávamos do Volkswagen, começou a berrar e sacudir o punho, e eu me perguntei se não seria, quem sabe, um árabe israelense. A fúria dele era extraordinária. Shuki levantou a voz para responder, mas não havia realmente muita fúria nele, e enquanto o enraivecido indivíduo vociferava, destrancou o carro e me abriu a porta.

Assim que nos afastamos perguntei-lhe em que língua tinha sido repreendido tão severamente, árabe ou hebraico.

— Hebraico — riu Shuki. — O sujeito é como você, Nathan, um judeu. Hebraico, claro. Ele estava me dizendo: "Eu não acredito; mais um asno ashkenazi! Todo ashkenazi que eu encontro é um asno!".

— De onde ele é?

— Não sei. Tunísia, Argélia, Casablanca. Você já ouviu falar sobre quem é que está vindo morar aqui agora? Judeus da Etiópia. Esses putos, como o Begin, estão tão desesperados para perpetuar a velha mitologia, que começaram a arrastar judeus *negros* para cá. Agradáveis, carinhosos, gente boa, a maioria vinda da roça, chegam aqui falando a língua etíope. Alguns tão doentes que têm que ser levados de maca direto para o hospital. A maioria não sabe ler nem escrever. Têm que aprender como abrir uma torneira, como fechar uma torneira, como usar a privada e o que são escadas. Tecnologicamente, eles vivem no século XIII. Mas em um ano, eu lhe garanto, já serão israelenses, deblaterando sobre seus direitos, fazendo greves, e não demora muito estarão me chamando de asno ashkenazi por causa do jeito que eu estaciono o carro.

No hotel, Shuki desculpou-se por não poder jantar comigo, mas não gostava de deixar sua mulher sozinha à noite, e ela não andava muito sociável. Era uma época ruim para ela. O filho deles, de dezoito anos, que tinha saído dos concursos como um dos melhores músicos do país, fora convocado pelo exército para os três anos de serviço militar e não poderia mais praticar piano com regularidade, talvez nem mesmo tocar um pouco. Daniel Baremboim tinha ouvido Mati tocar e se oferecido para ajudá-lo a conseguir uma bolsa nos Estados Unidos, mas o rapaz decidira que não podia deixar o país para perseguir suas próprias ambições quando todos os amigos estavam fazendo o serviço militar. Assim que tivesse terminado o treinamento básico, havia a possibilidade de que recebesse permissão para praticar várias vezes por semana, mas Shuki duvidava que isso fosse acontecer.

— Talvez ele não precise mais da nossa aprovação, mas ainda precisa da deles. Mati não é assim tão teimoso fora de casa. Se eles lhe disserem para ir lavar os tanques na hora reservada a seus estudos, Mati não vai tirar o bilhete do bolso e dizer "Daniel Baremboim sugere que em vez disso eu toque piano".

— Sua mulher queria que fosse para os Estados Unidos.

— Ela diz a ele que sua responsabilidade é perante a música e não perante a infantaria cretina. Naquela sua voz clara e bonita, ele diz: "Israel me deu muito! Eu me diverti aqui! Tenho que cumprir meu dever!", e ela fica doida, completamente. Eu tento intervir, mas sou tão eficiente quanto os pais em seus livros. Cheguei até a pensar em você, no meio da história. Pensei que não eram necessárias, de fato, todas as agonias de se criar um Estado judaico onde nosso povo pudesse abandonar seu comportamento de gueto, para eu terminar como um pai indefeso saído de um romance de Zuckerman, um pai judeu bem à antiga, que ou está beijando as crianças ou berrando com elas. Mais um impotente pai judeu contra quem o pobre do filho judeu tem, assim mesmo, que encenar sua ridícula rebelião.

— Adeus, Shuki — disse tomando-lhe a mão.

— Adeus, Nathan. E não se esqueça de voltar de novo em

vinte anos. Tenho certeza de que se Begin ainda estiver no poder, eu terei mais boas novas para você.

Decidi, depois que Shuki se foi, que em vez de ficar em Telavive aquela noite, eu pediria à recepção do hotel para telefonar a Jerusalém e me reservar um quarto. De lá entraria em contato com Henry e tentaria fazê-lo encontrar-se comigo para o jantar. Se Shuki não tivesse exagerado e Lippman fosse o tipo de *shlayger* que tinha dito ser, então era possível que Henry fosse tanto um cativo quanto um discípulo e, até mesmo, algo semelhante ao que devia estar passando pela cabeça de Carol quando dera a entender que lidar com um marido suburbano que se tinha transformado num judeu renascido era como ter um filho convertido à seita Moon. Como poderia ir adiante, ela perguntara, e instaurar o processo de separação que levaria ao divórcio se o sujeito tivesse realmente perdido a cabeça? Quando me telefonou para Londres foi porque ela própria sentia que talvez também estivesse perdendo o juízo — e porque não sabia a quem mais recorrer.

— Eu não quero equiparar a irracionalidade dele com a minha, não quero agir prematuramente, mas ele não poderia ter se distanciado mais de mim se *tivesse* morrido na mesa de operação. Se ele me largou para sempre, *e* a clínica, *e* tudo o mais, eu *tenho* que agir, não posso ficar aqui esperando feito uma idiota que ele recupere o bom senso. Mas estou paralisada. Não consigo absorver. Não entendo o que houve de *jeito nenhum*. Você entende? Você o conheceu a vida toda. De certo modo os irmãos se conhecem muito melhor do que jamais poderão conhecer outra pessoa.

— A maneira como eles se conhecem, na minha experiência, é uma espécie de deformação de si próprios.

— Nathan, ele não enrola você como ele me enrola. Antes que eu faça qualquer coisa que vai destruir tudo para sempre, eu tenho que saber se ele pirou por completo.

Achei que eu também tinha que saber. O meu relacionamento com Henry era o elo mais elementar que me sobrara, e por mais incômodo que fosse na superfície depois dos muitos anos de distanciamento, o que o telefonema de Carol provocou em mim foi a necessidade de ser responsável, não tanto pelo irmão que me censurava e com quem já tinha chegado às vias de fato quanto pelo garotinho em pijama de flanela que costumava sonambular quando estava muito excitado.

Não que apenas o dever filial me aguilhoasse. Estava também profundamente curioso com esta súbita e simples conversão, de uma espécie que não está imediatamente à disposição de escritores a menos que queiram cometer a gafe profissional de não ser inquisitivos. A vida de Henry não estava mais se realizando em sua forma chã, e eu tinha que perguntar se tudo aquilo *fora* obtido tão estupidamente quanto queria Carol, ao sugerir que ele tinha "pirado". Não haveria possivelmente mais genialidade que loucura nesta escapada? Por mais sem precedentes nos anais da vida doméstica sufocante, não seria ela de alguma forma incontestável, de um jeito que jamais poderia ter sido caso tivesse fugido com uma das suas pacientes fascinantes? Sem dúvida o roteiro rebelde que tinha tentado seguir dez anos atrás não chegava nem aos pés deste, em termos de originalidade.

Meia hora depois de acertar as contas, estávamos, minha mala e eu, lado a lado no táxi, nos afastando do mar. Os arredores industriais de Telavive já desapareciam na escuridão de inverno quando pegamos a auto-estrada na direção leste, atravessando plantações cítricas, na direção das colinas de Jerusalém. Assim que me acomodei no quarto do hotel, liguei para Agor. A mulher que atendeu parecia a princípio perfeitamente convencida de que ninguém de nome Henry Zuckerman vivia em Agor.

— O americano — eu disse bem alto —, o americano; o dentista de Nova Jersey!

Aqui ela desapareceu, e eu não sabia o que estava havendo.

Enquanto esperava que alguém voltasse ao telefone, comecei a lembrar em detalhe o recado que tinha recebido da filha de treze anos de Henry, Ruth, durante o jantar em Londres, na véspera. Foi um telefonema a cobrar, pessoa a pessoa, feito em Nova Jersey depois da escola, da casa de uma amiga. A mãe tinha dito que eu ia visitar seu pai, e embora nem tivesse muita certeza se era certo ou não estar telefonando — há uma semana já que vinha adiando de um dia para o outro — ela queria saber se podia me pedir para lhe dizer algo "confidencialmente", algo que não podia falar nos domingos, com o irmão mais velho, Leslie, e a irmã mais nova, Ellen, e às vezes até a mãe, ali em volta do telefone. Mas antes queria que eu soubesse que ela não concordava com a mãe que seu pai estivesse se comportando "infantilmente".

— Ela vive me dizendo — Ruthie contou — que não se pode mais confiar nele, que ela não confia nos motivos dele e que se ele quiser nos ver terá que ser aqui. A gente ia para lá nas férias, para viajar com ele pelo país, mas agora eu não tenho mais muita certeza se ela vai deixar. Ela está muito chateada com ele, agora; muito. Ela está terrivelmente magoada, e eu compreendo. Mas o que eu queria que você dissesse ao papai por mim é que eu acho que eu compreendo melhor que Leslie e Ellen. Esqueça Leslie e Ellen; diz só que eu compreendo.

— Você compreende o quê?

— Ele está lá para aprender alguma coisa. Ele está tentando descobrir alguma coisa. Eu não digo que compreenda *tudo*, mas acho que ele não está velho demais para aprender. E eu acho que ele está certo.

— Eu direi a ele — eu falei.

— Você não acha que é assim? — ela perguntou. — O que é que *você* acha de tudo isso, tio Nathan? Se importa de eu perguntar?

— Bem — eu disse —, não sei se seria o lugar para onde eu iria, mas desconfio que já fiz coisas parecidas.

— Fez mesmo?

— Coisas que parecem infantis para os outros? Fiz. E talvez pelas razões que você sugeriu. Tentando descobrir alguma coisa.

— De certa forma — disse Ruth —, eu até o admiro. Precisa uma tremenda coragem para ir tão longe, não precisa? Quer dizer, ele está abandonando um monte de coisas.

— É o que parece. Você tem medo que ele esteja abandonando você?

— Não. Ellen tem, eu não. Ellen é que está mal, agora. Ela está na maior fossa, mas não diga nada a ele; ele não deve se preocupar com isso também.

— E seu irmão?

— Está mais mandão do que nunca; agora é ele o homem da casa, percebe?

— Você parece bem, Ruth.

— Bom, não estou ótima. Sinto falta dele. Fico confusa sem meu pai.

— Quer que eu lhe diga isso também, que você fica confusa sem ele?

— Se achar que é uma boa idéia, acho que sim.

Henry devia estar do outro lado da colônia — quem sabe, pensei, fazendo as preces da tarde — porque levou bem uns dez minutos até que o encontrassem e ele atendesse finalmente o telefone. Perguntei-me se estaria usando seu xale de orações. Não sabia de fato o que esperar.

— Sou eu — anunciei —, Caim para o seu Abel, Esaú para o seu Jacó, aqui na Terra de Canaã. Estou ligando do Hotel Rei Davi. Acabei de chegar de Londres.

— Ora, ora.

Palavras sardônicas, apenas duas, e depois a longa pausa.

— Veio para o Chanukah? — perguntou por fim.

— Chanukah primeiro, e depois para ver você.

Uma pausa maior.

— Onde está Carol?

— Estou sozinho.

— O que você quer?

— Pensei que talvez quisesse vir jantar comigo em Jerusalém. Provavelmente eles arrumariam uma cama para você aqui no hotel, se quisesse passar a noite.

Como estivesse demorando ainda mais tempo para responder, achei que ia desligar.

— Tenho uma aula, hoje — disse finalmente.

— Que tal amanhã? Eu irei até aí.

— Há de convir comigo que é um tanto estranho ser você o enviado que Carol encarregou de vir até aqui me lembrar das minhas obrigações familiares.

— Não vim até aqui para levá-lo de volta vivo.

— Não conseguiria — ele retrucou — mesmo que quisesse. Sei o que estou fazendo e não há nada a dizer; a decisão é irrevogável.

— Então em que poderei prejudicá-lo? Gostaria de conhecer Agor.

— É demais! — ele disse. — Você em Jerusalém.

— Bom, nenhum de nós dois era notório em Nova Jersey por sua pia devoção.

— O *que* você quer, Nathan?

— Visitá-lo. Saber como está indo.

— E Carol não está com você?

— Eu não faço esse tipo de jogo. Nem Carol nem os tiras. Vim de Londres sozinho.

— Num impulso de momento?

— Por que não?

— E se eu lhe disser para voltar para Londres num impulso de momento?

— E por que faria isso?

— Porque eu não preciso que ninguém venha aqui decidir se estou louco. Porque já dei as explicações apropriadas. Porque...

Quando Henry começava assim, eu sabia que ele precisava me ver.

Quando visitei Israel em 1960, a Cidade Velha ainda estava do outro lado da fronteira. Através do vale estreito que existia nos fundos deste mesmo hotel, eu podia ver os soldados jordanianos armados, montando guarda sobre o Muro, mas claro que nunca pude visitar as ruínas do templo conhecido como o Muro Ocidental ou das Lamentações. Estava curioso para ver se alguma coisa semelhante ao que acontecera com meu irmão em Mea

She'arim iria me surpreender e pasmar quando estivesse ao pé dele, o mais sagrado de todos os lugares judeus. Quando perguntei na recepção, o funcionário do hotel me garantiu que eu nunca me veria sozinho lá, em hora nenhuma.

— Todo judeu deveria ir à noite — ele me disse. — Vai se lembrar para o resto da vida.

Sem nada para fazer até o dia seguinte quando fosse a Agor, tomei um táxi para me levar lá.

Era mais impressionante do que eu tinha antecipado, talvez porque os holofotes que dramatizavam o peso enorme daquelas pedras antiqüíssimas parecessem estar, simultaneamente, iluminando os mais pungentes dos temas da História: Transitoriedade, Resistência, Destruição, Esperança. O Muro estava assimetricamente enquadrado por dois minaretes que despontavam do complexo sacro dos árabes, mais adiante, e pela cúpula de duas mesquitas, a maior de ouro e a menor de prata, colocadas como que para desequilibrar sutilmente a composição pitoresca. Até mesmo a lua cheia, suspensa a uma altura discreta para evitar a insinuação de um *kitsch* supérfluo, parecia, para além das cúpulas recortadas no céu, engenhosidade decorativa em escala menor. Esse esplendoroso cenário, oriental e noturno, fazia da praça do Muro das Lamentações um enorme teatro ao ar livre, palco para alguma produção operística luxuosa, épica, cujos extras se pudesse observar andando de lá para cá, um punhado deles já em vestes religiosas, os demais, sem as barbas, ainda em traje de passeio.

Chegando ao Muro pelo antigo bairro judeu, tive que passar por uma barreira de segurança no topo de um longo lance de escadas. Um soldado sefardita de meia-idade, mal-ajambradamente vestido com uniforme de campanha, revistava as sacolas de compras e as bolsas dos turistas, antes de deixá-los passar. Ao pé das escadas, preguiçosamente sobre os cotovelos, tão indiferentes à Divina Presença quanto à multidão apascentando em volta, havia quatro outros soldados israelenses, todos muito jovens; qualquer um deles, pensei, podendo ser o filho de Shuki, na rua, em vez de estar ao piano. Assim como o guarda lá em cima, na barreira, cada um deles parecia ter improvisado um uniforme com roupas de segunda, empilhadas em alguma loja de excedentes do exército. Eles me lembravam dos *hippies* que eu costumava ver em volta da fonte Bethesda, no Central Park, durante os anos da guerra do Vietnã, com a diferença de que atravessadas por sobre estes trapos cáqui israelenses havia armas automáticas.

Uma divisória de pedra isolava os que tinham vindo rezar devotamente no Muro das pessoas que circulavam na praça. Havia uma mesinha numa das extremidades da mureta e sobre ela uma caixa com yarmulkes de papelão para os homens sem chapéu — as mulheres rezavam sozinhas em sua própria porção separada do Muro. Dois dos ortodoxos estavam postados — ou tinham decidido se postar — bem ao lado da mesa. O mais velho, uma figura pequena, encurvada, com uma barba de livro de histórias e um bastão, sentado no banco de pedra paralelo ao Muro; o outro, que provavelmente era mais novo que eu, um indivíduo encorpado, usando um sobretudo preto comprido, e uma barba dura em forma de pá de carvão. Em pé, ao lado do homem com o bastão, falava com enorme ênfase; no entanto, eu mal tinha posto o yarmulke sobre a cabeça e ele já tinha voltado de supetão suas atenções para mim.

— Shalom. Shalom aleichem.

— Shalom — respondi.

— Coleto. Caridade.

— Eu também — o velho interrompeu.

— É? Caridade para quê?

— Famílias pobres — respondeu o de barba negra em forma de pá.

Enfiei a mão no bolso e tirei todas as minhas moedas, israelenses e inglesas. A mim me parecia um donativo generoso o bastante, considerando-se a qualidade nebulosa da filantropia que ele dizia representar. Ofereceu-me em troca, porém, um olhar apenas perceptível que fui obrigado a admirar pela excelente mistura de incredulidade e desprezo.

— Não tem dinheiro em notas? — ele perguntou. — Alguns dólares?

Porque minha preocupação meticulosa com suas "credenciais" de repente me parecesse bem engraçada nas circunstâncias e também porque o antiquado shnorring é tão mais humanamente atraente que o autorizado, respeitável e humanitário "angariar de fundos", eu comecei a rir.

— Cavalheiros — eu disse. — Companheiros... — mas o barba-de-pá já me mostrava, mais ou menos como no descer do pano, terminado o ato, as costas de seu amplo sobretudo preto, e já tinha recomeçado a disparar seu iídiche contra o velho sentado. Ele não tinha levado o dia inteiro para se decidir a não perder tempo com um judeu barato como eu.

De pé no Muro, alguns se inclinando depressa para os lados e curvando-se ritmicamente enquanto recitavam suas preces, outros imóveis exceto pelo tremular relâmpago de suas bocas, havia dezessete dos doze milhões de judeus do mundo comungando com o Rei do Universo. A mim pareciam estar comungando exclusivamente com as pedras, em cujas reentrâncias, seis metros acima de suas cabeças, dormiam os pombos. Pensei (como me inclino a pensar): "Se há um Deus que desempenha um papel no nosso mundo, eu comerei todos os chapéus desta cidade" — e no entanto não pude evitar ser pego pelo espetáculo desta adoração à rocha, exemplo, para mim, do aspecto mais pavorosamente retardado da mente humana. A rocha é perfeita, pensei: o que pode haver de mais insensível? Até a nuvem deslizando lá em cima, a "nuvem judaica" do falecido pai de Shuki, parecia menos indiferente à nossa cingida e incerta existência. Acho que me teria sentido menos distante de dezessete judeus que admitissem abertamente *estar* falando com uma rocha do que de dezessete judeus que se imaginavam passando um telex diretamente para o Criador; se eu soubesse com certeza que era rocha e apenas rocha a que eles sabiam estar se dirigindo, eu talvez até me tivesse juntado a eles. Beijando a bunda de Deus, tinha dito Shuki, com mais aversão do que eu tinha coragem de sentir. Simplesmente me fez lembrar de minha desafeição de toda uma vida por ritos que tais.

Margeei o muro para dar uma olhada melhor e, de uma distância de menos de um metro, observei um homem, vestido com um terno comum de trabalho, um homem de meia-idade com uma pasta de monograma a seus pés, terminar suas orações depositando dois beijos suaves sobre a pedra, beijos como os que minha mãe teria posto em minha testa quando era menino, em casa, de cama com febre. As pontas dos dedos de uma das mãos permaneceram na mais delicada das uniões com o Muro mesmo depois de ter recuado os lábios do último e demorado beijo.

Claro, enternecer-se com um bloco de pedra como as mães se enternecem com seu filho doente não precisa realmente significar coisa alguma. Você pode sair por aí beijando todos os muros do mundo, e todas as cruzes, e fêmures, e tíbias de todos os santos mártires abençoados que já foram trucidados pelos infiéis e, de volta ao escritório, ser um filho-da-puta para os seus funcionários e em casa um perfeito pentelho para a família. A história local nunca sustentou a possibilidade de que a transcendência sobre as falhas humanas comuns, que dirá tendências realmente maldosas, seja acelerada por pios atos praticados em Jerusalém. Ainda assim, naquele momento, até eu me entusiasmei um pouco, e estaria disposto a admitir que aquilo que acabara de ser encenado à minha frente com doçura tão comovente podia não ser *inteiramente* frívolo. Por outro lado, podia estar enganado.

Ali por perto, uma arcada dava para uma grande e cavernosa passagem abobadada onde, por causa dos holofotes instalados no chão de pedra, se podia ver que havia ainda mais Muro das Lamentações abaixo do que acima da superfície — antes, então, era bem lá embaixo. Os dez metros e poucos quadrados, a entrada para a câmara, estavam divididos com tabiques numa salinha menor, improvisada, que se não fosse pelo teto enegrecido de fumaça grosseiramente abobadado e pelas pedras do Muro do Segundo Templo, pouco teria diferido da sinagoga desgraciosa da vizinhança, onde eu tinha sido inscrito para as aulas vespertinas de hebraico, aos dez anos. A grande arca da Torá podia ter sido construída como parte de um projeto de marcenaria de primeiro-anistas de uma escola vocacional — aparência menos santificada era impossível. Nas fileiras de prateleiras ao longo da parede em frente à arca havia centenas de livros de oração empilhados desigualmente e, espalhadas ao acaso pela sala, dezenas de cadeiras de plástico. Mas o que mais me lembrou de meu antigo Talmude não foi tanto a semelhança na decoração quanto a congregação. Havia um chazan de pé num canto, ladeado por dois adolescentes muito magros em vestes chassídicas que cantavam intermitentemente com grande fervor enquanto ele entoava os versos num lamento em barítono — os fiéis, por outro lado, davam a impressão de estar apenas em parte envolvidos na liturgia. Era mais ou menos como eu lembrava que eram as coisas na Schley Street, em Newark: alguns ficavam olhando em volta para ver se havia alguma coisa de mais picante acontecendo em algum lugar, enquanto outros olhavam para todos os lados, como se à cata de amigos que esperassem chegar. Os restantes, poucos, pareciam estar, de maneira desconexa, contando os presentes.

Estava justamente me colocando ao lado das prateleiras de livros — para poder olhar discretamente da margem — quando fui abordado por um jovem chasside, destacado neste grupo pelo corte elegante do sobretudo comprido de cetim e pelo brilho negro impecável do chapéu novo de veludo, de copa baixa e aba imponente. Sua palidez, porém, era alarmante, o tom da pele cadavérico. Os dedos alongados com que cutucava meu ombro sugeriam alguma coisa eroticamente amedrontante num extremo, e dolorosamente delicada no outro; a mão de uma virgem indefesa *e* de um demônio vampiresco. Estava me convidando, sem dizer palavra, a pegar um livro e juntar-me ao minyan. Quando sussurrei que não, ele respondeu num inglês carregado, cavernoso:

— Venha. Nós precisamos do senhor.

Sacudi de novo a cabeça bem na hora em que o chazan, com um gemido rude, angustiado, que podia perfeitamente ser uma reprimenda tenebrosa, pronunciou "Adonai", o nome do Senhor.

Imperturbável, o jovem chasside repetiu "Venha", e apontou para trás do tabique, para algo que mais parecia um armazém vazio do que uma casa de orações, o tipo de espaço que um esperto empresário nova-iorquino empreendedor adoraria converter numa sauna, quadras de tênis, banhos a vapor e piscina: Academia de Ginástica e Tênis Muro das Lamentações.

Lá também havia fiéis devotos, sentados com seus livros de orações a poucos centímetros do Muro. Debruçados, com os cotovelos sobre os joelhos, me fizeram lembrar dos pobres coitados que esperam o dia inteiro para receber a guia do seguro-desemprego. Luzes profusas, em forma de losango, feito pastilhas expectorantes, não contribuíam para fazer o lugar mais acolhedor nem adequado. A religião não poderia vir com menos adornos que isso. Esses judeus não precisavam de mais nada além daquele muro.

Coletivamente emitiam um vago murmúrio que soava como abelhas trabalhando — abelhas geneticamente comandadas para orar pela colméia.

Ainda pacientemente esperando ao meu lado, estava o elegante e jovem chasside.

— Não posso ajudá-lo — sussurrei.

— Só um minuto, senhor.

Não se poderia dizer que estivesse insistindo. De certa forma não parecia nem mesmo estar se importando. A se julgar pela expressão fixa do olhar e pela voz inexpressiva, sem força, eu poderia até ter concluído, num outro contexto, que ele era mentalmente um pouco deficiente, mas estava dando um bocado de mim para ser um relativista cultural generoso e tolerante — tentando dar um bom bocado mais de mim do que ele estava.

— Desculpe — eu disse. — Não dá.

— De onde você é? Estados Unidos? Fez o bar mitzvah?

Olhei para o outro lado.

— Venha — ele disse.

— Por favor. Basta.

— Mas o senhor é um judeu que fez o bar mitzvah!

Lá vamos nós. Um judeu está prestes a explicar a outro judeu por que ele não é o mesmo tipo de judeu que o primeiro judeu — a fonte, essa situação, de centenas de milhares de piadas, sem falar nas obras de ficção.

— Não sou praticante — eu disse. — Eu não participo das preces.

— Por que vem aqui?

Mas, uma vez mais, era como se estivesse perguntando sem se importar de fato. Eu estava começando a duvidar que fosse capaz de entender seu próprio inglês, que dirá o meu.

— Para ver o Muro do Templo — respondi. — Para ver os judeus que *participam* da oração. Sou um turista.

— Teve educação religiosa?

— Nada que se possa levar a sério.

— Tenho piedade do senhor.

Falou com tamanha inexpressividade que poderia muito bem estar me dizendo as horas.

— É, sente dó de mim?

— Os seculares não sabem para que estão vivendo.

— Compreendo como, para você, pode parecer assim.

— Os seculares estão voltando. Judeus piores que o senhor.

— Verdade? Muito piores?

— Não gosto nem de dizer.

— O que é? Drogas? Sexo? Dinheiro?

— Pior. Venha, senhor. Será mitzvah, senhor.

Se é que estava interpretando corretamente sua persistência, meu secularismo para ele não representava mais que um erro um pouco ridículo. Não valia nem mesmo a pena que se excitasse. Que eu não fosse devoto era resultado de algum engano.

Mesmo enquanto eu fazia uma tentativa para imaginar o que ele estava pensando, já tinha percebido, claro, que não poderia ter idéia do que se passava em sua mente tanto quanto ele não poderia saber o que se passava na minha. Duvido que tenha sequer tentado conjecturar o que ia na minha.

— Deixe-me em paz, está bem?

— Venha — ele disse.

— Por favor, que diferença faz para você se eu rezo ou não?

Não me dei o trabalho de lhe dizer — porque achei que não me cabia — que para ser franco eu considerava rezar abaixo de minha dignidade.

— Deixe-me ficar quietinho aqui, observando sem atrapalhar.
— Onde nos Estados Unidos? Brooklyn? Califórnia?
— De onde *você* é?
— De onde? Eu sou um judeu. Venha.
— Escute, eu não estou criticando sua observância ou sua roupa ou sua aparência, não estou nem mesmo me incomodando com as suas insinuações sobre as minhas falhas; então por que é que está tão ofendido por minha causa?

Não que ele parecesse minimamente ofendido, mas eu estava tentando pôr nossa discussão num plano mais elevado.

— Senhor, é circuncidado?
— Quer que eu lhe faça um desenho?
— Sua mulher é uma shiksa — ele anunciou de repente.
— Isto não é tão difícil de adivinhar quanto você gostaria de fazer parecer — eu disse; mas no rosto exangue não havia nem deleite nem solidariedade; apenas um par de olhos imperturbáveis postos brandamente sobre minha ridícula resistência. — Todas as minhas quatro mulheres eram shiksas — eu lhe disse.
— Por quê, senhor?
— Esse é o tipo de judeu que eu sou, companheiro.
— Venha — ele disse, dando a entender que era hora de eu parar de bobagem e fazer o que ele mandava.
— Escuta, vê se vai procurar sua turma, está bem?

Mas, ou porque não conseguisse acompanhar inteiramente o que eu estava dizendo, ou porque quisesse me confundir e expulsar minha pecaminosidade do lugar santo, ou porque tivesse desejos de corrigir aquele errinho que me deixara fora do rebanho, ou quem sabe porque precisasse de mais um judeu devoto no mundo da mesma forma que alguém com sede precisa de um copo de água, ele não me deixou em paz. Simplesmente ficou ali dizendo "Venha", e eu, com a mesma teimosia, fiquei onde estava. Não estava cometendo nenhuma infração das leis religiosas e me recusava fosse a fazer o que ele queria, fosse a fugir como um intruso. Perguntava-me se, na verdade, eu não teria estado certo desde o começo, e se ele não seria talvez um pouco tantã, embora, refletindo melhor, tenha percebido que tudo levava a crer que o homem em desvantagem tinha que ser aquele com quatro mulheres dos gentios.

Não fazia mais de um minuto que saíra da caverna e estava dando uma última olhada em volta da praça, nos minaretes, as cúpulas, a lua, o Muro, quando alguém gritou para mim:

— É você!

No meio do meu caminho havia um sujeito jovem, alto, com uma barba rala e eriçada, com o jeito de quem estava fazendo o impossível para não me dar um enorme abraço. Estava ofegante, se de emoção ou por ter corrido para me alcançar, eu não saberia dizer. Ria, rajadas de um riso jubilante, eufórico. Não creio que jamais tivesse cruzado com alguém tão empolgado em me ver.

— É você mesmo! Aqui! Fantástico! Li todos os seus livros! Você escreveu sobre a minha família! Os Lustig de West Orange! Em *Educação superior*! São eles! Sou seu maior admirador neste mundo! *Mixed Emoções mistas* é seu melhor livro, melhor que *Carnovsky*! Como é que é isso de estar usando um yarmulke de papelão? Devia estar usando um belo *kipa* bordado, como o meu!

Mostrou-me seu casquete — seguro por um grampo no topo da cabeça — como se tivesse sido desenhado para ele por um chapeleiro de Paris. Teria uns vinte e poucos anos, um bonito garotão americano, muito alto, de cabelos escuros, usando um abrigo cinza de algodão, tênis vermelho e o *kipa* bordado. Dançava parado mesmo enquanto falava, balançando-se na ponta dos pés, os braços agitados feito um boxeador antes da campainha para o primeiro *round*. Não sabia o que pensar dele.

— Quer dizer então que é um Lustig de West Orange — eu disse.

— Eu sou Jimmy Ben-Joseph, Nathan! Você está ótimo! Aquelas fotos em seus livros não lhe fazem justiça! Você é um cara bonitão! Acabou de se casar! Tem uma nova mulher! Número quatro! Vamos torcer para que desta vez dê certo!

Acabei rindo também.

— Por que sabe tudo isso?

— Sou seu maior fã. Sei tudo sobre você. Eu também escrevo. Escrevi os Cinco Livros de Jimmy!

— Não li.

— Ainda não foram publicados. Que está fazendo aqui, Nathan?

— Vendo os lugares. O que *você* está fazendo?

— Estava rezando para que viesse! Estava no Muro das Lamentações rezando para que viesse. E você veio!

— Está bem, acalme-se, Jim.

Ainda não sabia dizer se era meio louco ou completamente louco, ou apenas explodindo de energia, um garoto amalucado longe de casa fazendo bobagens e se divertindo. Mas como estivesse começando a suspeitar que fosse um pouquinho dos três, tomei a direção da mureta de pedra e da mesa onde tinha pegado meu yarmulke. Do outro lado do portão da praça vi vários táxis parados. Pegaria um para voltar ao hotel. Por mais intrigantes que possam ser pessoas como Jimmy, normalmente se tira o melhor delas nos primeiros três minutos. Já atraí o tipo antes.

Ele não estava exatamente andando *comigo* quando me pus a caminho mas, saltando na ponta do tênis, afastou-se de costas do Muro, indo alguns passos na minha frente.

— Sou estudante na Diaspora Yeshivah — explicou.

— Esse lugar existe?

— Nunca ouviu falar da Diaspora Yeshivah? Fica lá no topo do monte Sion! No topo da montanha do rei Davi! Devia ir visitar! Devia ir e ficar! A Diaspora Yeshivah foi feita para caras como você! Você ficou longe do povo judeu muito tempo!

— Assim me dizem. E por quanto tempo pretende ficar?

— Em Eretz Yisrael? Para o resto da vida!

— E há quanto tempo está aqui?

— Doze dias!

Na moldura de um rosto que surpreendia pela pequenez e delicadeza dos ossos, miniaturizado ainda mais pela linha estreita de costeletas novas, seus olhos pareciam estar passando ainda pelas dores da criação, bolhas trêmulas, precárias, na pontinha de uma erupção impaciente.

— Você está para lá de lá, Jimmy.

— Pode apostar! Estou voando feito pipa no compromisso judeu!

— Jimmy o Luftiídiche, o Judeu Voador.

— E você? Você o que é, Nathan? Ao menos você sabe?

— Eu? Pelo jeito, um judeu em terra. Onde é que você estuda, Jim?

— Faculdade Lafayette. Easton, Pensilvânia. Terra natal de Larry Holmes. Estudei arte dramática e jornalismo. Mas agora voltei para o povo judeu! Você não devia se distanciar, Nathan! Faria um ótimo judeu!

Eu estava rindo de novo; ele também.

— Me diga uma coisa — eu disse —, está sozinho ou com uma namorada?

— Não, sem namoradas. O rabino Greenspan vai me achar uma mulher. Eu quero oito filhos. Só uma garota daqui compreenderia. Quero uma moça religiosa. Crescei e multiplicai-vos!

— Bom, você tem um novo nome, um princípio de barba nova, o rabino Greenspan está à cata da moça certa. Está até morando no topo da montanha do rei Davi. Tudo indica que você está feito.

Na mesinha perto da mureta, onde não havia mais ninguém fazendo coleta para os pobres, se é que existiam, pus meu yarmulke de volta em cima dos outros empilhados na caixa. Quando estendi a mão, Jimmy tomou-a, não para apertá-la e sim para segurá-la afetuosamente entre as suas.

— Mas para onde está indo? Vou andando com você. Eu lhe mostro o monte Sion, Nathan. Poderá conhecer o rabino Greenspan.

— Já tenho mulher; número quatro. Tenho que ir — eu disse, afastando-me dele. — Shalom.

— Mas — ele gritou vindo atrás de mim de novo naqueles saltos vigorosos e atléticos que executava nas pontas dos pés — por acaso você entende por que eu o amo e respeito desse jeito?

— Na verdade, não.

— Por causa do jeito que você escreve sobre beisebol! Por causa do que você sente pelo beisebol! É isto que está faltando aqui. Como é que pode haver judeus sem beisebol? Eu pergunto para o rabino Greenspan mas ele não *capisca* nada. Somente quando houver beisebol em Israel é que o Messias virá! Nathan, eu quero ser *center field* do Jerusalem Giants!

Acenando adeus — e pensando como deviam estar aliviados os Lustig lá em West Orange agora que Jimmy está aqui em Eretz Yisrael e as preocupações por conta do rabino Greenspan — eu gritei:

— Vá em frente!

— Eu vou, eu vou se é você que diz, Nathan!

Sob os holofotes brilhantes ele disparou de chofre e se pôs a correr — de costas, a princípio, depois virou-se para a direita e, com aquele seu rosto delicado de barba incipiente inclinado como se a seguir o vôo de uma bola, arremessada por um dos valentões do Louisville Slugger, de algum lugar lá em cima no antigo bairro judeu, voltou a toda na direção do Muro das Lamentações, sem ligar a mínima para quem ou o que pudesse estar em seu caminho. Numa voz cortante que deve ter sido um achado e tanto para a Sociedade de Arte Dramática da Faculdade Lafayette ele começou a berrar:

— Ben-Joseph está voltando, voltando; pode não estar lá, pode não estar lá, isto pode ser o fim para o Jerusalem! — Aí, a menos de um metro das pedras do Muro — e dos fiéis no Muro —, Jimmy saltou, mergulhando estouvadamente no ar, os braços compridos esticados acima do corpo e muito acima do *kipa* bordado. — Ben-Joseph pegou! — ele gritou. Ao longo do Muro alguns fiéis se voltaram indignados para ver que desordem era aquela. A maioria, no entanto, estava tão absorta nas preces que nem sequer ergueu a cabeça. — Ben-Joseph pegou! — ele gritou de novo, segurando a bola imaginária no recôncavo da luva imaginária, aos saltos no exato lugar onde a tinha tão maravilhosamente apanhado. — O jogo terminou! — Jimmy ia gritando. — A temporada acabou! Os Jerusalem Giants ganham a flâmula! Os Jerusalem Giants ganham a flâmula! O Messias está a caminho!

Na sexta-feira de manhã, depois do café, um táxi me levou até Agor, uma viagem de quarenta e cinco minutos pelas colinas recobertas de pedras brancas a sudeste de Jerusalém. O motorista, um judeu iemenita que praticamente não entendia inglês, ia escutando rádio. Uns vinte minutos depois cruzamos um bloqueio do exército, controlado por soldados armados de rifles; não passava de um cavalete de madeira, e o táxi simplesmente contornou-o e seguiu em frente. Os soldados não pareciam interessados em parar ninguém, nem mesmo os árabes com placas da Cisjordânia. Um soldado sem camisa estava deitado no acostamento, tomando sol, enquanto o outro soldado sem camisa sapateava ao ritmo de um rádio portátil colocado debaixo da sua cadeira na estrada. Lembrando dos soldados à toa na praça do Muro das Lamentações, eu disse, sem nenhum outro motivo de fato, senão o de ouvir minha voz:

— Exército calminho esse que vocês têm aqui.

O motorista do táxi concordou com a cabeça e tirou a carteira do bolso traseiro. Com uma das mãos procurou até encontrar o retrato que queria me mostrar, uma foto de um jovem soldado, ajoelhado e olhando diretamente para a câmera, um rapaz de aparência enérgica, de grandes olhos escuros e, a se julgar pelo uniforme novo e cuidadosamente passado, o integrante mais bem vestido das Forças de Defesa israelenses. Segurava sua arma como alguém que sabia usá-la.

— Meu filho — o motorista disse.

— Muito bonito — eu disse.

— Morto.

— Oh, eu sinto muito.

Alguém está atirando uma bomba. Ele não está mais lá. Sapatos, nada.

— Que idade? — eu perguntei, devolvendo a foto. — Qual era a idade do rapaz?

— Morreu — ele respondeu. — Ruim. Eu nunca ver meu filho mais.

Mais adiante, a uns cem metros da estrada sinuosa, havia um acampamento beduíno comprimido no vale formado por duas colinas pedregosas. A tenda comprida, escura, marrom, remendada com quadrados negros, parecia a distância menos com uma habitação do que com um varal de roupas, uma coleção de grandes trapos velhos pendurados em paus para secar ao sol. Um pouco mais à frente tivemos que parar para que um homenzinho de bigodes e bastão atravessasse suas ovelhas. Era um pastor beduíno, vestido com um velho terno marrom e, se me lembrou Charlie Chaplin, não foi apenas por causa do seu jeito, mas também pela aparente futilidade de sua busca — o que suas ovelhas encontrariam para comer naqueles morros ressequidos era um mistério para mim.

O motorista do táxi apontou para uma colônia no topo do morro seguinte. Era Agor, o lar de Henry. Embora houvesse uma cerca alta de arame encimada por arame farpado ao longo da estrada, o portão estava aberto de par em par e a guarita vazia. O táxi fez uma manobra brusca e seguiu por uma ladeira empoeirada até um abrigo baixo, de zinco. Havia um homem trabalhando com um maçarico sobre uma mesa comprida, ao ar livre, e de dentro do barracão vinham sons de um martelo.

Saí do carro.

— Estou procurando por Henry Zuckerman.

Ele esperou para ouvir mais.

— Henry Zuckerman — eu repeti. — O dentista americano.

— Hanoch?

— Henry — eu disse. E então — claro. Hanoch.

Pensei: "Hanoch Zuckerman, Maria Zuckerman — o mundo de repente está cheio de Zuckermans novinhos em folha".

Ele apontou mais além na estrada de terra, para uma fileira de pequenos blocos de concreto. Era tudo que havia lá em cima — um morro pelado, seco, empoeirado, onde nada crescia. A única pessoa à vista era este homem com o maçarico, um sujeito baixo e musculoso, usando óculos de aro de metal e um pequeno casquete de tricô preso sobre o corte à escovinha.

— Lá — disse asperamente. — Escola é lá.

Uma mulher jovem e corpulenta, usando macacão e uma enorme boina marrom, saiu saltitante do barracão.

— Oi — gritou, sorrindo para mim. — Eu sou Daphna. Quem é que está procurando?

Tinha um sotaque nova-iorquino e me fazia lembrar as garotas bem-dispostas que eu costumava ver dançando ao som de canções folclóricas hebraicas na Hillel House, quando eu era um calouro recém-chegado em Chicago e ficava por lá à noite, durante as primeiras semanas solitárias, tentando ir para a cama com alguém. Aquilo foi o mais perto que consegui chegar do sionismo e constituiu todo meu "compromisso judaico" na faculdade. Quanto a Henry, seu compromisso consistiu em jogar basquete em Cornell para a fraternidade judaica.

— Hanoch Zuckerman — disse a ela.

— Hanoch está no ulpan. A escola hebraica.

— Você é americana?

A pergunta a ofendeu.

— Sou judia — respondeu.

— Eu compreendo. Estava apenas imaginando, pelo seu jeito de falar, que você nasceu em Nova York.

— Sou judia de *nascimento* — disse e, tendo obviamente esgotado seu assunto comigo, voltou para dentro do barracão, onde ouvi reiniciarem-se as pancadas do martelo.

Henry/Hanoch era um dos quinze alunos reunidos em semicírculo em volta da cadeira da professora. Estavam todos ou sentados ou esparramados sobre o chão sem grama e, como Henry, a maioria escrevia em seus cadernos enquanto a professora falava em hebraico. Henry era o mais velho em pelo menos quinze anos — provavelmente alguns anos mais velho até que a professora. Exceto por ele, parecia-se a qualquer grupo de jovens num curso de verão, aproveitando a aula sob o sol gostoso. Os rapazes, metade dos quais estava deixando crescer a barba, estavam todos usando calças *jeans* velhas; a maior parte das moças também estava de *jeans*, a não ser duas ou três que usavam saias de algodão e blusas sem manga, mostrando como estavam queimadas e que não raspavam mais debaixo do braço. O minarete de um vilarejo árabe era claramente visível ao pé do morro, e no entanto o ulpan de Agor, em dezembro, poderia facilmente ter sido Middlebury ou Yale, um centro de aprendizagem de línguas numa faculdade, no mês de julho.

Onde os botões superiores da camisa de Henry estavam abertos eu via a cicatriz da operação de ponte de safena dividindo nitidamente seu peito forte. Depois de cinco meses nas quentes colinas desérticas, não parecia muito diferente do soldado morto, filho do meu motorista de táxi iemenita — parecia agora mais irmão dele do que meu. Ao vê-lo assim tão em forma, bronzeado, de *short* e sandália, me peguei lembrando dos verões da nossa infância no bangalô alugado na praia de Jersey, e de como ele costumava me seguir, até a praia, até o calçadão à noite — onde quer que eu fosse com meus amigos, lá vinha Henry grudado atrás feito nosso afeiçoado mascote. Curioso encontrar o segundo filho, cuja paixão constante sempre fora a de se igualar àqueles já crescidos, de volta à escola com quarenta anos de idade. Mais curioso ainda encontrar sua classe em cima de um morro de onde se podia ver até o mar Morto e, mais adiante, as montanhas gretadas de um reinado deserto. "Sua filha Ruthie está certa", pensei. "Ele está aqui para aprender algo, e não é só hebraico. Eu já *fiz* coisas semelhantes, mas ele não. Nunca antes, e esta é sua chance. Sua primeira e talvez última. Não seja o irmão mais velho; não o atormente onde ele está vulnerável e onde sempre será vulnerável."

— Eu o admiro — Ruth tinha dito.

E naquele exato momento, eu também — em parte porque tudo parecia um tanto bizarro, tão infantil, provavelmente, quanto Carol achava que era. Olhando para ele sentado, de calça curta, com todos aqueles garotos, escrevendo em seu caderno, eu pensei que na verdade deveria dar meia-volta e ir embora. Ruthie estava certa sobre tudo: ele estava desistindo de um bocado de coisas para se transformar nesta *tabula rasa*. Deixe-o.

A professora se aproximou para me cumprimentar.

— Eu sou Ronit.

Como a mulher chamada Daphna no barracão, ela estava usando uma boina escura e falava inglês americano — uma mulher bem-apanhada, esbelta, longilínea, entrando nos trinta, com um nariz proeminente, muito bem esculpido, rosto sardento e uns olhos escuros, inteligentes, reluzindo ainda confiantemente com a precocidade da infância. Dessa vez não cometi o erro de dizer-lhe que seu sotaque era obviamente o de uma americana nata, criada na cidade de Nova York. Eu simplesmente disse olá.

— Hanoch nos disse ontem à noite que você viria. Precisa ficar para celebrar o sabá. Temos um quarto para você — Ronit disse. — Não é um Hotel Rei Davi, mas acho que ficará confortável. Puxe uma cadeira, junte-se a nós. Seria maravilhoso se falasse com a classe.

— Só quero que Henry saiba que cheguei. Não vim interromper. Vou dar umas voltas até acabar a aula.

De onde estava sentado, no semicírculo de alunos, Henry ergueu a mão para o alto. Com um sorriso amplo, embora ainda com aquele quê da timidez constrangedora que nunca conseguiu superar por completo, ele disse:

— Oi.

E isso também me lembrou da nossa infância, dos tempos em que eu, como monitor mais graduado, nos corredores da escola, o via passar com os outros garotinhos a caminho da aula de ginástica, ou artes, ou música.

— Ei — eles cochichavam —, é seu irmão.

Henry então soltava aquela espécie de grunhido quase inaudível:

— Oi.

Depois sumia no meio da classe, feito um animalzinho se esgueirando na toca. Ele se saiu brilhantemente, nos estudos, nos esportes, eventualmente na sua profissão e, no entanto, sempre teve esta ojeriza castradora a se expor, a ficar em pêlo, que atrofiava um sonho insaciável que vinha desde os tempos de nossos devaneios de menino na hora de dormir, não apenas de ser excelente mas de ser singularmente heróico. A admiração que antes o fazia adorar tanto cada palavra minha, e o ressentimento que acabou descolorindo, mesmo antes da publicação de *Carnovsky*, a afeição natural e íntima que existia desde o nosso pacto infantil, pareciam ter-se nutrido na crença que ele continuou alimentando bem depois de já ter idade o bastante para saber das coisas de que eu, entre a elite narcisista, fora abençoado por uma capacidade resoluta de me envaidecer em público e adorar isso sem sentimento de culpa.

— Por favor — Ronit disse, rindo —, quantas vezes a gente agarra alguém como você aqui no topo de um monte da Judéia?

Fez sinal para que um dos rapazes apanhasse uma cadeira desmontável de madeira no chão e montou-a para mim.

— Qualquer um louco o bastante para vir até Agor — ela disse aos alunos — a gente põe imediatamente para trabalhar.

Seguindo o tom brincalhão dela, olhei para Henry e fingi um impotente sacudir de ombros; ele entendeu e, fazendo piada, respondeu:

— Nós agüentamos, se você agüentar.

No lugar de "nós" pus "eu" e, com a permissão do irmão aqui refugiado — quem sabe de sua história comigo, tanto quanto de tudo mais que expurgara de sua vida —, sentei-me diante da classe.

A primeira pergunta veio de um rapaz cujo sotaque também era americano. Talvez fossem todos judeus-americanos.

— Fala hebraico? — ele perguntou.

— Todo o hebraico que conheço são as duas palavras com que começamos no Talmude Torá em 1943.

— Quais eram as palavras? — Ronit perguntou.

— "Yeled" era uma.

— "Rapaz". Muito bem — ela disse. — E a outra?

— "Yaldó" — eu disse.

A turma riu.

— "Yaldó" — disse Ronit, achando graça também. — Você fala como meu avô lituano. "Yal*da*" — ela disse. — "Moça". "Yalda".

— "Yalda" — eu disse.

— Agora — ela disse para os alunos — que ele sabe falar "Yalda" corretamente, quem sabe comece a se divertir por aqui.

Eles riram de novo.

— Desculpe-me — disse um menino em cujo queixo surgiam os vagos começos de uma barbichinha —, mas quem é você? Quem é esse cara? — perguntou a Ronit.

Não estava de maneira nenhuma se divertindo com aquilo — um rapagão, de uns dezessete anos no máximo, com um rosto muito jovem e ainda por formar, mas um corpo já tão grande e imponente quanto o de um operário de construção. A se julgar pelo sotaque, ele também era um nova-iorquino. Usava um yarmulke preso a uma cabeleira escura e rebelde de grossos fios.

— Diga-lhe, por favor — Ronit me pediu —, quem é você.

Apontei para aquele que eles chamavam de Hanoch:

— Irmão dele.

— E daí? — o rapaz disse, implacável e ficando irritado. — Por que é que a gente vai fazer um intervalo para ouvi-lo?

Um murmúrio teatral ergueu-se do fundo da classe, enquanto perto de mim uma jovem, que estava estendida no chão com o bonito rostinho redondo apoiado nas mãos, disse numa voz comicamente calculada para sugerir que tinham ficado juntos tempo o bastante para que certas pessoas começassem a deixar os outros loucos.

— Ele é um escritor, Jerry, por isso.

— Quais são suas impressões de Israel? — quem me perguntou isso foi uma moça com um sotaque inglês. Se não eram todos americanos, eram todos obviamente anglófonos.

Embora não estivesse no país nem há vinte e quatro horas, primeiras e fortes impressões já se haviam formado, a começar por Shuki, impressões fomentadas pelo pouco que ouvira dele sobre o irmão massacrado, a mulher desalentada, e aquele seu pianista patriota servindo o exército. E é claro que não tinha esquecido da discussão na rua com o sefardita para quem Shuki Elchanan não passava de um asno ashkenazi; nem poderia esquecer do pai iemenita que tinha me trazido até Agor e que, sem uma linguagem comum com que pudesse expressar a profundidade de sua dor, conseguira, assim mesmo, com uma eloqüência à Sacco e Vanzetti, descrever cripticamente a extinção do filho-soldado; também não me tinha esquecido do jogador do Jerusalem Giants e de sua desabalada corrida, um *home run*, até o Muro das Lamentações — será que Jimmy Ben-Joseph de West Orange, Nova Jersey, é apenas uma anomalia extravagante ou *estaria* este lugar, como quer Shuki, se transformando em algo assim como uma Austrália judeu-americana? Em suma, dezenas de impressões conflitantes, truncadas já tinham começado a me provocar para serem compreendidas, mas o melhor caminho a seguir me parecia guardá-las comigo enquanto não começasse a saber a que vinham. Não via a menor razão para ofender ninguém em Agor, contando-lhes minhas aventuras espirituais no Muro das Lamentações. Que o Muro das Lamentações é o que é, era claro até para mim. Nem me passaria pela cabeça negar a realidade daquele enigma de pétreo silêncio — mas os encontros do dia anterior tinham deixado em mim a impressão de que possuía uma ponta — como o careta da Diáspora — nalguma produção local de um teatro de rua judeu, e não estava bem certo que uma descrição dessas poderia ser entendida aqui, dentro do espírito em que fora concebida.

— Impressões? — eu disse. — Acabei de chegar, na verdade; ainda não formei nenhuma.

— Era sionista, quando jovem?

— Nunca tive o suficiente de hebraico, iídiche ou de anti-semitismo para me fazer um sionista quando era jovem.

— É sua primeira visita?

— Não. Estive aqui há vinte anos.

— E nunca mais voltou?

O jeito com que alguns alunos riram da pergunta me deu a impressão de que talvez estivessem pensando em arrumar as malas e voltar para casa.

— Os acontecimentos não me trouxeram de volta.

— "Acontecimentos." — Era o rapaz grandão que tinha perguntado, furioso, porque a classe estava me ouvindo. — Você não quis voltar.

— Israel não estava no centro das minhas preocupações, não.

— Mas você deve ter ido a outros países que não estavam no centro, entre aspas.

Percebi que isso poderia se tornar, se é que já não tinha se tornado, um diálogo ainda menos satisfatório que o meu colóquio com o jovem chasside, no Muro das Lamentações.

— Como pode um judeu — ele perguntou — fazer uma única visita à pátria de seu povo e depois nunca, em vinte *anos*...

Interrompi-o antes que começasse de fato a desandar.

— É fácil. Eu não sou o único.

— Eu me pergunto o que há de errado com uma pessoa dessas, sionista ou não.

— Nada — eu disse secamente.

— E não lhe diz respeito que o mundo inteiro prefira ver este país obliterado?

Embora algumas moças estivessem começando a se mexer, sem graça com a agressividade das perguntas, Ronit inclinou-se na cadeira, ansiosa para ouvir minha resposta. Perguntei-me se não haveria, quem sabe, uma conspiração em movimento por aqui — entre o rapaz e Ronit, e até mesmo, talvez, Hanoch.

— É isso que o mundo gostaria? — perguntei, pensando enquanto isso que mesmo que não houvesse nenhum complô préconcebido, caso eu aceitasse pernoitar, este bem poderia ser um dos sabás menos pacíficos da minha vida.

— Quem derramaria uma lágrima? — o rapaz respondeu. — Certamente que não um judeu que em vinte anos, apesar do constante perigo ao povo judeu...

— Escute — eu disse —, reconheço que nunca tive o espírito de casta acertado; entendo o que está dizendo sobre gente como eu. Não estou desfamiliarizado com esse fanatismo.

Isso o pôs de pé, apontando furiosamente um dedo na minha direção.

— Com *licença*! O que é *fanatismo*? Botar o egoísmo antes do sionismo, isto é que é fanatismo! Botar os ganhos pessoais e os prazeres pessoais antes da sobrevivência do povo judeu! *Quem* é fanático? O judeu da diáspora! Todas as provas que os góis lhe dão e lhe dão de que a sobrevivência dos judeus não lhes interessa a mínima, e o judeu da diáspora acredita que sejam amigos! Acredita que em seu país ele está a salvo e seguro; um igual! O que é fanático é o judeu que não aprende nunca! O judeu indiferente ao Estado judaico e à terra judaica e à sobrevivência do povo judeu! *Isso* é fanatismo. Fanatismo burro, fanatismo ilusório, fanatismo vergonhoso!

Levantei-me também, dando as costas a Jerry e à classe.

— Henry e eu vamos dar uma volta — eu disse a Ronit. — Vim aqui só para falar com ele.

Os olhos dela continuavam tão brilhantes quanto antes, com uma curiosidade apaixonada.

— Mas Jerry disse o que pensa; tem direito a usar da palavra agora.

Seria desconfiança em demasia acreditar que a ingenuidade era fingida e que ela estava me embromando?

— Renuncio a meus direitos — eu disse.

— Ele é jovem — ela explicou.

— É, mas eu não.

— Mas para a classe seus pensamentos seriam fascinantes. Muitos aqui são de famílias profundamente assimilacionistas. O extraordinário fracasso dos judeus-americanos, da maioria dos judeus no mundo, de aproveitar a oportunidade para regressar a Sion é algo com que eles estão tendo que se haver. Se você...

— Prefiro não.

— Mas só algumas palavras sobre assimilação...

Sacudi a cabeça.

— Mas a assimilação e os casamentos mistos — ela disse, ficando muito séria —, nos Estados Unidos eles estão provocando um segundo Holocausto; de verdade, um holocausto espiritual está acontecendo lá, e é tão mortífero quanto qualquer ameaça representada pelos árabes ao Estado de Israel. O que Hitler não conseguiu fazer com Auschwitz, os judeus-americanos estão fazendo a si mesmos no quarto. Sessenta e cinco por cento dos judeus-americanos em faculdades se casam com não-judeus. *Sessenta e cinco por cento* perdidos para sempre do povo judeu! Primeiro foi o extermínio brutal, agora é o extermínio manso. E é por esta razão que os jovens estão aprendendo hebraico em Agor. Para escapar da indiferença judia, da extinção dos judeus que está por vir nos Estados Unidos, para escapar daquelas comunidades em seu país onde os judeus estão cometendo um suicídio espiritual.

— Sei — foi tudo que respondi.

— Não quer falar com eles sobre isso, só por alguns minutos, até a hora do almoço?

— Não acho que minhas credenciais me qualifiquem para falar sobre isso. Acontece que eu mesmo sou casado com uma não-judia.

— Tanto melhor — ela disse sorrindo afetuosamente. — Eles podem falar com *você*.

— Não, não, obrigado. É com Henry que vim aqui conversar. Não o vejo há meses.

Ronit segurou meu braço quando me pus a caminho, quase como um amigo que odeia ver você partir. Parecia gostar de mim, apesar das credenciais falhas; provavelmente meu irmão agira como advogado de defesa.

— Mas vai ficar para o sabá — Ronit disse. — Meu marido teve que ir a Belém hoje, mas está contando conhecê-lo à noite. Você e Hanoch virão para o jantar.

— Vamos ver como caminham as coisas.

— Não, não, vocês virão. Henry deve ter lhe contado. Eles se tornaram grandes amigos, seu irmão e meu marido. São muito parecidos, dois homens dedicados e fortes.

Seu marido era Mordecai Lippman.

Do momento em que nos pusemos em marcha pela ladeira que descia o morro até as duas ruas compridas e sem pavimentação que formavam o bairro residencial de Agor, Henry começou a deixar claro que não iríamos nos sentar à sombra e ter uma discussão profunda sobre se *ele tinha* ou não feito a coisa certa ao aproveitar a oportunidade para regressar a Sion. Não estava mais nem um pouco tão amigável quanto pareceu estar na hora em que surgi diante da classe dele. Não, assim que nos vimos a sós ele imediatamente se tornou belicoso. Não tinha intenção, disse-me, de ser repreendido por mim e não toleraria nenhuma tentativa de investigação ou desafio a seus motivos. Falaria sobre Agor, se eu quisesse saber o que significava este lugar, falaria sobre o movimento de colonização, suas raízes e ideologia e o que os colonizadores estavam decididos a alcançar, falaria sobre as mudanças no país desde que a coalizão de Begin assumira o poder, mas no que dizia respeito à auto-analise psiquiátrica, no estilo americano, na qual meus próprios heróis podiam chafurdar durante páginas sem fim, esta era uma forma de vício exibicionista e uma autodramatização infantil que, misericordiosamente, pertencia ao "passado narcisista". A antiga vida dos problemas pessoais não-históricos lhe parecia agora embaraçosa, revoltante e indizivelmente insignificante.

Ao me contar isso, tinha demonstrado muito mais emoção do que eu teria sido capaz de provocar nele com qualquer coisa que tivesse dito, principalmente porque ainda não tinha dito nada. Era um daqueles discursos que as pessoas passam horas preparando e repetindo enquanto estão na cama sem conseguir pegar no sono. Os sorrisos lá em cima no ulpan eram para os outros. Este era o sujeito desconfiado com quem eu tinha falado ao telefone na noite anterior.

— Ótimo — eu disse. — Sem psiquiatria.

Ainda na defensiva, ele disse:

— E não me venha com condescendências.

— Bom, então não destrua meus heróis chafurdantes. Além do que, eu não diria que condescendência tenha sido meu grande trunfo, não até o momento, no dia de hoje. Eu mesmo não obtive nenhuma condescendência da parte daquele garoto lá na sua classe. Fui assaltado pelo pentelhinho em plena luz do dia.

— Franqueza é o estilo por aqui. É pegar ou largar. E sem sarro, por favor, com o meu nome.

— Calma. Todo mundo pode chamá-lo do que quiser, no que me diz respeito.

— Você *ainda* não entendeu. Isto não é para *mim*, esqueça de *mim*. *Mim é* alguém de quem *eu* esqueci. *Mim* não existe mais por aqui. Não há tempo para *mim*, não há necessidade de *mim*. Aqui as coisas valem para a Judéia, não para *mim*!

Seu plano era ir almoçar na cidade árabe de Hebron, que ficava apenas a vinte minutos de carro, se pegássemos o atalho pelos morros. Poderíamos usar o carro de Lippman. Mordecai e quatro outros colonizadores tinham ido de caminhão até Belém, de manhãzinha. Nas últimas semanas tinham surgido conflitos entre alguns árabes da região e os judeus de uma pequena colônia recém-formada nas colinas em torno da cidade. Dois dias antes o pára-brisa de um ônibus escolar levando crianças da colônia judaica tinha sido atingido por pedras, e colonizadores de toda a Judéia e Samaria, organizados e liderados por Mordecai Lippman, tinham ido distribuir panfletos no mercado de Belém. Se eu não tivesse ido visitá-lo, Henry teria faltado à aula para ir com eles.

— O que dizem os panfletos? — perguntei.

— Dizem: "Por que vocês não tentam viver em paz conosco, já que não lhes queremos mal? Apenas alguns entre vocês são extremistas violentos. Os demais são amantes da paz que acreditam, como nós, que judeus e árabes podem viver em harmonia". A idéia geral é mais ou menos esta.

— A idéia geral me soa bastante benigna. O que significa para os árabes?

— O que diz: não lhes queremos nenhum mal.

Não eu — nós. Era aí que tinha ido parar o eu de Henry.

— Vamos passar pelo vilarejo; é bem ali embaixo. Você vai ver como os árabes que querem podem viver em paz, lado a lado, a algumas centenas de metros de distância. Eles vêm até aqui comprar nossos ovos. As galinhas que estão velhas demais para botar, nós vendemos a eles por uma ninharia. Este lugar poderia ser um lar para todos. Mas se a violência contra escolares judeus continuar, serão tomadas medidas para acabar com isso. O exército poderia entrar lá amanhã, erradicar os desordeiros, e isso de atirar pedras acabaria num minuto. Mas eles não vão. Os árabes chegam a jogar pedras nos soldados. E quando o soldado não faz nada você sabe o que o árabe pensa? Ele pensa que você é um shmuck; e você é um shmuck. Em qualquer outro lugar do Oriente Médio, você atira uma pedra num soldado, o que é que ele faz? Ele atira em você. Mas de repente eles descobrem em Belém que você atira uma pedra num soldado israelense e ele não mata você. Ele não faz nada. E é aí que os problemas começam. Não porque sejamos cruéis, mas porque eles descobriram que nós somos fracos. Há coisas que se tem que fazer aqui que não são bonitas. Eles não respeitam delicadeza e não respeitam fraqueza. O que o árabe respeita é o poder.

Não eu e sim nós, não a delicadeza e sim o poder.

Fiquei esperando ao lado do Ford dilapidado, na rua de terra, em frente à casa de Lippman, uma das estruturas de laje de concreto que, da estrada de acesso, se pareciam mais a casamatas ou abrigos antiaéreos. De perto, era difícil acreditar que a vida lá dentro estivesse muito distante dos estágios embrionários do desenvolvimento humano. Tudo, inclusive o monte de solo depositado no canto de cada um dos pátios ressequidos, pedregosos, proclamava um mundo que mal começara. Duas, talvez três dessas habitações caberiam sem dificuldade no subsolo da espaçosa casa de cedro e vidro que Henry construíra alguns anos atrás na encosta de um bosque, em South Orange.

Quando saiu da casa de Lippman, trazia as chaves do carro numa das mãos e uma pistola na outra. Jogou a pistola no porta-luvas e deu a partida.

— Eu estou tentando — disse a ele — enfrentar as coisas com serenidade, mas será necessário um controle quase sobre-humano para não fazer o tipo de comentário que vai deixá-lo puto. Ainda assim, não deixa de ser um tanto surpreendente sair para dar uma volta, com você e uma arma.

— Eu sei. Não foi assim que fomos criados. Mas uma arma não é uma má idéia quando se está indo para Hebron. Se você der de cara com uma manifestação, se eles cercarem o carro e começarem a atirar pedras, pelo menos você tem algum poder de barganha. Escute, você vai ver uma série de coisas que vão surpreendê-lo. Elas me surpreendem. Sabe o que me surpreende ainda mais do que as coisas que aprendi a fazer aqui nestes cinco meses? O que eu aprendi a fazer lá em quarenta anos. A fazer e a ser. Tremo quando me lembro de tudo que eu era. Olho para trás e não consigo acreditar. Fico enojado. Fico querendo esconder a cabeça quando lembro no que virei.

— O quê?

— Você viu, você estava lá. Você *ouviu*. Para que eu arrisquei minha vida. Para que foi que eu me operei. Para *quem* eu operei. Aquela magricela no meu consultório. Era por aquilo que eu estava disposto a morrer. Era *para* aquilo que eu estava *vivendo*.

— Não, era parte do viver. Por que não? Perder a virilidade aos trinta e nove não é uma experienciazinha qualquer. A vida foi muito dura com você.

— Você não compreende. Estou falando de como eu era *pequeno*. Estou falando de minha grotesca desculpa para uma vida.

Só muitas horas depois, após termos rodado pelas ruelas do mercado de Hebron, subido até as antigas oliveiras plantadas ao lado dos túmulos dos mártires judeus de Hebron, e dali até o campo-santo dos Patriarcas, é que consegui que se expandisse um pouco mais sobre aquela vida grotesca que tinha abandonado. Estávamos almoçando no terraço de um pequeno restaurante na estrada principal, fora de Hebron. A família árabe que dirigia o lugar não poderia ter sido mais amável; na verdade, o proprietário, que anotou nosso pedido em inglês, chamava Henry de "doutor" com estima considerável. Já era tarde, e exceto por um jovem casal de árabes com o filhinho, almoçando numa mesa perto da nossa, o restaurante estava vazio.

Henry, para ficar à vontade, pendurou sua jaqueta de campanha nas costas da cadeira, com a pistola ainda num dos bolsos. Era aí que a tinha carregado durante nossa excursão por Hebron. Pastoreando-me pelo mercado congestionado, apontava para a abundância de frutas, verduras, galinhas, doces, mesmo que minha mente permanecesse na pistola e no famoso dizer de Tchecov de que uma pistola pendurada na parede no Ato Um terminava por disparar no Ato Três. Eu me perguntava em que ato estaríamos, para não falar em que peça — tragédia doméstica, épico histórico, ou apenas uma simples farsa? Não tinha certeza se a pistola era mesmo necessária ou se ele estava apenas demonstrando, tão drasticamente quanto podia, a distância que atravessara desde o bom judeu sem poderes que fora nos Estados Unidos, a pistola como o espantoso símbolo de todo o complexo de opções com as quais se livrava daquela vergonha.

— Aqui estão os árabes — ele dizia no mercado —, e onde é que está o jugo? Está vendo algum jugo sobre o lombo de alguém? Está vendo algum soldado ameaçando alguém? Você não vê nenhum soldado por aqui. Não, apenas um próspero bazar oriental. E por que isto? Por causa da brutal ocupação militar?

O único sinal dos militares que eu vi tinha sido uma pequena instalação a uns cem metros do mercado, onde Henry estacionara o carro. Para dentro dos portões alguns soldados israelenses estavam chutando uma bola de futebol pelo espaço livre onde estavam parados os caminhões mas, como Henry tinha dito, não havia presença militar no mercado, somente comerciantes árabes, fregueses árabes, montes de crianças árabes, alguns adolescentes árabes com um ar de poucos amigos, muita poeira, diversas mulas, alguns mendigos, e os dois filhos do dr. Victor Zuckerman, Nathan e Hanoch, o último a carregar uma arma cujas implicações tinham começado obsessivamente a tomar conta do primeiro. E se aquele a quem ele matar for eu? E se for esta a terrível surpresa do Ato Três, as diferenças entre os Zuckerman terminando em sangue, como se a nossa família fosse a de Agamenon?

Durante o almoço, iniciei com algo que não poderia ser tomado de imediato por exprobração ou desafio, considerando-se seu entusiasmo sobre a antiguidade de um muro que quis que eu visse na caverna de Machpelah. O quão sagrado, eu perguntei, era aquele muro para ele?

— Suponhamos que seja tudo como você diz — eu falei. — Em Hebron, Abraão ergueu sua tenda. Na caverna de Machpelah ele e Sarah foram enterrados, e depois deles Isaac, Jacó e suas mulheres. É aqui que reinou Davi antes de entrar em Jerusalém. O que é que tudo isso tem a ver com você?

— É aí que repousa a reivindicação — ele disse. — É *isso*. Não é por acaso, você sabe, que nós somos chamados de judeus e este lugar é chamado Judéia; pode até ser que haja alguma relação entre essas duas coisas. Nós somos judeus, esta é a Judéia, e o coração da Judéia é a cidade de Abraão, Hebron.

— Isso ainda não explica a charada da identificação de Henry Zuckerman com a cidade de Abraão.

— Você não percebe. Foi aqui que os judeus *começaram*, não em Telavive, e sim aqui. Se alguma coisa é territorialismo, se alguma coisa é colonialismo, é Telavive, é Haifa. *Isto* é judaísmo, *isto* é sionismo, *bem aqui* onde estamos almoçando!

— Em outras palavras, a coisa toda não começou do lado de fora daquele lance de escadas de madeira onde moravam a vó e o vô, na Hunterdon Street. Não começou com a vó de joelhos, lavando o assoalho, e o vô fedendo a charuto velho. Os judeus não começaram em Newark, afinal de contas.

— O famoso dom para a sátira redutiva.

— Será? Pode ser que o que você tenha desenvolvido nestes últimos cinco meses seja uma espécie de dom para o exagero.

— Não acredito que o papel desempenhado pela Bíblia judaica na história do mundo deva muita coisa a mim ou às minhas ilusões.

— Estava pensando mais é no papel que você parece ter se atribuído no épico tribal. Você reza também?

— O assunto não está em discussão.

— Então reza.

Aborrecido com minha insistência, perguntou:

— O que tem de errado em rezar, tem alguma coisa de errado em rezar?

— Quando é que você reza?

— Antes de dormir.

— O que é que você diz?

— O que os judeus vêm dizendo há milhares de anos. Digo o Shema Yisrael.

— E de manhã fica tefillin?

— Um dia quem sabe. Não ainda.

— E observa o sabá.

— Escute, eu compreendo que tudo isto está fora do seu elemento. Eu compreendo que ouvindo tudo isto você não sinta nada além do desdém divertido do judeu "objetivo" e pós-assimilado, como está na moda. Sei que você é "iluminado" demais para Deus e que para você tudo isto é obviamente uma piada.

— Não esteja tão certo do que vem a ser uma piada para mim. Se estou fazendo perguntas que gostaria de ver respondidas é porque seis meses atrás eu tinha um irmão diferente.

— Vivendo a vida de Riley* em Nova Jersey.

— Que é isso, Henry? Não existe tal coisa como vida de Riley em Nova Jersey ou em qualquer outra parte. Os Estados Unidos também são um lugar onde as pessoas morrem, onde as pessoas fracassam, onde a vida é interessante e tensa e dificilmente sem conflitos.

— Mas vida de Riley foi o que a minha era. Nos Estados Unidos, o massacre do judaísmo de seus irmãos não poderia ter sido mais completo.

— "Massacre"? De onde foi que tirou *essa* palavra? Você viveu como todo mundo que conhecia. Você aceitou o acordo social que existia.

— Só que o acordo que existia era completamente anormal.

Normal e anormal — vinte e quatro horas em Israel e lá estava a distinção outra vez.

— Como é que eu acabei arranjando aquela doença? — perguntou-me. — Cinco artérias coronárias obstruídas num ho-

* Referência a James Whitcomb Riley (1853?-1916), chamado de o "poeta dos colonizadores de Indiana do sul". (N. T.)

mem que não tinha nem quarenta anos. Que tipo de estresse você acha que causou isso? O estresse de uma "vida normal"?

— Carol por esposa, odontologia por profissão, South Orange para morar, filhos bem-comportados em boas escolas particulares; até uma namorada de lambuja. Se isto não é normalidade, então que é?

— Só que tudo pelos góis. Camuflando por trás da respeitabilidade gói até a última marca judaica. Tudo deles, para eles.

— Henry, eu entro em Hebron e vejo todos *eles*; estão em turbulência. Tudo que me lembro de ter visto na sua vizinhança foram outros judeus prósperos como você, e nenhum deles carregando uma arma.

— Lógico: prósperos, confortáveis e helenizados judeus. Judeus galut, desprovidos de qualquer tipo de contexto dentro do qual ser de fato judeu.

— E você acha que foi isso que deixou você doente? "Helenização"? Não me parece ter arruinado a vida de Aristóteles. E que diabo *significa* isso?

— Helenizado; hedonizado; egocentrado. Toda a minha *existência* foi a doença. Eu escapei fácil só com meu coração. Doente com autodistorção, autocontorção, doente com autodisfarce; até os olhos de ausência de significação.

Primeiro foi a vida de Riley, agora não passava de uma doença.

— Sentiu tudo isso?

— Eu? Eu estava tão inserido no convencional que nunca senti nada. Wendy. Perfeito. A assistente. Minha chupada em serviço, a grande paixão avassaladora por uma vida completamente superficial. Antes disso, melhor ainda. Basiléia. Clássico. A idolatria do homem judeu; a adoração da shiksa; sonhando com a Suíça junto à adorada shiksa. O sonho judeu original de escapar.

Enquanto ele falava, eu ia pensando, *as histórias em que as pessoas transformam a vida, as vidas em que as pessoas transformam as histórias*. Lá em Jersey ele atribui o estresse, que ele está convencido ter sido a causa da obstrução coronária, à humilhante falta de coragem que o *impediu* de trocar South Orange pela Basiléia; na Judéia seu diagnóstico é exatamente o oposto — aqui ele confere a culpa da doença à pérfida tendência para a anormalidade da diáspora, manifestada mais espalhafatosamente no "sonho judeu original de escapar... Suíça com a adorada shiksa".

Enquanto voltávamos para Agor, para estar lá em tempo de nos prepararmos para o sabá, tentei descobrir se Henry, que não tinha crescido exatamente numa Viena do Novo Mundo, poderia ter engolido uma auto-análise que para mim parecia uma coletânea de lugares-comuns arrebanhados de um manual da virada do século sobre ideologia sionista e que não tinha nada absolutamente a ver com ele. Quando é que Henry Zuckerman, criado em segurança no meio da ambiciosa classe média judaica de Newark, educado junto com centenas de outros inteligentes garotos judeus em Cornell, casado com uma mulher leal e compreensiva, uma judia tão secular quanto ele próprio, abrigado no tipo de bairro judeu rico e atraente com que tinha sonhado a vida toda, um judeu cuja história de intimidação anti-semita simplesmente não existia, quando é que ele tinha tido um momento de séria consideração para com as expectativas daqueles a quem ele agora se referia com desdém como "góis"? Se cada um dos projetos de importância de sua antiga vida tinha sido executado para provar a si mesmo diante de alguém insuportavelmente forte ou sutilmente ameaçador, este não me parecia em absoluto ter sido o onipotente gói. Aquilo que ele qualificava de revolta contra as grotescas contorções do espírito sofridas pelo galut, ou judeu exilado, não seria, mais provavelmente, uma rebelião extremamente tardia contra a idéia de masculinidade imposta a uma criança obediente e submissa por um pai dogmático e superconvencional? Se fosse esse o caso, então para derrubar todas aquelas antigas expectativas paternas ele se tinha deixado escravizar por uma poderosa autoridade judaica muito mais rigidamente subjugante do que até mesmo o onipresente Victor Zuckerman poderia jamais ter a coragem de ser.

Se bem que talvez a chave para compreender sua pistola fosse mais simples que isso. De tudo que dissera ao almoço, a única palavra que a mim soou com alguma convicção real fora "Wendy". Era a segunda vez nas poucas horas que tínhamos estado juntos que aludia à sua assistente, e no mesmo tom de incredulidade, indignado de que tivesse sido por ela que arriscara sua vida. Talvez, eu pensei, esteja fazendo penitência. Com efeito, aprender hebraico num ulpan, nas colinas desérticas da Judéia, constituía uma forma bastante inusitada de absolvição do pecado do adultério, mas ao mesmo tempo ele também não tinha optado por se submeter à mais arriscada das cirurgias com o intuito de manter Wendy em sua vida durante meia hora ao dia? Quem sabe isso não era mais que o desenlace apropriadamente absurdo para aquele bizarro e sobrecarregado drama deles? Ele parecia agora ver sua pequena assistente como alguma moça que tivesse conhecido em Nínive.

Ou tudo aquilo seria um disfarce para o abandono? Dificilmente haverá um marido hoje em dia que seja incapaz de chegar para a mulher e dizer, quando é chegado o fim:

— Receio que tenha terminado, eu encontrei o verdadeiro amor.

Apenas para meu irmão — e filho dileto de nosso pai — não há outra maneira possível de sair de um casamento em 1978, senão em nome do judaísmo. Pensei: "Ser judeu não é vir para cá e se tornar um judeu, Henry. Ser judeu é achar que, para largar Carol, sua única justificativa só pode ser vir para cá". Mas não disse nada, não com ele carregando aquela arma.

Eu estava totalmente obcecado com aquela arma.

No topo do morro vizinho a Agor, Henry parou o carro no acostamento e saímos para apreciar a vista. Entre as sombras que caíam, o pequeno povoado árabe já não parecia mais tão tristonho e árido quanto minutos atrás, na hora em que cruzamos a rua principal, totalmente vazia. O pôr-do-sol do deserto emprestava um quê pitoresco até mesmo àquele amontoado de palhoças anônimas. Quanto à paisagem maior, dava para entender, principalmente por causa da luz, que alguém chegasse a pensar que tinha sido criada em apenas sete dias, ao contrário da Inglaterra, por exemplo, cuja zona rural parecia criação de um

Deus que tivera umas quatro ou cinco oportunidades de voltar para aperfeiçoá-la, alisá-la, domá-la e tornar a domá-la, até que se mostrasse totalmente habitável até o último homem ou fera. A Judéia não, ela tinha sido deixada do jeito que fora feita; podia passar por um pedaço da lua para onde os judeus tivessem sido sadicamente exilados por seus piores inimigos, e no entanto era o lugar que eles, com toda a paixão, diziam ser seu e de ninguém mais, desde tempos imemoriais. O que ele vê nesta paisagem, pensei, é um correlato para o sentido de si mesmo que agora gostaria de executar, o do rude e severo pioneiro com uma pistola no bolso.

É claro que poderia estar pensando a mesma coisa de mim, que vivia agora onde tudo está em seu devido lugar, onde a paisagem vem sendo cultivada há tanto tempo e a densidade populacional é tão grande que a natureza nunca mais vai reclamá-los de volta, um cenário ideal para o homem em busca da normalidade doméstica e de renovar sua vida, já na metade, numa escala satisfatória. Mas nessa paisagem inacabada, extraterrena, prestando teatralmente ao pôr-do-sol seu testemunho à Significação Atemporal, era bem possível imaginar a auto-renovação na maior de todas as escalas, na escala lendária, na escala do heroísmo mítico.

Eu estava prestes a dizer alguma coisa conciliatória, algo sobre a austeridade espetacular daquele mar intumescido de colinas rochosas e da influência transformadora que deveria exercer sobre a alma de um recém-chegado, quando Henry anunciou:

— Eles dão risada, os árabes, porque nós construímos aqui. No inverno ficamos expostos ao vento e ao frio; no verão ao calor e ao sol, enquanto lá embaixo eles estão protegidos dos rigores do clima. Mas — ele disse apontando na direção sul — quem controlar este morro controla o Neguev.

Guiou-me então a olhar na direção oeste, onde as colinas tinham adquirido dezessete tons de azul e o sol se escondia.

— Você pode bombardear Jerusalém daqui — Henry contou-me, enquanto eu pensava, Wendy, Carol, nosso pai, as crianças.

* * *

A própria aparência de Lippman sugeria uma demonstração de forças a colidir. Os olhos, bem separados, amendoados, um tantinho saltados, embora de um suave azul leitoso, proclamavam, inquestionavelmente, PARE; o nariz tinha sido quebrado ao meio por algo — mais provável alguém — que tentara e não conseguira pará-*lo*. Depois havia a perna, estraçalhada durante a guerra de 67 quando, na qualidade de comandante de uma força pára-quedista, tinha perdido dois terços da companhia na grande batalha para entrar na parte jordaniana de Jerusalém. (Henry tinha me explicado, com uma impressionante minúcia militar, a logística do assalto ao "Morro da Munição" enquanto voltávamos de Hebron.) Por causa do ferimento, Lippman caminhava como se a cada passo pretendesse decolar e alçar vôo sobre a cabeça de alguém — depois o torso mergulhava devagar de volta à perna imperfeita e ele parecia um homem que fosse derreter. Pensei numa tenda de circo prestes a desabar depois que a viga central é retirada. Esperei pela pancada, mas lá estava ele de novo, avançando. Teria mais ou menos um metro e oitenta, mais baixo que Henry e eu, e no entanto o rosto possuía aquela mobilidade sardônica de quando se espia aristocraticamente a humanidade a se iludir lá das alturas da Verdade Dura. Quando, com suas botas empoeiradas e vestido com uma ensebada e velha jaqueta de campanha, regressou de onde os colonizadores judeus organizados por ele tinham estado a distribuir panfletos no mercado de Belém, dava a impressão de ter passado sob fogo cruzado. Uma aparência deliberada de linha de frente, pensei, ainda que não estivesse usando nenhum capacete amassado — ou melhor, o capacete a protegê-lo era um casquete, um *kipa* de tricô, montado em seu cabelo feito um minúsculo bote salva-vidas. O cabelo era um outro drama, o tipo de cabelo que o inimigo aproveita para segurar sua cabeça depois de tê-la decepado da carcaça — um chumaço repolhudo de plumagem desalinhada que já passara a branco ceroso, patriarcal, embora Lippman não pudesse ter muito além de uns cinqüenta anos. A mim me pareceu, desde o primeiro instante em que o vi, algo assim como um majestoso Harpo Marx — Harpo em Aníbal e, como eu iria descobrir, nada mudo.

A mesa do sabá estava toda bem posta, com uma toalha branca debruada de renda. Ficava perto da cozinha, na pequena sala de estar forrada até o teto com estantes de livros. Seríamos oito para o jantar — a mulher de Lippman (e professora de hebraico de Henry), Ronit, e os dois filhos do casal, uma menina de oito e um rapaz de quinze. O rapaz, já um craque de artilharia, estava fazendo centenas de flexões duas vezes ao dia para poder entrar na unidade de assalto quando fosse fazer o exército, em três anos. Vindos da casa ao lado haveria o casal com quem já me tinha encontrado, perto do barracão, na chegada, o metalúrgico, chamado Buki, e sua mulher, Daphna, a mulher que me informou ser uma judia "de nascimento". Por fim, haveria os dois Zuckerman.

Lippman, depois do chuveiro, apareceu para a ocasião vestido exatamente como Henry e o metalúrgico, com uma camisa leve, recém-lavada e passada e calça escura de algodão. Ronit e Daphna, que durante o dia usavam boinas, estavam agora com lenços brancos envolvendo os cabelos, e elas também se tinham trocado para as celebrações noturnas do sabá. Os homens traziam casquetes de veludo, tendo o meu me sido dado cerimoniosamente por Lippman assim que entrei na casa.

Enquanto esperávamos pelos convidados do lado e Henry brincava como um tio bondoso com as crianças, Lippman achou para mim, entre seus livros, a tradução alemã de Dante, Shakespeare e Cervantes, que tinha trazido de Berlim em meados da década de 30, seus pais e ele, ao fugirem para a Palestina. Mesmo para uma audiência de um, ele não escondeu nada, tão impudente quanto qualquer causídico lendário em tribunal, maroto no uso de sonoros crescendos e insinuantes diminuendos para balançar as emoções do júri.

— Naquela época em que eu cursava uma escola colegial nazista na Alemanha, quando é que eu poderia pensar que um dia estaria sentado com minha família em minha própria casa na

Judéia, celebrando com eles o sabá? Quem é que poderia ter acreditado numa coisa destas sob os nazistas? Judeus na Judéia? Judeus uma vez mais em Hebron? Eles dizem a mesma coisa em Telavive, hoje em dia. Se os judeus ousarem ir se estabelecer na Judéia, a terra pára de girar sobre seu eixo. Mas o mundo parou de girar sobre seu eixo? Parou de girar em torno do sol porque os judeus voltaram a viver em sua pátria bíblica? *Nada é impossível*. Tudo que o judeu precisa decidir é o que ele quer; aí poderá agir e conseguir. Não pode se aborrecer, não pode se cansar, não pode sair por aí gritando "Dêem qualquer coisa para os árabes, tudo, desde que não haja encrenca". Porque os árabes tomarão o que for dado e continuarão com a guerra, e em vez de menos encrenca haverá *mais*. Hanoch me disse que esteve em Telavive. Teve oportunidade de falar com todos os bonzinhos e bonitinhos de lá que querem ser humanos? Humano! Eles se constrangem com as necessidades de sobrevivência na selva. Isto aqui é uma selva com lobos por todos os lados! Temos gente fraca aqui, gente molenga, gente que gosta de chamar sua covardia de moralidade judaica. Bom, deixa só esse pessoal praticar sua moralidade judaica e estarão a caminho da destruição. E depois, eu lhe asseguro, o mundo decidirá que foram os judeus que causaram-na a si próprios *de novo*, culpados *de novo*; responsáveis por um segundo holocausto como foram pelo primeiro. Mas não haverá mais holocaustos. Nós não viemos para cá para construir covas. Estamos até aqui de covas. Nós viemos para cá para viver, não para morrer. Com quem foi que falou em Telavive?

— Um amigo. Shuki Elchanan.

— Nosso grande jornalista intelectual. Claro. Tudo para consumo do Ocidente, cada palavra dita por esse mercenário. Cada palavra que escreve é veneno. Qualquer coisa que ele escreve é com um olho em Paris e o outro em Nova York. Sabe qual é minha esperança, meu sonho entre os sonhos? De nesta colônia, quando tivermos recursos, nós construirmos, como o museu de cera de Madame Tussaud, um Museu do Ódio Judaico a Si Próprio. Só receio que não venhamos a ter espaço suficiente para as estátuas de todos os Shuki Elchanan que só sabem condenar os israelenses e sangrar pelos árabes. Eles sentem cada dor, essa gente, sentem cada dor e então cedem; não só eles *não* querem ganhar, não só eles *preferem* perder, acima de tudo eles querem perder *da maneira certa*, como judeus! Um judeu que defende a causa árabe! Sabe o que os árabes acham de gente assim? Eles pensam: "Será um louco ou um traidor? Qual é o problema do homem?". Eles acham que é um sinal de traição, deslealdade, e pensam: "Por que é que ele está defendendo a nossa causa, nós não defendemos a dele". Em Damasco, nem mesmo um lunático sonharia em ficar do lado judaico. O Islã não é uma civilização de dúvidas como a civilização do judeu helenizado. O judeu está sempre se culpando pelo que acontece no Cairo. Está se culpando pelo que acontece em Bagdá. Mas em Bagdá, acredite-me, eles não se culpam pelo que está acontecendo em Jerusalém. A deles não é uma civilização de dúvidas; a deles é uma civilização de *certezas*. O Islã não está infestado por bonzinhos e bonitinhos que querem ter certeza de que não estão fazendo a coisa errada. O Islã quer uma única coisa: *vencer*, *triunfar*, obliterar o câncer de Israel do corpo do mundo islâmico. O sr. Shuki Elchanan é um homem que vive num Oriente Médio que, muito desgraçadamente, não existe. O sr. Shuki Elchanan quer assinar um pedaço de papel com os árabes e entregar de *volta*? Não! História e realidade farão o futuro, não pedaços de papel! Isto aqui é o Oriente Médio, estes aqui são os árabes; papel não vale nada. Não há trato a ser feito no papel com os árabes. Hoje em Belém um árabe me diz que sonha com Jafa e com o dia em que voltará para lá. Os sírios o convenceram, espere um pouco, continue jogando pedras em ônibus escolares judaicos e *tudo* será seu um dia; você vai voltar para o seu vilarejo perto de Jafa e ter tudo mais, ainda por cima. Isto é o que aquele homem estava me dizendo; ele vai voltar, mesmo que leve os dois mil anos que levaram os judeus. E sabe o que eu digo a *ele?* Eu digo: "Eu respeito o árabe que quer ir para Jafa". Eu digo: "Não desista de seu sonho, sonhe com Jafa, vá em frente; e um dia, se tiver poder, mesmo que haja uma centena de acordos, você vai tirá-la de mim à força". Porque ele não é tão humano, este árabe que atira pedras em Belém, quanto o sr. Shuki Elchanan que escreve a sua coluna em Telavive para consumo do Ocidente. O árabe espera até achar que você está fraco, aí rasga o papel e ataca. Sinto muito se o estou decepcionando, mas não tenho pensamentos tão bonitos quanto o sr. Shuki Elchanan e todos os judeus helenizados de Telavive, com suas idéias européias. Shuki Elchanan tem medo de dirigir e ser senhor. Por quê? Porque ele quer a aprovação do gói. Mas eu não estou interessado na aprovação do gói; estou interessado na sobrevivência judaica. E se o preço a pagar é má reputação, ótimo. Esse preço nós já estamos pagando de qualquer jeito, e é melhor que o preço que nos cobram por fora.

Tudo isto apenas à guisa de aperitivo, para a minha refeição do sabá, e enquanto exibia orgulhosamente à minha frente, uma por uma, as obras-primas em encadernação de couro colecionadas em Berlim por seu avô, um célebre filólogo morto na câmara de gás em Auschwitz.

À mesa do jantar, num melodioso barítono chantrado, com uma voz sonora e cheia que parecia treinada e cuja excelência não era de todo uma surpresa, Lippman começou o pequeno cântico para dar as boas-vindas à rainha de Sabá, e depois todos se juntaram, menos eu. Lembrava-me vagamente da melodia, mas trinta e cinco anos depois descobri que as palavras simplesmente haviam sumido. Henry dava a impressão de nutrir um sentimento especial pelo jovem Lippman, Yehuda; sorriam um para o outro enquanto cantavam, como se entre os dois houvesse alguma piada sobre a música, a ocasião, ou até mesmo sobre minha presença à mesa. Muitos anos atrás eu tinha trocado olhares como esse com Henry. Quanto à garotinha de oito anos dos Lippman, ela estava tão fascinada pelo fato de eu não estar cantando que o pai foi obrigado a lhe fazer um sinal para que parasse de resmungar e se fizesse ouvir junto com os outros.

Meu silêncio, é claro, deve ter lhe parecido inexplicável; mas se ela estava se perguntando como é que Hanoch podia ter um irmão como eu, estejam certos que àquela altura eu estava ainda mais confuso por ter um irmão como Hanoch. Não conseguia compreender essa mudança brusca tão contrária ao veio que eu e os outros tomávamos com a essência mesma da "Henrycidade" de Henry. Existe de fato algo irredutivelmente judaico que ele descobriu em seu próprio cerne, ou será que apenas desenvolveu, pós-operatoriamente, um gosto pelo *ersatz* na vida? Ele se submete a uma terrível operação para restaurar-lhe a potência e se torna, em seguida, um judeu habilitado; esse cara abriu o peito de cima a baixo e, numa operação de sete horas, pendurado numa máquina que respira por ele e bombeia seu sangue, passa pela substituição das linhas vitais do coração por veias tiradas da perna e acaba terminando em Israel. Eu não entendo. Tudo isso até parece dar um novo significado à velha idéia de Tin Pan Alley de brincar estouvadamente com o coração alheio. Que propósito se esconde naquilo que ele agora chama de "judeu" — ou seria "judeu" apenas algo atrás do qual ele se esconde? Ele me diz que aqui é essencial, que ele pertence, que ele se enquadra — mas não será mais provável que aqui tenha encontrado os meios incontestáveis de escapar de sua vida cerceada? Quem é que já não endoidou com a tentação — no entanto quantos a levaram a cabo? Nem Henry pôde, enquanto chamou seu plano de fuga "Basiléia" — bastou chamá-lo "Judéia" que resolveu o assunto. Se for assim, que nomenclatura inspirada! Moisés contra os egípcios, Judas Macabeus contra os gregos, Bar Kochba contra os romanos e, agora, em nossa era, Hanoch da Judéia contra Henry de Jersey!

E ainda nem uma palavra de remorso — nem uma palavra *sequer* — sobre Carol ou as crianças. Incrível. Embora telefone aos filhos todo domingo e espere que o venham visitar durante Pesach, não me deu um único sinal de que ainda esteja, de alguma forma, algemado pelos sentimentos de marido e pai. E sobre minha nova vida em Londres, a *minha* renovação, que até para Shuki Elchanan foi de interesse mais que superficial, Henry não tinha nada a perguntar. Parece ter repudiado por completo sua vida, todos nós, tudo por que passou e, qualquer um que faça isso, pensei, *tem* que ser levado a sério. Tais pessoas não só se qualificam para verdadeiros prosélitos como, por algum tempo, pelo menos, se transformam em criminosos, quase — para aqueles a quem abandonaram, até para si próprios, até mesmo, quem sabe, para aqueles com quem fizeram o novo pacto —, e essa verdadeira conversão é tão difícil de descartar quanto de compreender. Ouvindo a voz profissional de seu mentor a se erguer em cântico acima das demais, pensei: "Qualquer que seja a mixórdia de motivos dentro dele, certamente não foi atraído por nada".

Houve uma segunda canção, uma melodia mais lírica e pungente que a primeira, e dessa vez quem dominou foi Ronit, com sua ardente voz de soprano folclórica. Cantando no sabá, Ronit parecia tão satisfeita com tudo quanto qualquer mulher poderia estar, os olhos brilhando de amor por uma vida livre da adulação judaica, da deferência, diplomacia, apreensão, alienação, autopiedade, auto-sátira, autodesconfiança, da depressão, de bancar o palhaço, da amargura, nervosismo, introspecção, hipercriticismo, hipersensibilidade, ansiedade social, da assimilação social — um modo de vida absolvido, em suma, de todas as "anormalidades" judaicas, daquelas peculiaridades da autodivisão cujos traços permaneceram impressos em praticamente todos os judeus interessantes que conheci.

Lippman abençoou o vinho com palavras hebraicas familiares até para mim e, enquanto bebia junto com os demais, pensei: "Será um estratagema *consciente*? E se não for só aquela ingenuidade exaltada, impetuosa, para a qual sempre mostrou tamanho talento e sim um ato calculada e diabolicamente cínico? E se Henry tiver aderido à causa judaica sem acreditar numa palavra? Será que ficou assim tão interessante?".

— E — Lippman disse, abaixando sua taça e falando com a mais suave, balsâmica e delicada das vozes — é isso. A coisa toda.

Estava se dirigindo a mim.

— Eis aí. O significado deste país numa casca de noz. Este é um lugar onde ninguém precisa pedir desculpas por usar um chapeuzinho na cabeça e cantar algumas canções com sua família e seus amigos antes de fazer sua refeição de sexta-feira à noite. É simples assim.

Sorrindo do seu sorriso, eu disse:

— É?

Ele apontou orgulhoso para sua bela e jovem mulher.

— Pergunte a ela. Pergunte a Ronit. Os pais não eram nem judeus religiosos. Eram judeus étnicos e nada mais; provavelmente, pelo que me diz Hanoch, como a família de vocês em Nova Jersey. A dela era de Pelham, mas a mesma coisa, tenho certeza. Ronit não sabia nem mesmo o que era religião. Mas, ainda assim, em nenhum lugar onde morou nos Estados Unidos se sentiu bem. Pelham, Ann Arbor, Boston — não fazia diferença, ela nunca se sentiu bem. Aí, em 67, ela ouviu no rádio que havia uma guerra, pegou um avião e veio ajudar. Trabalhou num hospital. Viu de tudo. O pior. Quando acabou, ela ficou. Ela veio para cá, se sentiu bem e ficou. Essa é toda a história. Eles vêm, percebem que não há mais necessidade de pedir desculpas e ficam. Só os bons-moços precisam ser aprovados pelos góis, só os bonzinhos que querem ouvir as pessoas falando coisas boazinhas sobre eles em Paris, em Londres, em Nova York. A mim é inacreditável que ainda haja judeus, mesmo aqui, mesmo no país onde eles são senhores, que vivam para que o gói sorria para eles e lhes diga que estão certos. Sadat veio aqui, não faz muito, você se lembra, e ele estava sorrindo, e eles gritavam de felicidade nas ruas, aqueles judeus. Meu inimigo está sorrindo para mim! Nosso inimigo nos ama, afinal de contas! Ah, o judeu, o judeu, como ele se apressa em perdoar! Como ele quer que o gói lhe atire só um sorrisinho! Com que desespero ele deseja aquele sorriso! Só que o árabe é muito bom em sorrir e mentir ao mesmo tempo. Ele também é bom em atirar pedras — desde que ninguém o faça parar. Mas eu lhe digo uma coisa, sr. Nathan Zuckerman: se ninguém o fizer parar, eu farei. E se o exército não quiser que eu faça, que o exército venha e atire em mim. Li Mahatma Gandhi e Henry David Thoreau, e se o exército judeu quer disparar contra um colonizador judeu na bíblica Judéia enquanto o árabe observa, deixe-o; deixe que o árabe testemunhe tamanha loucura judaica. Se o governo quer agir como os britânicos, então nós agiremos como judeus! Praticaremos a desobediência civil e continuaremos com a colonização ilegal, e que venha o exército judeu para nos impedir! Eu desafio este governo judeu, eu desafio *qualquer* governo judeu, a nos expulsar daqui pela força! Quanto aos árabes, eu voltarei a Belém todos os dias. E eu disse isto ao líder deles, disse a *todos* eles, e na língua deles para que ninguém deixasse de entender: eu virei aqui com meu povo e ficarei aqui parado com meu povo *até que os árabes parem de jogar pedras nos judeus*. Porque, não se iluda, sr. Nathan Zuckerman de Londres, Newark, Nova York e locais a oeste — eles não estão atirando pedras em israelenses. Eles não estão atirando pedras em lunáticos da "Margem Ocidental". Estão atirando pedras nos judeus. *Cada pedra é uma pedra anti-semita*. E é por isso que tem que acabar.

Parou dramaticamente à espera de uma resposta. Eu disse apenas:

— Boa sorte.

Mas estas duas palavras foram suficientes para inspirar uma ária ainda mais empolgada.

— Nós não *precisamos* de sorte! Deus nos protege! Tudo de que precisamos é não ceder terreno e Deus providenciará o resto! Nós somos instrumentos de Deus! Estamos construindo a Terra de Israel! Está vendo este homem? — ele disse, apontando para o metalúrgico. — Buki morava em Haifa, vivia como rei. Veja o carro que ele tem: é um Lancia! E no entanto ele vem com sua mulher para viver conosco. Para construir Israel! Por amor à Terra de Israel! Nós não somos judeus perdedores enamorados da perda. Somos gente de esperança! Diga-me, quando é que os judeus estiveram tão bem, mesmo *com* todos os nossos problemas? Tudo de que precisamos é não ceder terreno, e se o exército quiser disparar contra nós, que dispare! Não somos rosas delicadas; estamos aqui para ficar! Claro, em Telavive, nos barzinhos, na universidade, na redação do jornal, o judeu bom, humano, não *suporta* isso. Quer que lhe diga por quê? Desconfio que no fundo ele tem ciúmes dos perdedores. Olha como ele está triste, o perdedor, olhe ele lá sentado, perdendo, tão indefeso, tão *comovente*. *Eu* é que devia ser o comovente porque *eu* é que sou o triste, desesperançado e perdido, não ele. Eu é que perco, não ele; como é que ele *ousa* roubar minha melancolia tocante, minha suavidade judia! Mas se este é um jogo no qual apenas um pode ganhar — e estas são regras que os árabes estabeleceram, estas são as regras impostas não por nós e sim por *eles — então alguém tem que perder*. E, quando perde, não é agradável; perde com *amargor*. Não é *perda* se não for amarga! Basta que pergunte a nós, nós somos especialistas no assunto. O perdedor odeia e é o virtuoso, o vencedor vence e é mau. Está bem — ele disse baixinho, um homem inteiramente razoável —, eu aceito isto. Sejamos os vencedores malvados pelos próximos dois mil anos, e quando os dois mil anos tiverem terminado, quando for 3978, poremos em votação para ver qual preferimos. O judeu decidirá democraticamente se ele quer arcar com a injustiça de vencer ou se prefere viver outra vez com a honra de perder. E seja o que for que quiser a maioria, eu também concordarei, em 3978. Mas, por enquanto, *nós não cedemos terreno*!

— Estou na Noruega — o metalúrgico, Buki, me diz. — Vou lá a negócios. Estou na Noruega a negócios para o meu produto e escrito na parede eu leio "Abaixo Israel". Eu penso: "O que Israel fez para a Noruega?". Eu sei que Israel é um país terrível, mas, afinal de contas, existem países ainda mais terríveis. Há tantos países terríveis; por que este país é o mais terrível? Por que você não lê nas paredes norueguesas "Abaixo a Rússia", "Abaixo o Chile", "Abaixo a Líbia"? Porque Hitler não assassinou seis milhões de líbios? Estou andando na Noruega e pensando "Se ao menos ele tivesse". Porque então eles iriam escrever nas paredes norueguesas "Abaixo a Líbia" e deixariam Israel em paz.

Os olhos castanho-escuros, fixos nos meus, pareciam estar colocados meio tortos na cabeça por causa de uma longa cicatriz irregular que tinha na testa. Seu inglês saía aos vacilos, mas com uma fluência poderosa, assim mesmo, como se tivesse dominado a língua de um grande gole só, no dia anterior.

— Cavalheiro, por que no mundo todo eles odeiam Menachen Begin? — ele me perguntou. — Por causa da política? Na

Bolívia, na China, na Escandinávia, o que lhes interessa a política de Begin? Eles o odeiam por causa do nariz!

Lippman interrompeu.

— O endemoninhamento — ele me disse — nunca vai terminar. Começou na Idade Média como endemoninhamento do judeu e agora, em nossa época, é o endemoninhamento do Estado judeu. Mas é sempre o mesmo, o judeu está sempre cometendo o crime. Não aceitamos Cristo, rejeitamos Maomé, cometemos assassinato ritual, controlamos o tráfico de escravas brancas, queremos através do ato sexual envenenar a corrente sanguínea ariana, e agora acabamos de arruinar tudo, agora de fato perpetramos o mal monstruoso, o pior que a imprensa mundial jamais conheceu, contra o inocente, pacífico e imaculado árabe. O judeu é o problema. Como seria maravilhoso para todos o mundo sem nós.

— E nos Estados Unidos isto vai acontecer — Buki me disse. — Não pense que não.

— O que vai acontecer? — eu perguntei.

— Nos Estados Unidos vai haver uma grande invasão. De latinos, porto-riquenhos, gente fugindo da miséria e das revoluções. E o cristão branco não vai gostar. O cristão branco vai se voltar contra o estrangeiro imundo. E quando o cristão branco se volta contra o estrangeiro imundo, o primeiro estrangeiro imundo contra quem ele se volta é o judeu.

— Não temos o menor desejo de ver uma tal catástrofe — Lippman explicou. — Já vimos o bastante de catástrofes. Mas a menos que algo de porte seja feito para evitá-la, também esta catástrofe ocorrerá: entre a cruz do devoto cristão branco e a caldeirinha do estrangeiro imundo, o judeu norte-americano será esmagado; se não for trucidado antes pelos negros, os negros nos guetos que já estão afiando as facas.

Interrompi-o.

— E como é que os negros levam a cabo este morticínio? — perguntei. — Com ou sem a ajuda do governo federal?

— Não se preocupe — Lippman disse —, o gói americano o deixará à solta quando for a hora. Não há nada que agrade mais ao gói norte-americano que ver os Estados Unidos *Judenrein*. Primeiro — informou-me Lippman — eles permitem que os negros ressentidos descontem todo seu ódio nos judeus, e depois eles dão um jeito nos negros. E sem judeus xeretas em volta para que se queixar de que estão violando os direitos civis dos negros. Assim virá o Grande Pogrom Americano, com o qual a pureza branca norte-americana se verá restaurada. Você acha isso grotesco, o pesadelo ridículo do judeu paranóico? Mas eu não sou apenas um judeu paranóico. Lembre-se: *Ich bin ein Berliner** também. E não por um oportunismo vagabundo, não como seu belo, heróico e jovem presidente, quando proclamou que estava de acordo com todos aqueles ex-nazistas jubilantes, antes, infelizmente, que sucumbisse sob o *seu* pesadelo paranóico. Eu nasci lá, sr. Nathan Zuckerman, nasci e fui educado entre aqueles sãos, precisos, razoáveis e lógicos judeus alemães sem paranóias, que hoje são um monte de cinzas.

— Eu só rezo — disse Buki — para que os judeus percebam a tempo que esta catástrofe está a caminho. Se assim for, então os navios atracarão outra vez. Nos Estados Unidos há gente jovem e religiosa, mesmo pessoas seculares como seu irmão, que estão cansadas de viver sem sentido. Aqui na Judéia existe um propósito e um sentido, por isso vêm. Aqui há Deus presente em nossas vidas. Mas a grande maioria dos judeus nos Estados Unidos, eles não virão, nunca, a menos que haja uma crise. Mas seja qual for a crise, comece do jeito que for, os navios zarparão de novo, e nós não seremos apenas três milhões. Então seremos dez milhões e a situação em parte corrigida. Três milhões os árabes acham que conseguem matar. Mas não poderão matar dez milhões tão facilmente.

— E onde — perguntei a todos eles — vocês vão botar dez milhões?

A resposta de Lippman foi arrebatada.

* Eu também sou um berlinense.

— Judéia! Samaria! Gaza! Na Terra de Israel dada por Deus ao povo judeu!

— Acredita de fato — perguntei — que isto vá acontecer? Judeus-americanos zarpando aos milhões para escapar à perseguição resultante de uma invasão hispânica dos Estados Unidos? Em virtude de um levante negro incitado e auxiliado por funcionários brancos, para eliminar os judeus?

— Não hoje — disse Buki —, não amanhã, mas, sim, receio que vá acontecer. Não fosse por Hitler, já seríamos dez milhões. Teríamos os filhos dos seis milhões. Mas Hitler levou a melhor. Só rezo para que os judeus deixem os Estados Unidos antes que um segundo Hitler surja.

Voltei-me para Henry, jantando tão em silêncio quanto as duas crianças.

— É isso que sentia quando morava nos Estados Unidos? Que uma catástrofe assim estava por acontecer?

— Bem, não — disse timidamente. — Não exatamente... Mas o que é que eu sabia? O que é que eu via?

— Você não nasceu num abrigo antiaéreo — respondi impaciente. — Não viveu num buraco escavado no chão.

— Não? — ele disse, enrubescendo — não tenha tanta certeza — mas aí não abriu mais a boca.

Percebi que estava me deixando a cargo deles. Pensei: "Será este o papel que resolveu representar, o bom judeu para o meu mau judeu? Bom, se é esse o caso, achou o elenco certo".

Dirigi-me a Buki:

— Você fala da situação dos judeus nos Estados Unidos como se nós estivéssemos vivendo debaixo de um vulcão. A mim me parece que você sente tamanha necessidade de muitos milhões de judeus a mais que acaba imaginando esta imigração em massa de forma pouco realista. Quando esteve pela última vez nos Estados Unidos?

— Daphna cresceu em Nova Rochelle — ele disse, apontando para sua mulher.

— E quando esteve em Nova Rochelle — perguntei a ela — você viu um vulcão?

Ao contrário de Henry, ela não se sentia relutante em tomar a palavra; tinha estado esperando sua vez, os olhos postos em mim, desde que eu me sentara em silêncio enquanto cantavam pelo sabá. Dela provinha a única animosidade que senti. Os outros estavam educando um idiota — ela estava se confrontando com um inimigo, como o jovem Jerry, que me havia dado seu recado lá no ulpan, durante a manhã.

— Deixe-me fazer-lhe uma pergunta — disse Daphna, em resposta à minha. — É amigo de Norman Mailer?

— Nós dois escrevemos livros.

— Deixe-me fazer-lhe uma pergunta sobre seu colega Mailer. Por que ele se interessa tanto por crimes, criminosos e mortes? Quando estava em Barnard, nosso professor de inglês nos dava aqueles livros para ler; livros de um judeu que não consegue parar de pensar sobre assassinatos, criminosos e morte. Às vezes, quando me lembro da inocência daquela classe e das besteiras e idiotices ditas lá, eu penso, por que foi que eu não perguntei: "Se este judeu está tão embevecido com a violência, por que é que não vai para Israel?". Por que é que ele não vem, sr. Zuckerman? Se ele quer compreender a experiência de matar, por que não vem aqui para ser como meu marido? Meu marido já matou gente em quatro guerras, não porque ele ache matar uma idéia emocionante. Ele acha uma idéia horrível. Não é nem mesmo uma *idéia*. Ele mata para proteger um país minúsculo, para defender uma nação cercada de inimigos; ele mata para que seus filhos possam talvez um dia crescer e levar uma vida de paz. Ele não tem, dentro de sua cabeça, as pérfidas aventuras de um gênio intelectual a matar pessoas imaginárias; ele tem a tenebrosa experiência de um homem decente que matou gente de verdade no Sinai, em Golan e na fronteira com a Jordânia! Não para obter fama escrevendo best-sellers e sim para evitar a destruição do povo judeu!

— E o que é que queria me perguntar? — eu disse.

— Estou lhe perguntando por que é que este furor do gênio doentio da diáspora é celebrado na revista *Time* e a nossa recusa em nos deixar aniquilar por nossos inimigos em nossa terra natal é chamada pela mesma revista de monstruosa agressão judaica! É isto que estou perguntando!

— Não estou aqui em nome da *Time* ou de ninguém mais. Estou aqui para visitar Henry.

— Mas você não é um ninguém — ela respondeu com sarcasmo. — Você também é um escritor famoso, um escritor, além de tudo, que escreve *sobre* os judeus.

— Seria difícil acreditar, sentado em volta desta mesa, nesta colônia, que existe alguma coisa mais sobre o que um escritor *poderia* escrever — eu disse. — Escutem, imaginar a violência e a liberação da besta, imaginar indivíduos entregues a ela não requer assumi-la. Não existe retirada ou hipocrisia num escritor que não sai por aí e faz o que ele pode ter pensado fazer nos seus mínimos e terríveis detalhes sanguinolentos. A única retirada é bater em retirada do que se sabe.

— Quer dizer — disse Lippman — que o que está nos dizendo é que nós não somos tão bons quanto vocês escritores judeus-americanos.

— Não é em absoluto o que estou dizendo.

— Mas é verdade — ele disse sorrindo.

— Estou lhes dizendo que ver um romance como Daphna vê é vê-lo de uma perspectiva altamente especializada. Estou dizendo que não é obrigatório para um romancista sair por aí exibindo pessoalmente seus temas. Não estou falando de quem é mais bonzinho; ser bonzinho é ainda mais fatal para escritores do que para outras pessoas. Estou apenas reagindo a uma observação muito rudimentar.

— Rudimentar? É, é verdade. Nós não somos como os bonitinhos intelectuais ou os bonzinhos humanitários que têm uma mentalidade de *galut*. Não temos muito verniz e somos péssimos em sorrisos polidos. Tudo que Daphna está dizendo é que não gozamos o luxo que vocês escritores judeus-americanos têm de poder se entregar a fantasias de força e violência. O judeu que dirige o ônibus escolar no meio de árabes atirando pedras em seu pára-brisa, ele não *sonha* com a violência; ele *enfrenta* a violência; ele *luta* contra a violência. Nós não *sonhamos* com a força; nós *somos* a força. Não temos medo de mandar a fim de sobreviver, e, para repetir mais uma vez, da maneira a mais intragável possível, *não temos medo de ser senhores*. Não queremos esmagar os árabes; simplesmente não queremos que eles *nos* esmaguem. Ao contrário dos bonzinhos e bonitinhos que vivem em Telavive, eu não tenho nenhuma fobia dos árabes. Posso e vivo ao lado deles. Até falo a língua deles. Mas se ele atira uma granada de mão contra a casa onde meu filho dorme, eu não revido com uma *fantasia* de violência daquele tipo que todo mundo adora ver em romances ou em filmes. Eu não estou sentado em nenhum cinema quentinho; não estou fazendo nenhum papel num filme de Hollywood; eu não sou um romancista judeu-americano que recua e à distância se apropria da realidade para seus propósitos literários. Não! Sou alguém que enfrenta a violência real de meu inimigo com a minha violência real, e que não se preocupa com a aprovação da revista *Time*. Os jornalistas, você sabe, se cansaram de ver o judeu fazer o deserto florir; isto se tornou *maçante*. Eles se *cansaram* de ver os judeus sendo atacados de surpresa e ainda assim ganhando as guerras. Isso também ficou *maçante*. Eles agora preferem o ávido e ambicioso judeu que ultrapassa seus limites. O árabe como o Bom Selvagem *versus* o judeu degenerado, colonialista, capitalista. Agora o jornalista se emociona quando o terrorista árabe o leva até seu campo de refugiados e, exibindo a afável hospitalidade árabe, afavelmente lhe oferece uma xícara de café enquanto todos os guerreiros da liberdade observam; ele acha que está vivendo perigosamente tomando café com um revolucionário afável a lhe piscar seus olhos negros e a tomar café com ele, e a lhe garantir que seus temerários heróis guerrilheiros expulsarão os ladrões sionistas para o mar. Muito mais emocionante que tomar borscht com um judeu narigudo.

— Maus judeus — disse Daphna — dão melhores matérias. Mas eu não preciso dizer isso a Nathan Zuckerman e a Norman Mailer. Maus judeus vendem jornais do mesmo jeito que eles vendem livros.

Ela é uma doçura, pensei, mas não tomei conhecimento

dela, deixando que Mailer protegesse Mailer e achando que eu já me tinha defendido que bastasse sobre aquela questão, em outras paragens.

— Diga-me — Lippman disse —, o judeu pode fazer *alguma coisa* que não cheire, e mal, a judaísmo aos céus magnânimos? Há góis para quem nós fedemos porque eles nos menosprezam, há os góis para quem fedemos porque eles nos admiram. Depois há os góis que nos admiram e desprezam ao *mesmo* tempo; estes estão *realmente* irados. Não há fim para isso. Antes, o que era repelente nos judeus era seu sentimento de clã, depois o que se tornou absurdo foi o ridículo fenômeno da assimilação judaica, e agora é a independência judaica que é inaceitável e injustificável. Antes era a passividade judaica que era nojenta, o judeu humilde, o judeu acomodado, o judeu que marchava feito carneiro para seu próprio sacrifício; agora o que é pior que nojento, absolutamente *diabólico*, é a força, a militância judaica. Antes o que repugnava a todos os robustos arianos era a morbidez judaica, judeus frágeis em corpos judeus fracos a emprestar dinheiro e estudar livros; agora o que enoja são os judeus fortes que sabem usar da força e que não têm medo do poder. Antes eram os judeus cosmopolitas que eram estranhos, hostis, em quem não se podia confiar; hoje o que é hostil são os judeus com arrogância bastante para acreditar que podem decidir seu próprio destino como qualquer outro em sua própria terra natal. Escute, os árabes podem ficar aqui e eu posso ficar aqui e juntos poderemos viver em harmonia. O árabe pode ter a experiência que quiser, viver aqui como quiser e ter tudo que desejar, exceto a experiência de um Estado próprio. Se ele quer isto, se não pode passar sem isto, então que se mude para um Estado árabe onde poderá passar por essa experiência. Existem quinze Estados árabes a escolher, a maioria nem a uma hora daqui, de carro. A terra natal árabe é vasta, é enorme, mas o Estado de Israel não é mais que um ponto no mapa mundial. Você pode pôr o Estado de Israel *sete vezes* dentro do estado de Illinois, mas é o único lugar em todo o planeta onde um *judeu* pode experimentar um Estado próprio, e é por isto que *não cederemos terreno*!

O jantar estava terminado.

Henry me levou por uma das duas longas ruas residenciais até onde eu iria dormir, na casa de um casal de colonizadores que haviam ido passar o sabá em Jerusalém, com a família. No povoado árabe, mais abaixo, algumas luzes continuavam acesas e, num morro distante, como se fora um olho vermelho e imutável, algo que no passado teria sido considerado um vaticínio da ira de Deus Todo-Poderoso, estava o farol de radar de uma plataforma de lançamento de mísseis. Um dos mísseis, em heróico ângulo na posição de lançamento, não tinha qualquer disfarce, plenamente visível quando passamos de carro a caminho de Hebron.

— Na próxima guerra — Henry tinha dito, apontando para a base no topo do morro — levaremos cinco minutos.

O míssil israelense que vimos estava voltado para o centro de Damasco para dissuadir os sírios, ele me disse, de disparar o míssil deles voltado para o centro de Haifa. Exceto por aquele augúrio vermelho, a negritude à distância era tão vasta que pensei em Agor como uma minúscula colônia terráquea, toda iluminada, a vanguarda de uma nova e admirável civilização judaica se desenvolvendo no espaço, com todos os bonzinhos e bonitinhos decadentes de Telavive tão distantes quanto a mais fraca das estrelas.

Se não tinha nada a dizer para Henry, logo de imediato, era porque, depois do seminário de Lippman, a linguagem não me parecia mais meu domínio. Não era exatamente um estranho à polêmica, mas nunca na vida tinha me sentido tão cercado por um mundo assim contencioso, onde a discussão é enorme e constante e tudo acaba sendo ou pró ou contra, posições tomadas, posições discutidas, e tudo grifado pela indignação e pela ira.

Aliás, minhas chibatadas semânticas não terminaram com o jantar. Por mais duas horas, espremido ao lado das edições alemãs das obras-primas européias pertencentes a Lippman, afavelmente servido de chá e bolo pela satisfeita Ronit, continuei sendo chicoteado por ele. Eu estava tentando apurar se sua retórica não estaria talvez sendo fomentada em parte pela minha duvidosa posição entre os judeus — por minha supostamente equívoca posição *sobre* os judeus, a que Daphna se tinha referido com tanta indignação — ou se ele estaria de propósito exagerando um pouco mais a atuação para me dar uma amostra do que confundira meu irmão, especialmente se estivesse nutrindo qualquer idéia de seqüestrar de volta à diáspora sua preciosa presa, o cirurgião-dentista, para quem ele e a Deidade tinham outros planos. De vez em quando eu pensava: "Puta merda, Zuckerman, por que você não diz o que pensa — todos estes filhos-da-puta estão dizendo o que *eles* pensam". Mas meu jeito de lidar com Lippman foi ficar praticamente mudo. Se é que isso era lidar. Depois do jantar posso até ter lhe dado a impressão de alguém sentado em sua sala poupando-se, mantendo um nobre silêncio, mas a verdade é que tinha sido sobrepujado.

Henry também não tinha nada a dizer. No começo pensei que era porque Lippman, junto com Buki e Daphna, o tinham deixado se sentindo vingado e sem disposição para atenuar o golpe. Mas depois questionei se minha presença não o teria forçado, talvez pela primeira vez desde que sucumbira à persuasão de Lippman, a avaliar seu intimidante mentor de uma perspectiva um pouco mais distante do etos de Agor. Talvez fosse por isso que tinha se enroscado todo feito uma criança quando me voltei para perguntar-lhe se *ele* tinha vivido debaixo de um vulcão nos Estados Unidos. Quem sabe naquele momento estivesse se perguntando aquilo que Muhammad Ali confessou ter passado pela cabeça até de um homem tão corajoso quanto ele no décimo terceiro round daquela terrível luta com Frazier: "O que é que eu estou fazendo aqui?".

Enquanto caminhávamos pelas ruas sem calçamento da colônia, tão sozinhos juntos quanto Neil Armstrong e Buzz Aldrin lá em cima fincando sua bandeira de brinquedo na poeira lunar, ocorreu-me que Henry poderia estar querendo que eu o levasse para casa desde o momento em que lhe telefonara de Jerusalém, que ele tinha se perdido seriamente mas que não conseguia enfrentar a humilhação de admiti-lo para alguém cuja admiração significara quase tanto para ele, certa feita, quanto as bênçãos que batalhava para extrair do nosso pai. Em vez disso (talvez) vira-se tendo que agüentar a mão e pensar valentemente em algo mais ou menos do seguinte teor: "Que seja este então o caminho, o de se perder. A vida é a aventura de perder-se; e já era hora que eu descobrisse!".

Não que fosse excessivamente dramática esta minha avaliação do fardo de um indivíduo; sem dúvida uma vida a escrever livros é uma árdua aventura na qual ninguém descobre onde *está* exceto se perdendo. Perder-se, na verdade, pode ter sido a necessidade vital em cuja direção Henry tateara durante a recuperação, quando falava chorosamente de algo inominável, de uma escolha inconfundível para a qual se achava enfuriantemente cego, um ato ao mesmo tempo conturbado e óbvio que, uma vez descoberto, o libertaria da surpreendente depressão. Nesse caso, então não foram *raízes* o que desenterrou sentado no parapeito ensolarado daquele cheder em Mea She'arim; não foi o inquebrantável elo com uma vida judaica européia e tradicional o que ouviu no canto daquelas crianças ortodoxas decorando ruidosamente suas lições — foi sua oportunidade de se *desenraizar*, de se separar da trilha onde lhe fora fixado o nome no dia em que nasceu e, sob o disfarce de um judeu, desertar ardilosamente. Israel em vez de Nova Jersey, sionismo em vez de Wendy, garantindo que nunca mais se veria preso ao real daquele velho jeito, que estrangulava e sufocava.

E se Carol estivesse certa e Henry louco? Não mais louco que Ben-Joseph, o autor dos Cinco Livros de Jimmy, mas não muito menos, tampouco. Se era sua decisão ser visto de todos os ângulos, então a possibilidade de que tivesse, no dizer de Carol, "pirado" também precisava ser considerada. Talvez nunca se tivesse recuperado por inteiro do colapso histérico precipitado com a perspectiva de uma vida toda de impotência causada pela medicação. Talvez fosse até mesmo da potência ressuscitada que estivesse fugindo, com medo de que alguma nova calamidade punitiva conseguisse dessa vez destruí-lo por completo, caso ousasse uma vez mais buscar a salvação em algo tão anti-social quanto sua própria ereção. Está numa debandada doida, pensei, das tolices do sexo, da intolerável desordem que vem com a busca viril, das indignidades do segredo e traição, da anarquia estimulante que toma conta dos que, mesmo parcimoniosamente, se abandonam ao desejo sem censura. Aqui, no seio de Abraão, longe da mulher e filhos, pode ser outra vez o marido modelo, ou quiçá apenas o menino modelo.

A verdade é que, apesar de meus indigentes esforços, ainda não sabia, ao final do dia, de que forma compreender o relacionamento de meu irmão com Agor e seus amigos, ideologicamente programados para ver cada judeu não apenas como um israelense em potencial mas também como a vítima preordenada de uma horrenda e iminente catástrofe, caso porventura tentasse viver normalmente em qualquer outro lugar. Desisti, por algum tempo, de buscar um conjunto apropriado de motivos que pudesse fazer essa metamorfose me parecer um pouco menos implausível e mais próxima a algo que não um transvestir-se. Em vez disso, comecei a me lembrar da última vez que estivemos juntos sozinhos num lugar tão negro quanto Agor, às onze horas da noite — voltei até o começo da década de 40, antes que meu pai tivesse comprado a casa vizinha ao parque, quando ainda éramos pequenos e dividíamos um quarto no fundo do apartamento da avenida Lyons, e ficávamos deitados no escuro, nossos corpos não mais separados do que estavam agora, descendo a ladeira desta colônia, com uma única luz brilhando de trás do painel do rádio Emerson sobre o criado-mudo entre as camas. Estava me lembrando de como, sempre que a porta se entreabria rangendo no começo de mais um episódio sanguinolento de "Inner Sanctum", Henry saía voando das cobertas e vinha me implorar para ficar comigo. E quando, depois de fingir indiferença a sua covardia infantil, eu erguia meu cobertor e o convidava a pular para dentro, poderia haver duas crianças mais satisfeitas e próximas?

— Lippman — eu devia ter dito quando nos despedimos com um aperto de mão, à porta de sua casa —, mesmo que tudo que você tenha dito seja cem por cento verdade, permanece o fato de que em nossa família a memória coletiva não recua até o bezerro de ouro e a salça ardente, e sim até "Duffy's Havern" e "Can You Top This?". Talvez os judeus comecem com a Judéia, mas não Henry, nunca. Ele começa na WJZ e na WOR, com os programas duplos no Roosevelt nos sábados à tarde e as dobradinhas de beisebol aos domingos no estádio Ruppert, assistindo aos Newark Bears. Nem de longe tão épico, mas aí está. Por que não deixa meu irmão partir?

Só que, e se ele não quisesse, genuinamente, ir? E eu, estaria mesmo querendo que ele quisesse? Não seria apenas sentimentalismo liberal — não estaria sendo de fato o *pior* entre os bons-mocinhos — sustentar que eu tinha um irmão racional que emigrou para Israel pelos motivos certos e encontrou as pessoas certas, e que eu saí de nossa reunião vendo-o fazer e pensar as coisas certas? Se não era sentimental era com toda certeza pouco profissional. Porque, observada unicamente do ponto de vista do escritor, esta era de longe a encarnação mais provocante de Henry, ainda que não de todo convincente — ou seja, era a mais eminentemente especulável por mim. Também meus motivos têm que ser levados em conta. Não estava ali *apenas* como irmão.

— Você não tocou no nome das crianças — eu disse quando nos aproximávamos da última casa da rua.

Sua resposta foi rápida e defensiva.

— Que tem elas?

— Bem, você parece ter adotado uma atitude de descuido em relação a elas que se encaixa melhor na minha do que na sua reputação.

— Escute aqui, não me venha com essa; não é *você* que vai vir me falar sobre os meus filhos, de jeito nenhum. Eles vêm para cá no Pesach, já está tudo combinado. Eles vão ver este lugar e vão amá-lo. E aí então veremos.

— Acha que vão decidir morar aqui também?

— Já lhe disse para não me encher o saco. Você se casou três vezes e até onde sei jogou todos seus filhos privada abaixo.

— Talvez sim e talvez não, mas não é preciso ser pai para perguntar a pergunta certa. Quando foi que seus filhos deixaram de ter qualquer significado para você?

Isto o deixou ainda mais irritado.

— Quem disse que deixaram?

— Você me disse em Hebron, a respeito da sua vida: "até os olhos de ausência de significação". Comecei a me perguntar sobre os garotos, sobre como é que três crianças podem ser deixadas de fora de um relato quando um pai está falando sobre se a vida tem sentido. Não estou tentando fazer você se sentir culpado. Estou só tentando descobrir se você pensou bem em tudo isso.

— Claro que sim; mil vezes por dia! *Claro* que sinto saudades deles! Mas eles estão vindo para o Pesach e vão ver o que estou fazendo aqui e o que quer dizer tudo isto e, quem sabe, talvez até consigam enxergar a que pertencem!

— Ruthie me telefonou antes de eu sair de Londres — eu disse.

— Telefonou?

— Ela sabia que eu estava vindo ver você. Queria que eu lhe dissesse uma coisa.

— Falo com ela todo domingo; qual é o problema?

— A mãe está lá quando você conversa com ela aos domingos, e ela acha que não pode dizer tudo. Ela é uma garota inteligente, Henry; com treze anos ela é adulta, não é mais uma criança. Ela disse: "Ele está lá para aprender. Ele está tentando descobrir alguma coisa. Ele não está velho demais e acho que está certo".

Henry não respondeu a princípio, e quando o fez estava chorando.

— Foi isso que ela disse?

— Ela disse: "Estou confusa sem meu pai".

— Bem — ele respondeu, subitamente desesperado, como um garoto de dez anos. — Eu estou confuso sem *eles*.

— Achei que estaria. Só queria lhe dar o recado.

— Bom, obrigado — ele disse. — Obrigado.

Henry empurrou a porta, que não estava trancada, e acendeu as luzes do pequeno cubículo feito em laje de cimento, exatamente como o de Lippman, ainda que decorado com verve bem mais regionalista. A sala dessa casa não era dominada por livros, e sim por duas enormes pinturas expressionistas, retratos de duas idosas e, para mim, inidentificáveis figuras bíblicas, profetas ou patriarcas. Numa das paredes havia um grande panô e, na outra, várias prateleiras entulhadas com pequenos objetos de barro e pedaços de pedra. A antiga cerâmica fora recolhida pelo marido, um arqueólogo da Universidade Hebraica, e o tecido estampado com motivo oriental era desenho da mulher, que trabalhava para uma pequena tecelagem numa colônia mais antiga, nas vizinhanças. As telas, fartamente empastadas com laranjas brilhantes e vermelhos sanguíneos, executadas com pinceladas violentas, eram obra de um conhecido artista das colônias, de quem Henry comprara uma aquarela, com o mercado de camelos de Jerusalém, para mandar às crianças. Por Henry, pus-me diante dos quadros durante vários minutos, manifestando mais entusiasmo do que sentia. Seu próprio entusiasmo pode muito bem ter sido genuíno mas a conversa gênero artística sobre composição circular me pareceu inteiramente artificial. De uma hora para a outra, tive a impressão de que ele estava se esforçando demais para provar que eu estava totalmente enganado se suspeitava que a euforia da aventura tinha começado a esmorecer.

Menos de um metro separava a sala do quarto, menor ainda do que aquele que partilhávamos quando meninos. Duas camas se espremiam lá dentro, embora não fossem um "conjunto" como as nossas, com cabeceiras e pés de ácer, cujos entalhes e curvas nós costumávamos fingir serem as muralhas de um forte da cavalaria cercado pelos apaches — eram mais como duas camas de armar, colocadas lado a lado. Ele apertou um interruptor para me mostrar o banheiro e em seguida disse que me veria pela manhã. Dormia no topo do morro, num quarto-dormitório, junto com os rapazes que faziam o curso com ele.

— Por que não uma noite longe das delícias da vida comunal? Dorme aqui.

— Vou voltar para lá — respondeu.

Na sala, eu disse:

— Henry, senta aí.

— Um segundo.

Mas, quando arriou no sofá embaixo dos quadros, era como uma criança perdida — um de seus próprios filhos —, uma criança esperando no banco de uma delegacia que alguém amado viesse buscá-la, e sentindo-se, ao mesmo tempo, quatro vezes mais velho e, se é que era possível, duas vezes mais atormentado que os empastelados sábios sobre sua cabeça, cujas próprias esperanças de uma renovação judaica e de uma transformação ética pareciam ter sido despedaçadas por alguma coisa do tamanho de um trem.

Uma vez que não sou desprovido de afeição por ele e nunca serei, aquela visão melancólica teve o efeito de me fazer querer assegurá-lo correndo de que *não tinha* cometido um engano idiota — se é que tinha havido algum, o engano idiota fora meu, achando que o assunto era da minha conta e tornando-o vulnerável a todas as incertezas. A última coisa de que ele precisa, pensei, é se ver atrofiado por mais uma personalidade maior que a sua. Esta foi a história de sua vida. Por que não dispensá-lo? *In dubio pro reo.* Ele abandonou o que não podia mais suportar. Ele compreendeu: "O imperativo é agora — faça agora!" e veio para cá. É só isso. Deixe que diga ser uma alta missão moral se gosta do som. Ele quer sair de lugar nenhum para ter um objetivo elevado — deixe-o. A literatura russa está repleta com estas mesmas almas ávidas e seus bizarros e heróicos anseios, provavelmente há mais delas na literatura russa do que na vida real. Perfeito — deixe-o que se encha até a borda com motivos Mishkin. E se *for* apenas uma caça à galinha dos ovos de ouro, é este o patos da sua situação e não tem nada a ver comigo... No entanto, e se ele estiver querendo desesperadamente sair de Agor e voltar para os filhos, e, por que não, até mesmo para sua mulher? E se estiver querendo esta sua tremenda agressividade, liberada por Agor, uma vez mais murada pelas velhas devoções e hábitos? E se estiver percebendo que Ruthie sozinha tem mais "significado" do que qualquer outra coisa que venha a encontrar em Israel — e se tiver percebido o quão desesperada e excessivamente comprometido ele está com aquilo que não consegue começar a ser? Mesmo agressivo, mesmo carregando aquela pistola, mesmo com o melhor da seiva de Lippman em suas veias, ele me deu a impressão de estar muito mais acossado do que em Nova Jersey, alguém completamente atolado e dominado.

Tinha começado minha visita dizendo a mim mesmo: "Não o atormente onde ele está vulnerável e onde sempre será vulnerável". Mas quando a vulnerabilidade estava por toda parte, que fazer? Já era tarde da noite para tentar calar a boca. Estes meninos são irmãos, pensei, tão diferentes quanto podem ser os irmãos, mas cada um já mediu forças e já teve suas forças medidas pelo outro por tanto tempo que é impensável que possam sequer aprender a ficar indiferentes ao julgamento que sua contrapartida corporifica. Estes dois homens são meninos que são irmãos — estes dois meninos são irmãos que são homens — estes irmãos são homens que são meninos — portanto as discrepâncias são irreconciliáveis: o desafio está simplesmente em eles serem.

— Então o seu pessoal é este — disse sentando a sua frente.

Ele respondeu com solenidade, já a se proteger do que eu pudesse dizer.

— São algumas das pessoas aqui, certo.

— Adversários devem achar Lippman um antagonista formidável.

— Acham.

— O que é que *o* atrai nele? — perguntei, pensando que talvez me respondesse:

— O sujeito é a corporificação da potência.

Não era exatamente isto?

— O que há de errado com ele? — respondeu.

— Não disse que havia. A questão não é o que eu acho de Lippman; é o que eu acho da sua fascinação por ele. Estou apenas perguntando que influência ele tem sobre você.

— Por que o admiro? Porque acredito que ele está certo.

— Sobre o quê?

— Certo no que advoga para Israel e certo no julgamento que faz de como conseguir isto.

— Pode ser, pelo que sei, mas, diga-me, quem é que ele lembra? — perguntei. — Alguém que nós conhecemos?

— Ah, não, por favor, não. Guarde a psicanálise para o grande público norte-americano.

Exausto, pediu:

— Poupe-me.

— Bem, na minha cabeça, a coisa é deste jeito. Tira fora o intimidador agressivo, tira fora o ator canastrão e o palrador compulsivo, e nós poderíamos estar de volta à mesa da cozinha em Newark, com papai fazendo para nós aquelas suas preleções sobre a histórica batalha entre o gói e o judeu.

— Diga-me uma coisa, será que é possível, pelo menos fora daqueles livros, você ter referenciais um pouquinho mais amplos que a mesa da cozinha em Newark?

— Acontece que a fonte de suas memórias judaicas é a mesa da cozinha em Newark, Henry. É com isto que fomos criados. Isto *é* papai, se bem que, desta vez, sem as dúvidas, sem a deferência dissimulada diante do gói e o medo da zombaria dos góis. É papai, mas o papai ideal, tamanho gigante, elevado à centésima potência. Melhor ainda, é a permissão dada por Lippman para não ser muito bonzinho. Deve ser um alívio, depois de todos aqueles anos. Ser um bom filho judeu e *não* ser bonzinho, ser um valentão *e* judeu. Ora, isto é ter tudo. Nós não tínhamos judeus assim em nossa vizinhança. Os judeus durões que costumávamos encontrar nos casamentos e bar mitzvahs eram na maioria caras gordos, pequenos comerciantes de verduras industriais, por isso compreendo a atração, mas não estaria exagerando só um bocadinho toda essa agressão justificável?

Por que será que durante minha vida inteira você vem trivializando tudo aquilo que eu faço? Por que você não psicanalisa isso? Pergunto-me por que minhas aspirações nunca podem ser tão válidas quanto as suas.

— Sinto muito, mas ser um cético diante de revólveres está em minha natureza; tão cético de revólveres quanto dos ideólogos a brandi-los.

— Você é que é sortudo. Você é que é feliz. Você é que está certo. Você é que é *humano*. Você é um cético diante de praticamente tudo.

— Henry, quando é que você vai parar de ser um fanático aprendiz e começar a praticar odontologia de novo?

— Eu devia dar um puta soco no seu focinho por isso.

— Por que é que você não me estoura os miolos com a sua arma? — perguntei, agora que não estava mais armado. — Não deve ser tão difícil, já que você não tem mais dúvidas e conflitos. Escute aqui, eu sou totalmente a favor da autenticidade, mas ela não chega nem aos pés do dom humano para a representação. Esta pode ser a única coisa autêntica que *jamais* faremos.

— Sempre que converso com você eu tenho a sensação de ir ficando cada vez mais idiota e ridículo; por que é que você acha que isto acontece, Nathan?

— É mesmo? Bom, então é uma sorte que a gente não tenha tido que conversar com muita freqüência e que fomos capazes de seguir caminhos diferentes.

— Jamais lhe passaria pela cabeça, *nunca*, elogiar ou apreciar alguma coisa que eu fiz. Por que é que você acha que isto acontece, Nathan?

— Mas não é verdade. Acho o que você fez colossal. Não estou pondo isso de lado. Uma troca de existências como esta, é como depois de uma grande guerra, a troca de prisioneiros. Não estou minimizando a escala disso. Não estaria aqui, do contrário. Você tentou ao máximo se segurar, mas estou vendo o quanto isto lhe está custando. Claro que você está pagando um preço altíssimo, principalmente no que diz respeito às crianças. Não resta dúvida de que expôs objeções poderosas contra a forma como vivia antes. Não estou fazendo pouco disto, é tudo em que venho pensando desde que bati os olhos em você. Só me pergunto se para mudar algumas coisas você tinha que mudar *tudo*. Estou falando do que os engenheiros espaciais chamam de "velocidade radial", o truque é conseguir sair da atmosfera sem ultrapassar o alvo.

— Olha — ele disse, de repente pondo-se de pé como se fosse vir direto para cima de mim —, você é um homem muito inteligente, Nathan, muito sutil, mas tem um enorme defeito; o único mundo que existe, para você, é o mundo da psicologia. Ela é o *seu* revólver. Mire e atire. E você o vem disparando contra mim a vida toda. Henry está fazendo *isto* porque ele quer agradar mamãe e papai, Henry está fazendo *isto* porque ele quer agradar Carol, ou desagradar Carol, ou desagradar mamãe, ou desagradar papai. E vai, e vai, e vai. Não é nunca Henry como um ser autônomo, é sempre Henry à beira de ser um clichê; meu irmão, o estereótipo. E talvez fosse assim antes, talvez eu *fosse* um homem que, virava e mexia, caía no estereótipo, talvez isto responda por um bocado de tristezas que sentia nos Estados Unidos. Provavelmente você acha que as maneiras que escolho de me "rebelar" são apenas estereotipadas. Mas, infelizmente para você, *não* sou alguém que seja apenas seus tolos e simples motivos. A minha vida toda você ficou em cima, feito um marcador me vigiando num jogo de basquete. Sem me deixar fazer uma mísera jogada. Tudo que eu arremesso você bloqueia. Sempre tem uma explicação que acaba me diminuindo. Esgueirando-se todo para cima de mim com seus pensamentos de merda. Tudo que eu faço é previsível, em tudo que eu faço *falta profundidade*, certamente se comparado ao que *você* faz. "Você só está fazendo esta jogada, Henry, porque quer marcar ponto." Ardiloso! Mas, deixe-me dizer-lhe uma coisa, você não pode explicar por que fiz o que fiz, assim como eu não posso explicar o que você fez. Para além de todas as suas profundidades, para além da fechadura freudiana que você põe na vida de todo mundo, existe um outro mundo, um mundo maior, um mundo de ideologias, de política, de história; um mundo de coisas maiores que a mesa da cozinha! Você esteve nele esta noite: um mundo definido pela *ação*, pelo *poder*, onde o agradar papai e mamãe *simplesmente não importa*! Tudo que você enxerga é escapar de mamãe, escapar de papai; por que você não enxerga para *onde* eu escapei? *Todo mundo* escapa. Nossos avós foram para os Estados Unidos, eles estavam escapando de seus pais e mães? Estavam escapando da história! Aqui eles estão *fazendo* história! Existe um mundo fora do pântano edipiano, Nathan, onde o que importa não é o que o fez fazer *e sim o que você faz*; não o que judeus decadentes como você pensam mas o que judeus comprometidos como estas pessoas aqui *fazem*! Judeus que não estão nisso para se divertir, judeus que têm alguma coisa mais por que seguir adiante do que suas paisagens interiores hilariantes. Aqui eles têm uma paisagem *exterior*, uma nação, um mundo! Isto aqui não é um jogo intelectual vazio! Não é um exercício para o cérebro divorciado da realidade! Não é escrever um romance, Nathan! Aqui as pessoas não ficam papagueando como aqueles filhos-da-puta dos seus heróis, a se preocupar vinte e quatro horas por dia com o que lhes vai na cabeça e se deveriam ou não ir ver seu psiquiatra; aqui você luta, você batalha, aqui você se preocupa com o que vai por *Damasco*! O que importa não é mamãe e papai e a mesa da cozinha, *nada* dessa porra que você escreve; *é quem controla a Judéia*!

E lá se foi ele furioso, e antes que pudesse ser convencido a voltar para casa.

3. EM CURSO

Pouco depois de apagados os avisos de apertar os cintos, um grupo de judeus religiosos formou um minyan na antepara. Não podia ouvi-los por causa do barulho dos motores mas, com o sol que jorrava pela janela da saída de emergência, podia ver a velocidade alucinada com que rezavam. Em disparada, mais rápidos que um *cappriccio* de Paganini, pareciam ter por objetivo rezar em velocidade supersônica — o rezar em si, para eles, era um feito de resistência física. Era difícil imaginar outro drama humano tão íntimo e delirante desenrolando-se tão impudicamente num meio de transporte público. Tivesse um par de passageiros arrancado fora as roupas e, num acesso de fervor igualmente desembaraçado, começado a fazer amor no corredor, observá-los não me teria parecido um ato mais sério de voyeurismo.

Embora a classe turista estivesse cheia de judeus ortodoxos, do meu lado havia um judeu-americano comum, como eu, um sujeito pequeno, na casa dos trinta, bem barbeado e usando óculos de armação de tartaruga, que ora folheava o *Jerusalem Post* do dia — o jornal israelense em língua inglesa — ora espiava com curiosidade as cabeças cobertas a chacoalhar e sacudir na labareda quadrada de sol, na antepara. Uns quinze minutos depois de deixarmos Telavive ele voltou-se e perguntou, numa voz amigável:

— Veio a Israel a negócios?

— Apenas uma visita.

— Bem — ele disse, colocando o jornal de lado —, que achou do que viu?

— Como?

— O que achou? Ficou comovido? Ficou orgulhoso?

Henry ainda continuava muito presente em minha mente, de modo que em lugar de agradar meu vizinho — o que ele estava querendo ouvir era óbvio — eu disse:

— Não estou entendendo — e procurei na pasta uma caneta e um bloco. Precisava escrever a meu irmão.

— Você é judeu — disse sorrindo.

— Sou.

— Bem, e não sentiu nada quando viu o que eles fizeram?

— Eu não sinto.

— Mas viu as citriculturas? Eis aqui os judeus, que supostamente não sabem plantar, e lá estão quilômetros e quilômetros de terra cultivada. Não pode imaginar o que senti quando vi aquelas fazendas. E os agricultores judeus! Eles me levaram até uma base da Força Aérea, não acreditei nos meus olhos. Não se emocionou com *nada*?

Pensei, enquanto ouvia o sujeito falar, que se o avô galiciano dele pudesse sair do reino dos mortos para uma visitinha a Chicago, Los Angeles ou Nova York, bem que poderia ter tido estes mesmos sentimentos, e com não menos espanto.

— Supostamente não americanos, e aí estão esses milhões e milhões de judeus-americanos! Não pode imaginar o que senti quando vi o quão americanos eles pareciam!

Como se poderia explicar este complexo de inferioridade do judeu-americano diante das bravas reivindicações do sionismo militante de que é deles a patente da autotransformação judaica, quando não da própria bravura?

— Escute — eu lhe disse —, não posso responder a este tipo de pergunta.

— Sabe o que *eu* não pude responder? Eles ficavam querendo que eu explicasse por que os judeus-americanos insistem em viver na diáspora, e eu não sabia responder. Depois de tudo que vi, não sabia o que dizer. Alguém saberia? *Alguém* poderia responder?

Pobre do cara. Pelo jeito deve ter sido infernizado com essa coisa — provavelmente teve que ficar dia e noite em guarda por causa da sua identidade artificial e posição de todo alienada. Eles disseram a ele:

— Onde está a sobrevivência judaica, onde está a sobrevivência judaica, onde está a segurança judaica, onde está a história judaica? Se você fosse realmente um bom judeu, estaria em Israel, um judeu numa sociedade judaica.

Eles disseram a ele:

— O único lugar no mundo que é realmente judeu e apenas judeu é Israel.

E ele estava acovardado demais pela ultra-hombridade moral até para reconhecer, que dirá admitir, que esta era uma das razões para não querer viver lá.

— Por quê? — estava me perguntando, com um ar de desamparo tal diante da pergunta, que era tocante. — Por que os judeus insistem em viver na diáspora?

Não me sentia inclinado a descartar com uma frase um homem que, era óbvio, encontrava-se num estado de séria confusão, mas também não queria esse tipo de conversa nem tinha disposição para responder em pormenor. Guardaria isso para Henry. O melhor que pude tentar fazer foi deixá-lo com algo em que pensar.

— Porque eles gostam — respondi e levantei, mudando para uma poltrona vazia, de corredor, algumas fileiras mais para trás, onde poderia me concentrar, sem ser perturbado, no que mais havia para dizer a Henry, se é que havia alguma coisa, a respeito do prodígio de sua nova existência.

À minha esquerda, na poltrona da janela, havia um jovem de barba espessa, com um terno escuro e uma camisa sem gravata, abotoada até o pescoço. Estava lendo um livro de orações em hebraico e comendo um chocolate. Fazer ambas as coisas juntas me parecia curioso; por outro lado mentes seculares e insensíveis dificilmente são um árbitro adequado daquilo que distingue a fé da irreverência.

Coloquei minha maleta no chão — a dele estava aberta na poltrona do meio, entre nos — e comecei minha carta a Henry. Ela não saltou direto para a página, como aliás nunca acontece com nada. Era mais como usar um conta-gotas para apagar um incêndio. Escrevi e revisei durante quase duas horas, trabalhando conscientemente para restringir aquela chicanice de irmão mais velho que insistia em colorir os rascunhos anteriores. "Tudo que você quer que eu veja são as realidades políticas. Vejo-as. Mas também vejo você. Você também é uma realidade." Risquei isso e outras coisas semelhantes, fazendo e refazendo até chegar finalmente tão perto quanto possível de ver as coisas mais ou menos à maneira dele, não tanto por uma reconciliação, coisa que estava fora de questão e da qual nenhum de nós precisava mais, e sim para que pudéssemos nos separar sem que eu o magoasse e causasse mais danos do que já tinha causado no confronto final. Ainda que não estivesse acreditando que ia ficar lá para sempre — as crianças deviam ir visitá-lo durante o Pesach, e vê-los, pensei, podia muito bem mudar tudo —, escrevi como se achasse que a decisão era irrevogável. Se é isso que ele quer pensar, é isso que pensarei também.

Em curso/El Al
11 dez. 1978

Caro Henry,

Depois de revistar com desconfiança os motivos um do outro, depois de arrancar fora nossos valores, aos olhos um do outro, onde é que ficamos, nós dois? Venho me perguntando desde que embarquei no vôo 315. Você se tornou um judeu ativista, um homem politicamente comprometido, impulsionado, por convicções ideológicas, a estudar a antiga língua tribal e a levar uma vida austera, longe de sua família, seus bens e sua clínica, numa colina rochosa na bíblica Judéia. Eu (caso esteja interessado) me tornei um marido burguês, um proprietário em Londres e, aos quarenta e cinco, um futuro pai, casado desta vez com uma mulher inglesa, criada no interior, formada em Oxford, nascida numa casta supérflua que decretou para ela uma criação nem de longe parecida à nossa — e, como ela mesma lhe diria, dificilmente parecida à de qualquer pessoa nestes últimos séculos. Você tem uma terra, um povo, uma herança, uma causa, uma arma, um inimigo, um mentor — um mentor poderoso. Eu não tenho nenhuma destas coisas. Tenho uma mulher inglesa grávida. Viajando em direções opostas, conseguimos na meia-idade nos colocar em posições eqüidistantes de onde começamos. A moral que tiro disso, confirmada pelo duelo de palavras na sexta-feira à noite quando, muito tolo, perguntei por que você não atirava em mim, é que a família finalmente acabou. Nossa pequena nação está despedaçada. Não pensei que vivesse para ver este dia.

Tanto, admito, por uma curiosidade escrevinhadora quanto por uma cambaia obrigação genética, venho dando tratos à bola nas últimas quarenta e oito horas, tentando compreender o motivo de você ter virado de ponta cabeça a sua vida, quando não é tão difícil assim de imaginar. Cansado das expectativas dos outros, das opiniões dos outros, tão enfarado de ser respeitável quanto de seu lado necessariamente mais oculto, numa época da vida em que os velhos anseios secaram, surge este furor de além-mar, com sua cor, seu poder, sua paixão, bem como as questões que estão sacudindo o mundo. Todas as dissensões da alma judaica ali à mostra todos os dias na Knesset. Por que você *iria* resistir? Por que há de ser reprimido? Concordo. Quanto a Lippman, tenho um enorme fraco por este tipo de animador, também. Não resta dúvida que eles tiram as coisas do reino da introspecção. A mim, Lippman se parece a um indivíduo para quem séculos de desconfiança e antipatia, opressão e miséria, transformaram-se num Stradivarius no qual ele toca selvagemente como um exímio violinista judeu. Suas tiradas possuem uma realidade sinistra e, mesmo ao rejeitá-lo, é preciso perguntar-se por quê, se porque o que ele diz é errado ou se porque o que ele diz é simplesmente indizível. Perguntei-lhe, com excesso de impaciência, se sua identidade se iria formar pelo poder aterrador de uma imaginação mais rica em realidade que a sua própria, mas eu devia ter sabido a resposta, eu mesmo. *De que outra forma acontece?* A imaginação traiçoeira é a criadora de todos —

somos todos a invenção uns dos outros, todos uma invocação a invocar os demais. Somos cada um o autor do outro.

Veja o lugar que você agora quer chamar de pátria: um *país* inteiro se pensando, se perguntando: "Que diabo é esse troço de ser um judeu?" — gente perdendo filhos, perdendo pedaços do corpo, perdendo isto, perdendo aquilo, no processo de responder. "O que é um judeu, em primeiro lugar?" É uma pergunta que sempre teve que ser respondida: o som "judeu" não surgiu como uma rocha surge no mundo — alguma voz humana certa feita disse "judeu", apontando para alguém, e isso foi o princípio do que desde então não cessou.

Um outro lugar famoso por inventar (ou reinventar) o judeu foi a Alemanha de Hitler. Felizmente para nós dois, um pouco antes houve nossos avós — como você bem me lembrou na sexta-feira à noite — se perguntando incongruentemente por sob as barbas se um judeu seria alguém necessariamente destinado à destruição na Galícia. Pense em quantos foguetes eles não afastaram do nosso rabo, sem falar que salvamos a pele — pense no gênio audacioso e inventivo daqueles ingênuos simplórios que foram para a América para ficar. E agora, marcado pelo terror de um outro Hitler e de uma segunda grande carnificina judaica, surge este violinista exímio de Agor, e com ele a visão, incendiada pelos crematórios nazistas, de varrer do mapa todo e qualquer tabu desvantajosamente moral, a fim de restaurar a preeminência espiritual judaica, Tenho que lhe dizer que houve momentos, na sexta à noite, em que tive a impressão de que eram os judeus em Agor os que realmente sentem vergonha da história judaica, os que não toleram aquilo que os judeus têm sido, os que se constrangem com o que os judeus se tornaram, e demonstram um tipo de ojeriza pelas "anormalidades" da diáspora que se pode encontrar no antisemita clássico que eles abominam. Pergunto-me que outro nome você poderia dar às reproduções em cera daqueles seus amigos que, desdenhosamente, fazem pouco de todo judeu introspectivo, de inclinações pacíficas e ideais humanistas, chamando-os ou de covarde ou traidor ou idiota, que não fosse o de Museu do Ódio Judeu a Si Próprio. Henry, você acredita de fato que na batalha pela imaginação dos judeus são os Lippman os que merecem ganhar?

Ainda acho difícil de acreditar, apesar do que você me disse, que seu sionismo florescente seja resultado de uma emergência *judaica* que lhe sobreveio enquanto estava nos Estados Unidos. Jamais ousaria vituperar contra qualquer sionista cuja decisão de partir para Israel adviesse de uma forte sensação de estar escapando de um anti-semitismo perigoso ou mutilante. Se, no seu caso, os pontos verdadeiramente críticos fossem porventura o anti-semitismo, ou o isolamento cultural, ou mesmo, de alguma forma, por mais irracional que seja, uma culpa pessoal pelo Holocausto, haveria pouca coisa a questionar. Acontece porém que eu estou convencido de que se você foi repelido ou deformado por alguma coisa, não foi pela situação de gueto, pela mentalidade de gueto, nem pelo gói ou pela ameaça que ele representa.

Você não é tolo a ponto de engolir sem questionar o clichezão que eles parecem adorar em Agor, dos judeus-americanos se lambuzando avidamente nos tachos do luxo dos *shopping centers*, com um olho bem aberto para o populacho gentio — ou, pior, cegamente desatentos ao perigo iminente — borbulhando enquanto isso, o tempo todo, de ódio a si próprio e vergonha. Borbulhando de amor a si próprio é mais o caso, borbulhando de confiança e sucesso. E talvez isto seja um acontecimento histórico-mundial equivalente à história que você está fazendo em Israel. A história não precisa ser feita da maneira como um mecânico faz um carro — é possível desempenhar-se um papel na história sem que ele seja óbvio, nem para si mesmo. Pode bem ser que, prosperando mundanamente na civilidade e segurança de South Orange, mais ou menos esquecido no dia-a-dia de suas origens judaicas mas permanecendo identificável (e voluntariamente) um judeu, você estivesse fazendo uma história judaica não menos surpreendente que a deles, embora sem sabê-lo a cada momento, e sem precisar dizê-lo. Você também ocupava um lugar no tempo e na cultura, tenha ou não percebido isso. *Judeus* que odeiam a si mesmos? Henry, os Estados Unidos estão cheios de gentios que se odeiam a si próprios, até onde percebo — é um país cheio de *chicanos* que querem se parecer aos texanos, e texanos que querem se parecer a nova-iorquinos, e um sem-número de WASPs* do meio-oeste querendo, acredite você ou não, falar, agir e pensar como judeus. Dizer judeu e gói sobre os Estados Unidos é não entender nada, porque simplesmente os Estados Unidos não são isso, a não ser na ideologia de Agor. Nem a metáfora clichê do tacho serve, de forma alguma, para representar a vida responsável que teve lá, judaica ou não; era conflitante, tensa e valiosa como a de qualquer outra pessoa, e a mim não se parecia nada com a vida de Riley, e sim com *vida*, ponto final. Pense mais uma vez sobre quanta "falta de sentido" você está disposto a conceder ao dogmático desafio sionista deles. Por falar nisso, não consigo sequer me lembrar de ter ouvido *você* usar antes a palavra gói com tamanho ar de autoridade intelectual. Faz-me lembrar do meu ano de calouro em Chicago, quando eu saía por lá falando do lumpemproletariado como se aquilo atestasse a tremenda amplitude dos meus conhecimentos da sociedade americana. Quando eu via os malandros na porta dos bares da rua Clark, eu me emocionava todo resmungando "lumpemproletariado". Eu achava que sabia alguma coisa. Sinceramente, acho que você aprendeu mais sobre o "gói" com a sua namorada suíça do que jamais conseguirá aprender em Agor. A verdade é que você poderia ensinar a

* Sigla, geralmente com conotação depreciativa, para "White Anglo-Saxon Protestant", anglo-saxão branco protestante, supostamente a nata da sociedade norte-americana. (N. T.)

eles. Tente numa sexta à noite. Conte a eles durante o jantar tudo que deliciou você durante aquele caso. Seria educativo para todos e faria do gói algo um pouco menos abstrato.

Sua conexão com o sionismo me parece ter pouco a ver com sentir-se mais profundamente judeu, ou descobrir-se em perigo, enraivecido, ou psicologicamente manietado pelo anti-semitismo em Nova Jersey — o que não torna a empreitada nem um pouco menos "autêntica". Torna-a absolutamente clássica. O sionismo, da forma como o vejo, surgiu não apenas do profundo sonho judeu de escapar do perigo da insularidade e das crueldades da injustiça social e da perseguição, como também de um desejo altamente consciente de se despojar de praticamente tudo aquilo que acabou parecendo, tanto aos sionistas quanto aos cristãos europeus, um comportamento distintamente judeu — reverter a própria forma da existência judaica. A construção de um avesso da vida que é o antimito dela própria estava no cerne mesmo do sionismo. Foi uma espécie de fabuloso utopismo, um manifesto em prol da transformação humana tão exagerado — e, desde o princípio, tão implausível — quanto qualquer outro que já tenha sido concebido. Um judeu podia ser uma nova pessoa, se ele quisesse. Nos primeiros tempos do Estado, a idéia agradava quase a todo mundo, com exceção dos árabes. Por todo o globo as pessoas estavam torcendo para que os judeus fossem em frente e se desjudaizassem em sua própria terrinha natal. Acho que por isso o lugar já foi tão popular, universalmente — acabaram-se os judeus judaizados, ótimo!

De qualquer forma, que você esteja fascinado pelo laboratório sionista de auto-experimentação judaica que se autodenomina "Israel" não é um tamanho mistério para mim, quando penso na questão sob este ângulo. O poder da vontade de refazer a realidade para você está corporificado em Mordecai Lippman. Desnecessário dizer, o poder da pistola para refazer a realidade também tem seus atrativos.

Meu caro Hanoch (para invocar o nome daquele anti-

Henry que você está tentando desencavar das colinas da Judéia), eu espero que não se deixe matar tentando. Se era a fraqueza que você achava ser o inimigo quando exilado em South Orange, na terra natal ele pode ser um excesso de força. Não é para ser minimizado — nem todo mundo tem a coragem de, aos quarenta, tratar-se a si próprio como matéria-prima, de abandonar uma vida familiar confortável quando esta se torna irrecuperavelmente alheia a ele, e de assumir voluntariamente as durezas do deslocamento. Ninguém vai para tão longe como você foi e, pelo que tudo indica, se sai tão bem e tão depressa em audácia, obstinação ou loucura simplesmente. Uma enorme necessidade de auto-renovação (ou, segundo Carol, de auto-sabotagem) não pode ser mitigada delicadamente; precisa de uma rebeldia muscular. Apesar da enervante devoção à carismática vitalidade de Lippman, você parece de fato mais livre e mais independente do que eu imaginava possível. Se é verdade que você estava sob limitações intoleráveis e vivendo numa oposição torturante a si mesmo, então no que me diz respeito você usou bem sua força e tudo que eu diga é irrelevante. Talvez tenha sido apropriado você acabar lá; pode ser o que você sempre precisou na vida — uma ocupação combativa onde se sinta livre de culpa.

E, quem sabe, daqui a um ano ou dois as coisas podem ter mudado para você, e tenha razões para viver lá que me pareçam mais adequadas — se ainda estiver falando comigo — e que sejam de fato mais parecidas ao que eu imagino sejam as razões da maioria das pessoas que vivem lá, ou em qualquer parte, não que eu ache que sejam essas razões menos sérias ou significativas que as que você tem no momento. Claro que o sionismo é mais sutil que apenas bravura judaica já que, afinal, os judeus que agem com bravura não são apenas israelenses ou sionistas. Normal/anormal, forte/fraco, nós/eu, não-tão-bom/bondade — existe uma dicotomia faltando sobre a qual você falou pouco, ou nada: hebraico/inglês. Lá em Agor o anti-semitismo vem à tona, o orgulho judeu vem à tona, o poder judeu vem à tona, mas nada que eu tenha ouvido a noite inteira, de você ou de seus amigos, sobre o aspecto hebraico e a vasta e esmagadora realidade cultural *disso*. Talvez essas coisas só passem pela minha cabeça porque sou um escritor, embora com toda a franqueza eu não consiga imaginar como é que não ocorrem a todo mundo, já que ao fim e ao cabo é mais de hebraico do que de heroísmo que você se cercou, assim como se você fosse viver para sempre em Paris, seria em francês que você construiria a sua experiência e seus pensamentos. Ao apresentar-me seus motivos para ficar lá, surpreende que não tenha martelado tanto sobre a cultura que você está adquirindo quanto sobre a virilidade que jorra do orgulho, da ação e do poder. Ou talvez você chegue a isso apenas quando começar a sentir a perda da língua e da sociedade da qual você me parece estar desistindo tão cegamente.

Para dizer a verdade, se eu tivesse cruzado com você numa rua de Telavive de braço com uma moça e você tivesse me dito: "Eu amo o sol, os cheiros, o falafel, a língua hebraica, e viver sendo um dentista em meio a um mundo hebraico", eu não teria sentido a menor inclinação para desafiá-lo. Tudo isso — que corresponde às *minhas* idéias de normalidade — eu teria entendido com muito mais facilidade do que você tentando se trancar num capítulo da história no qual você simplesmente não está trancado, numa idéia e num compromisso que podem ter sido cogentes para as pessoas que criaram isso, que construíram um país quando não tinham nenhuma esperança, nenhum futuro, quando tudo era dificuldade para eles — uma idéia que foi, sem dúvida, brilhante, engenhosa, corajosa e vigorosa em seu tempo histórico — mas que não me parece ser assim tão cogente para você.

Enquanto isso, sob pena de me parecer com mamãe quando você saía para praticar corrida com obstáculos na escola, pelo amor de Deus, tenha cuidado. Não quero voltar da próxima vez para recolher seus restos mortais.

Seu único irmão,
Nathan

P. S. Verá pela assinatura que não me preocupei em mudar o nome, mas na Inglaterra embarco em busca do *meu* antieu levando meus velhos documentos de identidade e disfarçado como N. Z.

Em seguida anotei no bloco tudo que pude lembrar da conversa com Carol na noite anterior; eram sete horas mais cedo em Jersey e ela estava começando a preparar o jantar das crianças quando telefonei do hotel, como desprogramador de meu irmão, antes de ir dormir. Desde o desaparecimento de Henry, cinco meses atrás, Carol tinha passado por uma transformação muito parecida à dele: ela também pôs um fim em ser boazinha. Aquela personalidade implacavelmente afável que sempre me dera a impressão de ser pouco mais que um brando enigma estava agora armada com o cinismo necessário para superar o bizarro golpe baixo, e também com o ódio exigido para começar a curar a ferida. O resultado foi que pela primeira vez na vida senti uma espécie de poder nela (bem como um certo atrativo feminino) e perguntei-me o que é que eu poderia acabar fazendo, se insistisse em desempenhar o apaziguador doméstico. As pessoas não se sentem mais felizes enraivecidas? Certamente ficam mais interessantes. Todos são injustos com a raiva — pode ser estimulante e muito divertida.

— Passei a sexta com ele na colônia e dormi lá. Não podia usar o telefone para chamar um táxi no dia seguinte porque são todos pessoas religiosas, ninguém entra e ninguém sai no sabá, e ninguém podia me levar, de maneira que fiquei lá o sábado também. Eu nunca o vi mais saudável, Carol. Ele está com uma aparência ótima, e, bem, pergunte.

— E ele está fazendo toda aquela coisa judia?

— Algumas. Principalmente, está aprendendo hebraico. Está se dedicando. Ele diz que a decisão é irrevogável e que não vai voltar. Está num estado de espírito muito rebelde. Não vi nem um pingo de remorso nem de anseios pelo lar. Nenhuma hesitação, para ser franco. Pode ser que seja só euforia. Ele ainda está muito naquele estágio eufórico.

— Você chama isso de euforia? Alguma cadelinha israelense o tirou de mim, não é essa a história verdadeira? Tem um soldadinho por lá, lógico, com peitinhos e uma pistolinha.

— Também pensei nisto. Mas não, não tem mulher nenhuma.

— Ele não está trepando com a mulher do Lippman?

— Lippman é um gigante para Henry. Acho que isso aí não está na parada. Sexo é uma "superficialidade" e ele queimou todas as superficialidades. Descobriu o espírito agressivo nele mesmo, ajudado por Lippman. Ele viu o poder. Descobriu o dinamismo. Descobriu considerações mais nobres, intenções mais puras. Desconfio que seja Henry quem assumiu o papel de filho cabeçudo e não-convencional. Ele precisa de um palco maior para sua alma.

— E essa colônia nos cafundós, esse lugar nenhum, ele considera *maior*? É o deserto; é *sertão*.

— Mas o sertão bíblico.

— Está me dizendo que então é Deus?

— Também a mim me parece estranho. De onde veio isto, não faço idéia.

— Ah, eu sei de onde. De viver naquele guetozinho quando vocês eram crianças, do seu pai maluco; ele voltou exatamente para as raízes daquela loucura. É aquela loucura voltada para outra direção.

— Você nunca o achou louco antes.

— Eu sempre achei que ele era louco. Se quer saber mesmo, eu achava que todos vocês eram meio birutas. Você se saiu melhor que todos. Nunca se incomodou com isto na vida, despejou a coisa toda em livros e ganhou uma fortuna. Você transformou a loucura em lucro, mas ainda assim é tudo parte da insanidade da família a respeito do assunto judeus. Henry é apenas um biruta temporão dos Zuckerman.

— Explique como quiser, mas ele não me pareceu demente, nem me soou demente, nem perdeu completamente o contato com a vida. Ele está esperando muito ansiosamente para ver as crianças no Pesach.

— Só que eu não quero meus filhos envolvidos nisso tudo. Nunca quis. Se quisesse, teria me casado com um rabino. Não quero, não me interessa, e não achava que interessasse a ele.

— Eu acho que o Henry *pensa* que as crianças estão indo para o Pesach.

— Ele está me convidando, ou só as crianças?

— Eu pensei que ele estivesse convidando as crianças. Pelo que entendi, a visita já está acertada.

— Não vou deixá-las irem sozinhas. Se ele foi louco o bastante para fazer o que fez com ele mesmo, é louco o bastante para mantê-las lá e tentar transformar Leslie numa coisinha com cachinhos enroscados e uma cara toda branquela, um monstrinho religioso. Com toda certeza não vou mandar minhas filhas, não para que ele as enfie numa banheira e raspe a cabeça delas e depois as case com o açougueiro.

— Acho que talvez eu tenha passado a idéia errada, por não ter podido usar o telefone no sábado. Não é a ortodoxia o que o inspira, é o lugar: Judéia. Parece que lhe dá um sentido mais sério de si mesmo o fato de ter as raízes de sua religião a sua volta toda.

— Que raízes? Ele deixou aquelas raízes há dois mil anos. No que me diz respeito, ele esteve em Nova Jersey por dois mil anos. É tudo um absurdo.

— Bem, faça como quiser, claro. Mas se as crianças pudessem ir passar o Pesach, talvez isso pudesse abrir um canal de comunicação entre vocês dois. No momento está despejando toda sua responsabilidade na causa judaica, mas isso pode mudar quando vir as crianças de novo. Por enquanto ele nos cercou a todos do lado de fora com seu idealismo judaico, mas quando elas aparecerem talvez a gente possa começar a descobrir se é mesmo uma mudança revolucionária ou apenas alguma tormenta pela qual está passando. A última grande explosão da juventude. Quem sabe a última grande explosão da meia-idade. Vem a dar mais ou menos na mesma coisa: no desejo de aprofundar sua vida. O desejo parece genuíno o bastante, mas os meios, reconheço, parecem horrivelmente vicários. No momento é um pouco como se ele estivesse lá para se vingar de tudo aquilo que ele quer acreditar tê-lo cerceado um dia. Ainda está muito preso à solidariedade da coisa. Mas uma vez que a euforia comece a arrefecer, ver as crianças pode até ser que leve a uma reconciliação com você. Se é o que você quer, Carol.

— Meus garotos vão detestar aquilo. Eles foram criados por mim, por *ele*, para não querer nada que tenha a ver com religião de qualquer espécie. Se ele quer ir para lá e se lamentar, gemer, e bater a cabeça no chão, que vá, mas as crianças ficam aqui, e se ele quiser vê-las, terá que ser aqui mesmo.

— Mas e se a determinação dele começar a ceder, você o receberia de volta?

— Se ele voltasse à razão? Claro que o receberia de volta. As crianças estão se segurando, mas isto não é muito divertido para elas, tampouco. Estão tristes. Sentem falta dele. Não diria que estão confusos porque são extremamente inteligentes. Elas sabem exatamente o que está se passando.

— É? E o que é?

— Elas acham que ele está tendo um esgotamento nervoso. Só têm medo que eu tenha um também.

— E você terá?

— Se ele raptar meus filhos, terei. Se esta loucura continuar por muito mais tempo ainda, sim, posso até sofrer um.

— Eu tenho a impressão de que tudo isto pode bem ser um resíduo daquela operação pavorosa.

— Eu também, claro. Acho que é o agarrar em Deus, ou em tábuas, ou sei lá, por medo de morrer. Algum tipo de encantamento mágico, uma espécie de apaziguamento, para ter certeza de que nunca mais vai acontecer. Penitência. Ah, é terrível demais. Não faz nenhum sentido. Quem poderia ter imaginado que isto ia acontecer?

— Posso sugerir então que no Pesach você faça um *esforço*...

— Quando *é* o Pesach? Eu nem sei quando *é* o Pesach, Nathan. Nós não *seguimos* nada dessas coisas. Nunca, nem mesmo quando eu ainda morava com meus pais. Até meu pai, que tinha uma loja de calçados, estava livre disso tudo. Ele não ligava para Pesach, ele ligava para golfe, o que agora parece botá-lo três mil degraus acima do idiota do genro na escala evolucionária. Religião! Um monte de fanatismo, superstição, guerras e morte! Um absurdo cretino, medieval! Se eles arrasassem com todas as igrejas e com todas as sinagogas para fazer mais campos de golfe o mundo seria um lugar melhor!

— Só estou lhe dizendo que se você o quer de volta mais para a frente, eu não o contrariaria nessa coisa do Pesach.

— Mas eu *não* o quero de volta, se ele está louco desse jeito. Eu não quero viver a vida com um judeu louco. Isso podia estar bom para a sua mãe, mas não está para mim.

— O que você podia dizer é: "Escute, você pode ser um judeu no condado de Essex também".

— Não, não pode, não comigo.

— Mas você afinal de contas se casou com um judeu. Ele também.

— Não. Eu me casei com um bonito, alto, atlético, muito delicado, muito sincero, muito bem-sucedido e responsável dentista. Eu não me casei com um judeu.

— Não sabia que tinha estes sentimentos.

— Duvido que saiba alguma coisa a meu respeito. Eu era apenas a mulherzinha sem graça de Henry. Claro que eu era perfunctoriamente judia, quem é que pensa nessas coisas? Esta é a única maneira de ser qualquer uma dessas coisas. Mas Henry fez mais que arranhar a superfície com o que o fez. Simplesmente não vou me associar com toda essa porcariada bitolada, beata, supersticiosa e totalmente desnecessária. E certamente não vou querer meus filhos associados a isto.

— Quer dizer que para voltar para casa Henry tem que ser tão não-judeu quanto você.

— Exato. Sem cachinhos nem bonezinhos. É para isso que eu estudei literatura francesa na escola, para que ele pudesse sair por aí de bonezinho? Onde é que ele vai querer me pôr agora, lá na galeria, junto com o resto das mulheres? Eu não *suporto* essa coisa. E, quanto mais a sério as pessoas levam, menos atraente fica. Estreito, asfixiante e enojante. *E* presunçoso. Não vou cair nessa esparrela.

— Seja lá como for, se você quer unir de novo a família, uma forma seria dizer a ele: "Volte e continue seus estudos de hebraico aqui, continue aprendendo hebraico, estudando a Torá...".

— *Ele* estuda a *Torá*?

— À noite. Faz parte de se tornar um judeu autêntico. Autêntico é a palavra dele. Em Israel ele pode ser um judeu autêntico e tudo nele faz sentido. Nos Estados Unidos, ser judeu o fez se sentir artificial.

— Ah, é? Pois para mim ser artificial estava ótimo. O mesmo achavam todas as namoradas dele. Escute, há milhões de judeus vivendo em Nova York. Eles são artificiais? Isso tudo é demais para mim. Quero viver como um ser humano. A última coisa em que quero me ligar é em ser uma judia autêntica. Se é isso o que ele quer, então ele e eu não temos mais nada a dizer um para o outro.

— Então só porque seu marido quer ser judeu, você vai deixar que a família se dissolva.

— Deus, não me venha *você* dando uma de santo sobre "a família". *Ou* sobre Ser Judeu. Não; porque meu marido, que é um americano, que eu pensei pertencer a minha geração, a minha época, *livre* de todo este peso, deu um passo gigante de volta no tempo, é *por isso* que estou dissolvendo a família. Quanto a meus filhos, a vida deles está aqui, os amigos estão aqui, a escola deles é aqui, a futura universidade está aqui. Eles não têm o espírito pioneiro que Henry tem, eles não tiveram o pai que Henry teve, e eles não vão para a terra natal bíblica para o Pesach, e muito menos a uma sinagoga. Não vai haver sinagogas nesta família! Não vai haver cozinha kosher nesta casa. Eu não poderia nunca viver esta vida. Foda-se Henry, que fique lá se é judaísmo autêntico o que ele quer, que fique lá e encontre outra judia autêntica para viver com ele, e assim os dois poderão montar uma casa com um tabernáculo onde celebrar todas as festinhas deles. Mas aqui está absolutamente fora de cogitação. Ninguém vai sair por esta casa soprando as trombetas da redenção judaica!

Já estávamos a meio caminho de Londres quando terminei, e o sujeito jovem a meu lado continuava com seu livro de orações. Papéis de umas três ou quatro barras de chocolate estavam espalhados no assento entre nós, e o suor escorria abundante por sob o chapéu de abas largas. Como não houvesse turbulência, como o avião estivesse bem ventilado e numa temperatura confortável, pensei, como minha mãe — como a mãe *dele* —, se não teria talvez ficado doente de tanto comer chocolate. Debaixo do chapéu e da barba, acreditei poder ver uma semelhança com alguém que conhecia; talvez fosse alguém com quem tinha crescido em Jersey. Mas também eu já tinha achado a mesma coisa a respeito de tantas pessoas nos últimos dias: no café, vendo os transeuntes na rua Dizengoff, e de novo na porta do hotel, enquanto esperava um táxi, o molde judeu arquetípico de um rosto israelense acabava me lembrando alguém nos Estados Unidos, alguém que podia ser parente próximo, senão o mesmíssimo judeu numa nova encarnação.

Antes de pôr o bloco de volta na pasta, reli tudo que tinha escrito a Henry. Por que você não deixa o pobre sujeito em paz, pensei. Mais mil palavras é bem o que ele precisa de você — eles vão usá-las como alvo em Agor. De qualquer maneira, eu não tinha escrito isso para mim mesmo, para meu próprio esclarecimento, tentando fazer interessante o que ele não conseguia? Senti, revivendo as últimas quarenta e oito horas, que a sós com Henry eu tinha estado na presença de alguém sonhando superficialmente um sonho muito profundo. Tentei várias vezes enquanto estive com ele dar a esta escapada que fizera dos limites estreitos de sua vida algum significado mais alto, mas no fim ele me pareceu, apesar da determinação de ser algo novo, tão ingênuo e desinteressante quanto sempre fora. Mesmo lá, naquela estufa judaica, ele conseguiu de alguma forma permanecer perfeitamente comum, quando o que eu esperava — talvez o motivo de ter feito a viagem — era descobrir que, liberto pela primeira vez na vida da proteção das responsabilidades familiares, ele se tivesse transformado em algo menos explicável e mais original do que — do que Henry. Mas isso era mais como esperar que a vizinha, que você suspeita de trair o marido, se revele como sendo Ema Bovary e, o que ainda é mais, no francês de Flaubert. As pessoas não se entregam aos escritores como personagens literárias maduras — geralmente lhe dão muito pouco sobre o que trabalhar e, depois do impacto das impressões iniciais, dificilmente são de alguma ajuda. A maior parte (a começar pelo romancista — ele próprio, sua família, praticamente todo mundo que ele conhece) não tem a menor originalidade, e seu trabalho é fazê-las parecer o contrário. Não é fácil. Se fosse para Henry algum dia se tornar interessante, era eu que ia ter que fazê-lo.

Havia uma outra carta para escrever enquanto os acontecimentos dos últimos dias ainda estavam frescos na minha cabeça, e esta era uma resposta à carta de Shuki, entregue em mãos no hotel e que estava esperando por mim na recepção quando parti. Li a primeira vez no táxi, indo para o aeroporto, e agora, com calma e tempo para me concentrar, tirei-a da pasta para ler de novo, lembrando, enquanto isso, dos poucos judeus que haviam cruzado meu caminho em setenta e duas horas, e de como cada um deles se tinha apresentado a mim — e me apresentado a si próprio — e de como cada um tinha apresentado o país. Não tinha visto realmente nada do que Israel é, mas tinha pelo menos começado a ter uma idéia do que poderia vir a *ser* na cabeça de alguns poucos habitantes. Tinha chegado mais ou menos impassível, para ver o que meu irmão estava fazendo lá, e o que Shuki queria que eu compreendesse era que estava partindo impassível também — as faíscas que vi voando em Agor podiam não significar tudo o que eu tinha pensado. E o mais importante, talvez mais do que tenha percebido até agora, era que não me deixasse enganar. Shuki estava me lembrando, aos quarenta e cinco anos — ainda que tão respeitosa e delicadamente quanto possível —, daquilo que me disseram (meu pai, o primeiro, aliás) assim que comecei a escrever contos, aos vinte e três: os judeus não estão lá para meu divertimento, ou para entretenimento de meus leitores, muito menos para o deles mesmos. Estava sendo convocado a ver a gravidade da situação antes de soltar as rédeas da minha comédia e tornar notáveis os judeus da maneira errada. Estava sendo lembrado de que cada palavra que escrevo sobre os judeus é uma arma em potencial contra nós, uma bomba no arsenal de nossos inimigos, e de que, em grande parte graças a mim, na verdade, todo mundo está hoje disposto a ouvir qualquer tipo de opinião burlesca, esdrúxula, que reflete muito mal a realidade pela qual estamos ameaçados.

Tudo que pude pensar enquanto relia devagar a surpreendente carta de Shuki é que não há mesmo como escapar ao destino. Nunca hão de me faltar esses enormes tabus entre cujas mandíbulas tive que inserir meu tipo de talento. "Esta repreensão", pensei, "há de me seguir até o túmulo. E, quem sabe, se aqueles indivíduos no Muro das Lamentações estiverem certos, mais além."

Ramat Gan
10 dez. 1978

Caro Nathan,

Estou aqui em minha casa preocupado com você lá em Agor. O que me preocupa é que você também vai se enamorar de Mordecai Lippman. O que me preocupa é que você vai se deixar enganar pela vivacidade dele e tomá-lo por alguém muito mais interessante do que ele é de fato. Judeus vivazes, afinal de contas, não têm estado ausentes de sua ficção, nem será Lippman o primeiro delinqüente a deliciar sua imaginação. Seria preciso ser cego para não reconhecer a fascinação sua pelo auto-exagero judeu e o apelo hipnótico de um judeu descomedido, em relação a sua indiferença relativa, enquanto romancista, aos nossos pensadores racionais e brandos, nossos modelos de doçura e conhecimento. As pessoas que você ama e admira de fato são as que menos o fascinam, enquanto tudo aquilo que há de cauteloso em sua natureza judaica tipicamente cínica e autodisciplinada se envolve, fora de qualquer proporção, com o espetáculo do que moralmente o repugna, da sua antítese, o judeu desimpedido e imoderado cuja vida nada é exceto uma fantasia protegida e guardada de autodisfarce inteligente e cujo talento não se volta para a dialética como o seu e sim para o apocalipse. O que me preocupa é que você veja em Lippman e seus correligionários um circo judeu irresistível, um grande espetáculo, e que o que inspirou moralmente um Zuckerman confuso seja amplamente divertido ao outro, um escritor com uma forte propensão para explorar assuntos sérios, até mesmo graves, através de suas possibilidades cômicas. O que faz de você um judeu normal, Nathan, é o fato de estar crivado de anormalidade judaica.

Mas, se vier a lhe parecer tão divertido que decida que precisa escrever sobre ele, peço-lhe que tenha em mente que (*a*) Lippman não tem uma personalidade tão interessante quanto a primeira impressão pode levá-lo a crer — vá um centímetro além da tirada e ele se torna bem desinteressante, para não dizer asinino, maluco, um fanfarrão unidimensional, repetitivo, previsivelmente tortuoso etc.; (*b*) Lippman sozinho é enganoso, ele não é a sociedade, está à margem da sociedade; para alguém de fora, a diatribe é a marca registrada de nossa sociedade, e como ele é o mestre por excelência da diatribe, um daqueles por aqui que tem que lhe contar a ideologia toda de uma vez *toda vez*, pode até lhe parecer a corporificação mesma de Israel. Na verdade, trata-se de um paranóico muito periférico, a voz mais extremada e fanática que esta situação engendra, e embora potencialmente possa causar mais danos ainda que um senador Joseph McCarthy, estamos falando de um tipo semelhante de fenômeno, um psicopata profundamente alienado do bom senso do país e totalmente marginalizado da sua vida comum de todo dia (da qual você não terá visto nada, por sinal); (*c*) existe, em suma, um pouco mais em prol deste país do que aquilo que você ouve de Lippman em Agor, ou mesmo do que ouviu de mim em Telavive (outra personalidade periférica, um ranzinza periférico, reduzido às minhas mágoas); lembre-se, se tomar como assunto a diatribe dele — ou a minha —, estará brincando com um argumento pelo qual se *morre*. Os jovens morrem aqui por isto sobre o que estamos discutindo. Meu irmão morreu por isto, meu filho pode morrer — e talvez morra —, sem falar nos filhos de outras pessoas. E morrem porque estão ligados a algo cujas dimensões vão além das excentricidades ameaçadoras de Lippman.

Isto aqui não é a Inglaterra, onde um estrangeiro pode viver para sempre sem descobrir nada. Mesmo em questão de horas você forma vívidas impressões num país como este, onde todo mundo ventila suas opiniões por toda parte e os programas de governo são discutidos aberta, constante e ardentemente — mas não se deixe enganar. O que está em jogo é coisa séria, e por mais monótono e inflexível que seja meu asco por grande parte do que vem acontecendo aqui há anos, por menos que eu continue aderindo ao tipo de sionismo de meu pai, meus repentes são uma denúncia da inevitável identificação com a luta de Israel; sinto uma certa responsabilidade para com este país, uma responsabilidade que não é inerente a sua vida, compreendo, mas é à minha. A desilusão também é uma forma de se preocupar com o país da gente. Mas o que me preocupa não é que você ofenda meu orgulho pátrio; é, sim, que, se e quando escrever sobre sua visita a Agor, o leitor médio de Nathan Zuckerman identifique Israel com Lippman. Não importa o que escreva, Lippman acabará saindo mais forte que todos os demais, e o leitor médio vai se lembrar dele melhor do que dos outros e pensar que ele é Israel. Lippman é feio, Lippman é exagerado: igual a Israel é feio, o israelense é exagerado — a voz do fanático a representar o Estado. E isto poderia causar grandes danos.

Eu não vejo o perigo como eles o vêem em Agor, o que

não significa que não *haja* perigo. Mesmo que a mim Agor seja o perigo maior, continua existindo o perigo de fora que não é menos real e que poderia ser muito mais horrendo. Não digo isto com rancor — não acuso todos os gentios de estarem contra nós, que é a posição adotada na caverna de Lippman, mas de fato temos caluniadores inflexíveis que nos desprezam: você jantou com alguns em Londres, uma noite dessas, eu fui entrevistado por outro na BBC, eles trabalham nos jornais de Fleet Street e pela Europa toda. Você mesmo poderá entender quando estiver cara a cara com Lippman, que ele é um mentiroso, um fanático, um filho-da-puta de direita que perverte os princípios humanistas sobre os quais este Estado foi fundado, mas aos olhos deles você estaria mostrando, em Lippman, o coração imundo do sionismo, a verdadeira face do Estado judeu, que eles não se cansam de apresentar ao mundo como chauvinista, militante, agressivo e sequiosa de poder. Mais ainda, eles poderão dizer que a coisa toda foi escrita por um judeu e que ele finalmente disse a verdade. Nathan, isto *é* coisa séria: temos inimigos com quem estamos continuamente em guerra, e, ainda que sejamos muito mais fortes que eles, não somos invencíveis. Essas guerras onde estão em jogo as vidas dos nossos filhos estão nos enchendo de uma sensação de morte o tempo todo. Vivemos como alguém que está sendo tão atazanado que não é nossa vida que está em perigo e sim nossa sanidade. Nossa sanidade e nossos filhos.

Antes que você se sente para divertir os Estados Unidos com Lippman, reserve um minuto para pensar sobre isto — uma história animada, talvez animada demais, mas eu estou tentando lhe dizer algo.

Em 1973, caso os árabes tivessem atacado durante Rosh Hashanah em vez do Yom Kippur, nós teríamos ficado em bem maus lençóis. No Yom Kippur quase todo mundo está em casa. Não se dirige, não se viaja, não se vai a parte alguma — muitos de nós não gostam disso mas é o jeito mais fácil. Assim, quando eles atacaram naquele dia, embora nossas defesas estivessem desfalcadas — por excesso de confiança e arrogância, e má interpretação das intenções do lado oposto —, quando o alarme soou, todo mundo estava em casa. Tudo que foi preciso fazer foi dizer adeus à família. Não havia ninguém nas estradas, você conseguia chegar onde tinha que ir, podia levar os tanques até o *front* e tudo foi muito simples. Se eles tivessem atacado uma semana antes, se o pessoal do serviço secreto deles tivesse tido a inteligência de lhes dizer para atacar durante Rosh Hashanah, um dia sagrado não tão solenemente observado, quando pelo menos metade do país estava em algum outro lugar — dezenas de milhares de pessoas espalhadas por todo o Sinai, em Sharm el Sheikh, gente do sul visitando Tibéria no norte, e todos com suas famílias —, se eles tivessem atacado naquele dia, com todo mundo tendo que levar a família para casa antes de se apresentar a sua unidade, com as estradas cheias, gente indo para todas as direções, o exército sem poder levar os *trailers* com os tanques até as frentes de combate, então sim nós estaríamos numa séria enrascada. Eles teriam entrado e teria sido um caos total. Não estou dizendo que eles teriam nos conquistado, mas teríamos ficado enterrados até os joelhos em sangue, nossos lares destruídos, crianças atacadas em seus abrigos — teria sido pavoroso. Não estou lhe dizendo isto para defender a causa da escola militarista que reza que a sobrevivência de Israel está em jogo, e sim para mostrar que muitas coisas são ilusórias.

Agora a questão seguinte. Praticamente tudo que temos no momento vem de fora. Estou pensando naquelas coisas que, se não as tivéssemos, os países árabes não nos tolerariam nem mais um minuto (e eu incluo plutônio). O que os mantêm ao largo não vem de recursos nossos e sim do bolso de outrem; como queixei-me a você, grande parte vem daquilo que Carter nos concede e do que seu Congresso está disposto a aceitar. O que nós temos vem do bolso do sujeito de Kansas — uma parte de cada um dos dólares que paga em imposto se destina a armar um judeu. E por que deveria ele pagar pelos judeus? O outro lado está sempre tentando nos solapar, corroer este apoio, e o argumento deles está ficando cada vez melhor; só mais um empurrãozinho de Begin em termos de medidas cretinas, e eles poderão de fato fomentar uma situação na qual a relutância de continuar enfiando a mão no bolso vai crescer até um ponto em que ninguém nos EUA se sinta obrigado a morrer com três bilhões por ano para manter uma porção de judeus em armas. Para que este americano continue soltando seus dólares, ele tem que acreditar que o israelense é mais ou menos como ele próprio, o mesmo tipo de cara decente em busca do mesmo tipo de coisas decentes. E este não é Mordecai Lippman. Se Lippman e seus seguidores não são os judeus por quem eles querem pagar, não os culpo. Ele pode ter um ponto de vista ardente o bastante para encantar um satírico escritor judeu, mas quem é que em Kansas precisa apoiar este tipo de coisa com seu dinheirinho suado?

Por falar nisto, você ainda não se viu diante da contrapartida árabe de Lippman, ainda não foi assaltado de frente pela selvageria da retórica *dele*. Tenho certeza que em Agor você terá ouvido Lippman falando sobre os árabes, e que nós precisamos governá-los, mas se você ainda não ouviu um árabe falando sobre governar, se não os *viu* governando, então como satirista que é, há algo melhor a sua espera. Arengas e baboseiras judias não nos faltam — no entanto, por mais divertido que você ache Lippman, as arengas e baboseiras árabes têm uma excelência toda própria, e as personagens a vomitá-las não são menos feias. Uma semana na Síria e você poderia escrever sátiras para sempre. Não se deixe enganar pela odiosidade de Lippman — sua contrapartida árabe é tão ruim quanto, se não for pior. Acima de tudo, não engane o cara em Kansas. É complicado demais para tanto.

Espero que você veja não só a grande comédia do que estou dizendo mas também a gravidade. A comédia é óbvia: Shuki, o Patriota e Relações-Públicas — o chamado em prol da solidariedade judaica, da responsabilidade judaica vindo do seu velho e perverso guia na rua Yarkon. Que seja — sou uma aberração ridícula e retorcida, tão irrecuperavelmente cingido por esta condição quanto qualquer outro em nossa história original. Eis aí uma personagem mais ainda no seu estilo. Escreva sobre um israelense descontente como eu, impotente politicamente, moralmente despedaçado, e exausto de morte com estar bravo com todo mundo. Mas tenha cuidado ao representar Lippman.

Shuki

P. S. Não ignoro que você já enfrentou este tipo de argumento antes, da parte dos judeus nos Estados Unidos. Eu próprio sempre achei que você não poderia escrever aquelas coisas a menos que tivesse mais confiança sobre o mundo que estava descrevendo do que qualquer um dos que atacavam você. Os judeus-americanos são tremendamente defensivos — de certa maneira, ser defensivo *é* o judaísmo americano. Sempre me pareceu, de minha perspectiva israelense, que existe uma espécie de defensiva lá que é uma religião civil. E no entanto cá estou eu, superando os seus críticos mais severos. "Como pode pensar em nos trair assim?" Lá vamos nós de novo. Existem judeus em perigo de um lado, vulneráveis, através da deturpação, às mais medonhas conseqüências, e do outro lado existe um perigoso, potencialmente destrutivo escritor judeu a ponto de deturpar e estragar tudo; e esse escritor judeu não é nenhum velho escritor judeu, mas, porque você se inclina a ser engraçado e irônico em coisas sobre as quais supõe-se que as pessoas se coloquem *contra* ou *a favor* — porque, paradoxalmente, é este seu dom *judeu* de fazer as coisas parecerem cômicas, risíveis, ou absurdas, inclusive, veja você, a situação vulnerável do judeu —, este escritor acaba freqüentemente sendo você. Naquele simpósio de 1960, aqui, você foi condenado, da platéia, por um vociferante cidadão israelense, americano de nascimento, por ter sido imperdoavelmente cego em seus livros aos horrores da carnificina de Hitler; quase vinte anos depois você volta enfim para ser advertido por mim sobre os três bilhões de dólares de ajuda norte-americana sem os quais nós poderíamos nos ver em séria desvantagem. Primeiro os seis milhões, agora os três bilhões — não, *não* termina nunca. Exortação preventiva, cautela política, medo subliminar de um fim catastrófico — todo este *carreguismo* judeu (se é que a palavra existe) é algo com que seus contemporâneos americanos entre os gentios nunca tiveram que se preocupar. Bem, este é um problema deles. Numa sociedade como a sua, onde romancistas famosos não têm um sério impacto social sejam quais forem as honras que acumularam, por mais barulho e dinheiro que tenham feito, pode até ser estimulante descobrir que as conseqüências do que *você* escreve são reais, goste você ou não.

Em curso/El Al
11 dez. 1978

Caro Shuki,

Pare de me chamar de judeu normal. Não existe animal que tal, e por que haveria? Como é que o resultado daquela história poderia ter sido a normalidade? Sou tão anormal quanto você. Apenas que, em minha idade madura, adotei uma das formas mais sutis que assume aquela anormalidade. O que me traz ao caso em questão — é inteiramente discutível se, nas dependências do Congresso, seria Lippman o homem que os deixaria a coçar a cabeça sobre dar ou não os três bilhões de dólares ou se seria você. Afinal de contas, Lippman é que é o patriota inequívoco e o fiel devoto, dele é a moral simples e sem ambigüidades, dele a retórica justiceira e prontamente acessível, para ele a agenda ideológica de uma nação nunca será alvo de escrutínios sardônicos. Caras como Lippman são um grande sucesso nos Estados Unidos, na verdade parecem bem normais, às vezes até são eleitos para presidente, enquanto os caras como você que temos por lá não são, no mais das vezes, recompensados com menções honrosas no Congresso. Quanto ao contribuinte médio, talvez ele não ache um jornalista hipercrítico e dissidente, altamente sintonizado com o paradoxo histórico e cáustico em seu julgamento daquele mesmo país com o qual permanece profundamente identificado, uma figura tão simpática quanto eu acho — tampouco é provável que ele o ache preferível a um general Patton judeu, cuja devoção monomaníaca à mais bitolada das causas nacionalistas pode não estar tão distante de Kansas quanto você pensa. Eu escrever sobre Shuki Elchanan em vez de Mordecai Lippman não vai trazer nenhum bem a Israel diante do Congresso ou dos eleitores, e você não está sendo realista se acha isto. Talvez também não seja realista pensar que, mesmo que eu resolvesse romancear Agor, minha história, lida pelo meu deputado, iria então alterar a história judaica. Felizmente (ou infelizmente) para a história judaica, o Congresso não depende da prosa narrativa para decidir como partir o bolo; o conceito de mundo de 99% da população, no Congresso *e* fora, deve muito mais...

Neste momento percebi que o jovem a meu lado tinha posto o livro de orações no colo e estava sentado meio encurvado, aparentemente incapaz de absorver ar que bastasse e transpirando ainda mais do que da última vez que olhara para ele. Pensei que talvez estivesse tendo uma crise epilética ou um ataque do coração, de modo que pus de lado minha resposta a Shuki — minha tíbia defesa de um crime que ainda nem tinha cometido sequer — e, debruçando para o lado, perguntei-lhe:

— Você está bem? Com licença, precisa de ajuda?

— Como é que tá indo, Nathan?

— Como?

Afastando a aba do chapéu um tantinho do rosto, ele sussurrou:

— Não quis incomodar um gênio trabalhando.

— Meu Deus — eu disse —, é você.

— É, eu mesmo.

Os negros olhos remexidos e o sotaque de Jersey: era Jimmy.

— Lustig dos Lustig de West Orange. Ben-Joseph — eu disse — da Diaspora Yeshivah.

— Antigamente.

— Você está bem?

— Estou um pouquinho pressionado, no momento — confidenciou.

Debruçou-se sobre a maleta.

— É capaz de guardar um segredo? — E aí cochichou diretamente no meu ouvido: — Eu vou seqüestrar o avião.

— É? Só você sozinho?

— Não, com você — ele sussurrou. — Você faz eles cagarem de medo com a granada, eu assumo o controle com a pistola.

— Para que o disfarce, Jim?

— Porque um *bucher* yeshivah eles não revistam do mesmo jeito.

Pegando minha mão, ele a levou até o bolso interno de seu casaco. Por baixo do pano senti um objeto duro e oval com uma superfície escamada.

Como era possível? Nunca tinha visto medidas de segurança tão rígidas quanto as que nós tivemos que passar a fim de subir no avião em Telavive. Primeiro nossa bagagem tinha sido revistada, mala por mala, por guardas à paisana sem vergonha nenhuma de remexer na roupa suja. Depois fui questionado em pormenor por uma jovem ríspida sobre onde tinha estado em Israel, para onde estava indo agora e, quando o que contei pelo visto despertou-lhe suspeitas, revistou minha mala uma segunda vez antes de chamar um homem com um *walkie-talkie* que me interrogou de novo e de forma ainda menos polida sobre a brevidade de minha estada e sobre os lugares onde eu estivera. Estavam tão curiosos sobre minha viagem a Hebron e quem eu tinha visto lá que me arrependi de ter mencionado aquilo. Somente quando repeti a ele o que já tinha dito a ela a respeito de Henry e do ulpan em Agor — e explicado uma vez mais como tinha ido de Jerusalém a Agor e voltado — e somente depois que os dois conversaram entre si em hebraico enquanto eu esperava diante da mala escancarada, cujo conteúdo tinha sido posto de cabeça para baixo duas vezes, é que eles me deram permissão para fechá-la e avançar os seis metros até o balcão de onde deveria despachar a mala diretamente para o avião. Minha pasta tinha sido revistada três vezes, primeiro por ela, uma segunda vez por um guarda também sem farda na entrada da ala de embarque e, de novo, quando entrei na sala de espera destinada ao vôo da El Al para Londres. Juntamente com os outros passageiros, fui revistado do tornozelo até as axilas, tive que passar por um detector eletrônico de metal e, uma vez na sala de embarque, todas as portas foram trancadas enquanto esperávamos que o avião fosse carregado. Era justamente por causa do tempo consumido na rígida revista que os passageiros eram solicitados a comparecer ao aeroporto de Telavive duas horas antes do horário da partida.

Aquilo, o que fosse, no bolso de Jimmy, tinha que ser um brinquedo. Com certeza o que eu apalpara era algum tipo de *souvenir* — uma pedra, uma bola, quem sabe uma peça de arte folclórica. Podia ser qualquer coisa.

— Estamos nisso juntos, Nathan.

— Estamos?

— Não tenha medo; não vai prejudicar a sua imagem. Se não houver grilo e a gente chegar às manchetes, vai ser a regeneração dos judeus, e uma superinjeção na sua posição judaica. Todo mundo vai perceber o quanto você se importa. Vai mudar totalmente a opinião geral sobre Israel. Olhe.

Ele tirou um pedaço de papel do bolso da calça, desdobrou-o e entregou-me uma folha esculhambada, de um caderno, coberta de garatujas feitas com uma esferográfica quase sem tinta. Jimmy me deu a entender que devia manter o papel no colo enquanto lia.

Eu exijo do governo israelense o fechamento e desmantelamento imediato de Yad Vashem, o Museu e Memorial ao Holocausto de Jerusalém. Exijo isto em nome do futuro judeu. O FUTURO JUDEU É AGORA. Precisamos deixar para trás a perseguição para sempre. Nunca mais devemos pronunciar outra vez a palavra "nazista", devemos extirpá-la da memória para sempre. Não somos mais um povo com uma ferida agonizante e uma cicatriz hedionda. Estivemos vagando por quase quarenta anos na aridez de nossa grande dor. Agora chegou a hora de parar de prestar tributo à memória daquele monstro com os nossos memoriais! Doravante e para sempre seu nome cessará de ser associado à ilesa e ilesável Terra de Israel!

ISRAEL NÃO PRECISA DE HITLERS
PARA TER DIREITO A SER ISRAEL!
OS JUDEUS NÃO PRECISAM DE NAZISTAS
PARA SER O NOTÁVEL POVO JUDEU!
SIONISMO SEM AUSCHWITZ!
JUDAÍSMO SEM VÍTIMAS!
O PASSADO É PASSADO! NÓS VIVEMOS!

— Manifesto para a imprensa — ele disse —, assim que estivermos em solo alemão.

— Sabe — disse entregando-lhe de volta o papel —, o pessoal da segurança voando nestes aviões provavelmente não tem lá muito senso de humor. Você pode acabar arranjando encrenca se continuar com isso. Eles podem estar em qualquer lugar, e armados. Por que é que você não pára de besteira?

— O que acontece comigo não *importa*, Nathan. Como é que eu posso me importar comigo mesmo quando acabo de penetrar no cerne do *último problema judeu*? Estamos nos torturando com lembranças! Com masoquismo! E torturando a humanidade gói! A chave para a sobrevivência de Israel é acabar com os Yad Vashems! Basta de Memoriais ao Holocausto! Agora o que precisamos sofrer *é a perda do nosso sofrimento*! Senão, Nathan — e aí está a profecia escrita nos Cinco Livros de Jimmy —, senão eles vão aniquilar o Estado de Israel *para aniquilar com a consciência judaica*! Já os fizemos lembrar o suficiente, já *nos* lembramos o suficiente; *precisamos esquecer*!

Não estava mais sussurrando, e fui *eu* que tive que dizer a *ele*:

— Mais baixo, por favor. — Depois disse, muito claramente — sinceramente não quero nada com isso.

— Israel é o promotor, o judeu o juiz! Em seu coração todo gói sabe, porque todo gói é, no fundo, um pequeno Eichmann. É por isto que nos jornais, na ONU, por toda parte, eles correm para fazer de Israel o vilão. Este é o porrete que eles agora usam contra os judeus; você o promotor, você o juiz, *você* será julgado, julgado por cada infração até o milionésimo grau! Este é o ódio que nós mantemos vivo, comemorando o crime deles em Yad Vashem. Desmontem Yad Vashem! Chega de masoquismo a enlouquecer os judeus; chega de sadismo a atiçar o ódio gói! Só então, *então*, seremos livres para sair por aí com a impunidade de todos os demais! Livres para sermos tão magnificamente culpados quanto eles!

— Acalme-se, meu Jesus. Quem é que deu a idéia de se vestir desse jeito?

— Ninguém menos que Menachem Begin!

— É? Está em contato com Begin também?

— Quem me dera. Se ao menos eu pudesse botar na cabeça *dele*, Menachem, Menachem, chega de *lembranças*! Não, eu só imitei o grande Menachem; foi assim que ele se escondeu dos britânicos em seus tempos de terrorista. Disfarçado de rabino numa sinagoga! A roupa eu tirei dele, e a grande idéia em si devo a você! Esqueça! Esqueça! Esqueça! Todas as idéias que eu já tive vieram de ler seus livros!

Eu tinha acabado de decidir que já era tempo de mudar de poltrona de novo quando Jimmy, dando uma olhada pela janela — como se para ver se estávamos passando pela Times Square —, agarrou meu braço e anunciou:

— Em solo alemão nós abandonamos o Holocausto! Aterrissar em Munique e largar o pesadelo onde ele começou! Judeus sem um Holocausto serão judeus sem inimigos! Judeus que não são juízes são judeus que não serão julgados; judeus deixados em paz finalmente para *viver*! Mais dez minutos e reescreveremos nosso futuro! Cinco minutos mais e o povo judeu será salvo!

— Você vai salvá-los sozinho; eu vou mudar de lugar. E meu conselho a você, meu amigo, é que quando aterrissarmos você procure ajuda.

— Ah, é mesmo? — Ele abriu a pasta de onde vinha tirando os chocolates e enfiou o livro de orações lá dentro. No entanto não retirou a mão. — Você não vai a parte alguma. O dedo está no gatilho, Nathan. É toda a ajuda de que eu preciso.

— Basta, Jim. Você passou dos limites.

— Quando eu disser, pega a granada, você *só* faz isto; *só* isto. Disfarçadamente, tira do meu bolso e põe no seu. Você sai para o corredor, vai como quem não quer nada até onde começa a primeira classe, eu mostro minha pistola, você tira a granada, e aí nós dois começamos a gritar: "Chega de sofrimento judeu! Fim às vítimas judias!".

— Apenas uma palhaçada judia daqui para a frente; fazendo uma brincadeira da história.

— *Desfazendo* a história. Trinta segundos.

Fiquei calmamente sentado, pensando que era melhor fazer-lhe a vontade até que o espetáculo estivesse terminado para *então* mudar de lugar. Relembrando o conteúdo de seu "manifesto à imprensa", acreditei haver algum miolo naquilo, até mesmo algum raciocínio; por outro lado, não conseguia acreditar que houvesse algum princípio relacionado àquela transformação do Muro das Lamentações em campo do Jerusalem Giants com esta ardente petição em prol da demolição do memorial ao Holocausto de Jerusalém. Os poderosos impulsos desse rapaz de dessacralizar o mais sagrado dos santuários da dor judaica — de criar seu museu dizendo "Esqueça" — não conseguiram me convencer que tivessem surgido de algo coerente. Não, estes não eram atos simbólicos de iconoclastia cultural desafiando o coração judeu preso a suas memórias mais solenes, eram mais uma excursão enlouquecida através de um dadaísmo sem sentido, feita por um "íppie" yeshivah errante, sem lar, por uma banda de um homem só ensandecida com fumo (e com sua própria adrenalina), por um personagem mais ou menos como aqueles jovens americanos que os europeus mal podem acreditar que existam e que, sem o apoio de qualquer governo, em nome de ordem política nenhuma, velha ou nova, energizados, isto sim, por cenários de gibis bolados em solidão calejada, assassinam estrelas pop e presidentes. A Terceira Guerra Mundial será desencadeada não por nacionalistas oprimidos em busca de independência política, como aconteceu na primeira vez, quando os sérvios assassinaram em Saravejo o herdeiro do trono austríaco, e sim por algum "lobo solitário" semi-analfabeto e embananado feito Jimmy, que chuta um foguete para dentro de um arsenal nuclear, a fim de impressionar Brooke Shields.

Para matar o tempo supervisionei os vizinhos, que já começavam a nos olhar com desaprovação. Na fileira ao lado, um indivíduo que devia ser um homem de negócios, prosperamente trajado com chapéu havana, terno bege-claro de paletó-jaquetão, e usando óculos levemente escuros, estava inclinado conversando com um sujeito jovem que fizera a viagem lendo seu livro de orações, na fileira do meio. Usava o longo sobretudo preto dos judeus devotos, mas por baixo vestia um pulôver pesado de lã e calça de veludo cotelê. Em inglês, o homem de negócios lhe dizia:

— Eu não agüento mais o *jet lag*. Quando tinha a sua idade...

De forma muito vaga esperava ouvir algum debate religioso. Os dois tinham estado rezando no minyan, no início da viagem.

Esperei vários minutos até finalmente me voltar para Jimmy, que estava agora em silêncio, sem fôlego por fim.

— O que é que saiu errado no yeshivah?

— Você tem colhões, Nathan — e mostrou-me, na mão que retirou da pasta, mais uma barra de chocolate. Desembrulhou-a e ofereceu-me uma mordida antes de atacá-la ele próprio, a fim de repor suas energias. — Nessa eu te peguei. Passei a perna em você.

— O que é que você está fazendo vestido deste jeito no avião? Fugindo? Algum problema?

— Não, não, não; só te seguindo, se quer saber. Quero conhecer a sua mulher. Quero que você me ajude a encontrar uma moça como ela. Para o inferno com o rabino Greenspan. Eu quero alguma coisa da velha Inglaterra feito Maria.

— Como é que sabe o nome de Maria?

— O mundo civilizado inteiro sabe o nome dela. A Virgem Mãe de Nosso Salvador. Que rapaz judeu de sangue quente resistiria? Nathan, eu quero viver na Cristandade e me tornar um aristocrata.

— E pra que o lance do rabino?

— Você adivinhou. Lógico. Meu senso judeu de diversão. O irreprimível gozador judeu. A risada é o cerne de minha fé; como a sua. Tudo que eu sei de contar piadas ofensivas eu aprendi a seus grandes pés.

— Claro. Inclusive essa coisa sobre o Yad Vashem.

— Vem cá, você acha que eu sou assim louco de foder com o Holocausto? Estava só curioso, só isso. Pra ver o que você faria. Como se desenrolaria. *Você* sabe. O romancista em mim.

— E Israel? Seu amor por Israel? No Muro das Lamentações você me disse que ficaria lá para sempre.

— Pensei que sim até encontrar você. Você mudou tudo. Eu quero uma shiksa exatamente como a shiksa que se casou com o nosso caro Z. Aconchegantemente britânica. Fazer como você: a prestidigitação iídiche de desaparecer com a arquigói, a sacerdotisa branca. Me ensina, tá? Você é um verdadeiro pai para mim, Nathan. E não só para mim, para uma geração inteira de fodidos patéticos. Somos todos satiristas por *sua* causa. Você abriu a porra do caminho. Eu andei por Israel me sentindo o seu filho. É assim que eu vou pela *vida*. Me ajuda a sair dessa, Nathan. Na Inglaterra eu estou sempre dizendo "cavalheiro" para a pessoa errada; misturo tudo. Fico todo preocupado de estar parecendo ainda mais ridículo do que eu já sou. Quer dizer, o pano de fundo é tão neutro, e nós falamos a mesma língua, ou achamos que sim, que eu me pergunto se a gente não acaba se sobressaindo ainda mais. Eu sempre vejo a Inglaterra como um desses lugares onde toda a sombra de um judeu possui um narigão adunco, embora eu conheça uma porção de judeus-americanos com essa fantasia de que lá é um paraíso WASP onde eles podem se infiltrar, se fazer passar por ianques. Claro, judeu nenhum existe em *parte alguma* sem sua sombra, mas lá sempre me dá a impressão de ser pior. Não é? Nathan, será que dá para eu me misturar com a classe alta britânica e lavar minha mácula judia? — Debruçando-se, sussurrou. — Você realmente sacou o caminho mais curto para não ser um judeu. Você se livrou de tudo. Você é tão judeu quanto a *Sociedade Geográfica*.

— Você foi feito para a ribalta, Jim — um verdadeiro canastrão.

— Eu *fui* ator. Eu lhe disse. Em Lafayette. Mas o palco, não, o palco me inibia. Não conseguia projetar. *Sem* o palco, é disso que eu gosto. Quem é que eu devo procurar na Inglaterra?

— Qualquer um menos eu.

Ele gostou. O chocolate o tinha acalmado e agora estava rindo, rindo e enxugando o rosto com o lenço.

— Mas você é meu ídolo. É você que me inspira nas minhas improvisações de mestre. Tudo que sou, devo a você e a Menachem. Vocês são as maiores figuras paternas que eu já tive na vida. Vocês são dois puta judeus capazes de dizer *qualquer coisa*: Diáspora Abbott e Israeli Costello. Eles tinham que fazer uma reserva para vocês no Cinturão Borscht. Eu tive más notícias dos Estados Unidos, Nathan, umas notícias de merda de casa. Você sabe o que aconteceu quando a assistente social fez a ligação internacional para minha família e contou a ele o que tinha ocorrido e disse que ele teria que mandar o dinheiro da passagem para Jerusalém para eu poder voltar para casa? Sabe o que o meu velho disse para ela? Eles deviam fazer uma reserva para ele também no Cinturão Borscht. Ele disse: "É melhor que James fique".

— O que houve para deixá-lo assim tão confiante em você?

— Eu dei minha grande palestra sobre as leis kosher aos turistas na tumba do rei Davi. De improviso. "O cheeseburger e o judeu". O rabino Greenspan não gostou. Onde me hospedo em Londres? Com você e lady Zuckerman?

— Tente o Ritz.

— Como é que se escreve? Eu peguei mesmo Nathan Zuckerman, não é? Puxa. Durante alguns minutos naquela hora você pensou de fato: "Este biruta da suburbana West Orange não tem coisa melhor pra fazer do que seqüestrar um 747 da El Al? Como se Israel já não tivesse problemas suficientes com Arafat e aquela shmatta na cabeça dele, agora ele tem Jimmy e sua granada de mão". Eu conheço seu coração generoso. Quando pensou nas manchetes mundiais, deve ter ficado com a maior ânsia de vômito por causa dos seus companheiros judeus.

— O que *é* isso que tem no bolso?

— Ah, isso? — Pôs distraidamente a mão no bolso para me mostrar. — É uma granada de mão.

A última vez que eu vi uma granada de mão ao vivo foi quando me ensinaram a atirá-la, durante o treinamento básico em Ford Dix, em agosto de 1954. A que Jimmy estava segurando parecia de verdade.

— Está vendo? — Jimmy disse. — O famoso pino. Faz todo mundo cagar de medo, este pino. Arranque o pino e está tudo mais ou menos acabado no malfadado vôo 315 de Telavive a Londres. Você *não* me acreditou mesmo, acreditou? Nossa, que decepção. Olha aqui, shmuck, vou te mostrar mais uma coisa em que você não acreditou.

Era a pistola, a pistola do primeiro ato de Henry. Então este deve ser o terceiro ato em que é disparada. "Esqueça as Lembranças!" é o título da peça e o assassino é o filho autonomeado que aprendeu tudo que sabe a meus grandes pés. O gênero é a farsa, culminando com sangue.

Mas, antes que Jimmy tivesse conseguido remover meia arma para fora da pasta, alguém saltou do banco de trás e agarrou sua cabeça. Então, do corredor um corpo atravessou na minha frente — era o homem de negócios com os óculos escuros e o elegante terno bege, que arrancou a pistola e a granada das mãos de Jimmy. A pessoa que veio por trás de Jimmy quase o apagou. O sangue esguichava-lhe do nariz, ele estava inclinado para a frente no banco, com a cabeça inerte de encontro ao avião. Aí surgiu a mão de alguém, vinda de trás, e ouvi a pancada de um tremendo murro. Jimmy começou a vomitar no momento em que eu, para meu espanto, era erguido fisicamente de onde estava sentado e um par de algemas colocado em meus pulsos. Quando eles nos arrastaram pelo corredor, havia gente de pé nas poltronas gritando "Mata!".

Os três passageiros da primeira classe foram tirados de seus lugares e Jimmy e eu fomos arrastados para a cabina vazia pelos dois guardas de segurança. Depois de me revistarem com brutalidade e de me esvaziarem os bolsos, fui amordaçado e jogado numa poltrona do corredor; aí eles despiram Jimmy e rasgaram toda sua roupa, para revistar. Com muita maldade, arrancaram-lhe a barba, como se quisessem que fosse de verdade e saísse com a raiz. Depois o dobraram em dois num assento, o homem de terno bege calçou uma luva de plástico e enfiou um dedo no rabo de Jim, em busca, suponho, de explosivos. Quando tiveram certeza de que não estava carregando nenhuma outra arma, que não estava ligado a alguma bomba, nem carregando algum aparelho escondido, eles o derrubaram na poltrona vizinha à minha, onde foi algemado e acorrentado. Fui então colocado de pé com um safanão, tentando controlar o terror com o seguinte raciocínio — se eles achassem que eu estava de alguma forma envolvido já me teriam aleijado seriamente. Disse a mim mesmo: "Eles simplesmente não estão querendo correr nenhum risco" — se bem que, por outro lado, talvez o pontapé no saco estivesse a caminho.

O homem de terno bege e óculos escuros disse:

— Você sabe o que os russos fizeram com dois caras o mês passado que tentaram seqüestrar um avião aleúte? Dois árabes, indo para algum lugar no Oriente Médio. Os russos não estão nem aí com os árabes, você sabe, nem com ninguém. Eles esvaziaram a primeira classe — ele disse, apontando em volta da cabina —, levaram os rapazes para lá, amarraram umas toalhas em volta do pescoço deles, abriram a garganta dos sujeitos e desembarcaram dois corpos.

O sotaque dele era americano, coisa que eu esperava pudesse ajudar.

— Meu nome é Nathan Zuckerman — eu disse quando a mordaça foi retirada, mas ele não deu sinais de absolvição. Aliás, parecia que eu tinha inspirado ainda mais desprezo. — Sou um escritor americano. Está tudo em meu passaporte.

— Minta pra mim e eu te corto em dois.

— Eu entendi — respondi.

A roupa clara, esportiva, os óculos escuros, o durão em inglês americano, tudo me sugeria um vigarista da velha Broadway. O homem não se movimentava, ele se arremessava; ele não falava, ele atacava; na pele muito sardenta e no ralo cabelo alaranjado eu como que pressentia algo de ilusório, como se talvez ele estivesse de peruca e completamente maquiado, e por baixo fosse um albino sem cor. Tinha a impressão de que era tudo teatro mas, assim mesmo, estava morto de pavor.

Seu cupincha barbudo era grande, moreno, soturno, um tipo assustador de fato, que não dizia uma palavra, de modo que não sabia se era americano nato, também. Ele é que tinha quebrado o nariz de Jimmy e dado o murro nele. Antes, quando ainda éramos todos passageiros da classe turista, era o que usava o sobretudo comprido e preto sobre a calça de veludo cotelê e o pulôver grosso de lã. Tinha se livrado do sobretudo e encontrava-se agora acima de mim, um tanto agigantado, revirando meu bloco de anotações. Apesar de tudo aquilo a que eu estava sendo desnecessária e cruelmente submetido, sentia-me grato àqueles dois por terem nos salvado a todos — em algo assim como quinze segundos, estes brutos evitaram um seqüestro e salvaram centenas de vidas.

Aquele que tinha estado prestes a nos mandar todos pelos ares parecia ter menos o que agradecer. Pelo jeito da luva de plástico jogada no corredor ao lado da barba falsa, Jimmy não estava sangrando apenas no rosto mas internamente também, do soco que levara. Fiquei pensando se eles iriam pousar antes de Londres para levá-lo a um hospital. Não me ocorrera que, sob ordens da Segurança Israelense, o avião tinha dado meia-volta e estava voltando para Telavive.

Não fui poupado do exame retal, ainda que durante a eternidade em que fui forçado a curvar-me, algemado e completamente indefeso, nada do que temia aconteceu. Olhando o espaço através de olhos aquosos, vi nossas roupas espalhadas por toda a cabina, meu terno havana, o preto de Jimmy, seu chapéu, meus sapatos — até que o dedo enluvado foi retirado e eu fui jogado de volta na poltrona, de meias apenas.

O cupincha caladão levou minha carteira e bloco para a cabina de comando e o valentão da Broadway retirou o que me parecia um estojo de jóia do bolso interno, uma caixa comprida de veludo que depôs sem abrir sobre o encosto do assento a minha frente. A meu lado, Jimmy não estava ainda em coma, mas não estava completamente vivo tampouco. O estofamento da sua poltrona estava manchado de sangue e o cheiro dele me deu ânsias. O rosto já se distorcera bastante com a inchação, e metade azulara.

— Vamos pedir-lhe que nos faça um relato de si — o valentão da Broadway disse. — Um relato em que possamos acreditar.

— Posso fazer. Estou do lado de vocês.

— Está, é? Não é uma beleza? Quantos mais de vocês nós temos a bordo hoje?

— Não acredito que haja ninguém. Não acho que ele seja um terrorista, é só um psicótico.

— Mas estava com ele. Então você o que é?

— Meu nome é Nathan Zuckerman. Sou americano, um escritor. Estava visitando meu irmão. Henry Zuckerman. Hanoch. Ele está num ulpan na Margem Ocidental.

— A margem *o quê*? Se aquilo é a Margem Ocidental, onde é que está a Margem Oriental? Por que fala com a nomenclatura política dos árabes sobre uma "Margem Ocidental"?

— Não é isso. Eu estava visitando meu irmão e agora vou voltando para Londres, onde vivo.

— Por que vive em Londres? Londres é como aquela merda do Cairo. Nos hotéis os árabes cagam na piscina. Por que vive lá?

— Sou casado com uma inglesa.

— Pensei que fosse americano.

— Eu sou. Sou um escritor. Escrevi um livro chamado Carnovsky. Sou bem conhecido, se é que isto ajuda.

— Se é assim bem conhecido, por que é tão íntimo de um psicótico? Me faz um relato de você mesmo em que eu possa *acreditar*. O que estava fazendo com ele?

— Vi-o uma vez antes. Foi em Jerusalém, no Muro das Lamentações. Por coincidência, ele apareceu neste avião.

— Quem foi que o ajudou a entrar com as armas no avião?

— Não eu. Escute, não fui eu!

— Então por que mudou de lugar para ficar ao lado dele? Por que estavam falando tanto?

— Ele me disse que ia seqüestrar o avião. Mostrou-me a declaração para a imprensa. Disse que tinha uma granada e uma arma e que queria que eu ajudasse. Achei que ele fosse apenas um biruta até que ele mostrou a granada. Ele tinha se disfarçado de rabino. Achei que a coisa toda fosse uma encenação. Eu estava enganado.

— Você é bem tranqüilo, Nathan.

— Eu lhe garanto, estou devidamente aterrorizado. Não gosto nem um pouco disso. Só o que eu sei é que não tenho nada a ver com isso. Absolutamente nada.

Sugeri-lhe então que checassem minha identidade entrando em contato com Telavive para que em Telavive ligassem a meu irmão em Agor.

— O que é Agor?

— Uma colônia — eu disse — na Judéia.

— Agora é Judéia, antes era a Margem Ocidental. Acha que eu sou algum cretino?

— Por favor, entre em contato com eles. Vai resolver tudo.

— Você resolve isso pra mim, cara; quem é você?

Isso continuou pelo menos por uma hora: quem é você, quem é ele, sobre o que falaram, onde ele andou, por que você esteve em Israel, quer uma navalhada na garganta, com quem se encontrou, por que mora com os árabes em Londres, quantos putos feito você estão a bordo?

Quando o outro homem da segurança voltou da cabina de comando, trazia uma maleta da qual tirou uma seringa hipodérmica. Diante daquilo perdi o controle e comecei a berrar:

— Chequem minha identidade! Confiram com Londres! Confiram com Washington! Todos dirão quem eu sou!

— Mas nós sabemos quem você é — o valentão disse, bem na hora que a agulha penetrava na coxa de Jimmy. — O autor. Acalme-se. Você é o autor disto — ele disse, mostrando-me "ESQUEÇA AS LEMBRANÇAS!".

— Eu *não* sou o autor disso! É *ele*! Imagine se eu iria escrever um lixo desses! Isto não tem nada a ver com o que eu escrevo!

— Mas estas são suas idéias.

— Em hipótese *alguma* são idéias minhas. Ele se pendurou em mim do jeito que ele se pendurou em Israel, com a loucura fodida dele! Eu escrevo ficção!

Neste momento ele tocou Jimmy no ombro.

— Acorde, doçura, vamos — e sacudiu-o delicadamente até Jimmy abrir os olhos.

— Não me bata — ele choramingou.

— Bater em você? — disse o valentão. — Olhe em volta, seu imbecil. Você está voando de primeira classe. Nós elevamos o nível da sua passagem.

Quando a cabeça de Jimmy caiu para o meu lado, ele percebeu pela primeira vez que eu também estava ali.

— Papai — ele disse com voz débil.

— Fale, Jim — o valentão disse. — Este aqui é seu velho?

— Eu só estava me divertindo — Jimmy disse.

— Com seu papai aqui? — o valentão lhe perguntou.

— Eu não sou pai dele! — protestei. — Eu não tenho filhos!

Mas àquela altura Jimmy tinha começado a chorar para valer.

— Nathan disse... disse para mim: "Leva isto", e eu peguei, trouxe para o avião. Ele *é* um pai para mim... *por isto* é que eu trouxe.

Com toda a calma que eu consegui, eu disse:

— Não sou nada disso.

Neste instante o valentão pegou o estojo de veludo negro do encosto à minha frente.

— Está vendo isto, Jim? É o que me deram quando me formei na escola antiterrorista. Um belo e antigo artefato judeu que eles conferem ao primeiro da classe.

A reverência com que ele abriu o estojo tinha muito pouco de sátira. Dentro havia uma faca, com um delgado cabo de âmbar de uns treze centímetros de comprimento, e uma lâmina de excelente aço curvada feito um polegar.

— Vem da velha Galícia, Jim, um remanescente do gueto que sobreviveu aos tempos cruéis. Assim como você, eu e Nathan. Era o que eles usavam então para transformar em pequenos judeus os nossos meninos recém-nascidos. Em reconhecimento por mão firme e nervos de aço, o prêmio ao orador da nossa turma. Nossos melhores *mohels* hoje em dia são assassinos treinados; é melhor para nós, deste jeito. Que me diz de a gente emprestar isto aqui a seu papai e ver se está nele fazer o grande sacrifício bíblico?

Jimmy soltou um berro quando o valentão fatiou o ar bem acima de sua cabeça.

— O aço frio contra as cabeças ocas — ele disse —, o mais antigo polígrafo que o homem conhece.

— *Eu retiro!*

— Retira o quê?

— Tudo.

— Ótimo — o valentão disse baixinho. Colocou o antigo escalpelo em seu estojo de veludo e depositou-o com cuidado sobre o assento, caso viesse a precisar mostrá-lo de novo a Jimmy. — Eu sou um cara muito simples, Jim, basicamente sem instrução. Trabalhava em postos de gasolina em Cleveland, antes de me tornar um aliyah. Nunca fui do grupo do clube de campo. Limpava janelas, polia carros e consertava pneus. Tirava e punha pneu, esse tipo de coisa. Um macaco ensebado, um frentista. Eu sou um cara muito grosseiro com um intelecto subdesenvolvido, mas com um id muito forte e irreprimível. Sabe o que é, já ouviu falar no id forte e irreprimível? Eu não me dou nem o trabalho, como Begin, de apontar um dedo acusador para justificar o que eu faço. *Eu simplesmente faço.* Eu digo: "É isso que eu quero, tenho o direito", e *ajo*. Você não vai querer ser o primeiro seqüestrador de quem eu corto o pinto para guardar de lembrança porque me entregou um monte de merda.

— Não! — ele berrou.

Voltou a tirar a declaração à imprensa de Jimmy do bolso da calça e, depois de dar uma olhada e ler alguns trechos, disse:

— Fechar o Museu ao Holocausto porque transtorna os góis? Você acredita mesmo nisto ou só está tentando se divertir um pouco, Jim? Você acha mesmo que eles não gostam dos judeus porque o judeu é *juiz*? É só isso que tem estado a incomodá-los? Jim, esta não é uma pergunta difícil; me responda. A pergunta difícil é como alguém tomando avião em Telavive conseguiu entrar a bordo com toda esta ferragem. Nós vamos te balançar pelas orelhas para saber a resposta dessa aí, mas não é isto que eu estou perguntando agora. Nós não vamos fazer um servicinho só no teu narigão não, vamos fazer um servicinho nos olhos, vamos fazer um servicinho nas tuas gengivas e nos teus joelhos, nós vamos fazer um servicinho por todas as partes secretas do teu corpo para conseguir a resposta, mas agora tudo que eu quero saber, para minha própria edificação, para a educação de um macaco ensebado de Cleveland com um forte e irreprimível id, é se você acredita honestamente nessas coisas. Não prenda a língua não; o pior vem mais tarde, no banheiro, você e eu espremidos lá dentro, sozinhos com as partes secretas do teu corpo. Agora é só curiosidade. É meu lado mais refinado. Eu vou dizer o que eu acho, Jim. Eu acho que isto é mais uma daquelas auto-ilusões que vocês judeus têm, achando que são algum tipo de juiz para eles. Não é verdade, Nathan, que os seus magnânimos judeus sofrem de uma séria auto-ilusão?

— Creio que sim — disse eu.

Ele sorriu benevolente.

— Eu também, Nate. Claro, uma vez ou outra quem sabe você descubra o gentio masoquista com pensamentozinhos humildes sobre os judeus moralmente superiores, mas basicamente, Jim, devo dizer-lhe, eles não vêem a coisa deste jeito. A maioria, quando confrontada com o Holocausto, não dá a menor pelota. Nós não precisamos fechar Yad Vashem para ajudálos a esquecer; eles esqueceram. Francamente, eu não acho que os gentios se sentem tão mal a respeito desta coisa toda quanto você, eu, ou Nathan gostaríamos que se sentissem. Eu acho honestamente que o máximo que eles pensam não é que nós somos o juiz deles e sim que nós estamos pegando muito do bolo; aparecemos com muita freqüência, nós não paramos, e estamos ficando com uma maldita porção grande demais do bolo. Você se coloca nas mãos dos judeus, com esta conspiração que eles têm por toda a parte, e você está liquidado. Isto é o que eles pensam. A conspiração judaica não é uma conspiração de juízes; é uma conspiração de Begins! Ele é arrogante, é feio, não faz acordos; ele fala de uma tal forma que cala sua boca o tempo todo. Ele é Satã. Satã cala a sua boca. Satã não deixa o bem vir à tona, todo mundo é um Billy Budd, e aí vem este cara, o Begin, calando sua boca o tempo todo, sem deixar você nem *falar*. Porque *ele* tem a resposta! Não se poderia pedir por um epítome melhor da duplicidade judaica do que este Menachem Begin. Ele é um mestre nisto. Ele diz aos góis como eles são maus, para *ele* poder ser mau! Você acha que é o superego judeu que eles odeiam? *Eles odeiam o id judeu!* Que direito têm esses judeus de *ter* um id? O Holocausto devia tê-los ensinado a *nunca mais* ter um id. Foi isso que os deixou em apuros, para começar! Você acha que por causa do Holocausto eles pensam que nós somos melhores? Detesto ter que lhe dizer, Jim, mas o máximo que eles pensam sobre este assunto é que talvez os alemães tenham ido um pouco longe demais; eles pensam: "Mesmo que fossem judeus, eles não eram tão maus *assim*". Os sujeitos que lhe dizem: "Eu espero mais de um judeu", não acredite neles. *Eles esperam menos.* O que eles estão de fato dizendo é: "Certo, nós sabemos que vocês são um bando de putos vorazes e que, em havendo meia chance, vocês comeriam metade do mundo, que dirá a pobre Palestina. Nós sabemos tudo isto sobre vocês, e por isso agora vamos pegá-los. E como? Toda vez que vocês derem um passo, nós vamos dizer: 'Mas nós esperamos *mais* dos judeus, os judeus sempre devem se comportar *melhor*'.". Os *judeus* sempre devem se comportar melhor? Depois de tudo que aconteceu? Mesmo sendo apenas um macaco ensebado ignorante, eu teria imaginado que são os *não-judeus* cujo comportamento poderia passar por uma pequena melhora. Por que *nós* somos o único povo que pertence a este maravilhoso clube moral exclusivo que está se comportando mal? Mas a verdade é que eles nunca acharam que nós éramos tão bons, sabia, mesmo antes de termos um Holocausto. É isso que achava T. S. Eliot? Não vou nem falar em Hitler. A coisa não começou assim no cerebrozinho de Hitler. Quem é o cara no poema de T. S. Eliot, o judeuzinho com o charuto? Conte para nós, Nathan; se você escreveu um livro, se você é "bem conhecido" e está "devidamente aterrorizado", você devia poder responder isto. Quem é o judeuzinho com um charuto no maravilhoso poema de T. S. Eliot?

— Bleistein — eu disse.

— Bleistein! Que brilhante poesia nos deu T. S. Eliot! Bleistein — fantástico! T. S. Eliot tinha expectativas maiores para os judeus, Jim? Não! *Menores!* Era isso que havia no ar o *tempo todo*: o judeu de charuto, pisando em todo mundo o tempo todo e metendo o beiço judeu num charuto caro! O que eles odeiam? Não é o superego judeu, idiota; não: "Não faça isto, é errado!". Não, eles odeiam o *id* judeu, dizendo: "Eu quero! Eu pego!", dizendo: "Eu chupo um charuto gordo e, como vocês, eu transgrido!". Ah, mas você *não pode* transgredir; você é um judeu e o judeu sempre deve ser *melhor*! Mas você sabe o que eu digo a eles sobre ser melhor? Eu digo: "Um pouco tarde para isso, não acha? Vocês puseram bebês judeus nas fornalhas, vocês esmagaram a cabeça deles nas pedras, vocês os atiraram feito bosta nas valas, e o *judeu* sempre deve ser melhor?". O que eles querem saber, Jim, é quanto tempo mais estes judeus vão continuar se lamentando sobre o pequeno Holocausto deles. Quanto tempo mais *eles* vão continuar com essa porra de Crucificação? Pergunte *isto* a T. S. Eliot. Isto não aconteceu com um único infeliz de um santo dois mil anos atrás; *isto aconteceu a seis milhões de pessoas vivas há pouco tempo*! Bleistein de charuto! Ah, Nathan — ele disse, me olhando com um humor bondoso —, se ao menos nós tivéssemos T. S. Eliot a bordo hoje. Eu o ensinaria sobre charutos. E você me ajudaria, não ajudaria? Não ajudaria, uma figura literária como você, a educar o grande poeta sobre os charutos judeus?

— Se necessário — eu disse.

— Estude os eventos contemporâneos, Jim — o valentão disse a ele, satisfeito com minha docilidade e retornando ao seu programa educacional aéreo ao confuso autor de "ESQUEÇA AS LEMBRANÇAS!". — Até o ano de 1967 o judeu não os incomodava tanto assim lá na sua patriazinha. Até então eram todos aqueles árabes estranhos querendo varrer o pequeno Estado de Israel sobre o qual todos tinham sido tão magnânimos. Eles tinham dado aos judeus esta coisinha que você mal podia encontrar no mapa, de pura bondade, uma propriedadezinha para aliviar sua culpa, e todos queriam destruí-la. Todos pensavam que eles eram pobres shnooks indefesos que tinham que ser apoiados, e assim estava ótimo. O judeu shnook fracote estava ótimo, o capiau judeu com seu trator e suas calças curtas, a quem ele poderia enganar, quem ele poderia foder? Mas, de repente, estes enganadores judeus, estes fodidos destes judeus gatunos derrotaram três dos seus piores inimigos, deram uma puta sova neles em seis dias, tomaram conta disto aqui tudo, daquilo ali inteiro e, que choque! Então quem é que eles estavam *enganando* por dezoito anos? Nós estávamos preocupados com *eles*? Estávamos sendo magnânimos com *eles*? Ai, meu Deus, eles nos passaram a perna de novo! Eles nos disseram que eram fracos! Nós lhe demos um puta Estado! E aqui estão eles, tão poderosos como o diabo! Pisoteando tudo! Enquanto isto lá na terrinha o shnook do general judeu estava todo cheio de si. O shnook do general judeu estava dizendo consigo mesmo: “Bem, agora os góis vão nos aceitar porque agora eles viram que nós somos tão fortes quanto eles”. SÓ QUE A VERDADE ERA O CONTRÁRIO; BEM O CONTRÁRIO! Porque no mundo todo eles disseram: “Mas claro, é o mesmo judeu de sempre!”. *O judeu que é forte demais! Que passa a perna em você! Que fica com uma fatia grande demais do bolo!* Ele está organizado, tira partido, é arrogante, não respeita nada, está por toda a parte, contatos por *todos os cantos*. E é isso que o mundo inteiro não pode perdoar, não pode aceitar, nunca pôde, nunca poderá: Bleistein! Um judeu poderoso com um id judeu, fumando seu gordo charutão! O *verdadeiro poderio judaico!*

Acontece que o inimigo do superego judeu já se encontrava totalmente por fora daquilo, e com toda certeza sangrando até a morte, apesar da injeção que eles lhe deram. Conseqüentemente, quando começou a íngreme descida em direção a Israel, era eu apenas, regressando à Terra Prometida sem uma peça de roupa e acorrentado ao pássaro de Deus, o avião da El Al, que ouvia a palestra sobre o asco universal ao id judaico, e sobre o temor semi-oculto e justificável do gói pela avassaladora e tardia justiça judaica.

4. GLOUCESTERSHIRE

Um ano depois de começar o tratamento, vivo ainda e em forma, livre enfim das visões caricatas de ereções e ejaculações masculinas, quando começo a acomodar a perda forçando-me a compreender que esta não é a pior privação, não na minha idade e depois de minha experiência, bem quando começo a aceitar a única sabedoria verdadeira — a de viver sem aquilo que não tenho mais —, surge uma sedutora para testar ao máximo este tênue "ajustamento". Se para Henry existe Wendy, quem é que existe para mim? Como não tive que agüentar seu casamento nem passar por sua iniciação sexual tardia, uma vampiro-sedutora não vai servir de jeito nenhum para me levar à destruição. Não há de ser por mais do que já experimentei que arrisco a vida, e sim pelo que não é conhecido, uma tentação que ainda não me houvesse engolfado, um anseio misteriosamente insuflado pela própria ferida. Se o marido enrabichado e o *paterfamilias* dedicado morre por fervor erótico clandestino, então inverterei a cartada moral: morro pela vida em família, pela paternidade.

Supero o pior de meu medo e espanto, posso de novo entabular com homens e mulheres uma conversa social ordinária sem pensar com amargura o tempo todo que me encontro inepto para uma contenda sexual quando, para o duplex na cobertura do prédio, muda-se justamente a mulher que vai acabar comigo. Ela tem vinte e sete anos, dezessete menos que eu. Há um marido e uma criança. Desde o nascimento da criança, há mais de um ano, o marido vem se distanciando de sua bela mulher, e as horas que costumavam passar na cama eles agora gastam em discussão acrimoniosa.

— Nos primeiros meses depois que eu tive o bebê, ele foi

monstruoso. Tão frio. Ele chegava em casa e perguntava: "Cadê o bebê?". Eu não existia. É estranho que eu não consiga mais prender a atenção dele, mas não consigo. Sinto-me muito só. Meu marido, isso quando ele se digna a falar comigo, diz que é a condição humana.

— Quando eu a descobri — digo a ela —, você estava pendendo madura, pronta para ser colhida.

— Não — ela responde —, eu já estava no chão, apodrecendo ao pé da árvore.

Ela fala nos tons os mais hipnóticos, e é a voz que exerce a sedução, é a voz que eu tenho para acariciar-me, a voz de um corpo que não posso possuir. Uma alta, atraente e fisicamente inacessível Maria, de cabelos escuros e ondeados, rostinho oval, olhos castanhos amendoados, e aqueles tons acariciantes, aqueles altos e baixos ingleses suavemente modulados, uma tímida Maria que me parece bela mas que se considera "no máximo passável", Maria a quem amo cada vez mais sempre que nos encontramos para conversar, até que o fim seja ordenado e eu vá ter com o destino de meu irmão. Se a serviço de uma flagrante irrealidade, quem jamais o saberá?

— Sua beleza é deslumbrante.

— Não — ela diz.

— Eu fiquei deslumbrado.

— Não pode ser.

— Fiquei.

— Eu não tenho mais admiradores, sabia?

— Como pode ser isso? — pergunto.

— Você precisa acreditar que todas as suas mulheres são lindas?

— Você é.

— Não, não. Você está apenas exausto.

Um esquivar-se maior ainda quando lhe digo que a amo.

— Pare de dizer isso — ela diz.

— Por quê?

— É alarmante. E provavelmente não é verdade.

— Acha que estou deliberadamente enganando você?

— Não sou eu que você engana. Acho que está só. Está se sentindo infeliz. Não está apaixonado. Você está desesperado e quer que haja um milagre.

— E você? — digo.

— Não me faça esse tipo de pergunta.

— Por que você nunca me chama pelo nome? — pergunto.

— Porque — ela diz — eu falo durante o sono.

— O que está fazendo comigo? — pergunto a ela. — Você preferia não ter que vir aqui?

— "Ter que"? Eu não tenho que vir. Vou continuar como antes.

— Mas você não esperava, depois da investida que eu fiz, que as coisas fossem ficar assim. Neste exato momento nós devíamos estar num tórrido abraço.

— Não existe nenhum devia. Para mim as coisas vão em tudo que é direção. Normalmente vão. Não nutro expectativas.

— Bem, você tem as expectativas corretas aos vinte e sete e eu as erradas aos quarenta e quatro. Eu *quero* você.

Só tiro a camisa enquanto ela deita convidativamente na cama. Quando a babá leva a criança para dar uma volta de carrinho, e Maria toma o elevador para me ver, esta é a cena que às vezes lhe peço para fazer. Eu digo à minha sedutora que seus seios são lindos, e ela responde:

— Está me elogiando outra vez. Eles eram bonitos antes do bebê, mas não, agora não mais.

Invariavelmente ela me pergunta se eu quero mesmo fazer isto, e invariavelmente eu não sei. É verdade que levá-la ao clímax enquanto continuo de calça não alivia lá muito meu desejo — melhor que nada em algumas tardes, mas em outras muito pior. O fato é que embora às vezes sejamos como um par de criminosos sexuais, sorrateiros pelo prédio, a maior parte de nosso tempo gastamos em meu escritório, onde acendo o fogo e nós sentamos para conversar. Tomamos café, ouvimos música, e conversamos. Nunca paramos de conversar. Quantas centenas de horas de conversa serão precisas para nos habituarmos ao que está faltando? Exponho-me a sua voz como se fosse a seu corpo, exaurindo dela cada gota de minha satisfação sexual. Não haverá prazer intenso aqui que não possa ser tirado de palavras. Minha carnalidade é agora, *de fato*, uma ficção e, vingança das vinganças, linguagem e apenas linguagem há de fornecer os meios para a libertação de tudo. A voz de Maria, sua língua falante, é o único implemento erótico. A unilateralidade de nosso caso é dolorosa.

Digo, como Henry:

— Esta é a coisa mais difícil que já tive que enfrentar.

E ela responde, como o empedernido cardiologista:

— Então não teve uma vida muito difícil, não é mesmo?

— O que eu quero dizer — respondo —, é que isto é uma maldita pena.

Um sábado à tarde ela vem me visitar com a criança. A jovem babá inglesa de Maria, com a folga do fim de semana, foi visitar Washington e o marido, assessor político do embaixador britânico na ONU, está fora, no trabalho, terminando um relatório.

— Meio do tipo tirano — ela diz —; ele gosta de gente em volta, de muito barulho.

Casou-se com ele assim que terminou Oxford.

— Por que tão cedo? — pergunto.

— Já lhe disse, ele é meio do tipo tirano, e como você talvez venha a descobrir, já que seus poderes de observação não são subdesenvolvidos, eu sou um tanto flexível.

— Quer dizer dócil?

— Digamos adaptável. Docilidade nas mulheres é censurável, hoje em dia. Digamos que eu tenha um dom vital, vigoroso, para a franca submissão.

Inteligente, bonita, encantadora, jovem, casada muito mal, e um dom para a submissão também. Tudo está perfeito. Ela nunca pronunciará o não que salve minha vida. Agora traga a criança e feche o alçapão.

Phoebe está com um vestidinho de tricô sobre a fralda e, com seus grandes olhos castanhos, seu minúsculo rosto oval, e seus cabelos cacheados e escuros, se parece exatamente com Maria. Durante os primeiros minutos ela se contenta em debruçar-se sobre a mesinha de centro, desenhando quietinha com seus lápis no livro de colorir. Dou-lhe as chaves da casa para que brinque.

— Chaves — ela diz, sacudindo-as para a mãe.

Aproxima-se, senta-se em meu colo, e identifica para mim os animais em seu livrinho. Damos a ela um biscoito para que fique quieta quando queremos conversar, mas vagando sozinha pelo apartamento, ela o perde. Toda vez que vai tocar em alguma coisa, primeiro olha para mim para ver se permito.

— Ela tem uma babá muito severa — Maria explica —; não há muito o que eu possa fazer a respeito.

— A babá é severa — digo —, o marido meio do tipo tirano, e você um tanto flexível, no sentido de adaptável.

— Mas o bebê, como está vendo, é muito feliz. Você conhece um conto de Tolstoi — ela diz — chamado, acho, "Amor conjugal"? Depois que a felicidade dos primeiros anos se vai, uma jovem esposa começa a se apaixonar por outros homens, para ela mais glamorosos que o marido, e quase estraga tudo. Mas, um pouco antes que fosse tarde demais, percebe que era muito mais sensato continuar casada com ele e criar a criança.

Vou até o escritório, Phoebe correndo atrás e dizendo "chaves". Subo a escada encostada à estante para achar minha coleção dos contos de Tolstoi, enquanto a menina se encaminha para o quarto. Ao descer, vejo que está deitada em minha cama. Pego-a no colo e a levo, junto com o livro, para a frente do apartamento.

O conto que Maria se lembrava como "Amor conjugal" chamava-se na verdade "Felicidade familiar". Lado a lado no sofá, lemos juntos os últimos parágrafos enquanto Phoebe, de joelhos, rabisca um pedaço do assoalho e passa depois a encher a fralda. De início, vendo o rosto de Maria afoguear-se, achei que fosse por ter que ficar se levantando toda hora para ver onde andava a criança — mas depois percebi que tinha conseguido transmitir-lhe meus próprios pensamentos inflamados.

— Você pode gostar de uma crise perpétua — ela disse. — Eu não.

Respondi baixinho, como se Phoebe pudesse ouvir, entender de alguma forma e ficar preocupada com seu futuro.

— Você não compreendeu. Eu quero pôr um fim à crise.

— Se não tivesse me conhecido, talvez conseguisse esquecer e levar uma vida mais calma.

— Mas eu a conheci.

O conto de Tolstoi termina assim:

> Está na hora do chá, porém! — ele disse, e fomos juntos para a sala de estar.
>
> À porta, encontramo-nos novamente com a pajem e Vânia. Tomei a criança em meus braços, cobri-lhe os dedinhos avermelhados dos pés nus, aconcheguei-o a meu encontro e beijei-o, mal lhe tocando com os lábios. Ele mexeu a mãozinha, esticando os dedos enrugados, como se dormisse, e abriu uns olhos vagos, como se procurasse ou lembrasse de alguma coisa. Súbito, aqueles olhos pequeninos pousaram em mim, neles brilhou uma centelha de compreensão, os lábios cheios fazendo beicinho começaram a trabalhar, abrindo-se num sorriso. "Meu, meu, meu!", pensei, com uma tensão abençoada por todo o corpo, apertando-o de encontro ao seio, controlando-me com dificuldade para não machucá-lo.
>
> Comecei então a beijar seus pezinhos frios, a barriga pequena, as mãos, a cabecinha, mal e mal coberta por delicada penugem. Meu marido veio até mim; depressa, cobri o rosto da criança e descobri outra vez.
>
> — Ivan Sergeitch! — disse meu marido, fazendo-lhe um agrado no queixo.
>
> No entanto depressa voltei a cobrir Ivan Sergeitch. Ninguém, a não ser eu, deveria olhá-lo por muito tempo. Voltei-me de relance para meu marido, seus olhos riam enquanto me fitava, e pela primeira vez em muito tempo era-me fácil e doce olhar para eles.
>
> Com aquele dia encerrou-se meu caso de amor com meu marido, o antigo sentimento transformado em preciosa memória que jamais regressaria; mas o novo sentimento

de amor por meus filhos e pelo pai de meus filhos lançou as bases de uma outra vida, feliz de um modo diverso, que eu continuo vivendo até o presente.

Quando chega a hora de dar banho na menina, Maria sai pelo apartamento recolhendo brinquedos e livros de colorir. De volta à sala, põe a mão no meu ombro, de pé ao lado de minha poltrona. É tudo. Phoebe não percebe quando, furtivamente, beijo os dedos de sua mãe. Digo:

— Você podia lhe dar banho aqui.

Ela sorri.

— Pessoas inteligentes — ela diz — não devem ir longe demais com seus jogos.

— O que há de tão especial com pessoas inteligentes? — pergunto —, nestas situações não ajuda nem um pouco.

Na porta, cada um atira um beijo de adeus — a criança primeiro, e aí, seguindo seu exemplo, a mãe — entram no elevador e sobem, meu *deus ex machina* reascendendo. Dentro do apartamento, sinto o cheiro das fezes da criança e vejo pequenas marcas de mãos sobre o tampo de vidro da mesa de centro. O efeito de tudo isso é me deixar sentindo incrivelmente ingênuo. Quero o que nunca tive como homem, a começar por felicidade familiar. E por que agora? Que mágica espero eu da paternidade? Não estaria fazendo da paternidade uma espécie de fantasia? Como posso estar com quarenta e quatro anos e *acreditar* em coisas assim?

Na cama, à noite, quando as verdadeiras dificuldades começam, digo em voz alta:

— Eu conheço isto tudo! Deixe-me em paz!

Descubro o biscoito de Phoebe debaixo de meu travesseiro e, às 3 da madrugada, como-o.

Maria levanta todas as questões ela própria no dia seguinte, assumindo por mim o papel de desafiante. Se acabo me deliciando com a insistência com que ela não permite que eu me deixe arrastar na correnteza, isso se deve a sua sinceridade sem ilusões ser apenas mais um argumento a meu favor — a mente direta, que não se deixa enganar, apenas me encanta mais ainda. Se ao menos pudesse achar esta mulher um pouco menos atraente, eu poderia não acabar morto.

— Você não pode arriscar sua vida por uma ilusão — ela diz. — Eu não posso deixar meu marido. Não posso privar minha filha do pai dela, e não posso privá-lo dela. Existe este terrível fator que eu suponho você não esteja percebendo muito bem, que é minha filha. Eu realmente tento não pensar nos interesses dela, mas não posso evitá-lo de vez em quando. Eu não teria acreditado, mas aparentemente você é mais um desses americanos que acham que basta uma mudança e a calamidade está terminada. Tudo sempre acaba bem. Mas minha experiência me diz que não; bem, por algum tempo, talvez, mas tudo tem sua duração, e no fim as coisas normalmente não acabam nem um pouco bem. Seus próprios casamentos parecem ter uma vida útil de uns seis ou sete anos. Não seria diferente casado comigo, se eu quisesse mesmo fazer isto. Sabe de uma coisa? Você não gostaria quando eu estivesse grávida. Aconteceu a mesma coisa da última vez. Mulheres grávidas são tabu.

— Bobagem.

— É a minha experiência. E provavelmente não só minha. A paixão morreria, de um jeito ou de outro. A paixão é notória por sua curta vida útil também. Você não quer filhos. Você teve três oportunidades e descartou-as todas. Três ótimas mulheres e você se desfez delas todas. Você não é uma aposta muito segura, sabe.

— Quem é? O marido lá em cima?

— Você *é* sensato? Não tenho muita certeza. É meio maluco passar a vida escrevendo.

— É. Mas eu não quero mais passá-la escrevendo apenas. Houve uma época em que tudo parecia subordinado a inventar histórias. Quando era mais jovem eu achava que era uma desgraça que um escritor se preocupasse com qualquer outra coisa. Bom, de lá para cá comecei a admirar bem mais a vida convencional, e não me importaria de ser por ela conspurcado um pouco. Como está, tenho a impressão de me ter *apagado* da vida.

— E agora quer se inscrever de volta? Não acredito em

nada disto. Você tem uma inteligência desafiadora: você gosta de tirar proveito próprio de qualquer resistência. A oposição determina sua direção. Provavelmente nunca teria escrito aqueles livros sobre os judeus se os judeus não tivessem insistido em dizer-lhe para não fazê-lo. Você só quer um filho agora porque não pode ter.

— Só posso lhe garantir que eu acredito que quero um filho por razões não mais perversas que as de qualquer outra pessoa.

— E por que escolher a mim para esta experiência?

— Porque eu amo você.

— Esta terrível palavra de novo. Você "amava" suas mulheres antes de casar com elas. O que faz esta diferente das outras? E nem precisa ser eu que você "ama", claro. Sou extremamente convencional, e sinto-me lisonjeada, mas, você sabe, pode muito bem haver alguém mais com você agora mesmo.

— E quem seria ela? Fale-me sobre ela.

— Ela seria mais ou menos como eu, provavelmente. Minha idade. Meu casamento. Minha filha.

— Então *seria* você.

— Não, você não está seguindo minha lógica impecável. Ela seria exatamente como eu, executando as minhas funções, mas não seria eu.

— Mas talvez você *seja* ela, já que é tão parecida com ela.

— Por que *estou* aqui? Responda isto. Você não consegue. Intelectualmente não faço seu gênero, e com certeza não sou uma boêmia. Ah, eu tentei a Margem Esquerda. Na faculdade eu costumava sair com o pessoal que andava com a *Tel Quel* debaixo do braço. Conheço toda aquela porcaria. Não se pode nem ler. Entre a Margem Esquerda e os verdes gramados, eu escolhi os verdes gramados. Eu pensava: "Será que tenho que escutar estes absurdos franceses?", e acabava indo embora. Sexualmente também, eu sou muito tímida, sabia?; um produto bastante previsível de uma criação polida e cortês entre a nobilidade sem terra. Nunca fiz nada de lascivo na vida. Quanto a desejos ignóbeis, não me parece que tenha tido um sequer. Eu não tenho muito talento para isso. Se eu fosse cruel o bastante e esperasse até nos casarmos para lhe mostrar o que publiquei, você lamentaria o dia em que me fez o pedido. Sou uma charlatã. Escrevo clichês fluentes e efemeridades emplumadas para revistas idiotas. Os contos que eu tento escrever são todos sobre as coisas erradas. Quero escrever sobre minha infância, veja você como sou original — sobre a névoa, os prados, sobre a nobilidade decadente entre a qual cresci. Se quer mesmo arriscar sua vida para se casar vulgarmente com mais uma mulher, se quer mesmo um filho para deixá-lo louco pelos próximos vinte anos — e depois de toda esta solidão e trabalho silencioso você ficaria louco —, devia na verdade achar alguém mais adequado. Alguém à altura de um homem como você. Podemos ser amigos, mas não deve continuar com estas fantasias domésticas, e pensar em mim desta forma, ou então não poderei mais vir vê-lo. É muito duro para você, e quase tão duro para mim. Eu me sinto infantilmente desorientada ouvindo essa coisa toda. Escute, eu não sou adequada.

Estou na poltrona da sala e ela me olha, sentada no meu colo.

— Diga-me uma coisa, você alguma vez disse foda?

— Já, eu digo sempre, aliás. Meu marido também, em nossas discussões conjugais. Mas não aqui.

— Por que não?

— Eu me comporto o melhor possível quando venho ver um intelectual.

— Um erro. Maria, estou velho demais para ter encontrado alguém adequado. Eu adoro você.

— Não pode. Simplesmente não pode. Na verdade, foi a doença que eu cativei, não você.

— Pois no que diz respeito à minha longa moléstia, não lhe devo indescritivelmente mais do que devo a minha saúde?

— Era de se imaginar que você tivesse mais senso prático — ela diz. — Aqueles retratos que você pinta dos homens em seus livros não me prepararam para isto.

— Meus livros não têm a intenção de ser uma carta de referência. Não estou procurando emprego.

— Há uma boa diferença de idade entre nós — ela diz.

— Bom, não é?

Ela concorda, inclinando a cabeça para admitir que sim, que, de fato, nossa afinidade é praticamente tudo que poderia querer. Embora fosse de se imaginar que um homem que foi, ele próprio, casado em três ocasiões, soubesse a resposta, eu não consigo entender, quando a vejo assim tão desejável e satisfeita, como para o marido lá em cima praticamente tudo que ela faz é errado. Até onde eu sei, nada do que ela possa fazer é errado. O que eu não entendo é por que todos os homens do *mundo* não a acham tão cativante quanto eu. Para se ter uma idéia de quão indefeso me encontro.

— Passei por uns maus bocados ontem à noite — ela diz. — Uma cena horrorosa. Urros de raiva e decepção.

— Sobre o quê?

— Você está sempre fazendo perguntas e eu continuo respondendo todas. Isto está meio fora dos limites. Parece-me uma tamanha traição em relação a ele. Eu não devia estar lhe dizendo tudo isto porque você não é de se confiar. *Está* escrevendo um livro?

— Estou, é tudo pelo livro, até a doença.

— Eu bem que acredito. De qualquer maneira, você está proibido de escrever sobre mim. Anotações tudo bem, porque eu sei que não posso impedi-lo de fazê-las. Mas está proibido de chegar até o fim.

— Isso incomodaria mesmo você?

— Incomodaria. Porque isto é a nossa vida *privada*.

— E este é um assunto deveras monótono sobre o qual, nestes anos todos, já ouvi o que baste de gente o suficiente.

— Não é tão monótono quando se está na extremidade oposta. Não é tão monótono quando você descobre sua vida particular toda esparramada no livreco de alguém. "Fora profanação de nossas alegrias contar aos leigos o nosso amor." Donne.

— Mudo seu nome.

— Fantástico.

— Ninguém saberia que é você de qualquer maneira, a não ser eu.

— Você não sabe como as pessoas reconhecem. Você *não* vai escrever sobre mim, vai?

— Eu não consigo escrever "sobre" ninguém. Mesmo quando eu tento, acaba saindo outra pessoa.

— Duvido.

— Verdade. É uma das minhas limitações.

— Pois eu nem comecei a enumerar as minhas. Você tem uma imaginação fácil de excitar; devia parar um pouco e se perguntar se não está inventando uma mulher que não existe, se já não está fazendo de mim alguém mais. Assim como você quer fazer *este* algo mais. As coisas não têm que atingir um auge. Elas podem simplesmente continuar. Mas você *quer* fazer uma narrativa, com avanços, ímpetos e auges dramáticos, e depois uma solução. Você parece ver a vida como tendo começo, meio e fim, tudo interligado com algo que tenha seu nome. Mas não é preciso dar forma às coisas. Você pode ceder diante delas. Sem objetivos; deixar apenas que as coisas sigam seu curso. Você tem que começar a ver a coisa como ela é: existem problemas insolúveis na vida, e este é um deles. Quanto a mim, sou só a dona de casa que se mudou para o andar de cima. Você estaria arriscando muito por pouco. Há muito faltando em mim.

— Você vem sendo subestimada há tanto tempo lá em cima que é só nisso que consegue pensar. Mas a bem da verdade você está me parecendo muito preciosa hoje. Você está com um rosto precioso, longas, preciosas pernas, e a voz é definitivamente suntuosa. Você está ótima, sabia; muito melhor do que quando a conheci.

— Porque estou muito mais feliz do que quando o conheci. Eu nunca teria me aprumado se não tivesse conhecido você. Foi muito bom para mim. Para falar como diziam os antigos, deu-me alento. Você também, acho. *Você* parece ter dezoito anos.

— Dezoito? Você é um encanto.

— Como um garoto inteligente.

— Você está tremendo.

— Estou com medo. Mais feliz, mas com muito medo. Meu marido vai viajar.

— Vai? Quando?

— Amanhã.

— Você devia ter me dito. Vocês ingleses não abrem mesmo a boca. Quantos anos ele vai ficar fora?

— São só duas semanas.

— Pode se livrar da babá?

— Já providenciei.

Brincamos de casinha por duas semanas. Toda noite jantamos lá em cima, depois que o bebê vai dormir. Ela me conta sobre o divórcio dos pais. Vejo instantâneos juvenis dela em Gloucestershire, a filha do meio, só ossos e tranças escuras, sem pai, pendurada ao *jeans* das duas irmãs. Vejo a escrivaninha onde ela se senta quando telefona toda manhã, minutos depois que o marido sai para o trabalho. Sobre a escrivaninha há uma foto Polaroid emoldurada dos dois na faculdade, um jovem aparentemente solene, mais alto do que ela, usando óculos de aro de metal, dos anos 60. Há tão pouco estavam na faculdade e, pensando isto, sinto-me totalmente excluído.

— *Status quo* descompromissado — ela diz quando pego a foto e lhe pergunto a criação dele —; a dificuldade é que, em termos mundanos, é um casamento bastante adequado.

No elevador, ele e eu às vezes nos encontramos, e passamos um aos olhos do outro como homens sem humor nem paixão. Ossos grandes e pele corada, bem-sucedido aos trinta, vigoroso e subindo, não dá sinais exteriores, exceto pelo tamanho, de ser meio do tipo tirano que gosta de gente em volta e de muito barulho — a mim demonstra apenas sua opacidade estoniana, e eu finjo nunca ter visto sua mulher. Se este fosse um drama da Restauração, a platéia estaria às bandeiras despregadas, já que é o marido, afinal de contas, que está corneando o amante impotente.

Depois de beber muito vinho ao jantar, ela se sente menos inclinada a ser tão teimosamente sensata, embora eu ainda me pegue pensando que o marido, notório por atirar longe os pratos quando zangado e ficar sem falar com ela por dias a fio, ainda assim é um companheiro mais apropriado e satisfatório que eu, incapaz de executar meu amor. Existem problemas insolúveis na vida, e este é um deles.

— Eu nunca tive um namorado judeu antes. Ou eu já disse isto?

— Não.

— Na universidade eu tive um prolongado encontro de bocas com um marxista nigeriano, mas foram apenas as bocas que se encontraram. Ele estava no mesmo ano que eu. Os namorados que tive nas profundezas do Gloucestershire eram todos do tipo pequena nobreza rural, e completamente idiotas. Você diz quando tem que ir; estou bêbada.

— Eu não tenho que ir.

No entanto eu deveria, preciso — ela me seduz, com cada palavra, a arriscar minha vida.

— Não houve apenas repressão em minha criação, sabe; houve um misto incrível disto *e* liberdade.

— Sim? Liberdade vinda de quê?

— Liberdade que vem com um cavalo. Você podia atravessar longas distâncias com todo e qualquer tipo, a qualquer hora do dia, e no caminho cruzava com um bocado de gente. Se na época eu tivesse um mínimo de consciência sexual, eu poderia ter ficado trepando o tempo todo desde os doze anos. Não teria havido problema nenhum. Pouca gente fazia, mas uma porção passava um tempo enorme chegando bem perto.

— Mas não você.

Triste, decepcionada:

— Não, eu nunca. Gostaria de ver um dos meus contos? É sobre gente chapinhando na lama inglesa, cachorros, cheio de jargão de caça, e não há motivo para que signifique alguma coisa a alguém nascido no século XX. Quer mesmo vê-lo?

— Quero. Mas não espere uma leitura brilhante. Na escola eu desisti da literatura vitoriana porque nunca fui capaz de descobrir a diferença entre um pároco e um cura.

— Eu não devia lhe mostrar — ela diz. — Lembre-se, eu não aspiro à novidade da percepção — e me entrega as folhas datilografadas.

O conto começa: *As pessoas que caçam praguejam como a fúria, sua linguagem é deveras pesada. Quando eu era criança as senhoras costumavam caçar montadas em silhão.*

Quando termino a última página, ela diz:

— Eu falei que nós já tínhamos escutado isso em algum lugar, antes.

— Não de você.

— Se não gosta, tem liberdade para me dizer.

— A verdade é que você é uma escritora muito melhor que eu.

— Absurdo.

— Você é muito mais fluente que eu.

— Isto — ela responde, levemente indignada — não tem *nada* a ver. Há um bocado de gente alfabetizada que escreve bem, com fluência. Não, isto não é nada. É constrangedoramente irrelevante. É só que a combinação destes incríveis namoros do século XIX com a forma como praguejavam desabridamente... bom, é isso. Receio que seja só isso. Existe aquela ficção que é disparada ruidosamente para o ar, selvagemente contra a multidão, existe a ficção que dá chabu, explosivos que não se acendem, e existe a ficção que acaba disparando contra a cabeça do próprio escritor. A minha não é nenhuma destas. Eu não escrevo com energia feroz. Ninguém jamais poderia usar o que eu escrevo como um porrete. A minha é uma ficção que demonstra todas as virtudes inglesas de tato, bom senso, ironia e reserva; *fatalmente* retrógrada. Sai tudo de maneira muito natural, infelizmente. Mesmo que eu criasse coragem para "contar tudo" e escrever sobre você, você acabaria saindo como um sujeito bastante agradável. Eu devia assinar este conto "Por uma passadista".

— E daí se você for?

— Não muito adequada para você.

Dois dias antes de o marido voltar:

— Tive um sonho ontem à noite.

— Sobre o quê?

— Bom, é difícil de explicar a geografia do lugar onde eu estava. Um estaleiro, alguma coisa assim, o mar aberto, um porto. Eu não sei os nomes para esses lugares, mas já vi alguns. O mar aberto está a minha esquerda, e aí tem todos aqueles molhes, embarcadouros, cais, sei lá. Na verdade é um porto; isso. Eu estava nadando de um molhe a outro, que ficava a uma certa distância. Estava completamente vestida. Sob o casaco eu levava um embrulho, um bebê; não era minha filha, era uma outra criança, não sei quem era. Eu estava nadando na direção desse outro molhe. Estava escapando de alguma coisa. Havia uma porção de meninos pulando e gesticulando no molhe à distância. Estavam me encorajando: "Vamos, vamos!". Aí então começaram a me fazer sinal para virar à direita. E quando eu olhei para a direita, e comecei a nadar naquela direção, havia do lado direito uma outra baía, água, era uma minúscula marina. E ficava embaixo de um telhado enorme, como o de uma estação de trem. Eles estavam sugerindo que em vez de nadar eu podia remar. Na direção do mar, claro. Eles estavam todos gesticulando e gritando para mim: "Judéia! Judéia!". Mas, quando eu cheguei lá para pegar o barco, havia vários ancorados, sabe como é, amarrados juntos, e eu ainda estava com metade do corpo na água, percebi que meu marido estava lá, cuidando dos barcos e me esperando para me levar para casa. E vestia um terno de *tweed* verde. Foi este o sonho.

— Ele não tem um terno de *tweed* verde?

— Não. Claro que não.

— "Claro que não"? Por que, não fica "bem"?

— Não. Desculpe. Eu disse "claro que não" num sentido particular. Mas verde e *tweed* representam todas as coisas *obviamente* inglesas. O sonho inteiro é tão grotescamente óbvio, Freud não precisaria ter se incomodado. Qualquer um podia ter entendido esse sonho, não poderia? É infantilmente simples.

— Simples como?

— Bem, verdade, de cara, assim que você acorda, você sabe que verde significa interior, muita árvore e campo; verde significa Gloucestershire. Gloucestershire é a terra onde os campos não podiam ser mais verdes. E *tweed* significa mais ou menos a mesma coisa, só que com um ar de formalidade e, bem, você usa um *tailleur* de *tweed*, como mulher você tem um *tailleur* de *tweed* porque você cresceu e é convencional. Eu mesma não sou muito disso, mas a questão é que o *tweed* vem do campo, eles tiram as cores do campo inglês, das urzes e das pedras, e mesmo quando é bonito eles o transformam em algo repressor, com um ligeiro ar de esnobismo. É para isto que os *tweeds* são usados, de qualquer forma, eles são "terrivelmente ingleses" e — ela disse rindo — eu não gosto.

— E a marina?

— Marinas, estações de trem. Pontos de onde se parte.

— E a Judéia? — pergunto. — O termo preferido em inglês é Margem Ocidental.

— Eu não estava lendo manchetes de jornal. Estava dormindo.

— E de quem era o bebê debaixo do seu casaco, Maria?

Timidamente:

— Não tenho idéia. Não se via.

— É o que nós vamos ter.

— É? — ela pergunta indefesa. — É um sonho triste, não é?

— E ficando ainda mais.

— Verdade. — Aí então ela explode: — Eu fico uma verdadeira fúria de pensar que ele não consegue apreciar o que está debaixo do nariz dele, a menos que eu comece a me comportar feito uma prima-dona. Só serve para me deixar terrivelmente zangada que você tenha que passar por tudo isto por nada, na verdade. É muito triste que se você é bom para as pessoas, razoável e modesto, elas pisam você. Fico louca. Você não acha que é cruel que todas as virtudes com que nós fomos educados não sejam nada, absolutamente nada, no casamento, no trabalho, em qualquer parte? Era a mesma coisa na revista, em Londres. Como existem tiranos no mundo! Eu acho isso tudo uma verdadeira afronta! — Aí, tipicamente: — Esqueça. Eu não devia estar simplificando deste jeito. Este meu frenesi todo invariavelmente se dispersa e eu escorrego de volta em meu costumeiro Vale de Lágrimas. Realmente não sei por que, mas ele some e eu perco o ímpeto de me mexer.

— Judéia, Judéia.

— É. Não acha estranho?

— A Terra Prometida *versus* o Terno de *Tweed* Verde.

Uma noite antes que o marido volte eu faço uma investigação que dura até o alvorecer. Na transcrição aqui, altamente condensada, não se mencionam aquelas semi-intimidades que perturbaram o interrogatório e o desespero apenso que transformou tudo.

Imagino que quanto mais eu pergunte a ela menos provável seja que eu cometa um terrível engano, como se o infortúnio pudesse ser contido pelo *saber*.

— Por que você permanece nisto? — eu começo. — Comigo nesta situação?

— Você acha que as mulheres só ficam num relacionamento por causa de sexo? Normalmente acaba sendo a última coisa. Por que eu permaneço? Porque você é inteligente, porque você é bom, porque você parece me amar (para usar a terrível palavra), porque você me diz que eu sou bela, seja eu ou não; porque você é uma fuga. Claro que eu gostaria de ter também o outro, mas não temos.

— Você se sente muito frustrada?

— É frustrante... mas não é perigoso.

— O que quer dizer com isso? Está sob controle?

— É, é, sim. Quero dizer que sem o compromisso físico, a mulher de algum modo se sente mais forte. Acho que a maioria das mulheres se sente mais forte a partir do momento em que acham que conseguiram viciar um homem nelas. Mas é aí que eu começo a me sentir mais vulnerável. Deste modo eu de certa maneira ainda tenho a última palavra. Eu tenho o controle e a escolha. Ou acho que tenho. Sou *eu* até que estou recusando *você* em casamento. *É* frustrante, mas me dá um poder que numa relação comum eu nunca teria, porque você é que estaria com o poder. Para mim é meio excitante. Você quer que eu seja sincera, eu sou.

— Ele ainda dorme com você, o seu marido.

— Retiro o que disse sobre sinceridade. Nesta altura eu me retiro em polida discrição.

— Não pode. Quantas vezes? Nunca, raramente, às vezes, ou freqüentemente.

— Freqüentemente.

— Muito freqüentemente?

— Muito freqüentemente.

— Toda noite?

— Não. Mas quase.

— Vocês brigam por tudo, não se falam por dias, ele atira os pratos, e ainda assim a quer tanto.

— Não sei o que esse tanto é.

— O que eu quero dizer é que toda essa crueldade obviamente o excita. O que eu quero dizer é que seu entusiasmo sexual, à parte tudo o mais, não parece ter diminuído.

— Ele é altamente sexual. Por ele, passaria dia e noite transando comigo. Ele não me quer para nada mais.

— E você, tira alguma satisfação?

— Tudo se complica por eu estar tão ressentida e furiosa. Nós vamos para a cama negociando todos os graus de hostilidade. De qualquer maneira, é muito impessoal. Como se não estivesse acontecendo. Ele nunca pensa em mim.

— Por que não lhe diz não, então?

— Não quero este tipo de problema. Uma tensão sexual dessas é tudo que nós precisamos para inviabilizar de vez o vivermos juntos.

— Quer dizer que permanece sexualmente disponível a um homem muito mau.

— Pode se dizer que sim, se prefere.

— E no entanto me vê todas as tardes. Por que continua aparecendo?

— Porque não gostaria de estar em nenhuma outra parte. Porque sou bem-vinda. Porque se não vou vê-lo, sinto saudades. Aqui em cima é frio e nós estamos sempre brigando e dando nos nervos um do outro. Ou nós estamos trocando palavras muito polidas, amigáveis e geladas, cada um achando tudo muito sem graça e pensando em alguém ou em outra coisa, ou não estamos dizendo nada, ou estamos brigando. Mas quando eu vou lá para baixo, eu entro numa sala adorável, com livros e uma lareira, música, café, e sua afeição. Quem não iria lá, se lhe fosse oferecido tudo isto? Não acredito que você ofereça isso para todo mundo, mas oferece a mim. Acho que para *você* é uma grande frustração não ter o outro também, e por isto gostaria que tivesse. Mas para mim é quase o bastante.

— Mas se tudo estivesse indo bem aqui em cima, você não desceria.

— Isto não precisa nem dizer. Nós seríamos apenas conhecidos de elevador, é tudo. Sempre há algo errado, senão por que alguém haveria de querer criar tamanha complicação?

— Tem fantasias eróticas sobre mim?

— Tenho sim, mas provavelmente teria mais se tivéssemos tido sexo. Do jeito que está, eu as afasto. Porque elas me deixariam nervosa e insatisfeita.

— Isto que nós temos é de alguma forma excitante para você?

— Eu já lhe disse; eu acho incomum e estranho. Quando deito nua na cama, quando você me toca... algumas mulheres ficam profundamente satisfeitas com isso.

— E você?

— Nem sempre. Escute, você não é um homem irremediavelmente sem atrativos. Nós tivemos algumas conversas bem interessantes durante o nosso relacionamento, falamos tanto, mas eu tenho certeza de que toda essa conversa é bem secundária. As percepções sexuais que temos de alguém ainda são a coisa mais importante, não importa como acabe tudo. Mesmo que nunca tenhamos ido para a cama juntos, existe uma tensão sexual essencial que vivenciamos os dois. Se você no momento é capaz ou não de trepar não vem ao caso. A virilidade não está só nisso. Você é muito diferente de meu marido, de cujos antecedentes eu sempre quis escapar, de qualquer maneira.

— Se isso é verdade, por que se casou com ele?

— Bem, nós éramos jovens e ele me parecia muito viril. Eu sou muito alta; bem, ele é mais alto ainda. Ele era tão grande, fisicamente; equacionei aquilo com masculinidade. De lá para cá refinei minhas idéias, mas na época não sabia nada do assunto. Éramos três irmãs e meu pai tinha saído de casa. Como poderia saber o que é um homem, se eu nunca tinha visto um homem maduro em ação? Eu achava que isto era a força masculina. Ele era meu monumento ao Homem Desconhecido. Ele tinha um tipo tão atlético, era muito engraçado, muito inteligente, e assim que arranjamos emprego em Londres ele *queria* tanto casar. Eu não acho que me teria casado assim tão cedo se soubesse que havia um lugar para mim no mundo. Era uma época em que o casamento estava fora de moda, todo mundo vivia junto, mas eu tinha tamanho medo, achei que seria sensato casar. Eu já superei tantos temores, os medos são tão menores agora, que às vezes acho difícil me reconhecer. Mas com dezenove, vinte anos, eu me sentia patologicamente assustada, desde que meu pai partiu eu sentia minha vida indo por esta enorme, enorme derrocada. Você me acha "doce", mas é só o pior tipo de fraqueza. Não era fácil para mim fazer amigos. Eu tinha toneladas e toneladas de conhecidos, e uma quantidade enorme de admiradores na época, mas muito pouca gente a quem pudesse expressar meus verdadeiros sentimentos. Não é assim tão bobo, porque todo mundo que eu conhecia estava totalmente preso ao jargão cretino da época. As pessoas simplesmente se deixaram levar pela onda de sentimentos dos anos 60 que transformou-lhes o cérebro em mingau. Eram muito intolerantes. Quando você ousava questionar alguma fidelidade ou dogma eles aprontavam um escândalo tal que você acabava em prantos. Não que eu chorasse, mas tinha medo de expressar qualquer coisa que sentisse de fato intelectualmente. Olhando para trás me parece tudo tão horrível, absolutamente pavoroso. E meu marido era alguém que reagia de forma muito parecida. Era bastante inteligente, teve o mesmo tipo de educação que eu. Todos que nós conhecíamos ou eram filisteus ou intelectuais. Se eram intelectuais, vinham de classes sociais mais baixas, e aprontavam o diabo conosco por este motivo. Não pode imaginar a perseguição. Supostamente, eu era privilegiada. Se eu tivesse peito, eu teria dito a eles: "*Você* tem um pai? Ele tem um emprego? Você vai receber algum dinheiro nas férias?". Mas acontece que, ainda que eles fossem ricos e eu pobre, por causa do meu sotaque eles me olhavam de cima, de uma maneira horrorosa. Por isso foi um alívio encontrar alguém que era muito bom, intelectualmente, envolvido em coisas interessantes, e divertido. Que ainda é divertido, quando se dispõe a falar. E tinha os mesmos antecedentes que eu, de maneira que não havia necessidade de pedir desculpas. Ele tinha um charme enorme, estilo, bom gosto, amava todas as coisas que eu também amava, e por isso era um refúgio tentador. Eu não devia ter entrado. Mas sexualmente era maravilhoso, e socialmente muito conveniente porque tirava todo aquele peso medonho dos anos 60 de cima de tudo, aquela coisa de privilegiado e desprivilegiado, disfarçar o sotaque, toda aquela porcariada. Ele era um refúgio, de verdade; e tão adequado. Ele tem a minha idade, é meu contemporâneo em todos os aspectos, enquanto você é de uma raça diferente, de uma geração diferente, de um país diferente; mas ele não é mais nem um irmão para mim. Você é mais irmão, *e* amante, na verdade. Ele não é um amigo. Você agora é a aventura e ele o conhecido.

— Judéia, Judéia.

— Eu lhe disse que era um sonho óbvio.

— Mas você vai ficar com ele.

— Ah, sim. Tudo isso que aconteceu é um caso clássico do que acontece a uma porção de mulheres. Eu convinha às necessidades dele, ele convinha às minhas, e depois de *x* anos isto cessou de ser verdadeiro. Nós causamos um bocado de dano um ao outro, eu me tornei retraída, ressentida e pouco divertida, mas o divórcio ainda deve ser evitado. Divórcio é um desastre. Eu não sou neurótica, mas *sou* frágil. O melhor é desistir de tentar, desistir de lutar e voltar àquela coisa bem antiquada. Quartos separados, um "bom-dia" agradável, e você não o irrita; você é tão boa quanto possível. O sonho de todo homem é o seguinte: ela é fantasticamente bonita, ela não envelhece, ela é divertida e animada e interessante, mas, acima de tudo, *ela não faz escândalos*. Pode ser que eu consiga me sair bem neste último item.

— Mas você tem apenas vinte e sete anos. Não acha que eu seria bom com sua filha?

— Acho. Mas acho que se você fizesse esta operação por mim, por uma família, e por todos esses sonhos, você estaria pondo tamanho peso no nosso relacionamento que nada poderia jamais, jamais, corresponder às suas expectativas. Principalmente eu.

— Mas um ano depois a operação estaria esquecida e nós seríamos como todos os demais. Você acha que eu não vou querê-la mais depois?

— É possível. Bastante provável. Quem é que sabe?

— E por que não iria?

— Porque *é* um sonho. Eu não sei, não posso ler a mente de um homem, mas é um sonho, eu sei: tudo vai dar certo e a mulher certa está esperando. Não, as coisas não são assim, no frigir dos ovos. Eu não quero que você faça essa operação por mim.

— Mas eu vou.

— Não, não vai. Você vai fazê-la, se fizer, por você, por sua própria masculinidade, por sua vida. Mas fazer tudo isto se subordinar a eu me casar ou não com você, a você ser capaz ou não de trepar comigo, isto é pôr um peso em mim *e* em trepar com o qual, acho eu, nenhum dos dois conseguiria arcar. Eu não fui criada para arriscar. Eu gostaria de ser mais independente, mas até posso entender por que não sou. Minha experiência toda ao crescer foi dependência, dependência, dependência. É isto que acontece quando você é uma criança inteligente que cresce somente com a mãe. Cuidado, cuidado, cuidado, a mensagem é esta. Não é justo pôr tudo isto em cima de mim. Ninguém, creio eu, no *mundo*, foi solicitado a tomar uma decisão como esta. Por que não podemos continuar como estamos?

— Porque eu quero ter um filho com você.

— Eu acho que você deveria ir falar com um psiquiatra.

— Tudo que estou dizendo é perfeitamente razoável.

— Você *não* é razoável. Porque *não* se faz uma operação que pode matar a menos que não haja escolha. Às vezes quando eu acordo à noite eu tenho esta visão de você num altar e o sacerdote cravando a — é obsidiana o que os astecas usavam, é esta a palavra? — no seu peito e arrancando fora o seu coração, por mim e a felicidade familiar. Uma coisa é dizer que você entrega o coração para alguém, mas uma outra bem diferente é fazer isto mesmo.

— Então o que você sugere é que a gente continue como está.

— Exatamente. Eu gosto bastante assim.

— Mas um dia você vai partir, Maria. Seu marido será nomeado assistente de embaixador no Senegal. E aí?

— Se ele for enviado para o Senegal eu ponho a menina na escola e digo que não posso ir com ele. Ficarei aqui. Isto eu lhe prometo, se você me prometer não fazer a operação.

— E se ele for chamado de volta à Inglaterra? E se entrar para a política? Isto fatalmente vai acontecer, um dia.

— Então você se muda para a Inglaterra também, arruma um apartamento e escreve seus livros lá. Que diferença faz onde você esteja?

— E nós continuamos com este estranho triângulo para sempre.

— Bem, até que a ciência médica nos pague a fiança.

— E você acha que eu vou gostar disto. Todos os dias você me deixa e volta para ele, e toda noite, não porque ele goste especialmente de você e sim porque se trata de um sujeito supersexual, ele volta da Câmara dos Comuns e trepa com você. Como é que você acha que eu vou ficar me sentindo, sozinho lá no meu apartamento londrino?

— Não sei. Não muito bem.

No dia seguinte, como a melhor das esposas, ela vai até o aeroporto apanhá-lo, e eu vou ao cardiologista contar-lhe minha decisão. Não há nada de bizarro em meus objetivos. Esta é a escolha não de um adúltero endoidecido por um drástico golpe sexual, mas sim a de um homem racional atraído por uma mulher altamente sã, com quem planeja levar uma vida calma, convencionalmente plácida, convencionalmente satisfatória. No entanto me sinto, dentro do táxi, como se tivesse voltado a ser criança, entregue a todo um lado inocente de meu ser, e exatamente quando a situação exige chegar a um acordo impiedoso com meu ponto fraco. Assumi um romance novo em folha, com todos aqueles prazeres encantadores que qualquer um com metade de minha idade acredita ter desaparecido, e transformei-o em meu *salto mortale*. Fazer uma coisa destas por uma paixão insana talvez pudesse começar a fazer algum sentido, mas dizer-se que por eu estar irremediavelmente fascinado pelas calmas virtudes que ela partilha com a ficção que escreve dificilmente é razão suficiente para assumir tamanho risco. Será possível que eu me tenha deixado possuir pelos tons saudosos da nobilidade sem terras? O que há ali seria assim tão portentosamente envolvente ou sua sedução *é* invenção de minha doença? Quem é ela, aliás, senão, por sua própria descrição, a dona de casa infeliz que se mudou para o andar de cima, continuamente me advertindo sobre o quão inadequada ela é? Tivéssemos nós nos encontrado e tido um tórrido caso antes de minha doença, e provavelmente não teríamos que ter passado por toda essa conversa e com quase toda a certeza já estaria tudo terminado, mais um adultério tranqüilamente contido pelos obstáculos corriqueiros. Por que de repente eu quero tanto ser pai? Seria assim tão improvável que, ao invés do *paterfamilias* vindo à tona, seja minha parte feminina, exacerbada pela impotência, a produzir este anseio tardio por um bebê meu? Simplesmente não sei! Que coisa é esta me impulsionando para a paternidade, apesar do grande perigo que representa à minha vida? Suponhamos que tudo por que eu tenha me apaixonado seja aquela voz fraseando deliciosamente suas sentenças em inglês? O homem que morreu pelo som apaziguador de uma oração subordinada construída com elegância.

Digo ao cardiologista que quero me casar e ter um filho. Sei dos riscos mas quero fazer a operação. *Se eu puder ter esta mulher maravilhosamente machucada, supercivilizada, poderei me recuperar por completo das aflições.* Uma busca verdadeiramente mitológica!

Maria esta fora de si.

— Você pode não sentir a mesma coisa por mim quando estiver bem. Nem eu vou cobrar de você. Aliás não vou cobrar nem de mim. E também não quero cobrar.

— Cem anos atrás não teria sido estranho estarmos apaixonados e sermos castos, mas agora a farsa é ainda mais insuportável que a frustração. Não poderemos ver nada de coisa nenhuma sem a operação primeiro.

— É imprudência demais fazer uma coisa dessas! Tudo é muito incerto! *Você pode morrer.*

— As pessoas tomam decisões como esta todos os dias. Se alguém quer de fato mudar sua vida não há como evitar os riscos. Chega uma hora em que é preciso simplesmente esquecer aquilo que mais assusta. Além do que, será uma imprudência por mais que eu espere. Algum dia terá que ser feita, por necessidade. Tudo que eu ganho em esperar é a forte probabilidade de perder você. Eu *perderei* você. Sem um elo sexual estas coisas não duram.

— Ah, isto *é* medonho. Uma simples novelinha da tarde e nós a maximizamos em *Tristão e Isolda*! *Esta* é a farsa. Tudo ficou tão irremediavelmente terno só porque nós *não* fazemos amor, porque a coisa está sempre a tremular bem nesta beirada que não podemos saltar. Esta conversa interminável que nunca chega a um clímax levou duas pessoas extremamente racionais a nutrir a mais irracional das fantasias até que por fim ela acabou por parecer *tangível*. O paradoxo está em que nós tanto examinamos e reexaminamos estes sonhos que acabamos por perder de vista o fato de que se trata de uma *ilusão totalmente irresponsável*. Esta doença distorceu *tudo*!

— Quando tiver passado a minha doença, nós poderemos, se quiser, conduzir uma investigação pormenorizada de nossos sentimentos. Podemos passar todos *eles* em revista e, se não *tiver* passado de uma aguda paixonite verbal...

— Ah, não. Não! Eu não poderia deixá-lo ir em frente se fosse para dissolver tudo assim que o pior tivesse passado. Aceito. Caso. Eu me caso com você.

— Agora o meu nome. *Diga*.

Por fim ela cede. Eis aí o clímax de nossa conversa — Maria falando meu nome. Tenho martelado e martelado — em seus escrúpulos, seus medos, seu senso de dever, sua servidão a marido, passado, filha — e enfim Maria cede. O restante é comigo. Apanhado inteiro no que acabou se parecendo a um empenho puramente mítico, uma busca desafiante e sonhadora da autoemancipação, possuído por uma idéia obcecada de como minha existência deve se realizar, preciso agora passar além das palavras, à violência concreta da cirurgia.

Enquanto Nathan foi vivo, Henry nunca pôde escrever nada sem se sentir plenamente cônscio do ato, nem mesmo uma carta a um amigo. Suas resenhas literárias, na escola, não lhe tinham custado mais do que a qualquer outro aluno, na faculdade completou o curso de inglês com a média B, e chegou até mesmo, por um período curto, a ser correspondente esportivo para o seminário estudantil, antes de se voltar para a especialização em odontologia, mas quando Nathan começou a publicar aqueles contos, que dificilmente passavam despercebidos, e depois deles os livros, foi como se Henry tivesse sido condenado ao silêncio. São poucos os irmãos caçulas, Henry pensava, que têm que agüentar isso. Por outro lado também, todos os parentes consanguíneos de um artista bem-falante se encontram num enredo muito curioso, não só porque descobrem que servem de "material", como também porque seu próprio material sempre acaba sendo enunciado para eles por alguém que, em sua voracidade voyeurística de exaurir-lhes as vidas, chega lá primeiro mas nem sempre acerta.

Sempre que se sentava para ler um dos livros que costumavam chegar pelo correio, com a devida dedicatória, pouco antes da publicação, Henry começava imediatamente a esquematizar na cabeça uma espécie de contralivro para redimir das distorções as vidas que eram, reconhecidamente para ele, o ponto de partida de Nathan — ler os livros de Nathan sempre o deixava exausto, como se estivesse tendo uma longa discussão com alguém que não havia meio de ir embora. Rigorosamente falando, não poderia haver distorção ou falsificação num trabalho que não se pretendia jornalístico nem histórico, nem poderia haver acusações de representação incorreta contra uma escrita desvestida da obrigação de representar suas fontes "corretamente". Henry compreendia tudo isso. Sua altercação não era com a natureza imaginativa da ficção nem com as liberdades tomadas pelo romancista em relação a pessoas e eventos reais — era com aquela imaginação típica do irmão, a hipérbole cômica a minar insidiosamente tudo que decidia tocar. Foi justamente esse tipo de ataque dissimulado, a legitimar-se sorrateiro como "literatura", e dirigido da maneira a mais infame contra os pais nos caricatos Carnovsky, que tinha levado à longa separação dos dois. Quando a mãe sucumbiu a um tumor cerebral um ano apenas depois da morte do pai, Henry estava tão ansioso quanto Nathan de deixar que a ruptura fosse definitiva, e nunca mais se viram nem se falaram. Nathan morrera sem ao menos dizer a Henry que tinha problema de coração nem que ia fazer uma operação, e aí, infelizmente, o tributo fúnebre prestado ao irmão elogiava bem aqueles aspectos exploradores de *Carnovsky* que Henry nunca conseguiu perdoar e dos quais não tinha a menor vontade de ouvir falar numa hora dessas.

Tinha ido até Nova York sozinho, disposto e ansioso para prantear o irmão, mas acabou tendo que sentar e ouvir aquele livro ser qualificado, entre todas as coisas, de "um clássico da exageração irresponsável", como se a irresponsabilidade, na forma literária certa, fosse um feito virtuoso e o pouco-caso egoísta e negligente da privacidade de outrem fosse marca de coragem. "Nathan não era nobre demais", foi o que ouviu a congregação enlutada, "para explorar seu lar." Nem nutria simpatia demasiada, pode ter certeza, pelo lar que fora explorado. "Pilhando sua própria história como um ladrão", Nathan tinha se transformado num herói para seus amigos literatos, ainda que não necessariamente para aqueles que tinham sido roubados.

O orador, o jovem editor de Nathan, falou de modo encantador, sem o menor sinal de tristeza, quase como se estivesse se preparando para entregar ao corpo no esquife um gordo cheque e não para introduzi-lo no crematório. Henry tinha esperado elogios mas, ingenuamente talvez, não naquela veia nem tão desumanamente acerca daquele assunto. Enfocado só em *Carnovsky*, o panegírico parecia estar zombando propositalmente da desavença entre eles. Aquilo que levou à separação da família está sendo cultuado — que se *destinava* a destruir nossa família, não obstante quanto eles falem sobre "arte". Aqui estão eles todos, pensando: "Que coragem a de Nathan, que ousadia a dele ser tão loucamente agressivo, despindo e vandalizando em público uma família judia", mas nenhum deles, por essa "ousadia", teve que pagar um centavo. Toda esta devoção deles ao dizer o indizível! Bem, vocês precisavam ter visto seus pais velhinhos lá na Flórida, lidando com o espanto, com os amigos, com as memórias — eles sim, pagaram, eles perderam um *filho* ao indizível! Eu perdi um *irmão*! Alguém pagou caro por seu dizer o indizível, e não foi este garoto depauperado a pronunciar um discurso pretensioso, fui *eu*. O vínculo, a intimidade, tudo que tivemos durante a infância, perdido por causa daquela porra de livro e depois daquela porra de briga. Quem é que precisava daquilo? Por que *é* que nós brigamos — a que veio tudo *aquilo*? Vocês entregaram meu irmão a este dândi superletrado, este moleque que sabe tudo e não sabe nada, cuja conversa literária faz tão nítido e limpo o que tanto custou a minha família, e agora *escutem* só o que está dizendo — a registrar a confusão de uma existência.

O orador deveria ter sido o próprio Henry. *Ele*, de direito, deveria ter sido o íntimo do irmão a quem todos estariam escutando. Quem estava mais próximo? Mas na noite anterior, quando tinha sido convidado, por telefone, pelo editor a falar durante o funeral, sabia que não conseguiria, sabia que nunca seria capaz de encontrar as palavras que fizessem todas aquelas lembranças felizes — das partidas de bola de pai para filho, dos dois patinando no lago do parque Weequahic, daqueles verões com os pais na praia — significar alguma coisa para alguém que não ele mesmo. Passou duas horas na escrivaninha tentando escrever, lembrando-se o tempo todo daquele irmão mais velho, grande, estimulante, atrás de quem corria quando criança, da figura verdadeiramente heróica que fora Nathan até os dezesseis, quando saiu de casa para estudar fora e se tornou crítico, distante; no entanto tudo que conseguiu pôr no bloco de notas foi "1933-1978". Era como se Nathan ainda estivesse vivo, deixando-o mudo.

Henry não estava fazendo o panegírico porque Henry não tinha as palavras, e não tinha as palavras não porque fosse burro ou não fosse instruído e sim porque, se tivesse optado por competir, teria sido obliterado; ele, que não era nem um pouco inarticulado, com os pacientes, a mulher, com os amigos — certamente não com as amantes —, certamente não em sua *cabeça*, tinha assumido, dentro da família, o papel do garoto bom com as mãos, bom nos esportes, decente, de confiança, de fácil convívio, enquanto Nathan ficara com o monopólio das palavras, e com o poder e prestígio que vinham junto. Em toda família alguém tem que fazê-lo — não dá para *todos* se voltarem contra Papai e massacrá-lo até morrer —, de maneira que Henry tinha virado o leal Defensor do Pai, enquanto Nathan se transformara no assassino da família, matando seus pais sob o disfarce da arte.

Como ele gostaria, ouvindo este panegírico fúnebre, de ser uma daquelas pessoas que simplesmente consegue dar um salto e gritar "Mentira! Tudo mentira! Foi isso que nos *separou*!", aquele tipo de pessoa que consegue aproveitar o momento e, de pé, diz qualquer coisa. Mas o destino de Henry era não ter linguagem — foi isto que o salvou de ter que competir com alguém *feito* de palavras... que se tinha feito *com* palavras.

Eis o panegírico que o deixou maluco:

"Eu estava deitado numa praia das Bahamas, ontem, relendo *Carnovsky* pela primeira vez desde a publicação, imaginem, quando recebi um telefonema dizendo-me que Nathan estava morto. Como não houvesse nenhum vôo da ilha até a tarde, voltei para a praia para terminar o livro, que é o que Nathan teria me dito para fazer. Lembrava-me de uma porção surpreendente do romance — é um desses livros que maculam a memória —, embora tenha revisto algumas cenas distorcidas de maneira (para mim) reveladora. Ainda continua diabolicamente engraçado, mas o que me pareceu novo foi a sensação de como o livro é triste, de como é emocionalmente exaustivo. Nathan não faz mais nada além de reproduzir para o leitor a claustrofobia histérica da infância de Carnovsky. Talvez esta seja uma das razões por que as pessoas insistiam em perguntar: 'Mas isto é ficção?'. Alguns romancistas usam o estilo para definir a distância entre eles, o leitor e o material. Em *Carnovsky* Nathan usou-o para derrubar a distância. Ao mesmo tempo, na medida em que 'usou' sua vida, usou-a como se pertencesse a outra pessoa, pilhando sua história e sua memória verbal como um ladrão maldoso.

"Analogias religiosas — analogias cômicas, ele seria o primeiro a me dizer — não paravam de me vir à mente enquanto estava lá na praia, sabendo que ele estava morto e pensando nele e em sua obra. A meticulosa verossimilhança de *Carnovsky* me fez pensar naqueles monges medievais que se flagelavam com seu próprio perfeccionismo, esculpindo imagens sagradas infinitamente detalhadas em pedacinhos de marfim. A de Nathan é a visão profana, claro, mas como ele não deve ter se flagelado por aquele detalhe! Os pais são obras maravilhosas do grotesco, loucamente personificadas em cada pormenor, assim como Carnovsky é, também, o filho eterno preso à crença de que foi amado por eles, preso primeiro por sua raiva e, quando esta desaparece, por ternas lembranças.

"O livro que eu, assim como a maioria, acreditava ser sobre rebeldia é, na verdade, muito mais Velho Testamento que isto: em seu cerne está um drama primitivo de submissão versus retribuição. A vida ética de verdade tem, apesar de todos seus sacrifícios, suas autênticas recompensas espirituais. Carnovsky nunca as experimenta e Carnovsky anseia por elas. O judaísmo num nível mais alto do que aquele a que tem acesso oferece recompensas éticas reais a seus estudiosos, e acredito que seja isso o que tanto incomoda os judeus crentes, ao contrário dos simples pedantes. Carnovsky está sempre se submetendo mais do que se rebelando, submetendo-se não por motivos éticos, como talvez o próprio Nathan acreditasse, mas com profunda reticência e diante do medo. O que é escandaloso neste homem não é o falicismo mas sim, o que não chega a ser desconexo, sendo no entanto muito censurável, a traição do amor materno.

"Quase tudo gira em torno do aviltamento. Eu não tinha percebido antes. Ele é tão claro quanto às várias formas que pode assumir, tão preciso quanto à mentalidade pré-histórica destes camponeses urbanos judeus, sobre os quais eu até conheço uma coisinha ou outra, a sacrificar seus frutos no altar de um deus vingativo e partilhando de sua onipotência — através da convicção sobre a superioridade judaica — sem compreender a troca. A se julgar por *Carnovsky*, ele teria dado um bom antropólogo; talvez tenha sido. Ele deixa a experiência de sua pequena tribo, dos sofridos, isolados, primitivos mas calorosos selvagens, que está estudando, vir à tona na descrição que faz dos rituais, artefatos, conversas, e consegue, ao mesmo tempo, pôr a sua própria 'civilização', seu próprio preconceito como repórter — e o de seus leitores — em relevo ao lado deles.

"Por que, lendo *Carnovsky*, tanta gente se terá perguntado: 'Mas é ficção?'. Tenho alguns palpites, e vou expô-los a vocês.

"Primeiro, como eu disse, porque ele camufla sua arte de escritor e o estilo reproduz exatamente a perturbação emocional. Segundo, porque faz um avanço inédito no território da transgressão ao escrever tão explicitamente sobre a sexualidade da vida em família; o caso erótico e ilícito no qual, ao nascermos, todos estamos destinados a nos emaranhar não é elevado a uma outra esfera, não tem disfarces e choca como se fosse uma confissão. Não apenas isso — lê-se como se o autor confesso estivesse se divertindo.

"Ora, *Educação sentimental* não se lê como se Flaubert estivesse se divertindo; *Carta ao pai* não se lê como se Kafka estivesse se divertindo; e com toda a certeza *Werther* não se lê como se Goethe estivesse se divertindo. Claro, Henry Miller dá a impressão de estar se divertindo, mas ele teve que atravessar mais de cinco mil quilômetros de Atlântico antes de dizer 'boceta'. Até *Carnovsky*, a maioria das pessoas, que eu me lembre, que já tinha lidado com 'boceta' e com toda a mixórdia de sentimentos que ela provoca, o tinha feito de forma exogâmica, como diriam os freudianos, a uma confortável distância, metafórica ou geograficamente, do panorama doméstico. Nathan não — ele não era nobre demais para explorar o lar e divertir-se no processo. As pessoas se perguntavam se não seria loucura, mais que coragem, o que o impulsionava. Em suma, pensavam que o livro era sobre ele e que precisava ser louco — *eles*, para fazer isso, *eles* teriam que enlouquecer.

"O que as pessoas invejam nos romancistas não são as coisas que os romancistas julgam invejáveis, e sim as personalidades atuantes cuja vontade o autor faz, a irresponsabilidade a lhe grudar e despegar da pele, o regozijo não no 'eu' e sim no 'eu' que escapa, mesmo que implique — *principalmente* quando implica — acumular aflições imaginárias sobre si mesmo. O que é invejado é o dom para a autotransformação teatral, a forma como eles conseguem afrouxar e tornar ambígua sua conexão com a vida real pela imposição de talento. O exibicionismo do artista maior está relacionado a sua imaginação; ficção, para ele, é ao mesmo tempo uma hipótese jocosa e uma suposição séria, uma maneira imaginativa de averiguação — tudo aquilo que o exibicionismo não é. Mas, se for, será o exibicionismo interno, o exibicionismo escondido. Não é verdade que, contrário ao que acha a maioria, é a *distância* entre a vida do escritor e seu romance o aspecto mais intrigante de sua imaginação?

"Como disse, esses são apenas alguns palpites, chaves para se responder à pergunta que tem que ser respondida, já que é a pergunta que assombrou Nathan em cada esquina. Ele nunca conseguiu entender por que as pessoas tinham tanto empenho em provar que não podia escrever ficção. Para seu constrangimento, o furor causado pelo romance parecia ter tanto a ver com o 'Será ficção?' quanto com a pergunta feita por aqueles que ainda lutam para se separar de mães, pais, ou ambos, ou da cadeia de mães e pais projetada em parceiros sexuais, que é o 'Será *minha* ficção?'. Mas quanto menos ligado se está a esse umbigo, tanto menor o fascínio horrível exercido pelo romance, e foi justamente assim que me pareceu ontem, e o que é de fato: um clássico da exageração irresponsável, uma comédia temerária numa escala estranhamente humana, animada pela impudência de um escritor que exagera seus defeitos e propõe para si próprio o mais hilariante dos sensos de injustiça — conjectura em disparada.

"Falei sobre *Carnovsky*, e não sobre Nathan, e é tudo que pretendo fazer. Se houvesse tempo, e dispuséssemos do dia todo para ficarmos aqui juntos, eu falaria de cada um dos livros, de todos demoradamente, porque esse é o tipo de discurso fúnebre do qual Nathan teria gostado — ou pelo menos o que menos o teria desagradado. Para ele, teria sido a melhor salvaguarda contra o jargão por demais transitório e encomiástico. *O livro* — eu quase que podia ouvi-lo dizer naquela praia —, *fale sobre o livro, porque assim serão menores as chances de passarmos ambos por dois asnos*. Isso porque, apesar de toda a aparente auto-revelação dos romances, ele foi um grande defensor de sua solidão, não porque gostasse especialmente ou valorizasse sua solidão, mas porque a anarquia emocional fervilhante e a auto-revelação só lhe eram possíveis em isolamento. Foi ali que viveu sua vida ilimitada. Nathan, como artista, como o autor, paradoxalmente, da mais temerária comédia, tentou, de fato, levar uma vida ética, e tanto colheu suas recompensas quanto pagou seus preços. Mas não Carnovsky, que é, até certo ponto, a sombra embrutecida e animalesca de seu autor, uma aparição desidealizada e transvestida de si mesmo e, como Nathan seria o primeiro a confirmar, o assunto mais adequado para entreter seus amigos, principalmente em nossa dor."

Quando o ofício terminou, os presentes saíram à rua, onde alguns grupos começaram a se formar, aparentemente hesitantes em voltar cedo demais aos assuntos corriqueiros de uma terça-feira de outubro. Vez por outra alguém ria, não desbragadamente, apenas daquele tipo de piada que se faz depois de um funeral. Num funeral é possível ver um bocado da vida de alguém, mas Henry não estava olhando. Aqueles que tinham notado a forte semelhança dele com o falecido escritor olhavam na *sua* direção de vez em quando, mas ele preferiu não retribuir. Não tinha a menor vontade de ouvir ainda mais, do jovem editor, sobre as magias de *Carnovsky*, e irritava-o a idéia de ter que encontrar e falar com o responsável pela editora de Nathan, que ele supunha ser o senhor idoso, calvo, que tinha se sentado com uma aparência muito triste na primeira fila, perto do esquife. Ele queria simplesmente desaparecer sem ter que falar com ninguém, voltar para a sociedade de verdade, onde os médicos são admirados, onde os dentistas são admirados, onde, se querem saber a verdade, ninguém dá porra nenhuma para um escritor como seu irmão. O que essa gente parecia não entender é que, quando a maioria pensa num escritor, não é pelas razões que o editor sugeriu e sim por causa de quanta grana ele conseguiu com seus direitos autorais. *Isto*, e não o dom para a "autotransformação teatral", é o que é realmente invejável: que prêmios ele ganhou, com quem está trepando, e quanto dinheiro o "artista maior" fez em sua oficinazinha. Ponto final. Fim do panegírico.

Mas em vez de partir ele ficou espiando o relógio e fingindo ter um encontro marcado com alguém. Se partisse agora, então nada daquilo que tinha desejado teria acontecido. Fechar o consultório e fazer essa viagem não tinha nada a ver com "a coisa certa" — não era uma questão de que os outros pensavam que ele devia sentir, era o que ele próprio queria sentir, apesar da separação de sete anos. *Meu irmão mais velho, meu único irmão*, e no entanto tinha percebido no dia anterior que era perfeitamente possível para ele, depois de saber da morte de Nathan pela editora, desligar o telefone e voltar a trabalhar. Fora alarmante descobrir como teria sido fácil esperar para ler o obituário no jornal do dia seguinte, e dizer à família que não tinha sido informado a respeito, nem convidado ao funeral, que dirá convidado a falar. Entretanto não podia fazer isso — talvez não conseguisse fazer o discurso, talvez não conseguisse sentir, mas, por amor aos pais e em nome do que eles teriam desejado, em nome de todas aquelas memórias do que ele e Nathan tinham vivido juntos quando jovens, poderia ao menos estar lá e, na presença do corpo, efetuar algo assim como uma reconciliação.

Henry tinha estado mais do que disposto a se desvencilhar do ódio e a perdoar, mas em conseqüência daquele panegírico, os sentimentos os mais amargos tinham sido reativados: a elevação de *Carnovsky* à qualidade de um clássico — um clássico da *exageração irresponsável* — o fez sentir-se contente que Nathan estivesse morto e ele lá para certificar-se de que era verdade.

Eu deveria ter sido o orador — o bangalô na praia, os piqueniques no Memorial Day,* os passeios de carro, as expedições com os escoteiros, eu deveria ter dito a eles tudo que lembro, e que se danem se por acaso achassem que era uma baboseira sentimental mal escrita. Eu teria feito o panegírico e nossa reconciliação teria sido *essa*. Eu me senti intimidado, intimidado com todas aquelas pessoas, como se fossem uma extensão dele. Então, ele pensou, hoje só estamos tendo mais daquela mesma velha coisa. Nunca iria dar certo, porque eu *sempre* me senti intimidado. E com aquela briga eu apenas reforcei isto — brigar só porque eu não agüentava *mais* a intimidação dele! Como fui me meter naquilo, se nunca foi o que eu quis?

O dia foi péssimo, por razões todas elas erradas. Ei-lo aqui querendo poder prantear o irmão como todo mundo, e tendo, em vez disso, que se haver com a fedentina dos piores sentimentos.

Quando ouviu seu nome sendo chamado, sentiu-se como um criminoso, não por causa de culpa e sim por se ter deixado encurralar. Era como se, na porta de um banco que tivesse acabado de assaltar, perpetrasse um ato humano qualquer, totalmente gratuito, como ajudar um cego a atravessar a rua, atrasando com isso sua fuga e permitindo à polícia fechar o cerco. Sentiu-se ridiculamente apanhado.

Em sua direção vinha a última das três mulheres que Nathan tinha deixado, Laura, parecendo tão jovem e afável quanto há oito anos, na época em que eram todos afins. Laura tinha sido a mulher "decente" de Nathan, moderadamente bonita, se é que chegava a sê-lo, de confiança, de bom coração, conscien-

* Dia dos soldados e marinheiros norte-americanos mortos em ação. (N. T.)

ciosamente desajeitada, que nos anos 60 tinha sido uma advogada com ideais elevados sobre justiça para os pobres e oprimidos. Nathan a deixara mais ou menos na época em que *Carnovsky* foi publicado, e a celebridade parecia prometer recompensas mais excitantes. Isso, de qualquer forma, foi a interpretação de Carol quando ficaram sabendo da separação. Henry não estava tão certo de que o sucesso fosse o único motivo: viu o que havia de admirável em Laura, mas aquilo pode ter sido mais ou menos tudo que existia — sua probidade WASP, incolor, cujo atrativo para Nathan, Henry nunca conseguiu entender, era inconfundível *demais*. Desde a adolescência que vinha esperando que Nathan se casasse com alguém muito inteligente e muito ardente, uma espécie de intelectual de bar, mas Nathan nunca chegou nem perto. Nenhum dos dois. Mesmo as duas mulheres com quem Henry teve seus casos mais tórridos acabaram se mostrando tão sóbrias quanto sua mulher, e tão dignas e decentes. No fim, era como estar *tendo* um caso com a sua mulher, para ele, se não para Carol.

Enquanto se abraçavam, ele tentava pensar em alguma coisa para dizer que não revelasse imediatamente a Laura que não estava profundamente enlutado.

— De onde veio? — as palavras erradas, inteiramente. — Onde vive? Nova York?

— No mesmo lugar — ela disse, recuando mas segurando ainda mais um pouco sua mão.

— Ainda no Village? Sozinha?

— Não sozinha, não. Estou casada. Dois filhos. Oh, Henry, que dia terrível. Há quanto tempo ele sabia que ia fazer esta operação?

— Não sei. Nós tivemos uma desavença. Por causa daquele livro. Eu não sabia de nada também. Estou tão atônito quanto você.

Ela não deu sinal de que era óbvio para todo mundo que ele não estava nem um pouco atônito.

— Mas quem estava com ele? — ela perguntou. — Ele estava morando com alguém?

— Existe uma mulher? Eu não sei.

— Literalmente, então, não sabe nada sobre seu irmão?

— Bem, talvez seja uma vergonha — ele disse, na esperança de torná-la menor falando.

— Eu não sei — Laura disse — mas não suporto pensar que ele estava sozinho quando foi fazer aquela operação.

— O editor que fez o panegírico, ele parece ter sido bem próximo dele.

— É, mas ele voltou só ontem à noite, ele estava nas Bahamas. É verdade que ele sempre teve mulheres em volta. Nathan nunca ficava sozinho por muito tempo. Aposto que tem uma pobre moça neste momento, talvez estivesse lá dentro. Havia muita gente. Eu espero que sim, por ele. A idéia dele sozinho... Ah, é tão triste. Para você também.

Não conseguiu resolver-se a mentir de forma cabal e concordou.

— Ele tinha uma porção de livros a escrever — Laura disse. — Ainda assim, conseguiu fazer bastante do que queria fazer. Não foi uma vida desperdiçada. Mas ainda havia muito pela frente.

— Como eu disse, não sei o que pensar. Mas nós tivemos uma discussão séria, uma desavença; foi provavelmente uma tolice de ambas as partes.

Tudo que ele dizia soava sem sentido. O mais provável é que a desavença deles tivesse sido o que tinha que ser, o resultado de diferenças irreconciliáveis pelas quais ele não tinha que pedir desculpas. Dissera o que pensava a respeito daquele livro, como tinha todo o direito de fazer, e o que houve, houve. Por que só os escritores podem dizer o indizível?

— Por causa de *Carnovsky*? — Laura perguntou. — É bem, quando eu li, pensei que o livro não ia cair muito bem para você e seu pessoal. Eu entendo, mas é claro que ele tinha que usar a vida em volta dele, as pessoas que ele conhecia melhor.

Não era o "usar", era a *distorção*, a distorção deliberada — será que essa gente não consegue entender isto?

— De que sexo são seus filhos? — ele perguntou, de novo

soando a si próprio tão insípido quanto se sentia, como se estivesse falando numa língua que mal conhecesse.

A ex-mulher, Henry pensou, tão obviamente perturbada com a morte de Nathan, estava em absoluto controle de si própria, enquanto o irmão que não estava atormentado era incapaz de dizer qualquer coisa certa.

— Um menino e uma menina — ela disse. — Combinação perfeita.

— Quem é seu marido? — Aquilo não saiu como inglês falado por um anglófono tampouco. Ele não estava falando língua conhecida alguma. Talvez o único inglês certo fosse a verdade. Ele está morto e eu não estou ligando a mínima. Quem me dera que sim, mas não consigo.

— O que ele faz? — Laura disse, aparentemente traduzindo sua pergunta para sua própria língua. — Ele também é advogado. Não trabalhamos juntos, não é uma boa idéia, mas estamos na mesma faixa de ondas. Desta vez casei-me com um homem como eu mesma. Não sou da faixa criativa, nunca fui. Pensei que sim, na faculdade, e até possuía resquícios disso quando conheci Nathan. Pôr a idéia de ser um escritor na frente de tudo o mais é uma coisa da qual eu sei um bocadinho. Eu li aqueles livros também, e já até tive aqueles pensamentos e, com certo custo, cheguei a agir assim quando tinha meus vinte anos. Mas tive sorte e acabei indo parar na faculdade de Direito. Agora estou a maior parte do tempo na faixa prática de ondas. Só tenho uma vida de verdade, eu receio. Mas acontece que não preciso de nenhuma outra.

— Ele nunca escreveu sobre você, escreveu?

Ela sorriu pela primeira vez e Henry viu que ela tinha ficado ainda mais modesta, até mais *doce*. Não parecia nutrir um único ressentimento contra seu irmão.

— Eu não era interessante o suficiente para ser descrita — Laura disse. — Ele estava entediado demais comigo para escrever sobre mim. Talvez não estivesse entediado o bastante. Ou uma coisa ou outra.

— E agora o quê?

— Quanto a *mim*? — ela perguntou.

Não era o que tinha querido dizer embora respondesse:

— É.

Ele tinha querido dizer algo de pavoroso — algo que *não* tinha querido dizer, como por exemplo:

— Agora que acabou e que meu consultório está fechado, o que é que eu faço com o restante do dia?

Simplesmente escapara, como se algo interno que parecia como se fosse externo estivesse tentando sabotá-lo.

— Bom, eu estou bem satisfeita — ela disse. — Vou continuar com o que tenho. E você? Como está Carol? Ela está aqui?

— Eu quis vir sozinho.

Devia ter dito que Carol fora apanhar o carro e que precisava ir. Perdeu a oportunidade de encerrar a conversa antes que sabe-se lá o que que estava querendo sabotá-lo conseguisse seu intento.

— Mas ela não quis vir?

Seu impulso imediato foi o de acertar as coisas — as coisas que Nathan estava sempre distorcendo —, mostrar-lhe, em defesa de Carol, que fora ela justamente a mais perplexa e irritada com Nathan por largar Laura. Mas Laura não se importava — ela tinha perdoado.

— Ele nunca escreveu a seu respeito — disse —, você não sabe o que é.

— Mas ele nunca escreveu sobre Carol, ele nunca escreveu sobre você. Escreveu?

— Depois daquela minha discussão com ele, um dos motivos porque nós decidimos nos afastar foi para que não se sentisse tentado.

Ela não manifestou qualquer emoção, embora ele soubesse o que estava pensando — e de repente entendeu tudo o que Nathan devia ter acabado por desprezar nela. Fria. Amena, correta, irrepreensível e fria.

— E hoje o que acha? — Laura perguntou, na sua voz muito baixa, serena. — Valeu a pena?

— Ser franco? — Henry disse, e *parecia* franco quando estava prestes a dizê-la, a primeira afirmação inteiramente franca que tinha conseguido fazer para ela. — Para ser franco, não foi má idéia.

Ela não demonstrou nada, absolutamente nada, simplesmente virou-se e, calmamente, friamente, afastou-se, seu lugar sendo preenchido imediatamente, antes que Henry pudesse se mexer, por um homem de barbas, de uns cinqüenta anos, um homem alto, magro, de bifocais com armação dourada e chapéu cinza, com jeito, a se julgar pelo talhe conservador das roupas, de financista — ou quem sabe até um rabino. Henry chegou a pensar, depois de alguns momentos, ter reconhecido nele um outro escritor, algum amigo literário de Nathan cuja foto ele vira nos jornais, mas de cujo nome se esquecera — mais um que iria ficar tão chocado quanto Laura por não encontrar Henry e toda a família de pé na calçada, enterrados até os joelhos em lágrimas.

Ele nunca devia ter fechado o consultório. Devia ter ficado em Jersey, cuidando de seus pacientes, e deixado que o tempo desse conta de seus sentimentos — um funeral era o último lugar no mundo para achar o que ele e Nathan haviam perdido.

O homem de barba não se preocupou com as apresentações e Henry continuava sem conseguir lembrar-lhe o nome.

— Bem — disse a Henry —, ele fez na morte o que nunca pôde em vida. Facilitou-lhes as coisas. Simplesmente entrou lá e morreu. É o tipo de morte sobre a qual todos podemos nos sentir bem. Nada como câncer. Com câncer eles duram uma eternidade. Esgotam toda nossa paciência. Depois da comoção inicial, do primeiro diagnóstico, quando todo mundo chega trazendo bolo e comidinhas, eles não morrem bem ali na hora, duram, normalmente, seis meses, às vezes um ano. Zuckerman não. Nada de ir morrendo, nada de decadência — só morte. Tudo muito atencioso. Uma atuação e tanto. Conhecia-o?

Ele sabe, Henry pensou, está vendo a semelhança — a atuação é *dele*. Sabe exatamente quem eu sou e o que eu não sinto. Que mais podia ser isto?

— Não — Henry disse. — Não conhecia.

— Apenas um fã.

— Suponho que sim.

— O editor inconsolável. Ele me faz lembrar de um garoto superprivilegiado, só que em vez de dinheiro, com miolos. É a única pessoa no mundo que eu consigo imaginar lendo um negócio daqueles e pensando tratar-se de um panegírico. Aquilo não foi um panegírico, foi uma resenha literária! Sabe no que ele pensou mesmo quando recebeu a notícia? Perdi minha estrela. Para ele foi um revés na carreira. Quem sabe não um desastre, mas para um jovem editor em começo de carreira, que já vem cultivando o grande estilo, perder sua estrela — isto sim é que é *dor*. Qual é seu livro predileto?

Henry ouviu-se dizendo "*Carnovsky*".

— Não o Carnovsky desconspurcado daquela resenha. A vingança do editor, copidescar o escritor real para fora da existência.

Henry continuou parado na esquina como se fosse tudo um sonho, como se Nathan não tivesse morrido a não ser num sonho; ele estava em Nova York, num funeral de sonho, e o motivo de aquele panegírico ter celebrado exatamente o que o afastara do irmão, o motivo de ele estar sem fala, o motivo de a ex-mulher mostrar mais dor que ele e em silêncio condenar Carol por não estar presente era tudo porque é isso que acontece num sonho ruim. Há insultos por toda a parte, o indivíduo é a forma mais solitária de vida imaginável, e gente assim de repente se materializa, tão inidentificável quanto uma força da natureza.

— A capação de Zuckerman está agora completa — o homem de barbas informou a Henry. — Uma morte antisséptica, um arremedo de panegírico, e nenhuma cerimônia; completamente secular, sem nada a ver com a maneira como os judeus enterram gente. Pelo menos uma boa choradeira em volta da cova, um tico de remorso ao baixar do caixão, mas não, ninguém nem tem permissão para ir com o corpo. Queimá-lo. Não há corpo. O satirista do corpo vociferante, sem um corpo. Tudo de trás para diante, estéril e tolo. As mortes de câncer são pavorosas. Eu o imaginava destinado a ela. Você não? Onde a crueza e a sujeira? Onde o constrangimento e a vergonha? A vergonha neste cara *sempre* funcionou. Aqui está um escritor que rompeu tabus, fodeu com tudo, indiscreto, que caiu deliberadamente fora, e eles o enterram como se fosse um cândido. Joguem cândida em nosso imundo, auto-atormentado Zuck! A consciência infeliz de Hegel à tona sob o disfarce de amor e sentimento! Este romancista incontentável, suspeito, irascível, este ego levado a seus maiores extremos, ergue-se e lhes apresenta uma morte saborosa; e a polícia dos sentimentos, a polícia da gramática, eles lhe dão um funeral saboroso, com toda a bosta e os mitos! A única maneira de se fazer um enterro é convidar todo mundo que conheceu a pessoa e ficar esperando que o acidente aconteça, que alguém apareça sem mais nem menos e diga a verdade. Tudo o mais é boas maneiras. Não me conformo. Ele não vai nem sequer apodrecer no chão, este cara foi *feito* para isto. Este profanador degenerado, pérfido, este veneno na corrente sanguínea judaica, fazendo as pessoas se sentirem desconfortáveis e bravas porque vêem ao espelho o seu próprio cu, verdadeiramente desprezado por um bocado de gente inteligente, ofensivo a todo e qualquer *lobby*, e eles o dispensam, descontaminado, dedetizado; de repente ele é Abe Lincoln e Chaim Weizmann num só! Será que era isto que ele *queria*, a "kosherização", o inodoro? Eu realmente achava que ele ia com câncer. O diabo. O espetáculo-catástrofe, os trinta e cinco quilos de morte, com todas as entradas em cena. Um punhadinho de dor uivando pela agulha, mesmo enquanto implora à enfermeira para ter piedade e tocar no seu pinto, a última chupada por dó da vítima inocente. Mas não, o pau duro gotejante se safa num único ato. Tudo é dignidade. Uma grande pessoa. Estes escritores são ótimos, verdadeiras fraudes. Querem *tudo*. Doidamente agressivos, cagam na página, disparam contra a página, mostram até o último peido deles na página, e por isso esperam medalhas. É preciso amá-los.

E o que é que esta boca quer que eu diga — que você lê mentes e eu concordo? Que eu também achava que ia com câncer? Henry não disse absolutamente nada.

— Você é o irmão — o barbudo sussurrou, falando com a mão na frente da boca.

— Não sou.

— É, *você é* Henry.

— Vai se foder! — Henry falou, fechando o punho e, ao descer rapidamente da calçada, quase foi atropelado por um caminhão.

Em seguida estava diante da entrada do prédio de Nathan, explicando a uma senhora italiana idosa, com uma cara muito macambúzia e algo que parecia um tumor assassino lhe crescendo no crânio, que tinha deixado as chaves do apartamento do irmão em Jersey. Ela é que tinha atendido quando apertou a campainha do zelador.

— Foi um dia e tanto — disse a ela. — Se a cabeça não estivesse grudada, eu a teria esquecido também.

Ora, com aquela excrescência dela, ele nunca deveria ter dito "cabeça". Era provavelmente *por isso* que ele tinha dito. Ainda não estava totalmente no controle da situação. Uma outra coisa é que estava.

— Não posso deixar ninguém entrar — ela disse.

— Não pareço irmão dele?

— Com toda a certeza, vocês parecem gêmeos. Me deu um susto. Pensei que fosse o sr. Zuckerman.

— Estou vindo do funeral.

— Enterraram ele, hein?

— Estão cremando.

Bem por agora, ele pensou. Tudo que restava de Nathan caberia numa caixinha de bicarbonato de soda.

— Seria mais fácil — explicou, o coração aos saltos — se eu não tivesse que voltar amanhã com as chaves — e escorregou-lhe as duas notas de vinte que trazia enroladas na mão desde antes de entrar no prédio.

Seguindo-a até o elevador, tentou pensar no pretexto que daria caso alguém aparecesse enquanto estivesse dentro do apartamento de Nathan, mas em vez disso começou a se censurar por não ter feito esta visita há muito tempo — se ao menos tivesse vindo, hoje não teria sido nem um pouco como hoje. Mas a verdade é que desde a briga Nathan nunca mais tinha pensado muito no irmão, e se surpreendia por ter guardado ressentimento e por ter tudo acabado assim. Não havia dúvida que nunca se preparara para a morte de Nathan, nem sequer imaginara Nathan *capaz* de morrer, não enquanto ele próprio estivesse vivo; em frente à agência funerária, resguardando-se daquele palhaço dominador, chegou até a imaginar por instantes que ele *era* Nathan — o espírito de Nathan lhe dando uma dura, assim como Laura, por sua insensibilidade.

E se ele tiver me seguido e aparecer por aqui.

Havia duas fechaduras a serem abertas e aí viu-se sozinho no pequeno *hall*, pensando como até quando adulto continua-se pensando, feito uma criança, que a morte não é inteiramente morte, que eles estão no caixão e não estão no caixão, que são de alguma forma capazes de pular de trás de uma porta e gritar "Enganei um bobo!" ou de começar a nos seguir na rua. Na ponta dos pés dirigiu-se para o amplo vão que dava na sala de estar e ficou na beirada do tapete oriental, como se o chão estivesse minado. As venezianas estavam fechadas e as cortinas também. Nathan poderia ter saído de férias se não estivesse morto. Na semana seguinte, pensou, seriam trinta anos desde que fizera aquele passeio sonâmbulo no Dia das Bruxas. Mais uma lembrança para o seu panegírico impronunciado — Nathan segurando-lhe a mão e acompanhando-o pela vizinhança um pouco antes naquela noite, na sua fantasia de pirata.

A mobília parecia opulenta e a sala esplêndida, o lar de um homem bem-sucedido e importante, o tipo de sucesso com o qual Henry nunca pôde competir, ele que tinha sido também fenomenalmente bem-sucedido. Tinha a ver menos com dinheiro do que com alguma proteção irracional concedida aos ungidos, alguma invulnerabilidade que Nathan sempre pareceu possuir. Às vezes ficava louco da vida ao lembrar como Nathan a conseguira, embora soubesse que havia algo de mesquinho e medonho — trágico mesmo — em permitir-se a mais minuciosa das percepções do desejo de ser igual a seu irmão. Por isso é que tinha sido melhor não pensar nele de jeito nenhum.

Por que, perguntava Henry, ser um bom filho e marido é tamanha piada para essa sociedade de elite intelectual? O que há de errado com uma vida correta? O dever é necessariamente uma idéia tão vagabunda, o decente e o respeitoso são assim tamanha merda, enquanto a "exageração irresponsável" produz clássicos? No jogo disputado por esses aristocratas intelectuais as regras estão, de alguma forma, completamente invertidas...

Mas não tinha ido até lá para ficar parado olhando morbidamente para o vazio, convocando ainda uma vez os sentimentos mais rancorosos, hipnotizado numa espécie de transe regressivo, à espera de que Nathan pulasse fora do caixão para lhe dizer que fora tudo uma brincadeira — estava lá porque havia um trabalho desagradável a ser feito.

Dentro de um amplo armário embutido numa das paredes do corredor que separa a ala dos fundos do apartamento — o escritório de Nathan e o quarto — da sala de estar, cozinha e vestíbulo, havia quatro arquivos com os papéis dele. Descobrir os fichários levou apenas alguns segundos — estavam empilhados, quatro colunas deles, em ordem cronológica, bem em cima dos arquivos: vinte fichários pretos de três argolas, todos estufados com folhas e envoltos por elástico vermelho. Ainda que as células do cérebro tivessem sido reduzidas a cinzas, ainda havia este banco de memórias com que se preocupar.

Graças à organização de Nathan, Henry conseguiu, sem nenhuma das dificuldades previstas, localizar um volume identificado no dorso como sendo o do ano de seu primeiro adultério — sem dúvida, estivera com a razão em dar ouvidos à paranóia e em não se censurar por causa disso também, porque lá estava tudo, cada um dos íntimos detalhes, registrado para a posteridade. As anotações não só eram tão abundantes quanto vinha imaginando desde que recebera a notícia da morte de Nathan como eram também mais comprometedoras do que se lembrava.

E pensar que já se entregara à busca desenfreada, apenas dez anos atrás, da admiração de Nathan! Até onde eu fui para atrair a atenção dele! Quase com trinta anos, pai de três filhos, porém meus anseios para ele, os anseios de um adolescente tagarela! E, ele pensou, lendo aquelas páginas, um adolescente também para ela. Pelo jeito daquilo, não há cretino maior que o marido e pai fugindo do cenário doméstico — não podia haver um espetáculo mais triste, superficial, mais ridículo que ele próprio na forma em que fora revelado naquelas anotações. Estava atônito de ver quão pouco custara levá-lo tão próximo de dispensar tudo. Por uma trepada, segundo Nathan — e podemos contar com ele para acertar esta parte —, por uma trepada no cu de uma loira suíça-alemã, ele estivera disposto a desistir de Carol, Leslie, Ruthie, Ellen, a clínica, a casa... *Não sou mais virgem lá, Henry. Todos eles pensam que eu sou tão boa e responsável. Ninguém sabe.*

Se ele não tivesse conseguido entrar no apartamento e pôr as mãos naquelas páginas, se tivesse realmente acreditado que estava sendo seguido, se tivesse voltado para Jersey como um homem num sonho, com medo de ser apreendido, *todo mundo* teria sabido. Porque eles publicam estes diários quando morrem escritores — os biógrafos saqueiam tudo para suas biografias, e aí todos teriam sabido de tudo.

Encostado à parede no corredor estreito, leu duas vezes o diário que cobria os meses cruciais e, quando se certificou que tinha descoberto cada um dos apontamentos com seu nome ou o nome dela, com um puxão hábil e certeiro, arrancou fora as páginas, para repor em seguida, com todo o cuidado, o fichário em seu local cronológico, sobre o arquivo. Dos volumes e volumes de palavras escritas desde quando Nathan tinha sido liberado do exército e se mudado para Manhattan para se tornar escritor, ele extraíra apenas vinte e duas páginas. Tinha entrado no apartamento por suborno, estava ali ilegalmente, mas ao remover menos do que duas dúzias de páginas das cinco ou seis mil inteiramente cobertas com a letra de Nathan, não podia estar cometendo nenhum flagrante ultraje contra a propriedade do irmão; seguramente não tinha feito nada que prejudicasse a reputação de Nathan ou diminuísse o valor de seus papéis. Henry interveio apenas para evitar uma perigosa intromissão em sua própria privacidade — porque se essas anotações viessem a público, não havia como dizer quantas dificuldades não teriam causado, profissionalmente e em casa.

E, se ao remover estas poucas páginas estivesse prestando um favor a sua antiga amante também, ora, por que não deveria? A deles tinha sido uma paixão e tanto: um breve, regressivo e adolescente interlúdio do qual, ainda bem, escapara sem cometer um erro verdadeiramente estupendo, e no entanto fora louco por ela, na época. Lembrava-se de ter ficado observando quando ela ajoelhou-se, de corpete de seda negra, para apanhar o dinheiro no chão do motel. Lembrava-se dos dois dançando juntos na sua própria casa às escuras, dançando como duas crianças ao som de Mel Tormé depois de terem passado a tarde toda na cama. Lembrava-se de lhe bater na cara e de lhe puxar o cabelo e de como, quando perguntara como era gozar uma vez, e outra, e outra, ela lhe respondera: "Paraíso". Lembrava-se de como tinha ficado excitado ao vê-la corar quando a forçou a falar sujeiras em alemão-suíço. Lembrava-se de ter escondido o corpete de seda negra no cofre do consultório ao descobrir que não conseguia jogá-lo fora. A lembrança dela, naquela *lingerie*, ainda agora, o fazia apertar o pau com a mão. Mas já era suficientemente ilícito ficar remexendo em papéis no apartamento do irmão morto — teria sido simplesmente obsceno demais bater uma punheta no corredor por causa das coisas de dez anos atrás que lhe vinham à mente, graças às anotações de Nathan.

Olhou para o relógio — melhor ligar para Carol. O telefone ficava no quarto, nos fundos do apartamento. Sentado na beirada da cama de Nathan, discou o número de casa, preparado para que o irmão surgisse sorridente das molas de uma caixa de surpresas, para que saltasse vivo da silva do guarda-roupa, dizendo-lhe:

— Te enganei, Henry, enganei um bobo; bota aquelas páginas de volta, você não é meu editor.

Mas sou. Ele pode ter feito o panegírico, mas eu agora posso cortar fora o que quiser.

Enquanto o telefone tocava espantou-se com o cheiro incrível que vinha do pátio nos fundos do prédio. Levou algum tempo até perceber que o cheiro vinha dele mesmo. Era como se, num pesadelo, sua camisa se tivesse ensopado em algo mais do que simples perspiração.

— Onde você está? — Carol perguntou quando atendeu o telefone. — Está bem?

— Estou ótimo. Estou num café. Não houve ofício fúnebre, ele está sendo cremado. Houve apenas um panegírico na funerária. O esquife estava lá. E foi só. Encontrei Laura. Ela casou outra vez. Parecia muito abalada.

— Como está *você*?

Mentiu, ou quem sabe estivesse dizendo a verdade exata.

— Como se meu irmão tivesse morrido.

— Quem fez o panegírico?

— Um idiota pomposo. O editor dele. Provavelmente eu mesmo devia ter dito qualquer coisa. Gostaria de ter podido.

— Você disse tudo ontem, você disse tudo para mim. Henry, não fique vagando por Nova York se sentindo culpado. Ele podia ter ligado para você quando ficou doente. Ninguém precisa ficar só se não quiser. Ele morreu sem ninguém porque foi assim que ele viveu. Era como ele *queria* viver.

— Provavelmente havia alguma mulher — disse Henry, imitando Laura.

— É? Ela estava lá?

— Não vi, mas ele sempre teve mulher em volta. Nunca ficou só por muito tempo.

— Fez tudo que podia. Não há mais nada a fazer. Henry, venha para casa. Você está com uma voz horrível.

Mas *havia* mais a fazer, e outras três horas transcorreram antes que voltasse para Jersey. No escritório, em cima de uma escrivaninha arrumada e sem papéis espalhados, encontrou uma caixa de papelão marcada como "Minuta nº 2". Nela, centenas de páginas datilografadas. Este segundo rascunho de um livro, se é o que era, não parecia ter título. Não os capítulos, porém — cada um, no topo da página, tinha como título o nome de um lugar. Sentou-se à escrivaninha e começou a ler. O primeiro capítulo, "Basiléia", girava em torno dele.

Apesar de tudo que acreditava saber sobre o irmão, não conseguia crer que aquilo que estava lendo tivesse sido escrito nem mesmo por Nathan. Tinha passado o dia inteiro desconfiado de seu ressentimento, atormentando-se por aquele ressentimento, sentindo-se miserável por não sentir nada, dilacerando-se por sua incapacidade de perdoar e aí estavam todas estas páginas onde se via exposto não só ao pior tipo de ridículo como também identificado com seu próprio nome. Todos estavam identificados pelo nome, Carol, as crianças, até Wendy Casselman, a loirinha que antes de casar tinha trabalhado algum tempo como sua assistente; até Nathan, que nunca antes escrevera sobre si próprio *como* sendo ele próprio, aparecia como Nathan, como "Zuckerman", embora quase tudo na história fosse ou mentira deslavada ou uma farsa burlesca dos fatos. De todos os clássicos de exageração irresponsável, este era o mais imundo, o mais temerariamente irresponsável de todos.

"Basiléia" era sobre sua morte, de Henry, numa operação de ponte de safena; sobre seus amores adúlteros, de Henry; sobre seu problema cardíaco, o de Henry — não o de Nathan, o *seu*. Todo o tempo em que Nathan esteve doente, sua diversão, sua distração, seu entretenimento, sua alegria, sua *arte*, tinha sido a *minha* deformação. Escreveu o *meu* panegírico! Era pior ainda que *Carnovsky*. Pelo menos lá ele tinha tido a decência, se é que a palavra é esta, de misturar um pouco as vidas das pessoas reais, de mudar algumas coisas (apesar da pouca camuflagem que isto dera à família), mas isto excedia qualquer outra coisa, era o pior abuso imaginável da liberdade "artística".

No meio de tudo aquilo, pura invenção sádica, punitiva, maldosa, pura bruxaria sadista, ali, copiado *ipsis litteris* dos fichários, estava metade das anotações que Henry arrancara para destruir.

Ele era um homem sem o menor senso de conseqüência. Esqueça a moralidade, esqueça a ética, esqueça os sentimentos — ele não conhecia a lei? Não sabia que eu poderia processá-lo por difamação e invasão de privacidade? Ou seria isto exatamente o que ele queria, uma batalha jurídica com o irmão burguês em torno da "censura"? O que é mais revoltante, Henry pensou, a maior infração e violação, é que este *não* sou eu, de maneira alguma. Eu *não* sou um dentista que seduz suas assistentes — existe uma linha divisória que eu *não* atravesso. Meu trabalho não é foder as assistentes — meu trabalho é fazer com que os pacientes confiem em mim, é fazê-los confortáveis, é terminar o trabalho com o mínimo possível de dor e custos para eles, e da melhor forma que puder ser feito. O que *eu* faço no meu trabalho é isso. O seu Henry é, se é que é alguém, *ele* — é Nathan, usando a mim para se esconder enquanto simultaneamente se disfarça *como* ele mesmo, como *responsável*, como *são*, disfarçando-se em homem razoável enquanto eu sou mostrado como o idiota absoluto. O filho-da-puta aparentemente abandona o disfarce no *exato momento em que está mentindo mais*! Aqui está Nathan que sabe de tudo e aqui está Henry com sua vidinha; aqui está Henry que só queria ser aceito e ir em frente com seus casinhos espalhafatosos, Henry o shlub que compra potência com a morte, como um meio de se safar de ser um bom marido, e aqui estou eu, Nathan, o artista, vendo tudo através dele! Mesmo aqui, pensou Henry, com uma doença cardíaca, às vésperas de uma operação séria, ele continuou insistindo com a dominação de uma vida inteira, forçando-me em suas obsessões sexuais, suas obsessões familiares, controlando e manipulando minha liberdade, procurando me dominar com palavras satíricas, fazendo de *todos* adversários inteiramente administráveis para Nathan. E no entanto o tempo inteiro era *ele* que ainda alucinava com aquelas mesmas coisas que faziam rir no irmão de palha que se supõe seja eu! Tinha razão: a força motriz da imaginação dele era vingança, dominação e vingança. Nathan sempre ganha. Fratricídio sem dor — de graça.

Ele deve ter ficado impotente com a medicação cardíaca e escolhido então, como "Henry", fazer a operação que o matou. *Ele*, não eu, nunca aceitaria os limites — *ele*, não eu, foi o louco que morreu por uma foda. Não foi o dentista idiota, mas sim o artista que tudo vê, o Zuckerman ridículo a morrer uma morte cretina de um garoto de quinze anos, tentando dormir com alguém. *Morrendo* de vontade de dormir com alguém. Eis aí o panegírico, seu shmuck: *Carnovsky* não era ficção, *nunca* foi ficção — a ficção e o homem eram uma coisa só! Chamá-lo de ficção foi a maior ficção de todas!

O segundo capítulo ele tinha intitulado "Judéia". Eu de novo, ressurgido dos mortos para uma segunda sova. Uma vez só nunca foi suficiente para Nathan. Ele não poderia ter me desejado maiores infortúnios.

Leu — ele que nunca fora a Israel nem tinha nenhum desejo de visitar o lugar, um judeu que nunca pensou duas vezes sobre Israel ou sobre ser um judeu, que simplesmente assumia como certo que os judeus eram o que ele, sua mulher e seus filhos eram, e que seguia em frente com suas coisas — ele leu sobre si próprio aprendendo hebraico em Israel, em algum tipo de colônia judaica, sob a tutela de um cabeça-quente político e, claro, em fuga impensada das restrições banais de sua vida convencional... Mais um instável, perturbado "Henry", de novo precisando de socorro, de novo se comportando como um menino — e tão diferente dele quanto poderia ser um homem — e mais um "Nathan" superior, distante e sábio, que enxerga através da insatisfação classe-média de "Henry". Bem, pois eu enxergo através do *seu* clichê de claustrofobia doméstica! Outro sonho de dominação, afivelando-me a mais outra obsessão da qual *ele* é que nunca conseguiu se salvar. O pobre puto tinha judeu no cérebro. Por que os judeus com seus problemas judeus não podem ser seres humanos com seus problemas humanos? Por que é sempre judeus atrás de shiksas, ou filhos judeus com seus pais judeus? Por que não pode ser nunca filhos e pais, homens e mulheres? Ele afirma *ad nauseam* que sou eu o filho se estrangulando nas proibições do pai e sucumbindo irremediavelmente às preferências do pai, enquanto ele é que nunca foi capaz de compreender que agi como agi *não* porque tenha sido atormentado por nosso pai e sim porque *escolhi*. Nem todo mundo está lutando contra o pai ou contra a vida — quem foi abominavelmente atormentado por nosso pai foi *ele*. O que está provado aqui em cada palavra, o que está gritando de cada frase, é que o filho do pai que nunca cresceu para formar uma família sua, que não importa o quanto tenha viajado e quantas estrelas tenha fodido e que, não importa quanto dinheiro tenha ganho, nunca conseguiu escapar da casa em Newark, da família em Newark e da vizinhança de Newark, o clone do pai que morreu com judeujudeujudeu na cabeça, foi *ele*, o artista maior! É preciso ser cego para não ver isso.

O último capítulo, chamado "Cristandade", parecia ser o seu sonho de escapar de tudo isso, um sonho da pura magia da fuga — do pai, da pátria, da doença, fuga do mundo pateticamente desabitado do seu caráter inescapável. Exceto por duas páginas — que Henry retirou — não havia ali qualquer menção a um irmão mais novo e infantil. Aqui Nathan estava sonhando apenas sobre si próprio — um *outro* eu — e assim que Henry percebeu isso, não gastou tempo em examinar cada parágrafo. Já tinha gasto tempo demais — do lado de fora da janela do escritório, o pátio estava começando a escurecer.

O "Nathan" de "Cristandade" vivia em Londres, com sua bonita e grávida mulher. *Ele tinha lhe dado o nome de Maria!* Mas depois de reconferir, folheando depressa para trás e para a frente, viu que não tinha nada a ver com sua amante suíça. Nathan chamava todas as shiksas de Maria — a explicação era assim tão comicamente simples. Até onde Henry percebia, lendo agora como um estudante na véspera do exame, correndo para vencer o relógio, tratava-se de um sonho que um solitário como seu irmão nunca poderia esperar obter, um sonho alimentado por privações que iam muito além da história — uma história sobre ser papai, entre todas as possibilidades. Que delícia — um papai com dinheiro o bastante, com muitos contatos sociais para diverti-lo, um lugar maravilhoso para morar, uma mulher maravilhosa e inteligente com quem viver, a parafernália toda para que *não* parecesse estar tendo um filho. Tão cheia de sentido e reflexão, esta paternidade dele — e não entendendo nada de nada! Sem compreender inteiramente que uma criança não é uma conveniência ideológica e sim o que se tem quando se é jovem e tolo, quando se está lutando para forjar uma identidade e uma carreira — ter filhos está ligado a tudo *isso*! Mas, não, Nathan era totalmente incapaz de se envolver em qualquer coisa que não fosse de sua produção por completo. O mais perto que Nathan conseguiu chegar da verdadeira confusão da vida foi naquelas ficções que criou sobre ela — fora isso, viveu como morreu, morreu como viveu, construindo fantasias sobre seres amados, fantasias de adversários, fantasias de conflito e desordem, sozinho dia após dia nesta sala sem gente, continuamente buscando através do solitário artifício literário dominar aquilo que, na vida real, tinha medo demais para enfrentar. A saber: passado, presente e futuro.

Não era intenção de Henry levar mais do que fosse preciso, porém se perguntava se deixar a caixa meio cheia e o manuscrito começando na página 255 não iria causar suspeitas, principalmente se a zeladora resolvesse mencionar sua visita aos executores que viriam para assumir a custódia dos bens de Nathan. Levar tudo, entretanto, teria se parecido a latrocínio, ou até com algo ainda mais seriamente ofensivo à opinião que tinha de si próprio. As coisas que já fizera eram suficientemente indecentes — totalmente necessárias, profundamente de seu interesse, mas dificilmente de seu agrado. Apesar do sadismo da "Basiléia" de Nathan, recusava-se a ser gratuitamente vingativo — exceto por duas páginas, "Cristandade" não tinha nada a ver com ele ou sua família, e por isso deixou-a onde estava. Separando do manuscrito apenas o que poderia comprometer, retirou na sua inteireza os capítulos "Basiléia" e "Judéia" e a abertura de um capítulo sobre uma tentativa de seqüestro aéreo, com Nathan a bordo como vítima inocente e, a se julgar por uma leitura perfunctória, mantendo tão pouca relação com o mundo verdadeiro quanto tudo o mais no livro. Tais páginas consistiam numa carta sobre os judeus, de Nathan para Henry, e de uma conversa telefônica sobre judeus entre Nathan e uma mulher que não tinha a menor semelhança com a mulher de Henry e, é claro, chamada "Carol" — quinze páginas judaico-absortas, judaicoentupidas, a refletir, supostamente, as obsessões de *Henry*. Lendo-as, ocorreu a Henry que a maior satisfação de Nathan, como escritor, deve ter vindo exatamente destas distorções perversas da verdade, como se ele escrevesse *para* distorcer, por este prazer em primeiro lugar, e apenas incidentalmente para caluniar. Mente alguma no mundo poderia ter-lhe parecido mais estranha que a mente que lhe fora revelada por este livro.

Tentei várias vezes enquanto estive com ele dar a esta fuga dos limites estreitos de sua vida algum significado mais alto, mas no fim ele me pareceu, apesar da determinação de ser algo novo, tão ingênuo e desinteressante quanto sempre fora.

Ele tinha que ser supremo sempre, inesgotavelmente superior, e eu, pensou Henry, era o eterno inferior, o garoto em que ele aprendera a afiar seu senso de supremacia, o subordinado em tempo integral, o júnior convenientemente à mão, desde o dia em que nasci, para ser sobrepujado e suplantado. Por que é que ele teve que me diminuir e me expor até aqui? Seria apenas inimizade gratuita, o comportamento de um delinqüente anti-social que escolhe qualquer um, como um brinquedo, para atirar em frente ao trem do metrô? Ou será que eu simplesmente era o último que tinha sobrado da família que pudesse atacar e trair? Que tenha sido preciso que ele rivalizasse comigo até o fim! Como se o mundo já não soubesse quem era o incomparável garoto dos Zuckerman!

Se fosse para Henry algum dia se tornar interessante, era eu que ia ter que fazê-lo.

Obrigado, obrigado, Nathan, por me redimir de minha mediocridade patológica, por me ajudar a escapar dos limites estreitos da minha vida. Qual era o problema dele, afinal, por que precisou ser assim, mesmo no fim da vida, por que não conseguia deixar nada nem ninguém em paz!

Por mais ansioso que estivesse em partir, passou uma hora ainda em busca de cópias da "Minuta nº 2" e tentando localizar uma "Minuta nº 1". Tudo que achou, na gaveta de um dos armários de arquivo, foi um diário que Nathan escrevera durante um breve período em que dera aulas em Jerusalém, dois anos antes, e um pacote de recortes tirados de um tablóide chamado *A Imprensa Judaica*. O diário dava a impressão de um relatório bem desordenado — impressões garatujadas de pessoas e lugares, fragmentos de conversas, nomes de ruas e listas de nomes; até onde Henry via, tudo fato, sem qualquer menção a seu nome. Numa pasta, na gaveta de baixo, encontrou um bloco amarelo cujas primeiras folhas estavam cobertas com fragmentos de frases que lhe soavam curiosamente familiares. *Muito mais Velho Testamento que isto — submissão versus retribuição. Traição do amor materno. Conjectura em disparada.* Eram as anotações para o panegírico que ele tinha ouvido aquela manhã. No bloco havia três versões revisadas do próprio panegírico; em cada uma das versões havia emendas nas margens e inserções, frases riscadas e reescritas, e tudo aquilo, texto e correções, pelo punho de nenhum outro que não Nathan.

Tinha escrito seu próprio panegírico. Para ser lido na eventualidade de não sobreviver à cirurgia, sua própria avaliação de si mesmo, disfarçada como sendo de outra pessoa!

Isto porque, apesar de toda a aparente auto-revelação dos romances, ele foi um grande defensor de sua solidão, não porque gostasse especialmente ou valorizasse sua solidão, mas porque a anarquia emocional fervilhante e a auto-revelação só lhe eram possíveis em isolamento.

Fervilhante na certa — a versão *dele*, a interpretação *dele*, o retrato *dele*, refutando e impugnando os dos demais, e *fervilhando* em *tudo*! E onde estava sua autoridade? *Onde?* Não admira que eu não pudesse respirar ao lado dele — investindo de trás de uma fortaleza de ficção, exercendo seu controle mental até o finalzinho sobre todo e qualquer desafio ego-ameaçador! Não conseguiu nem mesmo confiar seu *panegírico* a outra pessoa, não conseguiu conceder esse tanto de confiança a um amigo fiel, mas conspirou para efetuar até a sua própria homenagem, supervisionando em segredo também aqueles sentimentos, controlando exatamente como seria julgado! Todos a pronunciar as palavras daquele puto, todos feito bonecos sentados nos joelhos dele a ventriloquizar seu bocado! Minha vida dedicada a consertar bocas, a dele gasta em impedi-las — a dele gasta a enfiar aquelas palavras goela abaixo de todo mundo! Nas palavras dele o nosso destino — *em nossas bocas, suas palavras*! Todos enterrados e mumificados em lava verbal, inclusive, no fim, ele próprio — nada de direto, nu, vivo, nada enfrentado como realmente é. Na cabeça dele nunca importou o que acontecia *de fato*, ou quem eram *de fato* as pessoas — em vez disso tudo que era importante, distorcido, disfarçado, deturpado, ridiculamente fora de qualquer proporção, delimitado por aquelas ilusões sem fim, calculadas e habilmente boladas nesta tenebrosa solidão, tudo uma auto-suposição, um engano deliberado, sempre esta incansavelmente pavorosa conversão dos fatos em algo mais...

Era o tributo fúnebre que Henry não tinha sido capaz de compor na noite anterior, o indizível finalmente dragado de sua existência não vivida e pronto para ser dito para os armários de arquivos e pastas, blocos de anotações e cadernos, e para as pilhas de fichários de três argolas. Inaudível mas eloqüente, Henry pronunciou por fim sua avaliação sem censuras de uma vida gasta a se *esconder* do fluxo da vida desordenada, de seus reveses, seus julgamentos, sua vulnerabilidade, uma vida vivida atrás de um escudo à prova de vida feito de um discurso bem preparado de palavras habilmente selecionadas e autoprotetoras.

— Obrigado por ter me deixado entrar — disse à zeladora quando bateu para avisar que estava indo. — Poupou-me uma viagem amanhã.

Ela manteve a porta de seu apartamento no térreo três quartos fechada na corrente, mostrando pela fresta apenas uma estreita fatia do rosto.

— Aceite meu conselho — ele disse —, não diga a ninguém que eu estive aqui. Eles podem tentar lhe causar problemas.

— É?

— Os advogados. Com esses advogados, qualquer coisinha vira um grande caso. A senhora conhece advogados.

Abriu a carteira e ofereceu-lhe duas outras notas de vinte, desta vez muito calmamente, sem palpitações do coração.

— Já tenho problemas que bastem — ela disse, e com dois dedos fisgou o dinheiro da mão dele.

— Então esqueça que me viu.

Mas ela já tinha fechado a porta e estava dando a volta na chave, como se ele tivesse sido esquecido há muito tempo. Talvez nem fosse preciso aquela engraxada e, uma vez na rua, perguntou-se se de fato os quarenta dólares a mais não a levariam a suspeitar de que havia algo errado. Mas até onde ela sabia, ele não tinha feito nada errado. O envelope grande de papel manilha que levara com ele estava bem escondido sob uma velha capa de chuva de Nathan, que encontrara no armário do vestíbulo, na saída. Antes de abrir a porta do armário, fora uma vez mais assaltado pelo medo ridículo de que Nathan estivesse escondido entre os sobretudos. Não estava, e no elevador Henry simplesmente acomodou a capa sobre o braço — e sobre o envelope recheado com os papéis de Nathan — como se fosse sua. Podia ter sido. As mentes talvez fossem estranhas, mas os homens eram quase do mesmo tamanho.

Durante todo o percurso pela Madison Avenue havia latas de lixo municipais nas quais poderia facilmente ter despachado o envelope, mas ponha estas páginas num cesto de lixo de Manhattan, ele pensou, e elas acabarão seriadas no *New York Post*. No entanto também não tinha intenção de levar essa coisa para casa, para que Carol lesse ou acabasse encontrando por acaso entre seus papéis; a intenção era poupar Carol tanto quanto ele próprio. Dez anos, mesmo cinco anos atrás, tinha de fato feito o que homens casados fazem, e tentara sair fodendo da vida. Os homens jovens entram fodendo em suas vidas com as moças que se tornam suas mulheres, mas então se casam e alguém novo aparece e tentam sair fodendo. Aí então, como Henry, se ainda não tiverem arruinado tudo, descobrem que, se forem sensatos e discretos, conseguem ficar dentro e fora ao mesmo tempo. Um bocado do vazio que já tinha, no passado, tentado preencher fodendo outras mulheres não o deixava mais em pânico; descobrira que se não se tiver medo dele nem se ficar irritado com ele, e sem valorizá-lo demais, o vazio passa. Se ficar sentadinho — mesmo a sós com alguém que supostamente se ama, sentindo-se totalmente vazio com ela — ele vai embora; se você não lutar nem sair correndo para foder uma outra, e se os dois tiverem algo de importante a fazer, ela vai de fato embora, e você consegue recuperar parte daquele velho sentido e substância, até, por uns tempos, a vitalidade. Depois isso também passa, claro, mas se você ficar sentadinho, volta de novo... e assim vai e vem, vai e vem, e isso foi mais ou menos o que acontecera com Carol e como tinham preservado, sem guerras terríveis nem frustrações insuportáveis, o casamento, a felicidade dos filhos, e as satisfações ordeiras de um lar estável.

Claro que ainda se deixava tentar, e até conseguia se cuidar de tempos em tempos. Quem é que agüenta um casamento de devoção única? Tinha experiência e idade o bastante para compreender que casos, adultério, dê-lhe o nome que quiser, tiram um bocado da pressão embutida num casamento e ensinam, até aos menos imaginosos, que esta idéia de exclusividade não nos foi dada por Deus e veio isso sim de uma criação social, rigorosamente honrada neste momento apenas por aqueles patéticos demais para desafiá-la. Não sonhava mais com "outras esposas". Uma das leis da vida que ele finalmente parecia ter entendido é que as mulheres que você mais quer foder não são necessariamente as mulheres com quem se tem vontade de passar muito tempo. Foder sim, mas não como uma forma de sair de sua vida nem de escapar dos fatos. Ao contrário da de Nathan, o que a vida de Henry tinha acabado por representar era o *viver* com os fatos — em vez de tentar alterar os fatos, assumir os fatos e deixar que o inundassem. Não permitia mais se deixar levar descuidadamente por um turbilhão sexual — e de jeito nenhum no consultório, onde sua concentração estava toda voltada para o lado técnico e para atingir o máximo de perfeição profissional. Nunca deixava um paciente sair do consultório se pensasse: "Eu poderia ter feito melhor... poderia ter sido melhor colocado... a cor não ficou boa...". Não, seu imperativo era a perfeição — não apenas o grau de perfeição necessária para que o paciente atravessasse a vida, nem mesmo o grau de perfeição que se podia realisticamente esperar, mas o grau de perfeição que bem pode ser possível, humana e tecnicamente, se você se esforçar até seus limites. Se você olhar para o resultado a olho nu é uma coisa, mas se olhar com lupa é uma outra, e era por esses padrões microscópicos os mais diminutos que Henry media o sucesso. Tinha o maior índice de correções entre todos que conhecia — se não gostasse de alguma coisa, ele dizia ao paciente: "Escute, vou pôr este aqui temporariamente, mas vou refazê-lo para você", e isso nunca para que pudesse cobrar de novo, e sim para apaziguar aquela injunção exigente, insistente, perfeccionista, com a qual conseguira solidificar a vida ao exauri-la de fantasia. A fantasia é especulação que é caracteristicamente você, você com seu sonho de auto-subjugação, você perenemente ligado a seu desejo premiado, a seu medo favorito, distorcido por uma espécie de idéia infantil que ele aniquilara de seu processo mental. Qualquer um podia fugir e sobreviver, o truque era ficar e sobreviver, e fora assim que Henry fizera, não através da caça a devaneios eróticos, nem pela fuga de desafios aventureiros, e sim sondando as diminutas exigências impostas de sua profissão. Nathan tinha compreendido tudo de trás para a frente, superestimado — como era a fantasia *dele* — o apelo da imoderação e as virtudes de descartar-se os limites da vida. Renunciar à Maria tinha assinalado o começo de uma vida que, se não era bem um "clássico", podia ser comentada no *seu* enterro como uma boa de uma tentativa de equanimidade. E equanimidade era suficiente para Henry, ainda que para seu falecido irmão, estudioso e conhecedor do comportamento imoderado, não chegasse aos pés da promoção abnegada da grande causa humana em prol da exageração irresponsável.

Exageração. Exageração, falsificação, caricatura desabrida — tudo, pensou Henry, sobre minha vocação, para a qual precisão, acuidade e exatidão mecânica são absolutamente essenciais, exagerado, ampliado, engrandecido com vulgaridade. Prova é a aflitiva deturpação de meu relacionamento com Wendy. Claro que quando o paciente está na cadeira, e a higienista ou a assistente está trabalhando com ele, lidando com sua boca com mãos delicadas, e tudo meio em cima dele, claro que há um elemento que estimula, no *paciente*, a fantasia sexual. Mas quando estou fazendo um implante, e a boca inteira está rasgada, os tecidos separados do osso, e os dentes, raízes, tudo exposto, as mãos da assistente lá dentro, junto com as minhas, quando tenho quatro, às vezes até seis mãos trabalhando no paciente, a *última* coisa em que penso é sexo. Você pára de se concentrar, deixa aquilo entrar, e fode tudo — e eu não sou um dentista que foda as coisas. Eu sou um sucesso, Nathan. Não vivo o dia inteiro vicariamente em minha cabeça — vivo com saliva, sangue, ossos, dentes, minhas mãos em bocas tão cruas e reais quanto a carne pendurada no açougueiro!

O lar. Era para lá que estava finalmente se dirigindo, pelo trânsito da hora do *rush*, com a capa e o envelope de Nathan no porta-malas. Enfiara-os na reentrância, ao lado do estepe, para tentar se esquecer por algum tempo de se livrar dos papéis. Agora que estava a caminho, incólume, sentia-se tão torturado quanto um homem que tivesse estado a saquear não os arquivos do irmão, e sim a tumba do irmão, e ao mesmo tempo cada vez mais perturbado pelo medo de não ter sido suficientemente cuidadoso. Se tivesse sido preciso ficar até as três da madrugada para se certificar de que nada de comprometedor naqueles arquivos fosse esquecido, era isso que deveria ter feito. Mas assim que começou a escurecer lá fora, não conseguiu prosseguir — começara de novo a sentir a presença de Nathan, a imaginar-se desorientado dentro de um sonho, e desejou desesperadamente estar em casa com os filhos e que terminassem a pressão e a fealdade. Se ao menos tivesse tido a coragem de esvaziar aqueles arquivos e acender um fósforo — se ao menos pudesse ter a certeza de que quando vissem aquelas cinzas na lareira presumissem que Nathan queimara tudo antes de entrar no hospital... Entalado no congestionamento malcheiroso de carros voltando para casa e caminhões pesados, na entrada do túnel Lincoln, sentiu-se subitamente roído de remorsos, por ter feito o que fizera e por não ter feito mais. Roído também de raiva, por causa de "Basiléia" mais do que qualquer outra coisa — tão enraivecido com o que Nathan tinha acertado quanto com o que tinha errado, tanto pelo que tinha inventado quanto pelo que relatava. Essas duas coisas combinadas é que eram especialmente penosas, mais ainda quando a linha divisória ficara tênue e tudo adquiria o significado o mais distorcido.

Quando chegou a Jersey e saiu da rodovia expressa para telefonar a Carol de um supermercado Howard Johnson, ia pensando que talvez por enquanto bastava guardar as páginas no cofre, parar em seu consultório antes de ir para casa e deixar o envelope lá. Fechá-lo, trancá-lo, e depois deixá-lo no testamento a alguma biblioteca, para que fosse aberto dali a cinqüenta anos, se alguém ainda tivesse algum interesse. Mantendo-o no cofre, poderia pelo menos pensar no assunto de novo em seis meses. Muito menos provável, então, que fizesse a coisa errada — a coisa que Nathan esperaria que fizesse, caso Nathan estivesse esperando para ver que fim levava o manuscrito. Já uma vez, nesta semana — enquanto escrevia aquele panegírico — ele tinha fingido estar morto... suponhamos que tenha feito de novo, esperando ver-me confirmar suas suposições. O pensamento era absurdo, mas no entanto não conseguia parar de tê-lo — seu irmão o estava provocando a desempenhar o papel que lhe reservara, o papel da mediocridade. Como se aquela palavra pudesse *sequer* qualificar a estrutura que tinha construído para si próprio!

Tempos atrás, quando os pais tinham vendido a casa de Newark e se mudado para a Flórida, bem antes de *Carnovsky*, quando tudo era diferente para todos, Henry, com Carol, tinha levado seu pai e sua mãe de carro até Princeton, para ouvir Nathan dar uma palestra. Enquanto ligava para casa, do restaurante, Henry lembrou-se de que depois da palestra, durante o debate, um estudante perguntara a Nathan se ele escrevia "em busca da imortalidade". Podia ouvir Nathan rindo e dando a resposta — foi o mais próximo que conseguira chegar o dia todo do irmão.

— Se você fosse de Nova Jersey — Nathan tinha dito — e escrevesse trinta livros, ganhasse o prêmio Nobel, e vivesse até ficar de cabelos brancos e ter noventa e cinco anos, é altamente improvável mas não impossível que, depois de sua morte, eles se decidissem a batizar uma das paradas de recreio na rodovia de Jersey com seu nome. E assim, muito tempo depois que tivesse desaparecido, você talvez viesse a ser lembrado, mas em grande parte por crianças pequenas, no assento de trás, quando se debruçassem e pedissem aos pais: "Pare, por favor, pare no Zuckerman — eu quero fazer xixi". Para um romancista de Nova Jersey esta é tanta imortalidade quanto é realístico esperar.

Ruthie atendeu o telefone, aquela mesma filha que Nathan imaginara tocando violino ao lado do caixão de Henry, a quem pusera em lágrimas ao lado do túmulo do pai, corajosamente proclamando: "Ele era o melhor, o melhor...".

Nunca amou mais sua filha do meio quando ouviu-a perguntar:

— Você está bem? A mamãe estava preocupada dizendo que um de nós devia ter ido junto. Eu também. Onde você *está*?

Ela era a melhor, a melhor filha sempre. Bastou ouvir aquela voz bondosa, atenciosa e amadurecida de criança para perceber que tinha feito a única coisa que havia a fazer. Meu irmão era um zulu, ou seja lá que povo for esse que usa ossos pendurados no nariz; ele era o nosso zulu, e nossas as cabeças que ele encolhia e espetava no poste para todo mundo olhar. O homem era um canibal.

— Você devia ter ligado — Carol começou, e sentiu-se como alguém que sobreviveu a uma terrível provação e que só depois começa a enfraquecer e perceber o quão precário tudo tinha sido. Sentia-se como se tivesse sobrevivido a uma tentativa de assassinato tendo ele mesmo desarmado o assassino. Então, por debaixo do que ele reconheceu ser o pensamento de alguém absolutamente exausto, viu com clareza toda a fealdade existente atrás do que Nathan escrevera: *ele estava disposto a matar minha família inteira da maneira como matou nossos pais, matar-nos de desprezo pelo que somos. Como ele deve ter abominado meu sucesso, abominado nossa felicidade e a forma como vivemos. Como deve ter abominado a maneira como vivemos para querer nos ver sofrendo desse jeito.*

Minutos depois, à vista dos faróis dos carros que fluíam para casa ao longo da rodovia, Henry parou num canto escuro do estacionamento do restaurante e, abrindo a tampa de metal de uma grande lata de lixo marrom, despejou os papéis. Jogou também o envelope, depois de vazio, e depois enfiou a capa de chuva de Nathan em cima de tudo. Ele era um zulu, pensou, um verdadeiro canibal, assassinando as pessoas, comendo as pessoas, sem nunca ter que pagar o preço. Aí algo de pútrido feriu suas narinas e era Henry que se debruçava e começava violentamente a sentir ânsias, Henry a vomitar como se *ele* tivesse rompido o tabu primevo e comido carne humana — Henry, como um canibal que, em respeito a sua vítima, para obter a história e poder que nela houvesse, ingere o cérebro e aprende que, cru, tem o gosto do veneno. Isso não foi o espremer daquelas lágrimas de dor que esperara derramar no dia anterior, nem era o perdão que esperara fosse tomar conta dele na funerária, tampouco era como a onda de ódio que o acometera ao ver pela primeira vez seu nome datilografado estouvadamente nas páginas de "Basiléia" — este era um reinado de emoções diversas de tudo que tinha conhecido ou queria conhecer de novo, este tremor antes da selvageria do que tinha feito por fim e que quisera fazer a maior parte de sua vida ao cérebro sem lei e zombeteiro do irmão.

Como descobriu que ele estava morto?

O médico telefonou lá por volta do meio-dia. E me disse bem assim:

— Não funcionou, e eu não sei o que dizer. Havia toda a chance de dar certo, mas simplesmente não deu.

Ele era forte e relativamente jovem, e o médico nem sabe por que não deu certo. Simplesmente foi a decisão errada. E não era nem mesmo necessário. O médico simplesmente ligou e disse:

— Eu não sei o que lhe dizer, não sei o que falar...

Sentiu-se tentada a ir ao funeral?

Não. Não, não havia por quê. Tinha acabado. Eu não quis ir ao funeral. Teria sido uma situação falsa.

Sente-se responsável pela morte dele?

Sinto-me responsável na medida em que se ele não tivesse me conhecido, não teria acontecido. Ele me conheceu e de repente sentiu este ímpeto horrível de abandonar sua vida e ser outra pessoa. Mas ele estava tão empolgado que talvez se não tivesse sido eu, teria sido alguém mais. Eu tentei lhe dizer para não fazê-lo, achei que fosse meu dever adverti-lo de antemão, mas também não acho que ele pudesse continuar vivendo como estava — ele estava infeliz demais. Não podia suportar viver como estava. E eu recusá-lo teria significado de fato a continuação daquilo. Fui apenas a catalisadora, mas é claro que estava profundamente envolvida. Claro que me sinto responsável. Se ao menos tivesse combatido a idéia! Eu sabia que era uma operação séria, e sabia que havia riscos, mas você ouve de gente se submetendo a ela o tempo todo, homens de setenta anos fazem a operação e saem saltitantes por aí. Ele tinha tanta saúde, nunca pensei que isto pudesse acontecer. De qualquer forma eu estava profundamente envolvida — você se sente culpado se não deu um novo par de cordões para sapatos a alguém antes que este alguém morresse. Você sempre acha, quando alguém morre, que deixou de fazer alguma coisa que devia ter feito. Neste caso, eu deveria tê-lo impedido de morrer.

Não devia simplesmente ter dado um basta e parado de vê-lo?

Suponho que sim, devia, quando vi onde as coisas estavam indo. Todo meu instinto me *disse* para parar. Sou uma mulher bastante comum, à minha maneira; acho que era tudo intenso demais para mim. Sem dúvida era um tipo de drama ao qual não estou acostumada. Nunca tinha passado por estas agonias antes. Mesmo que tivesse vivido, não sei se conseguiria acompanhar a intensidade. Ele se entedia — se entediava — muito depressa. Estou certa de que se tivesse feito aquela operação e voltado, livre para se movimentar como quisesse no mundo, teria se cansado de mim em três ou quatro anos e passado para alguém mais. Eu teria abandonado meu marido, levado nossa filha, e talvez tivesse tido alguns anos do que se pode chamar de felicidade, e depois estaria ainda pior do que estava antes, tendo que voltar e viver com minha família na Inglaterra, sozinha.

Mas o que teve com ele não foi entediante.

Ah, não — nós dois estávamos imersos demais em nós para isso, mas poderia ter *ficado* entediante para ele. Depois de uma certa idade, as pessoas têm um padrão que é delas, e há muito pouco que se possa fazer a respeito. Não precisaria ter sido entediante, mas poderia perfeitamente ter sido.

E o que foi que fez durante o funeral?

Levei a menina para dar uma volta no parque. Não queria ficar sozinha. Não havia ninguém com quem eu pudesse conversar. Ainda bem que foi de manhã e que meu amado marido só iria voltar à noite, e eu tive tempo de me recuperar. Não tinha ninguém com quem partilhar, mas não teria podido partilhar com ninguém se tivesse ido lá. Era sua família, eram seus amigos, suas ex-namoradas, um funeral judeu, coisa que eu acho que ele não queria. Que eu sei que ele não queria.

Não foi.

Tinha receio que fosse, e eu sabia que isto era o que ele não queria. Claro que ninguém me disse nada sobre o funeral. Ele falou de mim apenas para o cirurgião.

O que aconteceu foi que o editor dele leu um panegírico. Foi tudo.

Bem, acho que é isso que ele teria querido. Um panegírico elogioso, espero.

Elogioso o suficiente. E então, à noite, você foi até lá ao apartamento.

Fui.

Por quê?

Meu marido estava com o embaixador, numa reunião. Eu não sabia que ele ia sair. Não que eu quisesse ficar com ele. É sempre um negócio pavoroso ficar tentando manter a fisionomia em ordem. Sentei-me lá em cima sozinha. Não sabia o que fazer de mim. Não desci para procurar o que ele havia escrito — fui ver seu apartamento. Como não pude ir ao hospital, não pude ir ao funeral, era o mais próximo que poderia chegar de lhe dizer adeus. Desci para ver o apartamento. Quando entrei no escritório, havia a caixa sobre a escrivaninha — estava escrito “Minuta nº 2”. Era naquilo que ele vinha trabalhando durante o tempo que estava comigo. Acabaram sendo seus últimos pensamentos. Eu sempre disse a ele: "Não escreva sobre mim", mas eu sabia que ele sempre usava todo mundo e não via por que não poderia me usar. Eu queria ver — bem, acho que eu pensei que talvez pudesse haver uma mensagem ali, de alguma maneira.

Você desceu para "dizer adeus". O que é que isto quer dizer?

Eu só queria ficar a sós no apartamento. Ninguém sabia que eu tinha a chave. Eu só queria ficar sentada um pouco ali.

E como é que foi?

Estava escuro.

Sentiu medo?

Sim e não. Cá comigo, eu sempre acreditei em fantasmas. E sempre tive medo deles. Sim, eu estava com medo. Mas senteime lá e pensei: "Se ele está aqui... ele virá". Comecei a rir. Travei uma espécie de conversa com ele — unilateral.

— Claro que você não viria, como é que você podia voltar quando não acredita nessas coisas totalmente idiotas?

Comecei a vagar por ali feito Garbo em *Rainha Cristina*, tocando na mobília toda. Aí vi a caixa de papelão sobre a escrivaninha, com "Minuta nº 2" escrito nela, e a data de quando foi para o hospital. Eu costumava dizer a ele quando ia ao seu escritório:

— Cuidado com o que você deixa por aí, porque qualquer coisa que esteja sobre a escrivaninha, de ponta cabeça ou em qualquer parte, eu vou ler. Se estiver por aí. Eu não fico xeretando, mas leio qualquer coisa que estiver à mostra. Não posso evitar.

Nós brincávamos sobre isto. Ele dizia:

— A espécie humana se divide em dois grupos, aqueles que lêem a correspondência dos outros e aqueles que não lêem, e você e eu, Maria, pertencemos ao lado errado da espécie. Somos do tipo que abre o armário de remédios para ler a receita dos outros.

Lá estava a caixa, e fui atraída por ela, como se diz, como um ímã. Pensei: "Talvez haja alguma mensagem nela".

Havia?

Claro que havia. Uma coisa chamada "Cristandade". Uma

seção, um capítulo, um conto — não estava bem certa. E pensei: "Isto é meio ameaçador. Será 'Cristandade' o inimigo? Serei eu?". Apanhei e comecei a ler. E talvez muito do amor que eu sentia por ele tenha desaparecido naquele momento. Bem, não muito, não quando li pela segunda vez, mas parte dele, na primeira leitura. Da segunda vez, o que me comoveu mais que qualquer outra coisa foi a vontade dele de se desvencilhar de tudo e ter uma outra vida, seu desejo de ser um pai e um marido, coisas que o pobre homem nunca foi. Acho que ele percebeu que perdera esta parte. Por mais que alguém odeie o sentimentalismo, é uma coisa e tanto para perder na vida, não ter tido um filho. E ele foi tão comovente a respeito de Phoebe. Enquanto que todos os demais em "Cristandade" ele mudou, Phoebe ele percebe como ela é, apenas uma criança, uma menininha.

Mas como foi da primeira vez?

Vi o outro lado dele, o lado irracional, violento, dele. Não digo fisicamente, mas sim como ele transformava tudo aquilo que não era familiar em estrangeiro — eu fui usada daquela forma também, e minha família foi caluniada terrivelmente. Claro que, como todas as famílias inglesas, *eles* viam o estrangeiro como estrangeiro, mas isto não significa dizer que eles tenham aqueles sentimentos que ele lhes deu, de superioridade e repugnância — de *apartheid*, por assim dizer. Minha irmã, que pode não ser a melhor pessoa no mundo, não passa, porém, de uma pobre moça patética que nunca encontrou seu lugar em parte alguma, que nunca foi capaz de fazer nada, mas a ela foram atribuídos aqueles terríveis sentimentos sobre os judeus e um revoltante senso de superioridade que, se conhecesse Sarah, seria cômico. Veja, ele viu Sarah uma vez, quando ela veio me visitar — apresentei-os, como se fôssemos apenas vizinhos. Mas o que ele pegou de minha irmã é tão distante do que ela é que achei que existia algo de profundamente retorcido nele, que não podia evitar. Porque foi criado do modo como foi, cercado por toda aquela paranóia judaica, havia algo nele que retorcia tudo. Pareceu-me que *ele* era minha irmã — era *ele* quem pensava no "outro" como outro, naquela acepção pejorativa. Ele na verdade pôs todos os seus sentimentos nela — seus sentimentos judeus sobre as mulheres cristãs transformados nos sentimentos de uma mulher cristã sobre um homem judeu. Achei que aquela grande violência verbal, aquele "hino ao ódio" que atribui a Sarah estava *nele*.

Mas e o amor dele por você em "Cristandade"?

Ah, o assunto é seu amor, entre aspas, por mim. Mas dá para ver no fim, quando eles têm a briga, que chances existem para aquele amor. Mesmo sabendo-se que ele volta para ela, e que eles reatam a vida em comum, a vida deles vai ser tremendamente difícil. Isto você sabe sem dúvida. Porque ele era muito ambivalente a respeito de uma mulher cristã. Eu era uma mulher cristã.

Mas você está falando como é "Cristandade", e não como Nathan era. Isso nunca surgiu entre vocês, surgiu?

Nunca surgiu porque nós nunca vivemos juntos. Tivemos um caso romântico. Eu nunca estive tão romanticamente envolvida antes. Nada surgiu entre nós, a não ser aquela operação. Nós nos encontrávamos como se dentro de uma cápsula do tempo, eu aprisionada pelo meu medo da descoberta, como alguma coisa que se lê num romance do século XIX. Há uma parte em que é totalmente fictício. Eu pensaria que inventei a coisa toda. E não é só porque se foi — era a mesma coisa quando ocorria no presente mais que ativo. Não sei como teria sido nossa vida, caso tivéssemos podido viver juntos. Eu não via nenhum sentimento violento — por causa da medicação, não havia nem mesmo a chance para uma boa e antiquada agressão genital. Eu via apenas ternura. A medicação tinha feito isto também — superenterneceu-o. Era isso que secretamente ele não podia suportar. Era também a agressão que ele queria recuperar.

Mas a vida imaginária podia ter permanecido bem separada da vida real. Sua irmã poderia ter sido sua irmã para ele, não a irmã que ele imaginou.

Nunca vivi com um romancista, sabia? Na primeira leitura, eu tomei tudo muito literalmente, como um mau crítico faria —

tomei tudo como a revista *People* tomaria. Afinal de contas, ele usou nossos nomes, usou pessoas que eram reconhecivelmente elas próprias, e no entanto radicalmente diferentes. Acho que ele teria mudado os nomes depois. Tenho certeza de que teria mudado. Claro que eu vejo por que a Mariolatria o atraía; nas circunstâncias que ele inventou, Maria é o nome perfeito. E se *era* o nome perfeito, ele talvez *não* tivesse mudado. Mas com certeza teria mudado o nome de Sarah.

E o nome dele, ele teria mudado isso?

Não tenho tanta certeza — quem sabe num rascunho posterior. Mas se quisesse, teria usado seu nome. Não sou escritora, portanto não sei até onde esta gente vai para conseguir o efeito desejado.

Mas é uma escritora.

Ah, mas apenas num time menor, livre de riscos. Isso era *tudo* que ele era. De qualquer maneira, eu li esta história, ou capítulo, ou fragmento, sabe-se lá o que seria, e não sabia o que fazer. A minha vida toda desprezei *lady* Byron e *lady* Burton, todas essas pessoas que destruíram as memórias de seus maridos, cartas e escritos eróticos. Sempre me pareceu um crime enorme que jamais venhamos a saber o que continham essas cartas de Byron. Pensei naquelas mulheres muito deliberadamente, muito conscientemente — pensei: "Acho que vou fazer com isto o que elas fizeram e que eu desprezei minha vida toda". Pela primeira vez entendi por que elas tinham feito aquilo.

Mas não fez.

Eu não podia destruir a única coisa com a qual ele se incomodara, a única coisa que lhe sobrara. Ele não tinha filhos, não tinha mulher, não tinha família: a única coisa que sobrou foram estas páginas. Nelas esgotou-se essa sua inconsumida potência como homem. Esta vida imaginária é nossa prole. Este é *realmente* o filho que ele queria. É simples — eu não poderia cometer infanticídio. Sabia que se fosse publicado, sem terminar, assim como está, todas as personagens seriam perfeitamente identificáveis, mas achei que a única coisa que eu poderia fazer, com meu marido, era mentir até o fim. Eu pensei que diria o seguinte:

— Sim, sou eu, ele conheceu minha irmã, ele usou todo mundo, usou-nos. Eu conhecia o homem muito superficialmente. Conheci-o um pouco mais do que você pensou que eu conhecesse, tomamos um café juntos, fomos dar uma volta no parque, mas eu sei como você é ciumento e nunca lhe disse nada.

Eu diria que ele era impotente e que nós nunca tivemos um caso, mas que éramos bons amigos, e que esta era sua fantasia. E é. Eu estarei mentindo mas também estarei dizendo a verdade. Pensei em rasgar tudo e jogar no incinerador, mas no fim não consegui. Não vou tomar parte na destruição de um livro só porque o autor não está aqui para protegê-lo. Deixei-o sobre a escrivaninha, onde estava quando entrei.

Você está numa enrascada, não está?

Por quê? Se meu casamento for por água abaixo por causa disto, então que vá. Acho que ainda vai demorar pelo menos um ano até que seja publicado. Eu terei um ano para me recuperar, para imaginar contos da carochinha, e quem sabe até deixar meu marido. Mas não vou destruir as últimas palavras de Nathan por causa de um casamento que não me faz feliz.

Talvez este seja o caminho para sair deste casamento.

Talvez. É verdade, eu nunca teria a coragem de dizer: "Quero o divórcio" — isto é sem dúvida muito mais fácil para mim do que dizer: "Tenho um amante e quero o divórcio". Deixe que ele descubra, se quiser. Ele não lê muito, aliás, não mais.

Acho que alguém lhe chamará a atenção.

Se quiser me disfarçar, a única chance que eu tenho é ir até seu editor e dizer-lhe:

— Escute, eu sei, porque ele me mostrou, o que estava escrevendo. Sei que usou personagens muito próximas de mim e da minha família. Usou os nossos nomes. Mas ele me disse que isto é apenas uma minuta, e que se o livro for publicado eu vou mudar os nomes.

Eu diria ao editor:

— Se o livro for publicado, os nomes terão que ser mudados. Não tenho nenhuma ameaça a fazer, estou só dizendo que do contrário isso vai destruir minha vida.

Não acho que ele irá fazê-lo, não acho que possa fazê-lo, mas é provavelmente o que eu vou fazer.

Mas sua publicação não destruirá a sua vida.

Não, não, não destruirá; mas *é* a minha saída.

E foi por isso que não destruiu o manuscrito.

Foi?

Se seu casamento fosse bom, certamente teria destruído.

Se meu casamento fosse bom, eu não teria descido até lá, para começo de conversa.

Vocês dois tiveram momentos interessantes, não tiveram?

Foi bastante interessante, sim. Mas não assumirei a responsabilidade pela morte dele... para voltar ao assunto. É muito difícil *afastar-se* disto, não é? Não acredito que tenha feito isto só por mim. Como eu disse, ele teria feito de qualquer maneira — teria feito por outra pessoa. Teria feito por ele *próprio*. Sendo o homem que foi, ele não percebia que para mulheres como eu a impotência era secundária. Ele não compreendia. Ele me disse:

— Chega uma hora em que é preciso simplesmente esquecer daquilo que mais assusta.

Mas não acho que tivesse sido morrer o que mais o assustasse — era, sim, enfrentar a impotência pelo resto da vida. Isto *é* assustador, e isso ele não podia esquecer, certamente não enquanto minha presença estivesse lá para lembrá-lo. Era eu que estava lá na época, claro — ele estava apaixonado por mim, mas na época. Se não fosse eu, teria sido outra, mais tarde.

Isso você jamais saberá. Você pode ter sido mais desejada do que suportaria crer no momento — não menos amada em vida do que o foi em "Cristandade".

Ah, sim, a vida onírica que tivemos juntos naquele futuro lar ficcional. O jeito como vagamente poderia ter sido. Ele não conhecia a Strand on the Green em Chiswick. Eu lhe contei sobre o lugar, e como, quando me casei, sonhava morar lá, ter uma casa lá. Acho que fui eu que lhe dei esta idéia. Mostrei-lhe um cartão-postal certa vez, a ruela protegendo as casas do rio Tâmisa, e os salgueiros debruçados na água.

Contou-lhe sobre o incidente no restaurante?

Não, não. Nos anos 60 ele passou um verão em Londres, com uma das mulheres dele, e me contou o que houve com eles num restaurante, e o que ele, na história, faz acontecer comigo. Não resta dúvida que não era do seu feitio fazer um escândalo num restaurante. Se bem que eu não saiba de fato — nunca fomos a um restaurante. Como é que a gente sabe o que é falso e o que é real com um escritor assim? Este pessoal não é fantasiador, eles são imaginadores — é a diferença entre um exibicionista e uma *strip-teaser*. Fazer você acreditar naquilo que ele queria que você acreditasse era bem uma razão de ser. Talvez sua única razão. Fiquei intrigada pela maneira como ele transformou acontecimentos, ou palpites que lhe *dei* sobre pessoas, em realidade — quer dizer, o *seu* tipo de realidade. Esta reinvenção obsessiva do real nunca cessou, o-que-podia-ser sempre tendo que superar o-que-é. Por exemplo, minha mãe não é uma mulher como a mãe em "Cristandade", que escreveu livros importantes, e sim uma mulher inglesa extremamente comum, morando no interior, que nunca fez nada de interessante na vida e que nunca escreveu uma linha. No entanto, a única coisa que eu lhe disse sobre ela, uma vez, foi que como a maioria das mulheres inglesas provincianas de sua classe, ela tinha um quê de antissemitismo. Isto, é claro, foi transformado em algo gigantesco e pavoroso. Olhe para *mim*. Depois de ler "Cristandade" duas vezes eu fui lá para cima, e, quando meu marido chegou em casa, eu comecei a me perguntar qual era verdadeira, a mulher no livro ou aquela que eu estava fingindo ser lá em cima. Nenhuma delas era especificamente "eu". Eu estava interpretando quase tanto lá em cima; não era eu mesma tanto quanto Maria no livro não era eu mesma. Talvez fosse. Comecei a não saber qual era verdadeira e qual não era, como um escritor que acaba acreditando ter imaginado o que não imaginou. Quando vi minha irmã, ressenti-me das coisas que ela havia dito a Nathan na igreja — *no livro*. Estava confusa, profundamente confusa. Foi sem dúvida uma experiência muito forte lê-lo. O livro começou a viver em mim o tempo todo, mais que minha vida cotidiana.

E agora?

Vou esperar para ver o que acontece. Uma coisa que ele acertou sobre mim naquela história, um fato de personalidade, é que eu sou extremamente passiva. E no entanto aqui dentro existe um mecanismo que funciona e me diz qual é a coisa certa a fazer. Eu sempre pareço me preservar de alguma forma. Mas de maneira muito circular. Acho que serei salva.

Pelo que ele escreveu.

Está começando a parecer que sim, não está? Acho que meu marido vai lê-lo, e que vai me questionar sobre isto, e que vou mentir, e que ele não vai acreditar em mim. Meu marido vai ter que chegar a um acordo sobre o que vem se passando entre nós já há algum tempo. Ele não é tão hipócrita assim para achar isto tão completamente surpreendente. Eu acho que ele tem outra vida. Acho que tem uma amante; tenho certeza disto. Acho que ele está tão infeliz quanto eu. Ele e eu estamos presos nesta terrível, neurótica simbiose da qual nós dois temos muita vergonha. Mas o que ele fará por causa de "Cristandade", eu não sei. Ele é, de um lado, muito *comme il faut*, quer subir depressa no serviço diplomático, quer se candidatar ao Parlamento, ele quer muitas coisas — mas também é sexualmente muito competitivo, e se isto lhe parecer uma afronta a sua masculinidade, ele é do tipo de fazer coisas terríveis. Não sei o que, exatamente, mas sua malignidade pode ser muito imaginosa e, de uma maneira bem modesta, ele poderia fazer o que se costumava chamar de escândalo. Não teria nenhum outro motivo *real* para aprontar uma confusão pavorosa a não ser o de tornar minha vida desagradável. Mas as pessoas fazem isto o tempo todo. Principalmente quando acham que podem pôr você na posição de quem errou. Você sabe: tu és mais traiçoeiro que eu. Eu simplesmente não sei o que ele fará, mas o que eu quero, acima de tudo, é voltar para casa. A história de Nathan me deixou com uma imensa saudade. Não quero mais viver em Nova York. Tenho muito medo de voltar para minha família. Eles não são tão desagradáveis quanto Nathan descreveu, mas também não são muito inteligentes, de jeito nenhum. Ele acabou aumentando a inteligência deles e diminuindo-lhes a consciência e o tom moral. Eles são apenas gente profundamente entediante que fica assistindo televisão, e isto era entediante demais para ele — para pôr num livro, quero dizer. Não acredito que eu consiga agüentar isto por muito tempo, tampouco, mas não tenho nenhum dinheiro para me estabelecer sozinha, e não quero pedir nada a meu marido. Terei que arrumar um emprego. Afinal de contas, falo várias línguas, só tenho vinte e oito anos, apenas uma filha, e não há motivo por que não possa reconstruir minha vida. Até mesmo uma moça de boa família e sem um tostão pode arranjar um emprego de faxineira. Eu só preciso me levantar e me apregoar como todo mundo.

O que é que você acha que ele tanto amava em você?

Esqueça o "tanto" e eu respondo. Eu era bonita, eu era jovem, eu era inteligente, eu estava muito necessitada. Eu possuía uma tremenda desejabilidade — eu estava ali. Bastante ali — bem ali em cima. Ele chamava o elevador de nosso *deus ex machina*. Eu era estrangeira o bastante para ele, mas não tão estrangeira a ponto de me tornar estrangeira-tabu, ou estrangeira-bizarra. Eu era a estrangeira-tocável, menos entediante para ele do que a equivalente americana, por quem ele se sentia inclinado. Eu não era tão diferente assim em termos de classe das mulheres com quem tinha se casado; no que dizia respeito à classe e a interesses, éramos o mesmo tipo de mulher, refinadas, inteligentes, obedientes, instruídas, nathanmente coerentes, mas eu era inglesa, o que me tornava menos familiar. Ele gostava de minhas frases. Ele me disse antes de ir para o hospital:

— Eu sou o homem que se apaixonou por uma oração subordinada.

Gostava do meu jeito de falar, dos meus arcaísmos ingleses e da minha gíria de colegial. Curiosamente, aquelas mulheres americanas eram *de fato* "as shiksas", mas porque eu era inglesa acho que havia até uma diferença nisso. Fiquei surpresa em "Cristandade" pela idéia bastante romântica que ele fazia de mim. Talvez seja isto o que se sente quando se lê sobre si mesmo num livro — se alguém escreve sobre a gente, se somos transformados numa personagem de um livro, a menos que seja realmente pejorativo de todo, o simples fato de estar sendo focalizado é, de alguma forma, estranhamente romântico. Sem dúvida ele exagerou minha beleza.

Mas não sua idade. Não fazia mal que você tivesse vinte e oito anos. Ele gostava disso.

Todos os homens gostam que você tenha vinte e oito anos. Os homens de vinte e dois gostam, e os de quarenta e cinco gostam, e nem mesmo os de vinte e oito parecem se importar muito. É, é uma boa idade. Provavelmente é uma boa idade para se ficar.

Bem, você vai ficar com ela, no livro.

Sim, e estarei com aquele vestido, o vestido que uso no restaurante. Este vestido absolutamente comum que eu tenho, ele transformou em algo voluptuoso e lindo. Aquele jantar fora, agradável, antiquado, que ele nos deu, uma idéia tão antiquada dos anos 50 que ele tinha de sair à noite, ir a um restaurante caro com a mulher que está tendo seu filho, dona daquele brilho hormonal. Como foi extravagantemente romântico, e inocente, o bracelete que me dá de aniversário. Que surpresa. O aspecto da satisfação dos anseios é muito comovente. É tarde demais para dizer que fiquei comovida, mas fiquei, para dizer o mínimo. A vida romântica que nós poderíamos ter tido na casa em Chiswick... eu não acho que ele queria mesmo estas coisas todas, veja bem. Não tenho nem certeza de que ele me quisesse. Pode muito bem ter me querido como um modelo. Ainda assim eu acho, por mais que tenha romantizado minha desejabilidade, que me viu de uma forma extremamente cruel e nítida. Porque com toda a afeição, ainda assim ele vê a passividade dela — minha. Eu *sou* só conversa. E assim, eu gosto de dinheiro, gosto de coisas boas, gosto muito mais da vida frívola, suponho, do que seria de seu agrado. O ofício com os hinos de Natal, por exemplo. Eu não estava lá com ele, na igreja, como ele conta na história — isto foi em Nova York, este ofício, com uma mulher cristã *verdadeira* — mas a questão é que as pessoas vão assistir a estes ofícios por diversão, não porque acreditem em Jesus Cristo ou na Virgem Santa, ou sei lá o quê, mas sim para se divertir. Acho que ele nunca entendeu este meu lado. Gosto de aproveitar passivamente minha vida. Nunca quis fazer nada nem ser nada. Uma porção de gente faz coisas não por profundas razões judaicas ou religiosas como ele achava, simplesmente fazem — não há perguntas. Ele fazia tantas perguntas, todas elas interessantes, mas nem sempre da perspectiva da outra pessoa. Eu sou como tudo o mais na história: ele elevou e intensificou tudo. Foi isto que tornou a operação inevitável — ele intensificou e elevou também a sua doença, como se estivesse acontecendo num romance. A recusa do escritor de aceitar as coisas como elas são — tudo reinventado, até ele próprio. Talvez quisesse aquela operação como modelo também, para ver como era o drama. Não é impossível. Estava sempre, acho que a expressão é esta, dobrando a aposta — "Cristandade" é bem isso. Bem, ele dobrou demais, por uma vez, e isto o matou. Ele fez com sua vida exatamente o que fez com sua ficção, e acabou pagando. Por fim confundiu as duas — exatamente contra o que ele vivia advertindo todo mundo. Assim que eu, por algum tempo, confundi as coisas, acho — comecei a elaborar com ele um drama muito mais interessante do que aquele que eu tinha lá em cima. Aquilo, lá em cima, era apenas mais uma farsa doméstica convencional, e assim todas as tardes eu tomava o *deus ex machina* e descia até o mais antigo drama romântico do mundo.

— Vá em frente, salve-me, arrisque sua vida e salve-me, e eu salvarei você.

Vitalidade em conjunto. Vitalidade a qualquer preço, a natureza de todo heroísmo. A vida como um ato. O que poderia ser menos inglês? Eu cedi também. Só que eu sobrevivi e ele não.

Sobreviveu? E se seu marido usar isso para tentar tirar Phoebe de você?

Não, não. Não se pode usar uma obra de ficção num tribunal de justiça, nem mesmo para expor uma mulher traiçoeira e fingida como eu. Não, não acho que ele possa fazer isto, por mais maldoso que ele tente ser. Eu tomarei conta de Phoebe e terei as responsabilidades do dia-a-dia, e ele a verá de tempos em tempos, e é assim que as coisas terminarão, tenho certeza. Minha mãe, é claro, vai ficar muito chocada. Quanto a Sarah, é tão distante de qualquer coisa que ela pudesse fazer ou dizer, que eu não acho que levaria a sério. Ela vai perceber que se tivesse vivido, ele teria mudado os nomes antes de publicar o livro, e será tudo.

E você será, pelo menos entre seus leitores, a Maria de "Cristandade".

Serei, não serei? Ah, eu não vou sofrer. Eu sempre achei que as relíquias são muito fascinantes. Lembro-me de que quando estava na faculdade havia uma mulher que me foi apontada como tendo sido amante de H. G. Wels, uma das muitas. Eu fiquei fascinada. Ela estava com noventa anos. Não parece que lhe tenha causado nenhum dano. Até mesmo mulheres como eu têm algumas fantasias extrovertidas.

Quer dizer que tudo funcionou para você, de fato. Eis aí como você se livra de um marido tirano. Este é o final feliz. Salva, livre para cultivar sua filha e você mesma como a mulher que é, sem ter que fazer maluquices como fugir com um outro homem. Sem ter que fazer nada.

Exceto que o pobre outro homem com quem eu ia fugir morreu, não se esqueça. De repente, eis a morte. A vida continua mas ele não está aqui. Existem certos choques recorrentes na vida, para os quais basta você se preparar — você dá uma respirada fundo e ele passa sem que doa demais. Mas isto é diferente. Ele foi tamanho apoio para mim, na minha cabeça, por tanto tempo. E agora ele não está aqui nem mesmo para estar aqui. Eu dei um jeito, entretanto. Na verdade, tenho sido tão heróica que mal me reconheço.

E o que teria significado para você?

Ah, a grande experiência de minha vida, acho. Sim, sem dúvida. Uma nota de rodapé na vida de um escritor americano. Quem teria imaginado que isto aconteceria?

Quem teria imaginado que você seria o anjo da morte?

Não, a nota de rodapé é mais eu, mas sim, compreendo como alguém poderia ver sob este prisma. Como num filme de Buñuel — a jovem mulher morena que Buñuel põe naqueles filmes, uma daquelas criaturas misteriosas, totalmente inocente do que está havendo, mas sim, o papel aqui designado é o de anjo da morte. De alguma forma mais devastador que meu papel em "Cristandade". Não fiz nada para instigá-lo e, no entanto, pela minha fraqueza, aconteceu. Acho que uma mulher mais forte teria tido mais humor, teria se deixado apanhar menos, e teria sabido melhor como lidar com a situação. Mas, como eu digo, eu acho que ele teria se operado com a próxima, de qualquer forma. Como Mayerling — como o arquiduque Rudolf e Maria Vetsera. Ela não foi a primeira mulher a quem ele convidara para cometer suicídio com ele, foi apenas a primeira que concordou. Ele tentou com muitas outras. Veio à tona, depois, que ele estava obcecado há muito tempo com a idéia de cometer um suicídio duplo.

Está sugerindo que Nathan estivesse tentando cometer suicídio?

Acho que conseguiu, mas não, não acho que tenha sido isto. Acho que foi uma piada, foi exatamente aquele tipo de ironia humilhante, o tipo de fato da vida brutal e auto-inflingido que ele tanto admirava: alguém quer de volta a sua masculinidade, e em vez disso morre. Mas, não, não era isso que ele queria. Ele queria saúde, força e liberdade. Ele queria a virilidade de novo, e a força que a impulsiona. Eu fui instrumental, e quem não é? Isto *é* o amor.

E agora, existe alguma pergunta que queira me fazer?

Sei responder perguntas, mas não sei fazê-las. Você pergunta.

A mulher inteligente que aprendeu a não fazer perguntas inteligentes. Você sabe quem eu sou, não sabe?

Não. Bem, sim. Sim, eu sei quem você é, e sei, por assim dizer, por que você voltou.

Por quê?

Para saber o que houve. Como é agora. O que eu fiz. Você tem o resto da história para contar. Você precisa de provas concretas, detalhes, pistas. Você quer um fim. Sim, eu sei quem você é — a mesma alma sem descanso.

Você parece cansada.

Não, só um pouco pálida e desleixada. Vou ficar boa. Não dormi bem a noite passada. Estou num baixo conjugal. Meus fardos, caídos dos meus ombros, estão se juntando em volta dos tornozelos. Resignação é uma coisa dura, não é? Especialmente quando não se tem certeza se é a coisa certa. Seja como for, eu estava deitada na cama e de repente acordei, e havia esta presença. Lá. Era seu pinto. Sozinho. Onde está o restante do corpo dele, onde está tudo o mais? Era como se eu pudesse tocá-lo. Depois ele como que foi para a sombra, e o resto de você se formou em volta dele. E eu sabia que era apenas uma idéia. Mas por uns instantes estava lá. Ontem à noite.

Então como é agora? Neste momento?

Minha vida começou de novo quando eu desisti totalmente dele, e passei a escrever outra vez, e conheci você — aconteceram mil coisas que foram realmente maravilhosas. E eu me sentia muito melhor. Mas viver novamente em tamanho frio me enche, não de horror, mas de uma dor terrível. Às vezes sinto-a tão profundamente que nem consigo ficar sentada. Sábado, como as pessoas sempre fazem, ele veio com um comportamento irascível, o bastante para me fazer um tanto irritada, e disse a ele, não agüento mais ser a mulher desatualizada e alheia. Infelizmente eu já tinha dito isto outra vez, e claro, não fiz nada, e estas coisas têm um impacto menor. Preparar-se para não fazer nada é deveras exaustivo. Por outro lado, coisas que a gente repete, às vezes acontecem. Mas para ser franca, agora, já que você perguntou, está entediante. Eu é que estou entediada, porque você não está aqui. Agora, eu penso: "Não posso passar o resto da minha vida me sentindo tão entediada, além de tudo o mais". Você trouxe um tal excitamento clandestino. E a conversa. A intensidade de toda aquela conversa agradável. A maioria das pessoas tem sexo separado do amor, e quem sabe, parece, nós tivemos o oposto, amor separado de sexo. Não sei. Aquelas infindáveis conversas íntimas, sem assunto — às vezes deve ter-lhe parecido como a conversa de duas pessoas na cadeia, mas para mim foi a forma mais pura de eros. Claramente, era outra coisa, menos satisfatória, para um homem que passou a vida toda obtendo o consolo do sexo tão depressa e muito mais inclinado à consumação. Mas para mim tinha seu poder. Para mim aqueles tempos foram incríveis.

Mas é claro — você é a grande conversadeira, Maria.

Sou? Bem, mas você tem que ter alguém com *quem* conversar. Sem dúvida, com você eu podia conversar. Você ouvia. Eu nunca posso conversar com Michael. Eu tento, vejo o olhar gelado dele, e pego meu livro.

Continue conversando comigo, então.

Continuarei. Continuarei. Agora sei o que é um fantasma. É a pessoa com quem se conversa. Isto é um fantasma. Alguém que continua tão vivo que você fala com ele e fala com ele e nunca pára. Um fantasma é um fantasma de um fantasma. É a minha vez de inventar você.

E como está sua filhinha?

Muito bem. Está falando tão bem agora. "Quero uma folha de papel." "Quero um lápis." "Vou sair."

Que idade tem?

Ainda não completou dois anos.

5. CRISTANDADE

ÀS SEIS DA TARDE, apenas algumas horas depois de deixar Henry em Agor e de chegar a Londres com as anotações feitas durante um vôo calmo de Telavive, a mente ainda inundada por aquelas vozes implacáveis, dissidentes, guerreiras, e pela ansiedade que lhe remexia nos medos e propósitos — a menos de cinco horas de distância daquele país desarmonioso onde nada, da polêmica ao tempo, jamais parece indistinto ou mal definido —, eu estava sentado numa igreja do West End de Londres. Comigo estavam Maria, Phoebe, e mais umas trezentas ou quatrocentas pessoas, muitas das quais saídas às pressas do trabalho para chegar a tempo de assistir ao ofício e ouvir os hinos. Faltavam apenas duas semanas para o Natal; no Strand o tráfico estava parado, e as ruas que davam acesso ao West End congestionadas por carros e transeuntes. Depois de uma tarde amena, a noite havia esfriado e uma ligeira neblina embaçava os faróis dos carros. Phoebe ficou tão excitada com o trânsito, os semáforos, as luzes de Natal e a multidão se acotovelando que teve que ser levada ao banheiro da cripta enquanto eu procurava os assentos no banco reservado, na fileira bem em frente a Georgina e Sarah, irmãs de Maria. Como membro antiga da associação de caridade para quem seriam feitas as doações, a mãe de Maria, a sra. Freshfield, leria um dos trechos da Bíblia.

Maria levou Phoebe até a avó, que estava sentada na primeira fila junto com as outras pessoas que iam ler a Bíblia para a congregação, e depois para ver as duas tias. Voltaram para junto de mim bem na hora em que o coro estava entrando, os meninos mais velhos primeiro, em *blazers* escolares azuis, gravata listrada e calças cinzas, depois os menores, de calças curtas. O maestro do coro, um jovem trajado com apuro, cabelos prematuramente grisalhos, e usando óculos de armação de tartaruga, deu-me a impressão de uma mistura entre professor bondoso e domador de circo — quando, com a menor das inclinações de cabeça, fez com que os meninos se sentassem, até o menorzinho obedeceu, como se o chicote tivesse estalado nas proximidades. Maria mostrou a Phoebe a árvore de Natal, montada num dos lados da nave principal; embora fosse bem alta, ostentava uma decoração parca com purpurina vermelha, branca e azul, e espetada no topo levava uma estrela prateada assimétrica, com ar de ter sido fruto do esforço de aulas dominicais de religião. Na nossa frente, bem embaixo do púlpito, havia um grande arranjo circular de crisântemos e cravos brancos em meio a sempre-vivas e ramos de azevinho.

— Está vendo as flores? — Maria disse.

Um tanto confusa, mas totalmente fascinada, Phoebe respondeu:

— A história da vovó.

— Já, já — Maria sussurrou, ajeitando as pregas do vestido xadrez da menina.

O solo do órgão começou, e com ele a ligeira subcorrente de antipatia em mim.

Não falha nunca. Nunca sou tão judeu quanto o sou numa igreja quando o órgão começa. Posso me sentir alienado no Muro das Lamentações, mas sem ser um alienígena — fico de lado mas não de fora, e até o mais cômico ou desesperado encontro serve mais para medir, do que para cortar, minha afiliação com um povo ao qual não podia me parecer menos. Mas entre mim e a devoção de igreja existe um mundo intransponível de sentimentos, uma incompatibilidade natural e absoluta — sinto as emoções de um espião no campo do adversário, tenho a impressão de estar inspecionando aqueles mesmos ritos que corporificam a ideologia responsável pela perseguição e maus-tratos dos judeus. Não sinto aversão por cristãos orando, só que acho uma religião estrangeira em todas as suas manifestações — inexplicável, desorientada, profundamente *inapropriada*, e nunca tanto quando a congregação está a observar os mais altos padrões de decoro litúrgico e o clero a pronunciar da forma a mais bela a doutrina do amor. E no entanto lá estava eu, comportando-me da forma como almeja todo espião bem treinado, parecendo bem à vontade, pensei, agradável, sem constrangimentos, enquanto, espremida de encontro a meu ombro, sentava-se minha mulher inglesa, cristã de nascimento e grávida, cuja mãe leria um trecho de São Lucas.

Pelos padrões convencionais, Maria e eu, por causa dos antecedentes diversos e da diferença de idade, com certeza devíamos parecer um casal curiosamente incongruente. Sempre que nossa união parecia incongruente, até para mim, perguntava-me se não seria um *gosto* mútuo pela incongruência — para assimilar um ajuste ligeiramente insustentável, uma inclinação comum por uma espécie de dessemelhança que, no entanto, não tomba no absurdo — o que respondia por nossa harmonia subjacente. Continuava sendo divertido para pessoas criadas em circunstâncias tão opostas descobrir em si mesmas interesses tão incrivelmente parecidos — e, claro, as diferenças continuavam sendo hilariantes também. Maria gostava, por exemplo, de atribuir minha "seriedade" profissional à minha classe de origem.

— Esta sua dedicação artística é ligeiramente provinciana, sabia? É muito mais metropolitano ter uma visão de vida um pouco mais anárquica. A sua só parece anárquica, mas não é de jeito nenhum. No que diz respeito a padrões, você é meio caipira. Achando que as coisas *importam*.

— São os caipiras que pensam que as coisas importam, que parecem que fazem as coisas.

— Como escrever livros, é — ela disse —, isso é verdade. Por isso é que há tão poucos escritores ou artistas da classe alta; eles não *têm* esta seriedade. Nem os padrões. Ou a irritação. Ou a raiva.

— E os valores?

— Bem — disse —, sem dúvida nós não temos isso. Isso já *é* demais. Antes esperava-se que a classe alta pelo menos pagasse por tudo, mas nem isto eles fazem mais. Neste aspecto, eu fui uma renegada, pelo menos quando criança. Já me recuperei, mas quando era pequena eu costumava querer muito ser lembrada depois da morte por algo que tivesse *conseguido*.

— Eu queria ser lembrado — disse — antes da minha morte.

— Bom, isso também é importante — Maria disse —, na verdade ligeiramente mais importante. Ligeiramente provinciano, pouco sofisticado, e caipira, mas devo admitir, atraente em você. A famosa intensidade judaica.

— Contrabalançada em você pela famosa despreocupação inglesa.

— E esta — disse — é uma maneira delicada de descrever meu medo do fracasso.

Depois do solo de órgão levantamo-nos, e todos começaram a cantar o primeiro hino, exceto eu e crianças como Phoebe que eram muito pequenas ainda para conhecer a letra ou não sabiam ler o que estava escrito no programa. A congregação cantou com tremendo prazer, uma erupção de verdadeira veemência que eu não esperava da autoridade sisuda do maestro do coro nem da solenidade elegante do ministro que iria dar as bênçãos. Homens com pastas, gente com pacotes, embrulhos, sacolas, aqueles que no auge da hora do *rush* tinham vindo até aqui ao West End com crianças pequenas superexcitadas ou com seus parentes idosos — eles não estavam mais soltos ou sozinhos, com um simples abrir de boca e cantar, essa multidão de londrinos disparatados havia se transformado num batalhão de cristãos a saborear o Natal, degustando cada sílaba de louvor cristão com enorme sinceridade e *gusto*. A mim soava como se estivessem famintos há semanas pelo prazer de afirmar aquela duradoura associação subterrânea. Não estavam extasiados nem delirantes — para se usar a palavra apropriadamente antiquada, pareciam *jubilosos*. Pode ser um pouco de caipirice descobrir-se surpreso com as consolações do Cristianismo, mas fiquei impressionado assim mesmo de ouvir na voz deles como estavam deliciados — no jargão sionista, como se sentiam *normais* — em ser o mais minúsculo componente de algo imenso, cuja presença indispensável ficara fora do alcance de qualquer séria ameaça ocidental por cem gerações. Era como se estivessem simbolicamente se refestelando, comunitariamente devorando uma gigantesca batata assada espiritual.

No entanto, judiamente, eu continuava pensando, para *que* é que eles precisam desta coisarada toda? Por que precisam destes reis magos e destes coros de anjos? O nascimento de uma criança não é maravilhoso o bastante, *mais* misterioso, pela *ausência* desta coisarada? Ainda que, com toda franqueza, eu sempre tenha achado que onde o Cristianismo fica perigosa e vulgarmente obcecado com o milagroso seja na Páscoa, a Natividade sempre me deu a impressão de vir em segundo lugar, logo atrás da Ressurreição, porque se dirige sem peias à mais infantil das necessidades. Pastores sagrados e céus estrelados, anjos benditos e o ventre de uma virgem, materializando-se neste planeta, sem o inchaço nem o esguicho, sem os cheiros nem as excreções, sem a satisfação invasora do arrepio orgásmico — que *kitsch* sublime, ofensivo, com sua aversão fundamental ao sexo.

Sem dúvida que a formulação da história do nascimento de Cristo nunca tinha me parecido tão infantil e pudicamente inaceitável quanto naquela noite, recém-chegado de meu sabá em Agor. Quando os ouvi cantando sobre aquela Belém de Disneylândia, em cujas ruas escuras rebrilhava a luz eterna, pensei em Lippman distribuindo seus panfletos no mercado e consolando, com sua *Realpolitik*, o provocante inimigo árabe:

— Não desista de seu sonho, sonhe com Jafa, vá em frente; e um dia, se tiver poder, mesmo que haja *cem* pedaços de papel, você vai me tirar à força.

Quando chegou sua vez, a mãe de Maria subiu ao atril do púlpito e, com aquele tom de simplicidade com o qual se induz primeiro a credulidade e depois o sono nas crianças a quem se conta uma história na hora de dormir, leu com todo encanto um trecho da quinta Epístola de São Lucas: "O Anjo Gabriel saúda a Bendita Virgem Maria". Seus próprios escritos revelavam uma afinidade maior com uma existência mais humilde e corpórea: três livros — *O interior da mansão georgiana*, *A casa de campo georgiana* e *Georgianos na intimidade* — bem como inúmeros artigos publicados durante anos na *Country Life* lhe valeram uma sólida reputação entre estudiosos da decoração de interiores e do mobiliário georgiano, e era regularmente convidada a falar em associações regionais georgianas por toda a Inglaterra. Uma mulher que levava seu trabalho "bem a sério", segundo Maria — "uma fonte muito segura de informação" — embora nessa ocasião parecesse muito menos alguém que passava seus dias londrinos nos arquivos do V & A e na British Library do que a anfitriã perfeita, uma mulher pequena, bonita, uns quinze anos mais velha que eu, com um delicado rosto redondo que me fazia lembrar um prato de porcelana, e aquele cabelo muito fino que passa de loiro-rato para um branco de neve sem que o efeito seja muito diferente, cabelos tratados há trinta anos pelo mesmo excelente e antiquado cabeleireiro. A sra. Freshfield tinha jeito de quem nunca dera um passo em falso — o que Maria confirmava como sendo quase o caso: seu grande erro tinha sido o marido, mas ela só o cometera uma vez, e depois de seu casamento com o pai de Maria nunca mais se deixara distrair dos interiores georgianos pelo inexplicável anseio por um homem atraente.

— Ela era a beldade da escola — Maria explicara —, a Rainha do Hóquei, ela ganhava todos os prêmios. Academicamente ele era bem burro, mas tremendamente atlético, e tinha um *glamour* enorme. O celta negro. Ele se sobressaía a quilômetros. Elegante e, mesmo antes de entrar para a faculdade, superconhecido pelo *glamour*. Ninguém entendia o que é que o fazia tão famoso. Lá estavam aqueles outros rapazes querendo ser juízes, ou ministros, ou militares, e este bocó idiota estava excitando as garotas. Mamãe ainda não tinha se excitado. Depois, nunca mais quis. E não foi, pelo que tudo indica, nem sequer tentada outra vez. Ela fez o possível para nos dar um mundo sólido, uma boa, sólida e tradicional educação inglesa, isto se transformou no significado único de sua vida. Ele se comportou sempre maravilhosamente conosco; homem nenhum pode ter gostado mais de três meninas pequenas. Nós também gostávamos dele. Ele se comportava maravilhosamente com todo mundo, exceto com ela. Mas se você está convencido de que sua mulher está fundamentalmente desinteressada daquilo que interessa você, que é seu poder erótico, e se a moral da história do relacionamento é que você mal consegue se comunicar com ela, que não existe nada no fim entre vocês além de ressentimento, que ela, por mais excelente que seja sua personalidade, não *dá o troco*, acho que a expressão é esta, enquanto você tem um bocado de vitalidade e é altamente sexual, como ele era e, como aliás todos vocês, homens, ele parecia achar que era uma grande tortura, é que você quer *tanto*, então não tem outra escolha, tem? Primeiro você dedica um bocado de horas à humilhação de sua mulher, com suas melhores amigas, de preferência, em seguida com as vizinhas amáveis, até que, tendo exaurido toda e qualquer possibilidade de traição nos cento e cinqüenta quilômetros quadrados adjacentes, você some, e aí vem um divórcio acrimonioso, e em seguida nunca há dinheiro suficiente, e suas filhinhas ficam para sempre suscetíveis a homens morenos com boas maneiras.

Até a avó tomar seu lugar no púlpito, Phoebe tinha estado intrigada, a maior parte do tempo, com os minúsculos sopranos de calças curtas, alguns dos quais, nem meia hora depois, já estavam com cara de quem não teria se incomodado de estar em casa, na cama. Mas quando a avó subiu ao púlpito para ler, a menina de repente passou a achar tudo divertido — puxando a mão de Maria, começou a rir e a se excitar, e só pôde ser acalmada subindo no colo da mamãe, onde foi delicadamente embalada até um semi-estupor.

Seguiu-se um solo, cantado por um rapaz delgado, de uns onze anos, cujo encanto imaculado me fez lembrar um médico delicado demais. Depois que terminou sua parte e que o coro todo se uniu seraficamente ao hino, ele lançou impudentemente um sorriso coquete para o maestro que, por sua vez, reconheceu que menino notável era o belo solista com um sorriso semi-reprimido e longo. Longe ainda de me deixar levar por todo esse entusiasmo cristão, fiquei aliviado ao pensar que tinha flagrado um cheirinho de pedofilia homoerótica. Perguntava-me se, de fato, este meu ceticismo já não estaria levando o prior a me apontar como alguém que estivesse fazendo observações particulares fora de hora. Por outro lado, como estivéssemos sentados em um dos bancos reservados às famílias dos leitores, podia ser que ele simplesmente tivesse reconhecido Maria como a filha de sua mãe, e que só isso explicasse o exame meticuloso do cavalheiro ao lado da jovem Freshfield que parecia ter vindo ao culto decidido a não cantar.

Ficamos em pé para os hinos, sentamos para a leitura dos trechos da Bíblia, e continuamos sentados quando o coro cantou "As Sete Alegrias de Maria" e "Noite Feliz". Quando o programa disse "Todos ajoelhados" para a bênção, que veio logo depois da coleta, permaneci obstinadamente em pé, certíssimo de que era o único na igreja toda que não havia assumido uma postura de submissão devota. Maria inclinou-se para a frente apenas o suficiente para não afrontar o prior — ou sua mãe, caso ela viesse a ter olhos na nuca — e eu ia pensando que se meus avós tivessem desembarcado em Liverpool, em vez de prosseguir rumo a Nova York, se os destinos da família me tivessem levado às escolas daqui, em lugar do sistema municipal de educação de Newark, Nova Jersey, minha cabeça teria ficado sempre ereta como agora, enquanto a de todos os demais estivesse curvada orando. Ou isso, ou então teria tentado guardar minhas origens para mim mesmo e, para evitar parecer um garoto inexplicavelmente decidido a se fazer passar por estranho, teria eu também ajoelhado, por melhor que compreendesse que Jesus não foi um dom nem para mim nem para minha família.

Depois das bênçãos do prior, todos se levantaram para o último hino "Ouvi, Cantam os Anjos Mensageiros". Inclinando a cabeça de forma conspiradora em minha direção, Maria sussurrou:

— Você é um antropólogo muito paciente — e, segurando Phoebe para que ela não despencasse de cansaço, continuou a cantar entusiasticamente, junto com os demais — Cristo, pelo céu supremo adorado/ Cristo, Senhor eterno.

Enquanto isso eu me lembrava de como, pouco depois de nossa chegada à Inglaterra, seu marido tinha se referido a mim, no telefone, como o "escritor judeu velhote". Quando lhe perguntei o que ela havia respondido, ela passou os braços a minha volta e disse:

— Disse a ele que gosto dos três.

Em seguida aos acordes finais do órgão, descemos uma escada ao lado do pórtico da igreja, até uma cripta caiada, espaçosa, baixa, onde estavam sendo servidos grogue de vinho e pastéis doces. Foi preciso algum tempo para conduzir a pequena Phoebe por toda aquela gente descendo para tomar seu gole de vinho. A menina iria passar a noite com a avó, uma festa para ambas, enquanto eu levava Maria para jantar fora, em comemoração a seu aniversário. Todo mundo comentou que beleza de canto e disse à sra. Freshfield como ela tinha lido muito bem. Um cavalheiro idoso, cujo nome não peguei, um amigo da família, que também lera um trecho, explicou-me qual o objetivo da caridade para a qual a coleta acabara de ser feita:

— Existe há cem anos, já — ele disse. — Tantos pobres e solitários.

Felizmente havia nossa nova casa como assunto, e havia fotos Polaroid que Maria tirara no dia anterior, quando passou por lá para ver como iam as obras. A casa seria renovada durante os próximos seis meses, enquanto ficávamos num *mews** alugado em Kensington. Na verdade eram duas casas geminadas, de tijolinhos, e relativamente pequenas, situadas num antigo ancoradouro em Chiswick, que estávamos convertendo em uma casa só, grande o bastante para a família, a babá, e dois escritórios, um para Maria, outro meu.

Falamos de como Chiswick não era tão longe quanto parecia, e que no entanto, fechado o portão do muro de pedra que dava para a rua, parecia um remoto vilarejo — a quietude de que Nathan precisava para seu trabalho, disse Maria a todo mundo. No jardim que dava para a rua dos fundos, havia narcisos, íris e uma

* Antigas cavalariças reais, hoje transformadas em cobiçadas residências no centro de Londres. (N. T.)

macieira pequena; na frente, para além de um terraço suspenso onde poderíamos nos sentar nas tardes quentes, havia uma alameda larga e o rio. Maria disse que tinha a impressão de que todos que passeavam por aquela alameda eram ou casais de amantes tendo um encontro ou mulheres com crianças pequenas.

— De um jeito ou de outro — ela disse —, gente de muito bom humor.

Havia os pescadores de trutas, agora que o rio tinha sido despoluído, e de manhã cedinho, ao abrir-se as janelas do que seria o nosso quarto, o que se via eram remadores treinando. No verão, havia pequenas embarcações saindo de férias pelo rio, e os vapores que levavam os turistas de Charing Cross até Kew Gardens. No final do outono o nevoeiro baixava e no inverno as barcaças passavam com suas cargas cobertas, e de manhã quase sempre havia neblina. Gaivotas, havia sempre — e patos também, que subiam os degraus da casa para receber comida, se você lhes desse, e, de vez em quando, havia cisnes. Duas vezes por dia, quando a maré do rio subia, a água cobria a alameda e lambia o muro do terraço. O cavalheiro idoso disse que para Maria seria como viver outra vez em Gloucestershire, estando apenas a quinze minutos de metrô de Leicester Square. E ela disse que não, que não era o campo *ou* Londres, e que não eram os arredores, era viver na beira do rio... correndo, correndo, ledo, lerdo, sem direção.

E ninguém perguntou sobre Israel. Ou Maria não tinha mencionado que eu fora para lá, ou não estavam interessados. Melhor assim: não estava bem certo quanta ideologia de Agor eu poderia transmitir à sra. Freshfield.

Com Maria, no entanto, falei a tarde inteira sobre minha viagem.

— Sua jornada — ela a chamou, depois de ouvir sobre Lippman e de ler minha carta a Henry — ao coração das trevas judaico.

Uma boa descrição, aquela, de meu progresso na direção leste, delineado ainda mais em minhas anotações — do café em Telavive, da acre melancolia do desanimado Shuki, em direção ao Muro das Lamentações de Jerusalém, até os espinhosos relacionamentos com seus judeus devotos, e dali para as colinas do deserto, para o mergulho no cerne, se não da escuridão, do demoníaco ardor judeu. O fanatismo militante da colônia de Henry, no entanto, não fazia do líder deles, pelo menos para mim, um Kurtz da Judéia; o livro que me vinha à mente com aquela busca fanática deles da absolvição divina era um *Moby Dick* judeu, com Lippman no papel do Ahab sionista. Meu irmão, sem perceber, poderia perfeitamente ter se engajado num navio zarpando para a destruição, e não havia nada a fazer, nada que eu pudesse fazer. Não tinha colocado a carta no correio, e não colocaria — Henry, eu tinha certeza, só conseguiria vê-la como ainda mais dominação, uma tentativa de afogá-lo com mais palavras. Em vez disso, copiei tudo para as minhas notas pessoais, aquele próspero armazém de estocagem de minha fábrica narrativa, onde não existem demarcações precisas separando o que acontece de fato, e é relegado eventualmente à imaginação, daquilo imaginado e tratado como tendo de fato ocorrido — a memória tão interligada com a fantasia quanto ela é no cérebro.

Georgina, um ano mais nova que Maria, e Sarah, três anos mais velha, não eram altas e morenas como a irmã do meio e o pai, pareciam-se mais com a mãe, pequenas, baixinhas, com cabelos lisos e loiros com os quais não se preocupavam muito, e o mesmo rosto redondo, macio, agradável, que provavelmente tinha sido mais bonito quando eram meninas de quinze anos morando em Gloucestershire. Georgina tinha um emprego numa firma de relações públicas em Londres, e Sarah se tornara recentemente editora de uma companhia especializada em textos médicos, seu quarto emprego em número igual de anos, um trabalho que nada tinha a ver com as coisas das quais gostava. E no entanto era Sarah a irmã destinada supostamente a ter sido um gênio. Tinha passado a infância dominando dança, dominando equitação, dominando praticamente tudo como se, caso não conseguisse, tragédia e caos sobreviriam. Mas agora vivia mudando de emprego, perdendo homens e, nas palavras de Maria:

— Fodendo, completamente, todas as oportunidades que surgiram para ela, jogando tudo fora da maneira a mais monumental.

Sarah falava com as pessoas com uma rapidez quase que alarmante, isso quando falava; em conversa, investia e de repente se retraía, sem fazer o menor uso do sorriso enigmático que consistia a linha de frente de defesa da mãe, e com o qual até mesmo a aparentemente impassível Maria se escudava ao entrar, pouco à vontade, numa sala cheia de estranhos, até que a timidez social do início se dissipasse. Ao contrário de Georgina, cuja tremenda timidez servia como uma espécie de trampolim de onde saltar, com vontade exagerada, no papo mais insignificante, Sarah se mantinha distante de toda e qualquer amabilidade cortês, levando-me a crer que, quando fosse chegada a hora, nós dois talvez pudéssemos chegar a conversar.

Por enquanto ainda não tinha conseguido chegar até a sra. Freshfield, ainda que nosso primeiro encontro, algumas semanas atrás, não tivesse sido exatamente tão desastroso quanto Maria e eu começávamos a pensar que fosse ser quando nos dirigíamos com Phoebe para o Gloucestershire. Tínhamos nossos presentes para abrir o caminho — o de Maria era uma peça de porcelana para a coleção de sua mãe que encontrara num antiquário na Third Avenue, quando partimos de Nova York, e o meu, entre tudo o mais, era um queijo. Em Londres ainda, um dia antes de partirmos, Maria tinha telefonado para a mãe para lhe perguntar se ela queria que levássemos alguma coisa, e a mãe respondera:

— A coisa que eu mais gostaria é de um pedaço decente de Stilton. Não se consegue mais Stilton bom por aqui.

Maria saiu imediatamente em desabalada para a Harrods, em busca do Stilton, que eu deveria oferecer já na porta.

— E sobre o que é que eu falo, depois do queijo? — perguntei, quando saímos da auto-estrada e pegamos a estrada vicinal para Chadleigh.

— Jane Austen é sempre bom — Maria disse.

— E depois de Jane Austen?

— Ela possui móveis excelentes, o que se costuma chamar de "móveis bons". Nada de ostentação, simplesmente uma ótima mobília inglesa do século XVIII. Pode perguntar sobre ela.

— E depois?

— Você está contando com alguns silêncios pavorosos.

— E isso é impossível?

— Nem um pouco — Maria disse.

— Está nervosa?

Ela não parecia nervosa, estava um pouco quieta demais.

— Estou devidamente apreensiva. Você *é* um destruidor de lares, sabia. E ela gostava bastante do seu predecessor; socialmente falando, ele era muito satisfatório. Ela não é muito boa com homens, de qualquer maneira. E eu acho que ela ainda pensa que os americanos são novos-ricos e atrevidos.

— O que de pior pode acontecer?

— O pior? O pior que pode acontecer é que ela se sinta tão pouco à vontade que corte você depois de cada frase. O pior que pode acontecer é que por mais que a gente tente, ela não faça mais que um comentário cortante, e aí sim teremos silêncios pavorosos, e então acharemos um novo assunto que será cortado da mesma forma. Mas isto não vai acontecer, primeiro porque temos Phoebe, a quem ela adora e que vai nos distrair, e segundo porque temos você, um renomado gozador de prodigiosa sofisticação que vem a ser um especialista e tanto nestas coisas. Não é?

— Você saberá.

Antes de entrarmos na estrada acidentada para chegar à casa da mãe, em Chadleigh, fizemos um pequeno desvio para que Maria me mostrasse sua escola. Ao passarmos pelos prados vizinhos, Maria segurou Phoebe no colo para que pudesse ver os cavalos.

— Há cavalos por aqui — ela me disse — até onde a vista alcança.

A escola ficava a uma boa distância de qualquer habitação humana, incrustada no meio de um vasto e antigo campo de caça de veados, imaculadamente conservado, sombreado por frondosos cedros. Os campos de recreio e as quadras de tênis estavam vazios quando chegamos — já que as meninas estavam em aulas, e não havia ninguém à vista do lado de fora do grande edifício aparentemente elisabetano, construído em pedra, onde Maria tinha vivido como interna até ir para Oxford.

— Para mim parece um palácio — eu disse, abaixando o vidro para apreciar a vista.

— A piada era que os rapazes eram trazidos à noite em cestos da lavanderia.

— E eram? — perguntei.

— Claro que não. Nada de sexo. As meninas tinham suas paixõezinhas pela professora de hóquei, este tipo de coisa. Nós escrevíamos para os namorados páginas e páginas em tinta colorida e papel cor-de-rosa borrifado com perfume. Mas, fora isto, como está vendo, um lugar de extrema inocência.

Chadleigh, menos imponente mas mais inocente ainda, em aparência, do que a escola, ficava trinta minutos adiante, em meio a um muito íngreme e solitário vale do Gloucestershire. Anos atrás, antes que os lanifícios tivessem se mudado, tinha sido um vilarejo de tecelões pobres.

— Nos velhos tempos — dizia Maria enquanto pegávamos a estreita via principal —, isto aqui era só um antro de tuberculose, treze crianças em cada palhoça e nenhuma televisão.

Agora Chadleigh era um amontoado pitoresco de ruas e vielas, localizada dramaticamente bem em meio a um vale, adjacente a um bosque de faias — uma mistura monocromática de casas de pedra, cinzentas e austeras sob as nuvens, e de uma longa praça triangular onde brincavam alguns cães. Logo depois das casas e suas hortas, as fazendas nas encostas escarpadas estavam divididas como os campos da Nova Inglaterra, com muretas antigas de pedras ressequidas, camadas meticulosamente dispostas de pedras feito ladrilho, da mesma cor das casas. Maria contou que a primeira visão das muretas de pedra e da disposição irregular dos campos era sempre algo muito emotivo para ela, quando fazia tempo que não tinha estado lá.

"Holly Tree" parecia, da estrada, uma casa de tamanho considerável, embora não se comparasse nem de longe, explicou Maria, a "The Barton", onde a família tinha morado antes do pai ir embora. A família dele era rica, mas era o segundo filho, e ficou com o nome sem nada para acompanhá-lo. Depois da faculdade tinha sido banqueiro na City, passando apenas os fins de semana com a família, mas trabalhar não era seu forte e acabou escapando para Leicestershire com uma famosa cavaleira dos anos 50, que costumava usar uma cartola e véu, que cavalgava em silhão e era conhecida, maliciosamente, por motivos ingleses, cômicos e (para mim) obscuros como "Não Mate Na Estrada". Para se safar das obrigações de um divórcio litigioso, acabou indo parar, poucos anos depois, no Canadá, casado com uma moça rica de Vancouver e ocupado, principalmente, em velejar pelo Sound e em jogar golfe. "The Barton" acabou se mostrando grande demais e — depois que as contribuições pararam de entrar — fora das possibilidades da renda da sra. Freshfield. Ela tinha herdado apenas o modesto capital da mãe e, graças à ajuda de seu financista e da sua própria rígida administração econômica, a pequena soma foi apenas suficiente para manter as meninas na escola. No entanto isso tinha significado vender "The Barton", que ficava em campo aberto, e alugar "Holly Tree", nos arredores de Chadleigh.

A lareira estava acesa na sala de estar e, depois dos presentes abertos e admirados e de Phoebe ter recebido permissão para uma boa corrida no jardim e ter tomado um copo de leite, sentamo-nos ali para um drinque antes do almoço. Era um aposento agradável, com tapetes orientais gastos sobre o assoalho de madeira escura, e paredes forradas com retratos de família ao lado de retratos de cavalos. Era tudo um bocadinho gasto e de gosto discreto — cortinas em *chintz* com estampa de flores e pássaros e muita madeira polida.

Seguindo o conselho obtido na vinda, eu disse:

— Essa é uma escrivaninha muito bonita.

— Ah, é apenas uma cópia da Sheraton — a sra. Freshfield respondeu.

— E aquela é uma bela estante.

— Ah, sim, Charley Rhys-Mill esteve aqui outro dia — ela disse, sem olhar, enquanto falava, nem para Maria nem para mim —, e ele disse que achava que talvez fosse um desenho de Chippendale, mas eu tenho certeza que é uma peça rústica. Se olhar ali — ela disse, admitindo momentaneamente minha presença —, verá que pela forma como as fechaduras foram colocadas, trata-se de uma peça muito rústica. Acredito que tenha sido tirada do manual, mas não acho que seja um verdadeiro Chippendale.

Decidi que se fosse para ela diminuir tudo aquilo que eu admirasse, seria melhor parar por ali.

Não disse mais nada e limitei-me a beber meu gim até que a sra. Freshfield resolvesse tomar a si a responsabilidade de me fazer sentir à vontade.

— De onde é exatamente, sr. Zuckerman?

— Newark, em Nova Jersey.

— Não sou muito boa em geografia americana.

— É do outro lado do rio, na frente de Nova York.

— Eu não sabia que Nova York ficava à beira de um rio.

— Fica. Dois.

— Qual era a profissão de seu pai?

— Era um quiropodista.

Houve um grande silêncio enquanto eu bebia, Maria bebia, e Phoebe rabiscava; podíamos *ouvir* Phoebe rabiscando.

— Tem irmãos?

— Tenho um irmão mais novo.

— O que ele faz?

— É dentista.

Ou porque eram todas respostas erradas, ou porque tivesse ficado sabendo tudo que precisava saber, a conversa sobre meus antecedentes durou ao todo meio minuto. O pai quiropodista e o irmão dentista pareciam ter me resumido instantaneamente. Perguntava-me se talvez estas fossem ocupações simplesmente úteis demais.

Ela própria tinha feito o almoço — muito inglês, perfeitamente bom, e um tanto insosso.

— Não há alho no carneiro.

Ela dissera isso com o que me pareceu o mais ambíguo dos sorrisos.

— Ótimo — eu disse cortesmente, mas ainda incerto se não haveria escondida em seu comentário alguma tenebrosa implicação étnica. Talvez isso fosse o mais próximo que ela jamais chegaria de mencionar minha estranha religião. Nem por um minuto achei que isso fosse ser menos difícil para ela do que o fato de ser americano. Obviamente, eu tinha tudo a meu favor.

Os legumes eram da horta, couve-de-bruxelas, batatas e cenouras. Maria perguntou sobre o sr. Blackett, um trabalhador rural aposentado que complementava sua parca pensão trabalhando para elas um vez por semana, carpindo, recolhendo lenha e cuidando da horta. Ele ainda estava vivo? Sim, estava, mas Ethel tinha morrido recentemente e ele estava sozinho em seu apartamento da Previdência onde, disse a sra. Freshfield, ela temia que estivesse à beira da hipotermia.

Maria me contou:

— Ethel era a sra. Blackett. Nossa faxineira. Limpava muito bem. Sempre lavava a entrada de joelhos. Problemas medonhos quando éramos adolescentes sobre que presente de Natal dar a Ethel. Ele ganhava uma garrafa de uísque de mamãe, e Ethel invariavelmente acabava ganhando lenços de nós. O sr. Blackett fala um dialeto que é praticamente incompreensível. Gostaria que pudesse ouvi-lo. Ele é bem uma figura do século XIX, não é, mamãe?

— Está desaparecendo, o sotaque forte da zona rural — a sra. Freshfield disse.

E aí, os esforços de Maria para tornar os Blackett de algum interesse tendo falhado, caímos num período em que não havia nada a fazer senão cortar nossa comida e mastigar, e que eu temia fosse durar até partirmos para Londres.

— Maria me disse que é grande apreciadora de Jane Austen — eu disse.

— Bem, eu venho lendo seus livros a vida toda. Comecei

com *Orgulho e preconceito* quando tinha treze anos e desde então nunca parei de lê-la.

— Por que isto?

A pergunta suscitou um sorriso invernal.

— Quando foi a última vez que leu Jane Austen, sr. Zuckerman?

— Na faculdade.

— Leia-a de novo e verá por quê.

— Lerei, mas o que eu estava perguntando é o que a *senhora* tira de Jane Austen.

— Ela simplesmente registra a vida de maneira muito verídica, e o que tem a dizer sobre a vida é muito profundo. Ela me diverte tanto! As personagens são excelentes. Gosto muito do sr. Woodhouse em *Emma*. E do sr. Bennet em *Orgulho e preconceito*, também gosto demais; gosto demais de Fanny Price em *Mansfield Park*. Quando ela volta para Portsmouth, depois de ter morado com a família Bertram em grande estilo e nobreza, e encontra sua própria família e se choca com a miséria, as pessoas a criticam muito por isto e dizem que ela era uma esnobe, e talvez seja porque eu sou também uma esnobe, suponho que seja, mas eu acho tudo muito harmonioso. Acho que é assim que uma pessoa se comportaria, se voltasse para um padrão de vida muito inferior.

— Qual é seu livro favorito? — perguntei.

— Bem, eu suponho que seja o que eu estiver lendo no momento. Eu leio todos eles, todos os anos. Mas no fim é *Orgulho e preconceito*. O sr. Darcy é muito atraente. E depois também eu gosto de Lydia. Acho Lydia tão boba e burra. Ela está muito bem retratada. Conheço tanta gente como ela, percebe? E é claro que simpatizo com o sr. e a sra. Bennet, tendo eu mesma todas estas filhas para casar.

Não saberia dizer se a intenção era desfechar alguma espécie de golpe — se esta mulher era perigosa ou se estava sendo perfeitamente benigna.

— Perdoe-me se não li seus livros — ela me disse. — Não leio muita literatura americana. Acho muito difícil compreender o povo. Não os acho muito atraentes ou compassivos, eu receio. Na verdade não gosto de violência. Há tanta violência nos livros americanos, eu acho. Claro que não em Henry James, de quem gosto muito. Ele é de fato um observador do panorama inglês, e considero-o muito bom mesmo. Mas acho que agora prefiro vê-lo na televisão. O estilo *é* um tanto enfadonho. Quando se assiste na televisão, as coisas chegam mais rápido a uma conclusão. Eles fizeram uma adaptação de *Os espólios de Poynton* recentemente e, claro, me interessou especialmente por causa da minha ligação com mobiliário. Acho que eles adaptaram muito bem. Fizeram também *A taça de ouro*. Gostei muito. O livro *é* um tanto longo. Seus livros são publicados aqui, não são?

— São.

— Bem, eu não sei por que Maria não os mandou para mim.

— Eu não acho que fosse gostar, mamãe — Maria disse.

Aqui houve uma decisão unânime para que nos distraíssemos com Phoebe que estava, na verdade, inocentemente brincando com as verduras no prato e sendo uma perfeita menininha.

— Maria, ela está babando, querida — disse a sra. Freshfield —, cuide dela, sim?

E durante o restante do almoço, os comentários de todos tinham a ver com a menina.

Durante o café, na sala de estar, perguntei se poderia ver os outros aposentos. Assim como tinha menosprezado a mobília que eu admirara, ela agora menosprezava a casa.

— Ah, não há nada de especial — disse. — Era apenas a casa de um magistrado. É claro que naqueles tempos eles estavam muito melhor de vida.

Entendi, pelo comentário, que ela própria estava acostumada a coisa muito melhor e não falei mais sobre o assunto. Entretanto, quando terminamos o café, descobri que ia fazer a excursão afinal — a sra. Freshfield levantou-se, nós a seguimos, e isto me parecia tamanho bom sinal que embarafustei por uma nova linha de perguntas que eu acreditava pudessem finalmente vir a ser certas.

— Maria me disse que sua família vive nesta região há muito tempo.

A resposta veio de volta como um rígido projétil. Poderia ter me atingido no peito e saído pelas costas.

— Trezentos anos.

— O que faziam?

— Ovelhas — como um segundo tiro. — Todo mundo criava ovelhas na época.

Abriu a porta de um amplo quarto cujas janelas davam para um campo onde pastavam algumas vacas.

— Este era o quarto das crianças. Onde Maria e suas irmãs cresceram. Sarah era a mais velha e foi a primeira a ter um quarto só dela, e Maria teve que continuar dormindo aqui com Georgina. Este era um grande motivo de amarguras. Como era herdar as roupas de Sarah. Quando ficavam pequenas demais para Sarah, elas passavam para Maria que tinha que usá-las, e quando já não serviam mais nela também não estavam mais em condições de passar para Georgina. Assim a filha mais velha ganhava roupas novas, e a mais nova também, mas Maria, no meio, nunca. Mais um motivo de amarguras. Nos passamos muito apertadas, uma época, como sabe. Maria nunca entendeu muito bem isto, eu acho.

— Mas é claro que eu entendi — Maria disse.

— Mas você se ressentia, eu acho. Muito natural, perfeitamente natural. Nós não tínhamos dinheiro para manter um pônei, mas suas amigas tinham, e você parecia achar que era minha culpa. E não era.

Lembrar-se dos ressentimentos de Maria seria uma forma de sugerir alguma coisa sobre o fato de ela ter me escolhido? Não saberia dizer ao certo pelo tom da sra. Freshfield. Talvez isso fosse troça carinhosa, embora não me soasse como tal. Quem sabe fosse apenas um relatório histórico — fatos, sem implicações ou significados sutis. Ou vai ver que era simplesmente assim que esta gente falava.

Já no hall, decidi fazer uma última tentativa. Apontando para uma escrivaninha no topo da escada, disse vagamente, como se para ninguém em especial:

— Belo móvel.

— É da família de meu marido. Minha sogra comprou-a. Achou esta peça em Worcester. É, é um belo móvel. Os puxadores são exatos, também.

Sucesso. Pare por aqui.

Enquanto Phoebe dormia, Maria e eu andamos até a igrejinha que ela freqüentara quando criança.

— Bem — ela disse, depois que saímos da casa —, não foi assim tão mau, foi?

— Não tenho idéia. Foi? Não foi?

— Ela fez um esforço enorme. Ela não faz torta de melado a menos que seja uma ocasião especial. E porque você é homem, havia vinho no almoço. Não há dúvida de que ela pensou uma semana sobre esta sua visita.

— Isto eu não percebi muito bem.

— Ela foi até o sr. Tims, o açougueiro, e pediu o melhor pedaço que houvesse. O sr. Tims também fez um esforço e tanto — o vilarejo todo fez um esforço e tanto.

— É? Bom, eu também fiz um esforço e tanto. Senti-me como se estivesse atravessando um campo minado. Não tive muita sorte com a mobília.

— Você elogiou demais. — Maria riu. — Preciso ensinar você a não enaltecer assim tanto as posses de alguém na cara da pessoa. Mas minha mãe é assim mesmo. Você elogia e, se for dela, ela menospreza. Mas você marcou ponto com o Stilton. Ela estava ronronando em êxtase quando ficamos sozinhas na cozinha.

— Não consigo imaginá-la em êxtase.

— Por um pedaço de Stilton, com certeza.

Havia uma bosquete de antigos teixos na frente da minúscula igreja, um velho edifício agradável, rodeado de túmulos.

— Então sabe o nome desta árvore — ela me disse.

— De Thomas Gray — eu disse —, sei sim.

— Teve uma educação muito boa em Newark.

— Para me preparar para você, foi preciso.

Maria abriu a porta da igreja, cujas primeiras pedras, ela me contara, tinham sido lançadas pelos normandos.

— O cheiro — ela disse quando pusemos os pés lá dentro, parecendo um tantinho espantada, como as pessoas se sentem quando o passado lhes volta num bafo violento —, o cheiro de umidade nestes lugares.

Examinamos as imagens dos nobres mortos, e os entalhes nas extremidades dos bancos de madeira até que ela não pôde mais suportar o frio.

— Costumava haver umas seis pessoas aqui para a oração da tarde, num domingo de inverno. A umidade *ainda* me invade os joelhos. Venha, vou lhe mostrar meus lugares solitários.

Subimos de novo a ladeira até o vilarejo — Maria explicando-me quem morava em cada uma das casas — entramos no carro e fomos até seus velhos esconderijos, os "lugares solitários" que ela revisitava sempre que voltava para casa, nas férias da escola, para certificar-se de que continuavam lá. Um deles era um bosque de faias, onde ela costumava passear — "muito mal-assombrado", disse — e o outro ficava fora do vilarejo, ao pé de um vale, um moinho em ruínas ao lado de um regato tão pequeno que se podia saltá-lo. Ia até lá com seu cavalo ou, depois que a mãe decidira que ficava mais fácil pagar as despesas das filhas e suas escolas sem ter pôneis para alimentar e cuidar, ia de bicicleta.

— É aqui que eu tinha minhas sensações visionárias de que o mundo é um. Exatamente como Wordsworth descreve, o verdadeiro misticismo da natureza, momentos de extremo contentamento. Você sabe, observar o pôr-do-sol, e de repente pensar que o universo inteiro faz sentido. Para uma adolescente, não há lugar melhor para estas pequenas visões que um moinho arruinado ao lado de um riacho murmurante.

De lá fomos até "The Barton", que ficava bem isolada, por trás de um muro coberto de hera, numa estrada de terra batida, muitos quilômetros de Chadleigh. Estava começando a escurecer e, como houvesse cães, ficamos no portão, olhando na direção onde brilhavam as luzes por toda a casa. Fora construída com a mesma pedra cinza-amarelada de "Holly Tree", e da maioria das casas que tínhamos visto, se bem que pelo tamanho e pela imponência da cumeeira nunca pudesse ser confundida com a casa de um pobre tecelão, nem mesmo com a de um magistrado. Havia uma faixa de jardim que ia do muro até os janelões franceses do térreo. Maria contou que a casa não tinha aquecimento central quando era pequena, e que portanto havia lareiras em todos os aposentos, acesas de setembro até maio; eletricidade, gerava-se lá mesmo, usando um velho motor diesel que funcionava quase o tempo todo. Nos fundos, ela contou, havia os estábulos, o celeiro, uma horta murada com canteiros de rosa; mais para trás havia um lago com patos onde pescavam e onde ela havia aprendido a patinar, e mais além ainda um bosque de nogueiras, mais um lugar mal-assombrado cheio de clareiras e pássaros, flores silvestres e fetos, onde ela e as irmãs costumavam correr desabaladas pelas alamedas verdejantes, pregando sustos de morte umas nas outras. Suas memórias mais antigas eram todas poéticas e ligadas àqueles bosques.

— Criados?

— Apenas dois — ela disse. — Uma ama para as crianças e uma empregada, uma velha criada de quarto que sobrara dos tempos da guerra. A criada de quarto de minha avó, chamada pelo sobrenome, Burton, que cozinhava para todos e ficou conosco até se aposentar.

— Então mudar para a vila — eu disse — foi uma derrocada.

— Éramos muito pequenas, não tanto para nós. Mas minha mãe nunca se recuperou. A família dela nunca tinha cedido um centímetro de terra, desde o século XVII. Mas é o irmão que tem a propriedade com três mil acres, e ela não tem nada. Apenas as poucas ações e debêntures herdadas da mãe, a mobília que você tanto admirou, e aqueles retratos de cavalos que você não aproveitou para elogiar — uma espécie de sub-Stubbs.

— É tudo muito estrangeiro para mim, Maria.

— Pensei ter pressentido isto no almoço.

Enquanto Phoebe, realentada pelo pastel doce, entretinha Georgina, e Maria continuava conversando com a mãe sobre a casa em Chiswick, esgueirei-me até um dos cantos da cripta, longe dos famintos cantantes a equilibrar copos de vinho e pedaços de pastel, e descobri-me ao lado da irmã mais velha de Maria, Sarah.

— Acho que gosta de servir como cobaia moral — Sarah disse naquele seu estilo metralhado que lhe fazia a fama.

— Como é que joga uma cobaia moral?

— Ela experimenta consigo mesma. Coloca-se, se é um judeu, dentro de uma igreja na época de Natal, para ver como se sente e como é.

— Ah, mas todo mundo faz isto — disse afavelmente, mas para fazê-la saber que não me tinha escapado nada, acrescentei, devagar —, não só os judeus.

— É mais fácil, quando se é um sucesso como você.

— O que é mais fácil? — perguntei.

— Tudo, sem dúvida. Mas eu quis dizer essa coisa de cobaia moral. Você conseguiu a liberdade de sair por aí, de ir de um país a outro para ver como é. Fale-me sobre o sucesso. Você gosta disso, dessa pavoneação toda?

— Não o bastante, não sou um exibicionista suficientemente desavergonhado.

— Mas isto é uma outra história.

— Só posso me exibir disfarçado. Toda minha audácia provém de máscaras.

— Acho que isto está ficando um pouco intelectual demais. Qual é seu disfarce esta noite?

— Esta noite? Marido de Maria.

— Bem, eu acho que quando se é bem-sucedido, a gente deve se pavonear um pouco, para incentivar os demais. Georgina é a nossa extrovertida, o que diz muito sobre esta família. Ela ainda faz um grande esforço para ser a boa filhinha de mamãe. Eu, como deve ter ouvido, não sou completamente estável, e Maria é inteiramente indefesa e um tanto mimada. Sua vida toda foi vivida com o objetivo de não fazer nada. Ela consegue isto muito bem.

— Não tinha notado.

— Ah, não há nada neste mundo que faça Maria tão contente quanto um cheque bem, bem, gordo.

— Bem, isto é fácil. Eu lhe darei um bem gordo todos os dias.

— Você é bom em escolher roupas? Maria adora que seus homens a ajudem a escolher suas roupas. Os homens têm que ajudar Maria com tudo. Espero que esteja disposto. Você gosta de ficar sentado naquela cadeira de loja enquanto uma senhora rodopia em volta perguntando: "Que acha deste?".

— Depende da loja.

— É? De que lojas gosta? Da Selfridge's? Georgina tem um cavalo em Gloucestershire. Ela é bem diferente. Toda essa maluquice inglesa. Ontem ela participou de um famoso evento único. Sabe o que é um evento único? Claro que não. Fisicamente, é aterrorizante. Uns obstáculos enormes, enormes. Verdadeira birutice inglesa. A qualquer momento um cavalo pode cair e esmagar seu cérebro.

— Até o meu.

— É, uma loucura — Sarah disse. — Mas Georgina gosta.

— E você gosta do quê?

— O que eu mais gostaria de fazer? Bem, o que eu mais gostaria de fazer e que seria muito difícil para eu fazer, e é por isso que não tenho intenção de fazer num futuro próximo, é o que você faz, e o que minha mãe faz. Mas é a vida mais dura que eu posso imaginar.

— Há mais duras.

— Não seja modesto. Você acha que é o sofrimento que torna tudo tão digno de admiração. Dizem que se você fica conhecendo um escritor, às vezes é mais difícil odiar seu trabalho do que quando você compra o livro, abre e atira para o outro canto da sala.

— Não para todo mundo. Alguns acham mais fácil odiá-lo depois de o conhecerem.

— Passei minha infância toda vomitando por todos os cantos sempre que eu tinha que atuar ou falar. Como eu ainda estivesse numa séria disputa para ser a menina boazinha de mamãe, tinha que atuar e falar o *tempo todo*. E agora tenho este relacionamento terrivelmente agonizante com qualquer tipo de trabalho que esteja fazendo. Eu nunca fui capaz de funcionar realmente no trabalho. Nem Maria, ela não consegue trabalhar de jeito nenhum. Faz anos que ela não faz nada, a não ser remendar aquele conto e meio que ela vem escrevendo desde os tempos de escola. Mas acontece que ela é linda e mimada e arranja toda essa gente para casar com ela. Eu não estou disposta a ficar em casa e ser tão infernalmente dependente.

— Mas é "dependência"? É mesmo infernal?

— O que faz uma mulher que é inteligente e leva um bocado de energia e entusiasmo para toda aquela loucura doméstica, e no fim, por razões muito naturais, o marido desaparece, ou some de casa ou, como nosso querido pai, com sessenta e duas mulheres na surdina? Eu acho que uma boa razão para que esta opção tenha desaparecido é que as mulheres inteligentes não estão dispostas a ser tão dependentes.

— Maria é uma mulher inteligente.

— Mas não fez muito proveito disto, fez, da primeira vez.

— Ele era um chato — eu disse.

— Não era coisa nenhuma. Você o conheceu? Ele tem na verdade algumas qualidades maravilhosas. Gosto muitíssimo dele. Às vezes pode ser extremamente encantador.

— Estou certo disto. Mas quando você se afasta emocionalmente da vida de alguém, como ele fez, o sentido de ligação entre eles acaba se corrompendo.

— Se você for irremediavelmente dependente.

— Não, se você precisa de alguma ligação humana com a pessoa com quem está casada.

— Acho que está levando uma vida de impostor — Sarah disse.

— Acha?

— Com Maria, sim. Existe uma palavra para isto, na verdade.

— Diga-me qual é.

— Hipergamia. Sabe o que é?

— Nunca ouvi falar.

— Ir para a cama com mulheres de uma classe social superior. Desejo baseado numa classe social superior.

— Quer dizer que eu, para usar de toda a polidez, sou um hipergâmico; e Maria, vingando-se do pai que a rejeitou ao se casar abaixo de sua condição social, é irremediavelmente dependente. Uma mulher mimada, dependente, de uma classe superior, que gosta de cheques gordos junto com seus bombons na beira da cama, e cuja vida foi vivida com o objetivo de não fazer nada. E você o que é, Sarah, além de invejosa, amarga e fraca?

— Eu não gosto de Maria.

— E daí? Quem se importa?

— Ela é mimada, indolente, frágil, "sensível", vaidosa, mas aí você também é vaidoso. Não há dúvida que tem que ser vaidoso em sua profissão. Como poderia levar a sério as coisas em que pensa, se não fosse assim? Deve estar ainda muito apaixonado com o drama de sua vida.

— Estou. Foi por isto que me casei com uma beldade como sua irmã e que lhe dou aqueles gordos cheques todos os dias.

— Mamãe é extremamente anti-semita, sabia?

— É? Ninguém me disse nada.

— Eu estou lhe dizendo. Acho que vai acabar descobrindo que ao experimentar com Maria, você foi um pouco longe demais.

— Eu gosto de ir longe demais.

— É, você gosta. Eu li sua famosa comédia de gueto. Decididamente jacobina. Como é que é o nome mesmo?

— *Minha querida auto-imagem.*

— Bem, se está, como seu trabalho sugere, fascinado pelas conseqüências da transgressão, veio parar na família certa. Mamãe consegue ser infernalmente desagradável no que se refere à transgressão. Consegue ser tão dura quanto um mineral, um mineral anglo-saxão. Eu não acredito que ela aprecie de fato a idéia de sua lânguida e indefesa Maria se submetendo à dominação anal por um judeu. Eu suponho que ela imagine que você, como todos os sadistas viris, goste de penetração anal.

— Diga-lhe que de vez em quando eu dou uma experimentada.

— Mamãe não vai gostar nem um pouco disso.

— Não sei como uma mãe poderia gostar. A mim, me parece típico o bastante.

— Eu acho que você está cheio de raiva, ressentimento e vaidade e que camufla tudo isso debaixo deste seu exterior civilizado e urbano.

— Isto também me parece bastante típico. Embora haja aqueles que obviamente nem sequer se importam com o exterior civilizado.

— Está compreendendo tudo que estou lhe dizendo? — perguntou.

— Bem, estou escutando o que está me dizendo.

De repente ela me enfiou na frente a metade do pastel que ainda segurava nas mãos. Por alguns momentos achei que ela fosse esfregá-lo na minha cara.

— Cheire isto — ela disse.

— Por que deveria?

— Porque cheira bem. Não fique tão defensivo só porque está numa igreja. Cheire. Cheira feito Natal. Eu aposto que você não tem nenhum cheiro associado ao Chanukah.

— Siclos — eu disse.

— Aposto como gostaria de acabar com o Natal.

— Seja uma boa marxista, Sarah. A dialética nos ensina que os judeus nunca acabarão com o Natal, eles fazem dinheiro demais com ele.

— Você ri muito baixinho, estou vendo. Não quer se mostrar demais. Seria porque está na Inglaterra e não em Nova York? É porque não quer ser confundido com os divertidos judeus que retrata em seus livros? Por que não vai em frente e mostra alguns dentes? Seus livros mostram, eles são um dente só. Você, contudo, mantém muito bem escondida a paranóia judaica que produz a vituperação e a necessidade de investir, nem que seja, claro, com todas aquelas "piadas" judias. Por que tão refinado na Inglaterra e tão rude em *Carnovsky*? Os ingleses irradiam em freqüências tão baixas — Maria, especialmente, emite sons *tão* suaves, a voz das cercas vivas, não é? — que às vezes deve ser muito preocupante pensar que vai de repente esquecer-se, arreganhar os dentes e se desvencilhar com o guincho étnico. Não se preocupe com o que os ingleses vão pensar, os ingleses são educados demais para *pogroms*; você tem ótimos dentes americanos, mostre-os quando rir. Você parece judeu, não há como negar. Não dá para esconder isto não mostrando os dentes.

— Eu não preciso agir como um judeu; eu sou um.

— Muito esperto.

— Não tão esperto quanto você. Você é esperta demais e burra demais, tudo ao mesmo tempo.

— Eu também não gosto muito de mim — ela disse. — Ainda assim, eu acho que Maria devia ter lhe dito que ela vem de um tipo de gente que, se soubesse alguma coisa sobre a sociedade inglesa, você teria *esperado* ser anti-semita. Se tivesse lido algum romance inglês; já leu algum?

Não me dei ao trabalho de responder, mas também não lhe dei as costas. Esperei para ver até onde minha nova cunhada pretendia de fato ir.

— Recomendo-lhe começar sua educação com um romance de Trollope — ela disse. — Pode vir a ser uma bela de uma sova em seu patético desejo de partilhar da civilidade inglesa. Vai lhe contar tudo sobre gente como nós. Leia *Assim vivemos nós hoje*. Talvez possa ajudar a explodir estes mitos que alimentam esta patética anglofilia judaica da qual Maria está se aproveitando. O livro é bem um novelão, mas o sumo está, do seu ponto de vista, num pequeno subenredo, na história da srta. Longestaffe, uma jovem dama inglesa da alta classe, um tipo da nobreza rural, já meio passada, que fica furiosa porque ninguém se casou com ela, porque fracassou no mercado casamenteiro, e como está decidida a ter uma rica vida social em Londres, vai se diminuir casando com um judeu de meia-idade. O trecho interessante gira em torno dos sentimentos dela, dos sentimentos da família em relação a sua derrocada, e o comportamento do judeu em questão. Não vou estragar o resto. Será uma excelente educação que vem, acho eu, em muito boa hora. Ah, vai se sentir meio judiado com a coisa toda, tenho certeza. A pobre da srta. Longestaffe acha que está fazendo um grande favor ao judeu, percebe, casando-se com ele, ainda que seu único motivo seja pegar seu dinheiro, e ficar o mais longe que for possível dele. E não liga a mínima para o que lhe espera. Na verdade, acha que está lhe conferindo um favor social.

— Parece ter tudo muito fresco na memória.

— Como ia vê-lo hoje, peguei o livro para dar uma espiada. Está interessado?

— Continue. Como é que a família dela recebe o judeu?

— Sim, a família dela *é* a questão, não é? Ficam abalados. "Um judeu", gritam todos, "um velho judeu gordo?" Ela fica tão perturbada com a reação que seu desafio se transforma em dúvida, e mantém então uma correspondência com ele; ele se chama sr. Brehgert. Na verdade, ele é, apesar de insosso, um homem muito decente e responsável, um negociante extremamente bem-sucedido. Entretanto, ele é descrito freqüentemente, como aliás o são outros judeus no livro, em termos que o fariam ranger os dentes. O que será especialmente instrutivo para você é a correspondência entre eles, o que ela revela sobre as atitudes de um grande número de pessoas em relação aos judeus, atitudes que só *parecem* ter cem anos.

— Então é isso? — perguntei. — É tudo?

— Claro que não. Conhece John Buchan? Ele meio que surgiu durante a Primeira Guerra. Ah, vai gostar dele também. Vai aprender um bocado. Eu o recomendaria apenas com base em alguns apartes surpreendentes. Ele é extremamente famoso na Inglaterra, muitíssimo famoso, um escritor de aventuras juvenis. Suas histórias são todas sobre louros cavalheiros arianos que partem para combater as forças do mal, que estão sempre aglomeradas na Europa em meio a vastas conspirações, ligadas a financistas judeus, para cobrir o mundo com uma nuvem de maldade. Claro que os louros arianos vencem no fim e regressam a suas mansões ancestrais. A história é sempre assim. E os judeus normalmente estão na base de tudo, à espreita em alguma parte. Não estou de fato sugerindo que o leia, é meio trabalhoso. Peça a um amigo para fazê-lo. Peça a Maria, ela tem tempo bastante. Ela pode ler para você só os bons pedaços, em prol de sua educação. O que acontece é que em cada cinqüenta páginas você tem um comentário abertamente anti-semita, que não passa de um aparte, simplesmente a consciência partilhada de todos os leitores e do escritor. Não é como em Trollope, uma idéia desenvolvida. Trollope na verdade está interessado na situação, o que é prova de uma *consciência partilhada*. E não foi escrito em 1870, esta espécie de mística ainda está muito viva por aqui, mesmo que Maria não o tenha informado. Maria é uma criança, em muitos aspectos. Você sabe como as crianças são boas em ficar de fora de certos assuntos. É claro que abrir caminho através das calças de um homem é uma das especialidades de Maria, não estou dizendo que ela não saiba fazer isto. Na cama ela faz ser tudo virginal de novo, estou certa, com a sua natural delicadeza inglesa; na cama com Maria estamos de volta a Wordsworth. Tenho certeza que até o adultério ela transformou em virginal. Com Maria, a orgia está na conversa. Ela mata um homem com uma foda mental, não é, Nathan? Devia tê-la visto em Oxford. Para seus pobres tutores era uma agonia. Mas ainda assim ela não diz tudo, sabia? Há certas coisas que não se diz a um homem, e a você obviamente não foi dito tudo. Maria mente no bom sentido, para manter a paz. No entanto, você não deve, por causa das mentiras dela, ou dos lapsos de memória, se deixar seriamente enganar, ou não estar preparado.

— Para quê? Basta das glórias do romance inglês, e basta de Maria. Despreparado para que e quem?

— Para nossa mãe. Estará cometendo um erro se, quando esta criança chegar, você tentar se opor a um batizado.

No táxi, preferi não perguntar a Maria se ela sabia o quão pouco sua irmã gostava dela, ou o quão profundo era seu rancor por mim, nem tampouco se aquilo que me fora sugerido sobre as expectativas da mãe para nosso filho era, de fato, verdade. Estava por demais aturdido — e além do mais estávamos a caminho de comemorar o vigésimo oitavo aniversário de Maria em seu restaurante favorito, e uma vez que eu começasse a falar sobre a torrente de insultos de sua irmã, sobre aquele hino ao ódio carinhosamente articulado, eu sabia que não haveria mais comemoração. O que me confundia é que tudo que tinha ouvido sobre o relacionamento de Maria com Sarah era a notícia pouco surpreendente de que as duas não eram mais tão próximas quanto tinham sido quando meninas. Ela tinha me dito alguma coisa, certa vez, sobre problemas psiquiátricos, mas apenas de passagem, enquanto falava sobre os efeitos posteriores do lúgubre casamento de Sarah, de noventa dias, com um herdeiro da aristocracia anglo-irlandesa, o que não dava conta dos sentimentos dela em relação à irmã nem de sua visão buchaniana de gente como eu. Sem dúvida Maria nunca tinha caracterizado a mãe como "extremamente anti-semita", embora, lógico, eu suspeitasse haver bem mais que resíduos disso em meio às camadas e camadas de esnobismo social e xenofobia generalizada que tivera a oportunidade de sentir em "Holly Tree". O que eu não sabia era se o espectro da pia batismal não passava de um final irresistível para uma piadinha desagradável, o clímax hilariante que Sarah imaginou impossível de não provocar a ira do rico judeu de meia-idade de sua irmã, ou se o batismo do rebento Zuckerman, por mais que a idéia fosse risivelmente absurda de se contemplar, vinha a ser algo a que Maria e eu teríamos que nos opor, numa hedionda batalha com sua mãe. E se, ao resistir à mãe que nunca dera um passo em falso, a vulnerável filha desabasse? E se Maria não fosse sequer capaz de *tentar* lutar contra isto que para mim estava parecendo, quanto mais eu pensava, uma tentativa para lá de simbólica não só de raptar a criança como também uma manobra para anular o casamento dela com um kike?

Só então comecei a perceber como tinha sido ingênuo em não prever que algo do gênero viria à tona, e a me perguntar se não seria eu, em vez de Maria, quem infantilmente ficara "fora de certos assuntos". Parecia que eu me tinha feito cego quase de propósito à ideologia que talvez corresse paralela a sua educação corretíssima em meio à nobreza rural, eu que não conseguira apreciar as óbvias implicações familiares da inaudita temeridade que Maria ousou exibir ao voltar para a Inglaterra divorciada de seu mui bem-relacionado primeiro-secretário da Missão Britânica na ONU e casada, em vez disso, comigo, o Mouro — aos olhos deles — com sua Desdêmona. Mais inquietante ainda que o repelente encontro com Sarah era a possibilidade de que tivesse me deixado iludir em grande parte pela fantasia, que tudo até agora não passasse de um sonho no qual servi como conspirador irresponsável, a tecer uma irrealidade superficial com aquelas diferenças "encantadoras" que tinham finalmente arrebentado sobre nós em todo seu significado social — ainda que fossilizado. Viver à beira do rio, de fato. Os cisnes, as brumas, as marés lambendo suavemente o muro do jardim — como é que aquele idílio poderia algum dia ser a vida real? E o quão doloroso e venenoso iria ser este conflito? De repente, era como se todos esses meses dois realistas racionais e cabeçudos tivessem estado a rodear, romântica e sonhadoramente, uma situação muito real e problemática.

Entretanto, em Nova York eu andava tão ansioso para rejuvenescer que simplesmente não tinha pensado bem nisso. Como escritor, minei meu passado ao extremo, exauri minha cultura privada e as memórias pessoais, não conseguia sequer me animar a brigar por meu trabalho, cansei por fim de meus difamadores, mais ou menos como se deixa de amar alguém. Estava até aqui com as velhas crises, entediado com as velhas questões, queria desfazer os hábitos com os quais me tinha acorrentado à escrivaninha, envolvido três mulheres em minha reclusão e, por anos a fio, vivido na concha do auto-exame. Queria ouvir uma nova voz, estabelecer um novo vínculo, ser revigorado por uma companheira nova e original — escapar e assumir para mim uma responsabilidade desligada de qualquer laço com a literatura ou com o tedioso fardo do escritor, o de ser sua própria causa. Eu queria Maria e queria um filho, e não só não pensei nisso como o fiz intencionalmente, sendo pensar-nisso um outro velho hábito pelo qual não sentia nostalgia. O que me poderia ser mais adequado que uma mulher a protestar o quanto era inadequada? Como a esta altura eu fosse inteiramente inadequado a mim mesmo, *ipso facto*, éramos o casal perfeito.

* * *

Cinco meses de gravidez e os hormônios devem fazer alguma coisa à pele, porque a de Maria estava visivelmente radiante. Era um grande momento para ela. O bebê ainda não tinha começado a se mexer, mas os enjôos matinais já tinham passado há tempos e o desconforto de estar grande e desajeitada ainda não começara; dizia que se sentia apenas afagada, protegida e especial. Sobre o vestido, usava uma pelerine longa de lã preta, com um capuz e uma borla pendurada na ponta; era macia e quente e eu podia segurar-lhe o braço que emergia da abertura lateral. Seu vestido era verde-escuro, envolvente, um vestido de jérsei de seda com um decote redondo profundo e mangas compridas, estreitas no pulso. Para mim, aquele vestido era tudo que se podia pedir, sóbrio, sensual, impecável.

Estávamos sentados lado a lado na ponta de uma banqueta macia, de frente para a sala de refeições. Tinha passado das oito e a maioria das mesas estava ocupada. Pedi champanhe enquanto Maria procurava na bolsa as fotos Polaroid da casa — eu ainda não tinha tido oportunidade de vê-las direito e havia muitas coisas que Maria queria me mostrar. Aproveitei para tirar do bolso uma caixa comprida de veludo negro. Dentro havia um bracelete que eu comprara para ela na semana anterior, numa travessa de Bond Street, numa das joalherias especializadas no tipo de jóias vitorianas e georgianas que ela gostava de usar.

— É leve mas não é frágil — o vendedor me garantira —, delicado o bastante para o pulso pequeno da senhora.

Soava como se fosse uma algema, o preço era chocante, mas comprei. Poderia ter levado dez. Era um grande momento, realmente, para nós dois. Se era "vida real", ainda não se sabia.

— Ah, que bonito — ela disse, apertando o fecho e esticando o braço para admirar o presente. — Opalas Brilhantes. A casa no rio. Champanhe. Você. Você — repetiu, pensativa dessa vez —, tanta pedra onde este limo aderir.

Beijou meu rosto e foi, naquele momento, a encarnação da deleitabilidade da fêmea.

— Estar casada com você, para mim, é uma incrível experimentação em prazer. Existe jeito melhor de ser alimentada?

— Você está linda neste vestido.

— É velhíssimo.

— Lembro dele de Nova York.

— A intenção foi essa.

— Senti saudades, Maria.

— Sentiu?

— Eu aprecio você, sabia?

— Essa aí é uma carta e tanto.

— Pois é isso.

— Eu senti saudades de *você*. Fiz o possível para não pensar em você o tempo todo. Quando é que eu vou começar a lhe dar nos nervos? — perguntou.

— Acho que não tem com que se preocupar esta noite.

— O bracelete é perfeito, tão perfeito que é difícil acreditar que tenha sido idéia sua. Quando um homem faz algo muito certo, normalmente não é. É lindo, mas sabe o que mais eu quero, o que eu mais quero quando nós mudarmos? Flores pela casa. Não é muito classe média da minha parte? Aliás, eu tenho uma lista muito longa de desejos materiais, mas foi isso o que eu pensei quando vi os pedreiros lá, hoje.

Depois disso, simplesmente não estava em mim ceder ao impulso premente de despejar tudo, de dizer-lhe, direto, sem ornamentos:

— Escute, sua mãe é uma tremenda de uma anti-semita que espera batizar nosso filho, verdade ou mentira? E se é verdade, por que fingir que você não sabe de nada? Isto é mais inquietante que qualquer outra coisa.

Em vez disso, como se não sentisse a menor urgência sobre o que ela sabia ou fingia não saber, não esperasse ouvir nada que me entristecesse, como se não estivesse perturbado por absolutamente nada, disse numa voz tão suavemente civilizada quanto a dela:

— Receio que chegar até sua mãe continue fora do meu alcance. Quando ela recupera as forças gastas com aquele sorriso, eu realmente não sei para onde olhar. Esta noite ela esteve apenas glacialmente correta, mas o que exatamente ela *acha* de nós? Você sabe?

— Ah, mais ou menos o que todo mundo parece estar pensando. Que nós "superamos diferenças enormes".

— "Superamos"? Ela disse isso a você?

— Disse.

— E o que foi que respondeu?

— Eu disse: "O que há de tão tremendamente diferente? É claro que eu sei que sob certos aspectos não poderíamos ser mais diferentes. Mas pense em todas as coisas que lemos em comum, pense em todas as coisas que sabemos em comum, nós falamos a mesma língua; eu sei muito mais sobre ele do que a senhora imagina". Disse a ela que eu já li uma enormidade de literatura americana, já assisti a uma enormidade de filmes americanos...

— Mas ela não está falando da minha americanidade.

— Não apenas. É verdade. Ela está pensando em nossas "associações". Ela diz que tudo isto ficou oculto pelo jeito como nos conhecemos, uma ligação secreta em Nova York. Nós nunca nos vimos entre amigos, nunca nos encontramos em lugares públicos, nunca fizemos nada juntos, e assim nunca pudemos exasperar um ao outro com nossas diferenças visíveis. O que ela diz é que nós nos casamos lá sem nunca nos permitirmos ser testados. Ela está preocupada com a nossa vida na Inglaterra. Parte de tudo, diz ela, é como um determinado grupo me vê.

— E como *é* que eles a vêem?

— Na verdade eu não acho que as pessoas estejam tremendamente interessadas. Ah, eu acho, caso eles se preocupem mesmo com o assunto, que a primeira coisa que todo mundo pensa, quando ouve um caso deste, é que você está querendo recarregar as baterias com uma mulher jovem, que talvez esteja interessado na cultura inglesa, isto é possível, e a síndrome da shiksa, claro; isto tudo seria muito óbvio para eles. De minha parte, igualmente óbvio, eles diriam: "Bom, ele pode ser bem mais velho, pode ser judeu, mas minha nossa, ele é uma estrela literária, e tem montes de dinheiro". Eles pensariam que eu fui atrás de você unicamente pelo *status* e pelo dinheiro.

— Apesar de eu ser judeu.

— Eu não acho que muita gente se importe com isto. Com certeza não os tipos literários. Na rua onde minha mãe mora, sim, talvez haja um resmungo ou outro. Muita gente vai olhar cinicamente, de cara, mas isto também aconteceria em Nova York.

— O que Georgina acha?

— Georgina é muito convencional. Georgina provavelmente acha que eu como que desisti um tantinho do que eu realmente queria na vida, e que este é um excelente segundo lugar com muita coisa a recomendá-lo.

— Do que foi que desistiu?

— De algo mais óbvio. Mais obviamente do tipo de coisa que tipos como eu procuram.

— Que vem a ser?

— Bom, acho que seria... ah, não sei.

— Minha idade avançada.

— É, acho que alguém da minha idade, mais ou menos. As pessoas comuns ficam profundamente perturbadas com estas diferenças de idade. Escute, é uma boa coisa isto, este tipo de conversa?

— Claro. Isto me dá um apoio numa terra estranha.

— Por que precisa disso? Há algo errado?

— Fale-me sobre Sarah. O que é que ela acha?

— Houve alguma coisa entre vocês dois?

— O que poderia ter havido?

— Sarah é meio pegajosa às vezes. Ela às vezes fala tão depressa, parece pedacinhos de gelo quebrando. Estalando. Pa-pa-pa-*pum*. Sabe o que ela me disse esta noite, sobre as minhas pérolas? Ela disse: "Pérolas são o maior símbolo da mulher classe média convencional, privilegiada, sem instrução, sem cabeça, complacente, sem estética e fora de moda. Pérolas são a morte, total. A única maneira é usar montanhas e montanhas delas, das grandes, ou algo que seja diferente". Ela disse: "Como é que *você* pode usar pérolas?".

— E o que foi que falou?

— Eu disse: "Porque eu gosto". É o único jeito de lidar com Sarah. Não se deve fazer muito escândalo, ela acaba se retraindo e indo embora. Ela conhece um bocado de gente muito peculiar, e ela mesma pode ser bem peculiar. Ela sempre se fodeu completamente com sexo.

— O que a deixa em boa companhia, não é mesmo?

— O que foi que ela lhe disse, Nathan?

— O que ela *poderia* dizer?

— *Foi* sobre sexo. Ela leu seus livros. Ela acha que nomadismo sexual é o seu negócio.

— "E ergui minha tenda e fui".

— A idéia é essa. Para ela, homem nenhum é bom negócio, mas um amante como marido é o pior de tudo.

— Isto é uma generalização de vasta experiência?

— Não acho que seja. Eu acho que ninguém em sã consciência tentaria ter uma relação sexual com ela. Ela passa longos períodos detestando os homens em princípio. Não se trata nem mesmo de fanfarrice feminista, é ela mesma, todas essas batalhas internas que vão lá por dentro dela. Eu diria que a experiência que ela está generalizando foi muito parca e triste. Assim como a minha era parca e triste até pouco tempo atrás. Eu fiquei muito brava, sabe, quando meu marido não falou comigo durante um ano. E quando eu falava ele fazia questão de me fazer parar, me esmagando toda vez que eu tentava dizer alguma coisa. Sempre. Pensei nisso quando você estava fora.

— Eu gosto de ouvir você falar.

— Gosta mesmo?

— Estou ouvindo agora.

— Mas por quê? É isso que ninguém consegue entender. Moças criadas como nós fomos não costumam se casar com homens interessados em livros. Eles dizem para mim: "Mas *vocês* não têm conversas intelectuais, têm?"

— Intelectuais o bastante para mim.

— É? Eu falo feito intelectual? Falo mesmo? Feito Kierkegaard?

— Melhor.

— Todo mundo sempre achou que eu daria uma dona de casa maravilhosa, uma das últimas excelentes que ainda existem. Para ser franca, eu muitas vezes achei que talvez seja este o meu *métier*. Vejo minhas duas irmãs indo trabalhar e penso, estou com vinte e oito anos, quase trinta, e desde a universidade nunca mais fiz coisa alguma, exceto Phoebe. Depois eu penso, e daí? Tenho uma filha maravilhosa, agora tenho um marido maravilhoso, que não me esmaga toda vez que eu tento falar, e logo terei um segundo filho e um lar adorável à beira do rio. E estou escrevendo os meus contos sobre prados, brumas, sobre a lama inglesa que ninguém nunca lerá, e que ninguém nunca *venha* a lê-los não me importa nem um pouco. Existe também uma corrente de pensamento na família que diz que eu me casei com você porque desde que nosso pai foi embora eu sempre estive à procura dele.

— Segundo esta corrente, eu sou seu pai.

— Só que não é. Ainda que tenha umas tantas quantas qualidades paternais, *você* decididamente não é meu pai. Sarah é que nos vê como três mulheres totalmente sem pai. É uma de suas preocupações favoritas. Ela diz que o corpo do pai é como Gulliver, alguma coisa onde você pode descansar os pés, se aninhar, andar em cima, pensando: "Isto é meu". Descanse os pés em cima e caía fora de lá.

— Ela está com a razão?

— Até certo ponto. Ela é sabida, a Sarah. Depois que ele foi embora, nós nunca o vimos muito, um dia no Natal, um fim de semana no verão, mas não mais que isso. E há anos já, nunca mais. Portanto, é, talvez houvesse a sensação de que o mundo era meio precário. A mãe pode ser tão competente e responsável como foi a nossa, mas no nosso mundo o valor era inteiramente definido pela atividade do pai. De certa forma estávamos sempre em descompasso com a vida normal. Eu não percebi até ficar mais velha algumas das carreiras que as mulheres podem ter. Ainda não percebo.

— Lamenta?

— Eu lhe disse, nunca fui mais feliz do que sendo esta mulher ilógica e atávica que não se preocupa em se impor. Sarah tenta o tempo todo, tenta ao máximo se impor, e sempre que uma oportunidade se apresenta, uma oportunidade séria, não só de infernizar Georgina ou a mim, ela cai numa terrível depressão ou entra em pânico extremo.

— Porque é uma filha cujo pai desapareceu.

— Quando morávamos em casa, ela costumava, todo dia 11 de março, fazer como a personagem no início de *Três irmãs*. "Faz um ano hoje que papai deu no pé." Ela sempre sentiu que não havia ninguém atrás de nós. E *havia* qualquer coisa de inquietante nas ambições que mamãe tinha para nós. Querendo que tivéssemos uma boa instrução, fazendo a gente entrar para a faculdade, querendo que arrumássemos bons empregos, isto tudo era muito incomum no mundo dela, tinha algo de vicário e compensatório carimbado por toda a parte, algo desesperado, pelo menos para Sarah.

Foi quando estávamos na sobremesa que ouvi uma mulher anunciar muito alto, num tom exageradamente inglês:

— Isto é absolutamente revoltante.

Quando me virei para ver quem tinha falado, descobri tratar-se de uma mulher gorda, idosa, de cabelos brancos, sentada na extremidade de nossa banqueta, a menos de três metros de nós, que terminava de jantar ao lado de um esquelético cavalheiro de idade que achei ser o marido. Ele não parecia revoltado com nada, tampouco parecia estar jantando com a mulher que jantava, silencioso a contemplar seu porto. Só de olhar, imaginei que fossem bem endinheirados.

Dirigindo-se a todos no restaurante, só que agora olhando diretamente para Maria e para mim, a mulher disse:

— Não é, de fato, simplesmente revoltante? — embora o marido, que estava presente mas ausente, não tenha dado o menor sinal de que a observação pudesse ser pertinente a qualquer coisa que soubesse ou com que se preocupasse.

Momentos antes, convencido pela costumeira sinceridade de Maria de que não foi ela quem tentou me iludir ou me enganar e sim a "pegajosa" Sarah sozinha, seguro, por tudo que disse, de que entre nós as coisas continuavam como eu sempre imaginei, estendera a mão para tocá-la, o dorso de dois dedos acariciando de leve seu rosto. Nada ousado, nenhuma demonstração alarmantemente pública de carnalidade e, no entanto, quando me voltei e vi que continuávamos sendo acintosamente olhados, percebi o que tinha provocado essa repreensão escancarada: não tanto que um homem tivesse oferecido a sua mulher uma tímida carícia num restaurante mas sim que a jovem *fosse* mulher desse homem.

Como se um choque de baixa voltagem lhe estivesse sendo aplicado por debaixo da mesa, ou como se tivesse mordido algo pavoroso, a senhora dos cabelos brancos começou a executar uma série de pequenos movimentos faciais esquisitos, convulsivos, aparentemente em alguma seqüência; como se estivesse enviando sinais codificados a um cúmplice, chupou as bochechas, franziu os lábios, esticou a boca — até que, aparentemente incapaz de suportar qualquer outra provocação, chamou com voz aguda o chefe dos garçons. Ele veio quase em disparada para ver qual era o problema.

— Abra uma janela — ela lhe disse, de novo num tom de voz que ninguém no restaurante poderia deixar de ouvir. — É preciso que abra uma janela imediatamente, há um cheiro terrível aqui.

— Há, madame? — ele cortesmente respondeu.

— Decididamente. O mau cheiro aqui é abominável.

— Sinto muitíssimo, madame. Não estou sentindo nada.

— Não quero falar sobre isto, por favor, faça o que eu disse!

Voltando-me para Maria, disse baixinho:

— Sou eu que cheiro mal.

Ela estava intrigada, a princípio até achando engraçado.

— Você acha que isto tem a ver com você?

— Eu *com* você.

— Ou aquela mulher é louca — ela sussurrou — ou está bêbada. Ou quem sabe é você.

— Se ela fosse uma coisa ou outra, ou ambas, talvez tivesse a ver comigo e talvez não tivesse a ver comigo. Mas considerando-se que ela continua olhando para mim, ou para mim com você, sou obrigado a presumir que eu é que cheiro mal.

— Querido, ela é louca. É apenas uma mulher ridícula que acha que alguém pôs perfume demais.

— É um insulto racial, tem a intenção de sê-lo, e se ela continuar com isto, eu não vou ficar calado, portanto esteja preparada.

— *Onde* está o insulto? — Maria disse.

— A emanação dos judeus. Ela é hipersensível às emanações judias. Não seja burra.

— Ah, isto é ridículo. Você está sendo absurdo.

Da extremidade da banqueta, ouvi a mulher dizendo:

— Eles cheiram tão engraçado, não cheiram? — ao que ergui a mão para chamar a atenção do chefe dos garçons.

— Cavalheiro.

Era um francês de fala mansa, sério, cabelos grisalhos, que pesava tudo que lhe diziam tão cuidadosa e objetivamente quanto um analista antiquado. Quando anotou nosso pedido, eu tinha comentado com Maria sobre o rigor freudiano com o qual ele nada fizera para influenciar nossa escolha entre as várias especialidades da noite, e cuja preparação descrevera laconicamente.

Eu disse a ele:

— Minha mulher e eu tivemos um excelente jantar e gostaríamos do café, agora, mas é extremamente desagradável com alguém no restaurante decidido a criar tumulto.

— Eu compreendo, cavalheiro.

— Uma janela! — ela gritou imperiosamente, estalando os dedos no ar. — Uma janela antes que sejamos sufocados!

Foi aqui que me levantei, para melhor ou pior, mesmo enquanto escutava Maria a me implorar: — "Por favor, ela é completamente louca" — dei a volta por trás da mesa e caminhei até onde pudesse me pôr em frente à mulher e seu marido, que estavam sentados lado a lado. Ele não prestou mais atenção em mim do que prestava a ela — continuou simplesmente a trabalhar com seu porto.

— Posso ajudá-la com seu problema? — perguntei.

— Como disse? — ela respondeu, mas sem se dignar sequer a levantar os olhos, como se eu não estivesse lá. — Por favor, deixe-nos em paz.

— Acha os judeus repelentes, é?

— Judeus? — Ela repetiu a palavra como se nunca a tivesse ouvido antes. — *Judeus?* Ouviu isto? — ela perguntou ao marido.

— A senhora está sendo deveras desagradável, madame, grotescamente desagradável, e, se continuar berrando sobre o mau cheiro, eu vou pedir à gerência que a ponha para fora.

— O senhor fará o *quê*?

— *Pedir — que — botem — a senhora — na rua.*

O rosto a se contorcer ficou de repente imóvel, momentaneamente pelo menos ela pareceu ter sido silenciada, e preferi, em lugar de continuar a ameaçá-la, presumir vitória e voltei para nossa mesa. O *meu* rosto estava fervendo e obviamente ficara vermelho.

— Não sou bom nessas coisas — disse, escorregando de volta para meu assento. — Gregory Peck fez melhor em *A luz é para todos*.

Maria não disse palavra.

Dessa vez, quando acenei, um garçom *e* o chefe dos garçons vieram correndo.

— Dois cafés — eu disse. — Quer mais alguma coisa? — perguntei a Maria.

Ela fingiu que nem tinha me ouvido.

Tínhamos tomado todo o champanhe e a garrafa de vinho quase inteira e, embora eu não quisesse realmente beber mais, pedi um conhaque, de maneira a fazer saber às mesas adjacentes e à própria mulher — *e* a Maria — que nós não tínhamos intenção de interromper de forma alguma nossa noite. A comemoração do aniversário continuaria.

Esperei até que o café e o conhaque fossem servidos, e aí disse:

— Por que não está falando? Maria, fale comigo. Não aja como se eu é que tivesse cometido a ofensa. Se eu não tivesse feito nada, eu lhe garanto que seria ainda mais intolerável para você do que eu dizer a ela para calar a boca.

— Você ficou furioso.

— Fiquei? Não observei as regras britânicas da nobre reserva, é? Bem, isso que ela aprontou é bem duro para gente como eu, ainda mais duro que o Natal.

— Não há necessidade agora de vir em cima de *mim*. Tudo que estou dizendo é que se ela disse aquilo sobre a janela, literalmente, para você, ou sobre você, então é óbvio que ela é *louca*. Eu não creio que nenhum inglês são se permitiria ir tão longe. Mesmo bêbado.

— Mas podem pensar.

— Não. Eu não acho nem que eles pensem isto.

— Eles não associariam mau cheiro com judeus.

— Não. Não há implicações gerais nesta ocorrência — Maria disse, firme. — Não creio que você possa, se é isso que está pretendendo, extrapolar nada disso para a Inglaterra nem para os ingleses, e não deve. Principalmente porque nem sequer pode ter certeza, por mais que queira, que o fato de você ser judeu teve qualquer coisa com isso.

— É aí que você se engana, é aí que ou você é inocente ou cega dos dois olhos. Ela olha para cá e o que vê? A encarnação da miscigenação. Um judeu conspurcando uma rosa inglesa. Um judeu botando banca com uma faca, um garfo e um cardápio francês. Um judeu, que é uma ofensa ao país, à classe, e ao senso de conveniência dela. Eu não deveria, na cabeça dela, *estar* neste restaurante. Na cabeça dela, este lugar não é para judeus, muito menos judeus conspurcando moças da alta classe.

— O que é que deu em você? Este lugar está cheio de judeus. Todo editor de Nova York que vem a Londres fica neste hotel e come neste restaurante.

— É, mas ela deve ser dura de aprender, essa boneca velha. Nos velhos tempos não era assim, e obviamente ainda existem pessoas que não aprovam a presença de judeus em lugares como este. Ela disse aquilo para valer. Sem dúvida. Diga-me, onde é que eles arranjam essas sensibilidades raras? Que cheiro exatamente eles sentem quando sentem o cheiro de um judeu? Vamos ter que conversar sobre essa gente e suas aversões para que eu não seja apanhado de surpresa da próxima vez que sairmos para jantar. Olhe, isto aqui não é a Margem Ocidental, isto aqui não é a terra do tiroteio, isto aqui é a terra dos hinos de Natal. Em Israel eu descobri que as coisas explodem o tempo todo das pessoas e provavelmente significam metade do que se imagina. Mas como na superfície, pelo menos, eles não parecem ser assim, por aqui, suas explosõezinhas inglesas acabam sendo um tanto chocantes, quem sabe até reveladoras. Não concorda?

— Aquela mulher era *louca*. Por que de repente você está acusando a *mim*?

— Não é por querer, mas estou em brasa. E surpreso. Sarah, você entende, tentou me deixar bem claro, lá na igreja, uma outra coisa que eu não sabia, que sua mãe, como ela diz, é "tremendamente anti-semita". Tanto assim que eu estou pasmado de não ter sido avisado disto há muito tempo, para saber o que me esperava quando chegasse lá. Não tremendamente antiamericana, tremendamente *anti-semita*. *É* verdade?

— Sarah disse isso? Para você?

— É verdade?

— Não tem nada a ver conosco.

— Mas é verdade. Nem Sarah tampouco é das maiores fãs de judeus na Inglaterra, ou você também não sabia disto?

— Isto não tem nada a ver conosco. Nada disso tem.

— Mas por que você não me *contou*? Eu não compreendo. Você me contou tudo, por que não isso? Nós dizemos a verdade um para o outro. Honestidade é uma das coisas que temos. Por que teve que me esconder isto?

Ela levantou-se.

— Por favor, pare com este ataque.

A conta foi paga e, dentro de minutos, ao sair do restaurante, estávamos passando pela mesa de minha inimiga. Ela agora parecia tão inócua quanto o marido — depois que nos confrontamos, não ousou continuar o assunto do cheiro. Entretanto, assim que Maria e eu pusemos o pé no corredor que liga o restaurante ao saguão do hotel, ouvi seu sotaque eduardiano-teatral erguer-se acima do murmúrio geral.

— Que casal revoltante! — anunciou, sumariamente.

O que acabou vindo à tona é que Maria se sentia constrangida com o anti-semitismo da sra. Freshfield desde a adolescência, mas como isso nunca tivesse afetado nada a não ser sua própria equanimidade, ela simplesmente encarou o fato como uma falha tremenda em alguém que, sob todos os outros aspectos, era uma excelente protetora. Maria qualificou a família da mãe como "toda louca — uma vida de drinques e tédio, de preconceito total encoberto por boas maneiras e conversas bobas"; o anti-semitismo era apenas *uma* das atitudes cretinas com as quais a mãe fatalmente se deixou contaminar. Tinha mais a ver com o carinho de seu tempo, sua classe, e sua família insuportável do que com sua personalidade — e se eu achava que esta era uma distinção ilusória, Maria é que não estava disposta a defendê-la, já que ela própria conhecia o argumento contrário.

O importante, ela disse, o que explicava tudo — mais ou menos — era que enquanto pareceu que iríamos morar nos Estados Unidos, numa casa no interior com Phoebe e o novo bebê, não houve necessidade de trazer tudo isto à tona. Maria admirava a força de sua mãe, sua coragem, amava-a ainda pela vida plena que ela tanto lutou para dar às meninas, numa época em que não existia praticamente ninguém em volta que pudesse ajudá-la de fato, e não agüentaria me ver desprezá-la por algo que não nos prejudicaria em nada, e para o qual não se poderia esperar que eu, dado meus antecedentes, pudesse nutrir a menor compreensão social. Se tivéssemos podido ficar nos Estados Unidos, sua mãe teria ido nos visitar durante algumas semanas, no verão, para ver as crianças, e isso seria tudo; pouco a veríamos; e mesmo que quisesse interferir, não seria tola de arriscar seu prestígio numa batalha onde só tinha a perder, opondo-se a mim de tamanha distância.

Depois, quando nos comprometemos legalmente a morar em Londres, o problema era grande demais para Maria enfrentar. Achava que, ao me acomodar às severas garantias de custódia exigidas pelo ex-marido, eu já assumira mais que o pretendido na barganha inicial; não teve coragem de declarar que, além de tudo, haveria na Inglaterra, pronta para me dar o bote, uma sogra anti-semita acenando uma cruz ardente. O que é mais, ela tinha esperança de que se eu não me sentisse prematuramente antagonizando, poderia, quem sabe, afastar os preconceitos da mãe sendo apenas eu mesmo. Era tão irreal assim? E havia alguma coisa provando que estava errada? Embora a sra. Freshfield pudesse parecer inexplicavelmente distante, até agora não tinha dito nada que pudesse ser tomado como uma ofensa sobre Maria ter se casado com um judeu, muito menos insinuado que esperava que nosso filho fosse batizado. Isso talvez a deixasse feliz, Maria não tinha dúvida que sim, mas ela não se deixaria enganar a ponto de esperar que isso acontecesse, nem seria tão fanática a ponto de não sobreviver sem isso. Maria estava desolada sobre Sarah; ainda estava achando difícil acreditar que a irmã tivesse ido assim longe. Mas Sarah, que todos aceitavam como uma pessoa peculiar — notória a vida toda por suas "explosõezinhas petulantes", por ser "azeda e egoísta", que nunca foi, como disse Maria, "uma criatura exatamente popular" — não era sua mãe. Por mais perturbada que a mãe pudesse estar com a união implausível que a filha fizera em Nova York, ela estava sendo decididamente heróica, refreando sua mágoa. E isso não era apenas o melhor que podíamos ter esperado — para um começo, era extraordinário. Na verdade, se não fosse por aquela mulher que apareceu na outra extremidade de nossa banqueta, este jantar muito carinhoso teria eliminado grande parte do veneno do mau comportamento de Sarah na cripta, deixando o relacionamento da mãe anti-semita de Maria com seu marido judeu tão respeitoso, ainda que remoto, quanto tinha sido desde nossa chegada à Inglaterra.

— Aquela mulher horrorosa — Maria disse. — E aquele *marido*.

Phoebe tinha ficado no apartamento da irmã da sra. Freshfield, a babá estava de folga até a tarde seguinte e, sozinhos os dois na sala de estar da casa alugada, lembrei-me de Maria deitada no sofá do meu apartamento em Nova York, tentando me convencer de como era inadequada. Inadequação — o que poderia ser mais adequado para um homem como eu?

— É — eu disse —, o velhinho realmente soltou as rédeas.

— Já vi muito disso — Maria falou. —Mulheres de uma certa classe e talento se comportando pavorosamente, falando muito alto, e eles deixam que elas digam o que querem, até a última vírgula.

— Porque os homens concordam.

— Pode ser, mas não necessariamente. Não, é a geração deles; nunca se contradiz uma dama, uma dama nunca está errada, e por aí afora. Eles são todos uns misóginos, de qualquer maneira, esses homens. A forma de se comportar com mulheres como aquela é ser cortês e deixar que esbraveje. Eles nem sequer ouvem.

— E ela quis dizer exatamente o que eu achei.

— É — e no momento em que o estopim aceso no restaurante parecia ter se apagado, Maria começou a chorar.

— Que foi? — perguntei.

— Não devia lhe contar.

— A moral desta noite é que você deve me contar tudo.

— Não, não devo. — Enxugou os olhos e fez o possível para sorrir. — Foi só exaustão, verdade. Alívio. Estou feliz de estarmos em casa. Estou feliz com este bracelete, fiquei feliz com o tom de escarlate que você ficou quando chamou a atenção daquela mulher, e agora eu quero ir para cama porque não agüento mais nenhum prazer.

— Por que você não deve me contar?

— Não, não me interrogue. Você sabe por que, talvez, eu nunca tenha dito nada sobre minha mãe? Não porque eu achasse que iria antagonizá-los, e sim porque tinha medo que fosse intrigante demais. Porque eu não quero minha mãe num livro. Já basta que seja este meu destino, mas não quero minha mãe num livro por causa de uma coisa, por vergonhosa que seja, que não está prejudicando ninguém. À exceção dela própria, claro, se isolando de gente como você, uma pessoa que ela teria todos os motivos para admirar e gostar.

— Por que chorou?

Ela fechou os olhos, exausta demais para resistir.

— Foi... bem, quando aquela mulher estava esbravejando, eu lembrei de algo pavoroso.

— O quê?

— Isto é horrível — ela disse. — É vergonhoso. Verdadeiramente. Havia uma moça que trabalhava comigo, na revista, antes de Phoebe nascer. Eu gostava dela, era uma colega, da minha idade, uma moça muito agradável, não uma grande amiga, mas uma conhecida de quem eu gostava. Estávamos em Gloucestershire, trabalhando numa matéria fotográfica, e eu disse: "Joanna, venha ficar conosco", porque Chadleigh não fica longe do lugar que estávamos fotografando. E ela ficou na casa algumas noites. E minha mãe me disse, acho até que Joanna estava na casa, na hora, embora certamente não pudesse ouvir, e deixe-me acrescentar que Joanna é judia...

— Como eu, com as inconfundíveis marcas genéticas.

— Minha mãe não deixaria de notar, acho eu. Bom, pois ela me disse exatamente, mas exatamente, o que aquela mulher falou no restaurante. As mesmas palavras. Eu tinha me esquecido completamente do incidente, simplesmente tirei-o da cabeça, até que ouvi a mulher dizendo "Eles cheiram tão engraçado, não cheiram?". Porque eu acho que minha mãe tinha, eu não sei como, entrado no quarto de Joanna, ou talvez tenha entrado de maneira perfeitamente normal, ah, eu não sei, tudo isto é muito difícil, e eu só gostaria de não ter lembrado e que tudo sumisse.

— Quer dizer que não foi exatamente acurado dizer-me, no jantar, que ninguém falaria uma coisa dessas a menos que fosse louco. Uma vez que sua mãe obviamente não é louca.

Baixinho, ela disse:

— Eu estava enganada... e enganada apesar do que sei... Eu lhe disse, tenho vergonha disto. Ela pensou aquilo e falou de propósito; é loucura dizer isto? Eu não sei. Será que a gente precisa ficar falando nisto? Estou *tão* cansada.

— É por isto que na véspera da minha partida, quando todos aqueles liberais ingleses muito bem-educados começaram a vociferar contra o sionismo e a atacar Israel, você entrou no meio e se pôs a deblaterar?

— Não, de jeito nenhum. Falei o que acreditava.

— Mas, com toda esta sua bagagem, o que *foi* que você pensou que aconteceria quando se casasse comigo?

— Com toda a sua bagagem, o que foi que você pensou quando casou *comigo*? Por favor, nós não podemos entrar numa dessas discussões. Não só porque está aquém de nós, como também porque não importa. Acontece que você não pode começar a pôr tudo dentro de um contexto judeu. Ou é este o fruto de um fim de semana na Judéia?

— É mais provável que seja fruto de nunca antes ter vivido na Cristandade.

— O que são os Estados Unidos, uma reserva estritamente judaica?

— Não me deparei com isto lá, nunca.

— Bem, então teve uma vida muito protegida. Ouvi o suficiente disso em Nova York.

— É? O quê?

— Ah, "estrangulamento da vida cultural, da economia", e por aí afora, o de sempre. Acho mesmo que tem mais nos Estados Unidos, justamente porque há mais judeus lá, e porque eles não são tão cautelosos quanto os judeus ingleses. Os judeus ingleses estão sitiados, há muito poucos deles. No todo, acham a coisa muito embaraçosa. Mas nos Estados Unidos eles se pronunciam, debatem, são visíveis em qualquer parte; e a conseqüência, eu lhe asseguro, é que muita gente não gosta, e dizem-no, quando não há judeus em volta.

— Mas e aqui, onde eu vivo agora? O que é que seu pessoal pensa de fato sobre o meu pessoal?

— Você está *tentando* me enervar — ela perguntou —, me atormentar depois de tudo que aconteceu esta noite a *nós* dois?

— Estou apenas tentando descobrir o que eu não sei.

— Mas isso tudo adquiriu uma dimensão desproporcionada. Não, eu não vou lhe dizer, porque qualquer coisa que eu diga você vai ficar magoado, e vai vir contra *mim*. De novo.

— O que é que o pessoal pensa aqui, Maria?

— Eles pensam — disse rispidamente: — "Por que é que os judeus fazem tamanho estardalhaço pelo fato de serem judeus?". É isso que eles pensam.

— É? E é isso que você pensa?

— É algo que já senti às vezes, sim.

— Não sabia disso.

— É um sentimento extremamente comum, e um pensamento também.

— O que se quer dizer exatamente com "estardalhaço"?

— Depende do seu ponto de partida. Se você não gosta de jeito nenhum de judeus, praticamente tudo que um judeu faz é percebido como judaico. Como alguma coisa que eles deveriam ter deixado de lado porque é muito entediante que sejam tão judeus a respeito.

— Por exemplo?

— Isto não vai dar certo — ela disse. — Não percebe que isto não vai dar certo?

— Continue.

— Não continuo. Não. Sou incapaz de me proteger das pessoas quando elas começam assim comigo.

— O que há de tão entediante sobre judeus sendo judeus?

— É tudo ou nada, não é? Nossa conversa não parece ter meio-termo. Esta noite, ou é ternura ou trovoada.

— Eu não estou trovejando; estou atônito, e o motivo, como já lhe disse, é que eu nunca tinha visto uma coisa dessas antes.

— Eu não sou a primeira mulher gentia de Nathan Zuckerman. Sou a quarta.

— Verdade. No entanto eu nunca me deparei antes com

essa cretinice de "casamento misto". Você é a quarta, mas a primeira de um país sobre o qual, em questões relativas a meu bem-estar pessoal, me parece que sou totalmente ignorante. Entediante? Este é um estigma que se adaptaria melhor, creio eu, às classes altas da Inglaterra. Judeus entediantes? Você tem que me explicar isto. Na minha experiência, normalmente fica entediante *sem* os judeus. Diga-me, o que há de tão entediante para os ingleses em judeus serem judeus?

— Eu lhe direi, mas só se pudermos ter uma conversa, e não este confronto inútil, destrutivo e penoso que você quer instigar, independentemente do *que* eu diga.

— O que há de tão entediante sobre judeus serem judeus?

— Bem, eu sou contra as pessoas, isto é apenas uma impressão, não é uma posição pensada; acho que vou ter que me disciplinar, se você insistir em nos fazer ficar acordados muito mais tempo, depois do *chablis* e todo aquele champanhe; sou contra as pessoas que se apegam a uma identidade só pela identidade. Não acho que haja nada de admirável nisto. Toda essa conversa sobre "identidades", a sua "identidade" é exatamente onde você decide parar de pensar, até onde eu entendo. Eu acho que todos estes grupos étnicos, sejam judeus, sejam jamaicanos, achando que têm que continuar com as coisas do Caribe, isso faz a vida muito mais difícil numa sociedade onde estamos apenas tentando viver amigavelmente, como Londres, e onde somos muito, muito diferentes todos.

— Sabe de uma coisa, por verdadeira que seja parte do que disse, o "nós" nessa história está começando a me deprimir. Esta gente que sonha com o perfeito, íntegro, impoluto e inodoro "nós". Depois falam do tribalismo *judaico*. O que vem a ser esta insistência na homogeneidade senão uma forma muito sutil de tribalismo *inglês*? O que há de tão intolerável em tolerar algumas diferenças? *Você* se apega a *sua* "identidade", "só pela identidade", pelo jeito, tanto quanto sua mãe!

— Por favor, eu não consigo continuar falando com alguém gritando. Não é intolerável, e não foi isso que eu disse. Claro que eu tolero diferenças quando acho que são genuínas. Quando as pessoas são anti-semitas, antinegros ou antiqualquer coisa *por causa* das diferenças, então as desprezo, como você sabe. Tudo que eu quis dizer é que eu não acho que essas diferenças sejam inteiramente genuínas.

— E não gosta disso.

— Está bem, eu lhe digo uma coisa da qual não gosto, já que é isso que você está morrendo de vontade que eu diga; eu não gosto de ir ao norte de Londres, a Hampstead ou a Highgate, e descobrir um país estrangeiro lá, que é exatamente o que me parecem.

— Agora estamos entrando no assunto.

— Não estou *entrando* em nada. É a verdade, o que você queria, e se por acaso o deixa furioso, não é culpa minha. Se quiser me largar por causa disto, também não é minha culpa. Se o desfecho da tentativa maldosa de minha irmã em destruir nosso casamento for positivo, bem, terá sido seu primeiro grande triunfo. Mas não será o nosso!

— É agradável ouvi-la erguer a voz como aqueles de nós que fedemos.

— Ah, isto não é justo. Nem um pouco.

— Quero saber sobre Hampstead e Highgate serem um país estrangeiro. Porque são bairros altamente judeus? Será que não pode haver uma variedade judaica de inglês? Existe uma variedade inglesa de seres humanos e que nós todos conseguimos tolerar, de um jeito ou de outro.

— Se me permite *não* desviar da questão, há muitos judeus que vivem lá, sim. Gente que é da minha geração, que são meus pares, que têm o mesmo tipo de reações, provavelmente freqüentaram o mesmo tipo de escola, geralmente tiveram educação semelhante, esquecendo-se da formação religiosa, mas todos eles têm um estilo diferente do meu, e *não* estou dizendo que seja odioso...

— Só entediante.

— Nem entediante. Só que eu me sinto estrangeira entre eles, quando vou lá me sinto de fora, e fico achando que estaria melhor num lugar onde me sentisse mais normal.

— As malhas do sistema apertam o cerco. O estilo é diferente como?

Todo esse tempo ela tinha estado deitada no sofá, a cabeça apoiada num travesseiro, olhando na direção do fogo e da cadeira onde eu estava sentado. De repente, endireitou o corpo e atirou o travesseiro no chão. O fecho do bracelete deve ter aberto, porque voou longe e caiu também no chão. Ela o apanhou e, inclinando-se, colocou-o entre nós, sobre o tampo de vidro da mesinha de centro.

— Claro que nada é entendido! Nunca nada é entendido! Nem mesmo com você! Por que você não pára? Por que você não deixa esse seu colher urtigas para quando escreve?

— Por que você não continua e me conta tudo aquilo que não deveria me contar? Obviamente, *não* me contá-las não funcionou.

— Está bem. Está *bem*. Agora que superestimamos o significado de tudo e que estamos certos de que qualquer coisa que eu diga há de voltar para me atormentar, tudo que eu ia dizer a você, que aliás não passava de um aparte antropológico, é que é comum, embora não seja necessariamente anti-semita, que as pessoas digam: "Ah, isso-e-aquilo é muito judeu".

— Eu imaginava que tais sentimentos seriam mais sutilmente codificados aqui. Eles dizem isto na cara, na Inglaterra? Verdade?

— Dizem sim. Pode crer.

— Dê uns exemplos, por favor.

— Por que não? Por que não, Nathan? *Por que* parar? Um exemplo. Você vai tomar um drinque na casa de alguém em Hampstead, e é assediado por uma anfitriã ativíssima com uma superabundância de coisinhas para comer, e meio que assaltado com drinques extras e, no geral, acaba se sentindo desconfortável pelo exagero de hospitalidade, apresentações e energia; bem, é aí que se está sujeito a pronunciar a frase "Isto é bem judeu". Não há um sentimento anti-semita por trás da afirmação, é apenas e tão-somente sociologia de salão, um fenômeno universal; todo mundo faz isto em qualquer lugar. Tenho certeza de que houve ocasiões em que até mesmo um cidadão do mundo, esclarecido e tolerante como você, se sentiu pelo menos *tentado* a dizer "Isto é bem gói", quem sabe até sobre alguma coisa que *eu* tenha feito. Ah, escute — ela disse, pondo-se de pé em seu perfeito vestido verde —, por que você não volta para os Estados Unidos onde se realizam "casamentos mistos" corretos? Isto é absurdo. Isto foi tudo um enorme erro, e estou certa de que o erro é inteiramente meu. Fique com as shiksas americanas. Eu nunca devia ter feito você vir para cá comigo. Eu nunca devia ter encoberto certas coisas sobre minha família que seriam impossíveis a você compreender ou aceitar, embora tenha sido exatamente por isto que encobri. Não devia ter feito nada do que eu fiz, a começar por deixar que me convidasse para ir tomar aquela xícara de chá no seu apartamento. Provavelmente, o que eu devia ter feito é deixado que ele continuasse me calando a boca pelo resto da vida; que diferença faz quem me cala a boca, pelo menos assim eu teria conservado unida a minha pequena família. Eu fico simplesmente furiosa de ter passado por tudo isto para acabar com mais outro homem que não suporta ouvir as coisas que eu digo! Foi uma educação tão prolongada, e para *nada*, uma preparação interminável para absolutamente *nada*! Fiquei com ele por minha filha, fiquei com ele porque Phoebe andava com uma tabuleta na cabeça dizendo "Um pai em casa, e é ótimo". Depois, burramente, depois que você e eu nos conhecemos, eu disse: "Mas e eu?". Em vez de um inimigo por marido, que tal uma alma gêmea, esta inatingível impossibilidade! Eu passei pelo diabo, verdade, para casar com você; você é a coisa mais ousada que eu já fiz. E agora vem à tona que você acha mesmo que existe uma Conspiração Internacional de Gentios, da qual sou membro contribuinte! Dentro da sua cabeça, agora vem à tona, não existe grande diferença entre você e aquele Mordecai Lippman! Seu irmão ficou abilolado? *Você é seu irmão!* Sabe o que eu devia ter feito, apesar do comportamento ofensivo dele comigo? Fiel à tradição de minha escola, eu deveria ter apertado um pouco mais os cordões dos meus sapatos e continuado firme. É que a gente acaba se sentindo tão desonesta e covarde, ceder, ceder, mas quem sabe ceder é só uma forma de ser adulto, e procurar por almas gêmeas uma grande idiotice. Não resta dúvida que eu não achei uma alma gêmea, isto é certo. Eu achei um judeu. Bem, você nunca me pareceu muito judeu, mas aí está, eu me enganei de novo. É óbvio que eu nunca entendi a profundidade disto. Você se disfarça em racional e moderado, mas *é você* o doido varrido! *Você é Mordecai Lippman!* Ah, que desastre. Eu faria um aborto, se fosse possível fazer um aborto depois de cinco meses. Não sei o que fazer sobre isto. A casa poderemos vender, e, quanto a mim, prefiro ficar sozinha, se isto for continuar a vida toda. Simplesmente não conseguiria agüentar. Eu não tenho esta espécie de reserva emocional. Que injustiça a sua se voltar contra mim; *eu* não botei aquela mulher lá ao nosso lado! E minha mãe não é culpa minha, sabia, assim como não são as atitudes com as quais ela foi criada. Você acha que eu não conheço as pessoas deste país e que não sei o quão mesquinhas e más elas podem ser? Não digo isto para desculpá-la, mas na família dela, se você não fosse um cão ou não tivesse um pênis, provavelmente não obteria muita atenção; assim que ela também teve que agüentar o seu quinhão de merda! E, totalmente sozinha, foi bem longe. Como todas nós! Eu não optei por ter uma irmã mal-intencionada e não optei pela mãe anti-semita; tanto quanto não foi sua opção ter um irmão na Judéia portando uma arma, ou um pai que, pelo que você me disse, não era muito racional a respeito dos gentios, tampouco. Nem minha mãe, e eu volto a lembrá-lo, disse uma única palavra para ofendê-lo, ou, em particular, para me ofender. Quando ela viu sua foto pela primeira vez, quando lhe mostrei o retrato, ela disse de fato, muito calmamente: "Uma aparência bem mediterrânea, não é?". E eu disse, tão calmamente quanto ela: "Sabe de uma coisa, mamãe, eu acho que, de uma perspectiva global, olhos azuis e cabelos loiros estão caindo de moda". Ela quase urinou, de tão espantada que ficou de ouvir um tal comentário da boca de sua amável filhinha. Mas, veja bem, como quase todos nós, a ilusão que ela criou foi a que ela quis. Entretanto, foi muito tranqüila sobre o casamento, verdade, não se opôs de forma alguma. Fora isto, ainda que você seja um destruidor de lares, como já lhe expliquei, e *qualquer* homem novo, gentio ou judeu, teria sido considerado como tal, ela não disse mais nada e até que foi muito agradável, extremamente, aliás, para alguém que, como sabemos, não é muito apaixonada por judeus. Se esta noite esteve "glacial", é porque ela é assim, mas por outro lado tem sido tão afável quanto consegue, provavelmente porque está desesperada para não *nos* ver partindo em direções diferentes. Você acha mesmo que ela quer que eu faça um *segundo* divórcio? A ironia, claro, é que quem tinha razão era ela, não você ou eu, com a nossa tagarelice esclarecida, e sim minha fanática mãe. Sim, porque está claro que *não* se pode ter duas pessoas como pontos de partida tão diversos se entendendo sobre coisa *nenhuma*. Nem mesmo nós, que parecíamos nos entender tão maravilhosamente bem. Ah, a ironia de tudo! A vida é sempre uma outra coisa daquilo que a gente esperava! Mas não posso adotar este assunto como centro de minha vida. E você, para meu espanto, de repente quer adotá-lo como o centro da sua! Você, que em Nova York dava pulos até o teto quando eu chamei os judeus de "raça", vai agora me dizer que é geneticamente diferente? Você acha mesmo que suas crenças judaicas que, para ser bem franca, não vejo em você, o tornam incompatível comigo? Por Deus, Nathan, você é um ser humano, eu não me importo se é judeu. Você me pediu para lhe dizer o que o "nosso pessoal" pensa do seu pessoal, e quando eu tento, tão sinceramente quanto consigo, sem botar panos quentes, você se magoa com o que eu digo, *como eu previ*. Feito um peido bitolado! Bom, eu não agüento isso. E não quero! Já tenho minha mãe bitolada! Já tenho uma irmã maluca! Eu não estou casada com o seu Rosenbloom de Finchley norte, estou casada com você! Eu não penso em você, não saio por aí pensando em você como judeu ou não-judeu, penso em você como você mesmo. Quando vou ver como está indo a reforma da casa, acha que eu me pergunto: "Será que o judeu vai ser feliz aqui? Será que um judeu pode encontrar a felicidade numa casa em Chiswick?". *Você é* que é louco. Talvez, no que diz respeito a este assunto, *todos* os judeus sejam loucos. Eu entendo como eles devem se sentir, eu vejo por que os judeus são tão sensíveis, e se sentem tão estranhos, rejeitados e, certamente, maltratados, para não dizer pior, mas se for para continuarmos a nos desentender sobre este assunto, a brigar o tempo todo e a pôr a questão no centro de nossas vidas, então eu não quero viver com você, *não posso* viver com você; e, quanto ao nosso filho, ah, só Deus sabe, agora terei *dois* filhos sem pai. Exatamente o que eu queria! Duas crianças e nenhum pai em casa, mas até mesmo isso é melhor que isto, porque isto é simplesmente *cretino demais*. Volte para os Estados Unidos, por favor, onde todos amam os judeus; ou você pensa!

Imagine. Em virtude da forma como tinha sido provocado por Sarah na igreja, e depois ofendido no restaurante, era possível que meu casamento estivesse prestes a se dissolver. Maria tinha dito que era cretino demais, mas acontece que a cretinice, infelizmente, é real, e tão capaz de governar a mente quanto o medo, o desejo ou qualquer outra coisa. O fardo não é ou/ou, escolher em sã consciência entre possibilidades igualmente difíceis e lamentáveis — é e/e/e, também. A vida *é* e: o acidental e o imutável, o ilusório e o atingível, o bizarro e o previsível, o ato e a potência, todas as realidades multiplicantes, emaranhadas, sobrepostas, contraditórias, coligadas — mais as ilusões multiplicantes! Isto multiplicado por isto multiplicado por isto multiplicado por isto... Há chances de que um ser humano inteligente seja alguma coisa além de um fabricante em larga escala de mal-entendidos? Eu achava que não, quando saí de casa.

Que houvesse na Inglaterra, mesmo depois de Hitler ter, talvez, como se imaginava, maculado o orgulho dos que odeiam judeus, gente que ainda nutria uma profunda aversão por judeus não me surpreendera. Minha surpresa não vinha nem mesmo do fato de Maria ter manifestado toda aquela tolerância para com a mãe, nem do fato, muito improvável, que pudesse ser tão ingênua a ponto de acreditar que estaria evitando o desastre ao fingir que não existia no ar aquele tipo de veneno. O acontecimento imprevisto fora o quão furioso tudo tinha me deixado. Por outro lado, eu estava completamente despreparado — normalmente eram os semitas, e não os anti-semitas, os que me atacavam por ser o judeu que era. Aqui na Inglaterra eu estava experimentando de pronto, pela primeira vez, algo que nunca me tinha tocado nos Estados Unidos. Sentia-me como se a gentilíssima Inglaterra tivesse de súbito recuado e me mordido o pescoço — havia uma espécie de grito irracional em mim dizendo: "Ela não está do meu lado! Ela está do lado deles!". Eu pensei muito profundamente, e senti, de maneira vicária, as feridas que os judeus foram obrigados a suportar e, ao contrário das acusações de meus caluniadores sobre aventureirismo literário, meus livros nunca nasceram da indiferença ou ingenuidade em relação à história judaica de dor; escrevi meus romances com conhecimento dela, e até mesmo em conseqüência dela, mas no entanto a verdade é que, até essa noite, minha experiência pessoal dela fora insignificante. Regressando à Europa cristã quase cem anos depois da escapada de meus avós rumo ao oeste, tinha finalmente sentido na pele a realidade externa daquilo que, nos Estados Unidos, eu acabei conhecendo como a preocupação interna "anormal" que permeia quase tudo dentro do mundo judaico.

Ainda assim, eu continuava tendo que verificar se não estaria sofrendo da clássica moléstia psicossemítica, em vez de uma séria doença clínica, se não era, quem sabe, um judeu paranóico atribuindo falso significado a um problema controlável que exigia apenas bom senso para ser resolvido — se não estaria lhes dando valor demasiado e fantasiando tudo; se não estaria *esperando* presenciar anti-semitismo, e em grande escala. Quando Maria me implorou para não levar o caso adiante, por que não lhe dei ouvidos? Falar sobre o incidente, repisá-lo, prolongando sem misericórdia aquela discussão, era inevitável que chegássemos à ferida aberta. Por outro lado, não é que não tivesse sido provocado, ou que estivesse totalmente ao meu alcance poder afastar nós dois de toda essa coisa vil. Claro que resistir à provocação é sempre uma opção, mas será que alguém consegue ouvir a cunhada chamá-lo de judeu filho-da-puta obsceno, depois uma outra pessoa dizendo que você está empesteando o ambiente com seu mau cheiro, e então alguém que se ama perguntando por que tamanha produção por causa destas coisas, sem que a cabeça comece a explodir, não obstante o quão pacífico você esteja tentando ser? Era até possível que em lugar de lhe dar um valor demasiado, eu tivesse topado com um profundo e insidioso anti-semitismo no sistema, latente e generalizado, mas que, entre os delicados, bem-educados, e normalmente dissimulados ingleses, só vem à tona através do desajustado ocasional, como uma doida ou uma irmã fodida. De outra forma, é em grande parte subliminar, não se pode ouvi-lo, nenhum sinal excessivo em parte alguma, exceto, talvez, no ódio pouco inglês e curiosamente imoderado a Israel que aqueles jovens ao jantar pareciam nutrir.

Nos Estados Unidos, pensei, onde as pessoas reivindicam e rejeitam "identidades" com a mesma facilidade que grudam decalques no pára-choque — onde embora haja gente sentada em clubes pensando que aquilo ainda é uma terra de arianos, simplesmente não é —, eu pude agir como um sujeito razoável quando ela diferenciou judeus de caucasianos. Mas aqui, onde você está permanentemente atado àquilo com que nasceu, confinado a vida toda com seu início, aqui, numa *verdadeira* terra de arianos, com uma mulher cuja irmã, quem sabe a mãe também, parecia a ponta de lança de alguma falange puro-sangue a postos para me fazer saber que não sou bem-vindo e que seria melhor não entrar, eu não poderia deixar passar o insulto. Nossa afinidade era forte e real, mas, por mais cumplicidade que tenhamos partilhado no ofício e durante os hinos, Maria e eu *não* éramos antropólogos na Somália, nem éramos órfãos numa tempestade: ela veio de alguma parte assim como eu, e aquelas diferenças sobre as quais tanto falamos poderiam começar a ter um efeito corrosivo, assim que o encanto começasse a se diluir. Não podíamos ser apenas "nós" e dizer para o diabo com "eles", assim como também não pudemos dizer para o diabo com o século XX quando este se intrometeu em nosso idílio. Eis aqui o problema, pensei: ainda que a mãe seja uma esnobe da classe alta totalmente empedernida e fanática, Maria a ama e está encurralada nisso — na verdade ela não quer ver sua mãe se referindo ao neto pagão, mas ao mesmo tempo ela também não quer brigar comigo, enquanto eu, de minha parte, não pretendo perder — nem a mulher, nem o bebê, nem a discussão. Como é que eu salvo o que quero deste confronto atávico de vontades?

Deus, que coisa mais exasperante ir tropeçando sorridente em gente que não quer saber de você — e que coisa pavorosa transigir, mesmo por amor. Sempre que sou solicitado a aquiescer, seja por gentio ou judeu, descubro que todas as minhas tentativas parecem ir contra mim.

O passado, o inescapável passado, tinha assumido controle e estava prestes a vandalizar nosso futuro, a menos que eu fizesse alguma coisa para impedi-lo. Nós podíamos nos digerir tão facilmente, mas não a história presa ao clã que cada um trouxera para a nossa vida. Será de fato possível que eu fique com esta sensação de que ela está, ainda que muito sutilmente, assimilando o anti-semitismo deles, que eu vá ouvir ecos anti-semitas nela, e que ela vá ver em mim um judeu que não consegue fazer outra coisa senão deixar que ser judeu eclipse tudo o mais? Será possível que nenhum de nós dois seja capaz de controlar esta coisa tão antiga? E se não houver meio de arrancá-la de um mundo onde não desejo entrar, mesmo que ali fosse bem-vindo.

O que eu fiz foi chamar um táxi para me levar a Chiswick, até a casa à beira do rio que nós tínhamos comprado e estávamos reformando para encapsular aquilo que imaginávamos ter, a casa que estava sendo transformada em nossa e que representava minha própria transformação — a casa que representava o caminho racional, o tépido cercado humano que abrigaria e protegeria alguma coisa além de minha mania narrativa. Pareceu-me, naquele momento, que tudo me era imaginativamente possível, exceto a mundana concretude de um lar e uma família.

Como as paredes estivessem sendo destruídas e nem todas as tábuas do assoalho estivessem no lugar, não entrei para olhar, ainda que, ao tentar a porta da frente, tivesse visto que estava destrancada. Uma visita solitária à meia-noite ao refúgio interminado era suficientemente simbólica da minha situação, sem que fosse preciso reescrever a cena por completo, tateando na escuridão e quebrando o pescoço. Vaguei de janela em janela, espiando, como se estivesse encaixando a dobradiça, depois sentei no parapeito das janelas francesas que abriam para o terraço, olhando para o Tâmisa. Não havia nada passando a não ser água. Dava para ver, entre a ramagem das árvores, algumas luzes acesas em casas do outro lado do rio. Pareciam diminutas e distantes. Era como olhar para um país estrangeiro — de um país estrangeiro para outro.

Fiquei quase uma hora sentado, como alguém que perdeu as chaves, totalmente só, sentindo um certo desamparo e bastante frio, mas aos poucos fui me acalmando e já começava a respirar mais regularmente. Mesmo que ainda não estivesse aconchegante e iluminada à beira d'água, a tangibilidade da casa ajudou-me a lembrar de tudo aquilo que eu tinha me esforçado tanto para suprimir, a fim de tomar contato com estas satisfações ordinárias, temporais. A tangibilidade desta casa desocupada, semi-reformada, me fez reconsiderar seriamente se o que acontecera justificava este drama, se a prova era adequada ao que meus sentimentos tinham concluído. Quando olhei para trás, para o ano que se tinha passado, e lembrei da pertinácia e elasticidade com que tínhamos conseguido combater tudo que bloqueava nosso caminho, senti-me ridículo por ter sido tão facilmente oprimido e por ter-me sentido tão inocentemente fustigado. Não se passa de mãe convencionalmente infeliz e de anacoreta literário três vezes divorciado e sem filhos a companheiros numa próspera vida doméstica como futuro pai e mulher grávida, em catorze meses ninguém consegue rearrumar inteiramente quase tudo que lhe é importante se temos dois fracotes atordoados juntos.

O que foi que houve? Nada de especialmente original. Tivemos uma briga, a nossa primeira, nada nem mais nem menos aniquilador que isso. O que tinha sobrecarregado a retórica e inflamado o ressentimento era, claro, o papel dela como filha de tal mãe atritando-se ao meu de filho de tal pai — nossa primeira briga nem sequer tinha sido nossa. Mas acontece que a batalha que primeiro abala a maioria dos casamentos é normalmente bem esta — travada por substitutos dos verdadeiros antagonistas, cujo conflito nunca está enraizado no aqui e agora, e às vezes vem de tão longe que tudo que sobra dos valores dos avós são as palavras rancorosas dos recém-casados. Virginais, até podem querer ser, mas o verme do sonho sempre é o passado, aquele obstáculo a todo renovo.

Então o que eu digo quando chegar em casa? O que faço agora, agora que sei tudo isso? Subo correndo as escadas e a beijo como se tudo estivesse em ordem, acordo-a para lhe dizer que estive pensando — ou não será melhor entrar sem fazer barulho e sem chamar a atenção e deixar que o dano seja reparado pela cola mundana do girar da vida? Só que, e se ela não estiver lá, se em cima estiver tudo escuro porque ela se foi, para dividir o sofá com Phoebe no apartamento da tia? E aí, se o dia interminável que começou de madrugada, hora do Oriente Médio, num táxi, de Jerusalém para o controle de segurança do aeroporto, terminar com Maria abandonando Kensington, fugindo de um judeu militante? De Israel, para a cripta, para a banqueta, para a Vara de Família. Neste mundo, *eu sou* o terrorista.

Se ela não estiver lá.

Sentado, olhando para o rio escuro, imagino uma volta à vida da qual me libertara ao me ancorar em Maria. Esta mulher de infinita paciência e coragem moral, esta mulher de sedutora fluência cujo cerne é a reticência e a discrição, esta mulher cujo conhecimento emocional é extraordinário, cujo intelecto é tão claro e comovente, que, ainda que prefira uma posição sexual, não é uma inocente do que sejam amor e desejo, esta mulher machucada, deliciosamente civilizada, articulada, inteligente, coerente, com uma compreensão lúcida dos termos da vida e um dom maravilhoso para o recitativo — *e se ela não estiver lá*? Imagine Maria tendo partido, minha vida *sem* tudo isso, imagine uma vida externa sem significado algum, eu totalmente sem outro, reabsorvido por dentro — todas as vozes mais uma vez apenas uma ventriloquização minha, todos os conflitos gerados pelo monótono e velho combate interior. Imagine — em vez de uma vida dentro de algo que não um crânio, apenas a artificialidade isolada da autobatalha. Não, não — não, não, não, esta chance pode ser minha última e eu já me desfigurei o bastante. Quando eu voltar, que eu encontre na cama, debaixo do nosso cobertor, todas aquelas belas ondulações que não são sintáticas, quadris que não são palavras, nádegas macias vivendo sem ser minha invenção — que eu encontre dormindo lá aquilo por que lutei e que quero, uma mulher com quem me sinta contente, grávida de nosso futuro, seus pulmões se inflando em silêncio com o ar da vida real. Porque se ela tiver partido, se houver apenas uma carta ao lado de meu travesseiro...

Mas abstenha-se dos lamentos (que qualquer um que já tenha sido trancado para fora de qualquer coisa conhece de cor) — o que contém exatamente aquela carta? Sendo de Maria, pode ser interessante. Esta é uma mulher que poderia me *ensinar* coisas. *Como* foi que a perdi — se é que a perdi —, este contato, esta conexão com uma existência exterior plena e real, e uma vida vigorosa, calma, feliz? Imagine isto.

Estou indo embora.

Fui embora.

Vou deixar você.

Vou deixar o livro.

É isto. Claro. O livro! Ela se concebe como fabricação minha, se taxa de fantasia, e espertamente foge, deixando não só a mim como um promissor romance sobre a guerra cultural apenas, e mal esboçado, exceto pelo início feliz.

Querido Nathan,

Estou indo embora. Fui embora. Vou deixar você e vou deixar o livro, levar Phoebe antes que algo terrível aconteça com ela. Eu sei que a revolta de personagens contra seus autores já foi feita antes, mas como minha escolha para primeiro marido deveria ter deixado bem claro — pelo menos para mim — eu não tenho vontade de ser original, nunca tive. Eu o amava e foi assim meio excitante viver inteiramente como a invenção de alguém, já que, ai de mim, é esta minha tendência mesmo, mas até minha incrível docilidade tem seus limites, e estarei melhor com Phoebe lá onde começamos nós, vivendo no andar de cima com ele. Claro que é adorável ser ouvida em vez de ser calada, mas também é um tanto assustador pensar que estou sendo monitorada de perto apenas para ser ainda mais manipulada e explorada do que eu era quando você me arrancou (para fins artísticos) de minha situação lá em cima. Isto não é para mim, e eu o avisei desde o início. Quando lhe implorei para não escrever sobre mim, você me garantiu que não consegue escrever "sobre" ninguém, que, mesmo quando você tenta, acaba saindo outra pessoa. Bem, insuficientemente outra pessoa para meu gosto. Admito que a mudança radical seja a lei da vida e que se tudo se acalma numa frente, invariavelmente pega fogo na outra; admito que nascer, viver e morrer é mudar de forma, mas você exagera. Não foi justo me fazer passar por sua doença, a operação e sua morte. "Acorde, acorde, Maria — foi apenas um sonho!" Mas isto fica cansativo depois de algum tempo. Eu não conseguiria viver a vida inteira sem saber se você está brincando. Não posso ser seu brinquedo para sempre. Pelo menos com meu tirano inglês eu sabia a quantas andava e podia me comportar de acordo. Com você nunca será assim.

E como posso saber o que espera Phoebe? Isto me apavora. Você foi capaz de matar seu irmão, foi capaz de se matar, de se divertir à grande no avião, voltando de Israel, encenando uma tentativa amalucada de seqüestro — e se você decide que tudo vai ficar mais interessante se minha filha cair no rio? Quando penso em cirurgia literária sendo executada experimentalmente naqueles que eu amo, compreendo o que deixa malucos os antivivissecionistas. Você não tinha o direito de fazer Sarah, naquela cripta, dizer palavras que ela nunca teria dito, não fosse seu complexo judeu. Foi não só desnecessário como cruelmente provocativo. Como eu já tivesse dito a você que os judeus me parecem muito apressados em criticar gentios, condenando coisas que dizem ser horrendas ou até mesmo ligeiramente anti-semitas, quando não são, você fez questão de me fornecer uma irmã abertamente anti-semita. E depois aquela criatura no restaurante, que *você* botou ali, e justamente quando tudo estava tão perfeito, a melhor noite que eu tive em anos. Por que estas coisas sempre acontecem quando você está toda preparada para ter momentos maravilhosos? Por que não dá para sermos felizes? Você não consegue imaginar *isto*? Tente, para variar, restringir suas fantasias à satisfação e ao prazer. Não há de ser tão difícil — a maioria das pessoas o faz naturalmente. Você está com quarenta e cinco anos e alcançou um certo sucesso — já é tempo de imaginar a vida *dando certo*. Por que esta preocupação com conflitos insolucionáveis? Você não quer uma nova vida mental? Já fui tola o bastante para pensar que a história era essa e que era para isso que me queria, não para reencenar o passado morto e sim para tomar satisfeito um novo curso, para se erguer em rebelião exuberante contra o *seu* autor e refazer sua vida. Tive a temeridade de pensar que eu estava tendo um tremendo efeito. Por que teve que arruinar tudo com esta explosão anti-semita contra a qual agora terá que vociferar feito um zelote de Agor? Nova York você transformou num horror desenrolando *Carnovsky* perversamente ao contrário com aquela pavorosa experiência sobre impotência. Eu, de minha parte, teria preferido o papel de Maravilhosa Maria, a rainha pornô da felação nalguma interminável folia priápica — até mesmo todo o engasgue teria sido melhor que a terrível tristeza de vê-lo esmagado daquela forma. E agora, em Londres, os judeus. Quando tudo estava indo tão maravilhosamente, os judeus. Não pode esquecer nunca dos judeus? Como é que isto pode acabar sendo — especialmente em alguém com tanta experiência quanto você — seu cerne irredutível? *É* entediante, entediante, retrógrado e loucura continuar girando em torno de conexões com um grupo no qual você simplesmente calhou de nascer, e há muito tempo, diga-se de passagem. Por mais revoltante que tenha sido a descoberta de minha anglicidade, na verdade *não* estou casada com ela, ou com qualquer outro rótulo, da maneira como a maioria de vocês judeus insiste em ser judeus. Será que o homem que tem guiado sua vida já não foi um filho leal por tempo o bastante?

Você sabe o que é estar com um judeu quando o assunto judeus vem à baila? É como estar com alguém à beira da insanidade. Metade do tempo a pessoa está ótima, e parte vociferando a plenos pulmões. Mas há momentos curiosos em que oscila, pode-se vê-la chegando na beira do precipício. Na verdade o que está dizendo não é menos razoável do que aquilo que dizia cinco minutos antes, mas você sabe que ela acabou de atravessar aquela linhazinha mágica.

O que eu estou dizendo é que já desde a página 98 eu vi onde você estava se preparando para nos levar, e que eu devia ter me levantado e saído antes que seu avião aterrissasse, e não ter saído correndo para o aeroporto, para apanhá-lo ainda nas alturas da Terra Santa. Funciona da seguinte maneira (sua mente envolvente, quero dizer): visto que foi estabelecido por minha irmã que minha mãe está decidida a criar uma polêmica para que nosso filho seja simbolicamente borrifado com as águas purificadoras da Igreja, você está agora decidido a contra-atacar exigindo que a criança, se for menino, faça seu pacto com Jeová através do sacrifício ritual de seu prepúcio. Ah, eu bem que vejo através de seu cerne do avesso! Nós teríamos discutido outra vez — *nós que nunca discutimos*. Eu teria dito:

— Acho que é uma mutilação barbaresca. Acredito que seja fisicamente inofensivo num milhão de casos entre um milhão e um, de modo que não posso lhe dar nenhum argumento médico contra, a não ser o argumento geral de que eu preferiria não intervir no corpo de ninguém a menos que fosse necessário. De qualquer forma, eu acho que é horrível circuncidar meninos *ou* meninas. Acho simplesmente errado.

E você teria dito:

— Mas eu acho muito difícil ter um filho que não seja circuncidado.

Ou quem sabe alguma outra coisa ainda mais sutilmente ameaçadora. E assim iríamos. E quem venceria? Adivinhe... *É* uma mutilação barbaresca mas, sendo razoável e sua criatura por inteiro, eu teria é claro cedido. Eu diria:

— Eu acho que um filho tem que ser como o pai, nesse sentido. Quero dizer, se o pai não é circuncidado, então eu acho que o filho deve ser igual a *seu* pai, porque acredito que uma criança ficaria confusa de ser diferente do pai e isto traria todo tipo de problemas para ele.

Eu diria — seria forçada a dizer, está mais próximo da verdade:

— Acho que é melhor não interferir com estes costumes quando provocam tamanho sentimento. Se vai ficar furioso por alguém interferir com este elo entre você e seu filho, não me importa que, a mim, pareça que um intelectual agnóstico esteja sendo irracionalmente judeu, eu agora compreendo o sentimento e não tenho intenção de me opor. Se é isso que para você estabelece a veracidade de sua paternidade — que recupera para você a veracidade de sua *própria* paternidade — que seja.

E *você* teria dito:

— E quanto a *sua* paternidade, e quanto a sua mãe, Maria?

E então *nunca* mais iríamos dormir, por anos a fio, porque a questão teria se incorporado à família e você estaria tendo o grande momento de sua vida, afinal, com este nosso casamento intercontinental tendo ficado tão mais INTERESSANTE.

Não, não vou fazer isto. Não vou ficar trancafiada em sua cabeça desta forma. Não vou participar deste drama primitivo, nem mesmo por sua literatura. Ah, querido, ao diabo com sua literatura. Lembro-me de que, em Nova York, quando deixei que lesse um de meus contos, você saiu imediatamente e me comprou um grosso bloco encadernado em couro.

— Eu lhe trouxe algo para você escrever — me disse.

— Obrigada — respondi —, mas acha que eu tenho tanto assim para contar?

Você não parecia perceber que escrever, para mim, não gira em torno da minha existência se debatendo para nascer mas apenas de algumas histórias sobre as brumas e os prados do Gloucestershire. E eu não percebi que até uma mulher tão passiva quanto eu tem que saber quando correr para salvar a vida. Bem, eu seria muito tola se já não tivesse aprendido. Reconheço, não é a volta ao paraíso, mas já que ele e eu temos muita coisa em comum, temos um laço profundo de classe, geração, nacionalidade e educação, quando brigamos feito cão e gato na verdade nada tem a ver com quase nada, e depois tudo continua como antes, que é como eu gosto. É intenso demais, toda essa conversa que *significa* alguma coisa. Você e eu discutimos, e a história do século XX assoma no horizonte, é infernal. Eu me sinto pressionada de todos os lados, e isso arrasa comigo — mas para você, é o seu ofício. Toda nossa passageira serenidade e harmonia, toda nossa esperança e felicidade, foram um tédio para você, reconheça. Assim como o foi a perspectiva de alterar sua conduta na meia-idade transformando-se num observador tranqüilamente distante, num verdadeiro espião perceptivo das agonias do outro, em vez de, como nos velhos tempos, se debater e se dilacerar.

Você quer ser antagonizado outra vez, não quer? Você pode ter tido seu quinhão de combater judeus, combater pais, e combater inquisidores literários — quanto mais combate este tipo de antagonismo local, mais cresce seu conflito interior. Mas combater góis é *transparente*, não há incerteza nem dúvida — uns bons murros virtuosos, sem culpa! Sofrer resistência, ser pego, descobrir-se em meio a uma batalha lhe põe molas nos pés. Você está louco, depois de toda minha brandura, por uma colisão, um confronto — qualquer coisa, contanto que haja antagonismo suficiente para fazer a história fumegar e a coisa toda explodir nas diatribes iradas que você adora. Ser judeu em Grossinger, obviamente, é meio maçante — mas na Inglaterra ser judeu se mostra difícil, justamente o que você considera divertido. As pessoas lhe dizem "*Há restrições*", e eis que está de novo em seu elemento. Você *adora* restrições. Mas a verdade é que, no que diz respeito aos ingleses, ser judeu é algo de que ocasionalmente se pede desculpas, e fim. Não é de jeito nenhum a minha visão, parece-me vulgar e insípida, mas também não é nada do horror que imaginou. Porém uma vida sem dificuldades tremendas (que, por sinal, vários judeus conseguiram levar aqui — pergunte só a Disraeli ou a Lord Weidenfel) é adversa ao escritor que você é. Na verdade, você *gosta* de levar as coisas a ferro e fogo. Senão não consegue tecer suas histórias.

Pois bem, eu não, eu gosto dela cordial, do fluir cordial da vida, das brumas, dos prados, e não de censuras mútuas por coisas que estão fora de nosso controle, não de tudo investido de significado urgente. Normalmente eu não cedo a tentações estranhas e agora me lembro por quê. Quando lhe contei sobre aquela cena em "Holly Tree", quando minha mãe disse, sobre minha amiga judia: "Eles cheiram tão engraçado, não cheiram?", vi exatamente o que estava pensando — não: "Que horror alguém dizer uma coisa dessas!", e sim: "Por que é que ela escreve sobre aqueles prados cretinos quando podia cravar os dentes *nisso*? Isto *sim* é que é assunto!". Grande verdade, mas não é assunto para mim. A última coisa que eu desejaria na vida seriam as conseqüências de escrever sobre *isso*. Primeiro porque, se escrevesse, não estaria de fato contando aos ingleses nada que já não saibam, estaria simplesmente expondo minha mãe e eu a perturbações incalculáveis só para produzir algo de "forte". Bem, melhor manter a paz escrevendo algo de fraco. Não compartilho inteiramente de suas superstições sobre a arte e sua força. Tomo o partido de algo muito menos importante que abrir tudo a machadadas — que se chama tranqüilidade.

Mas a tranqüilidade é inquietante para você, Nathan, principalmente na literatura — para você é arte ruim, muito confortável demais para o leitor e com certeza para você também. A última coisa que você quer é fazer os leitores felizes, com as coisas todas aconchegantes e sem contendas, e os desejos simplesmente satisfeitos. A pastoral não é o seu gênero, e Zuckerman Domesticus agora lhe parece bem isso, uma solução fácil demais, um idílio do tipo que odeia, uma fantasia de inocência na casa perfeita na paisagem perfeita às margens do trecho perfeito de rio. Enquanto estava me ganhando, me tirando dele, e nós estávamos discutindo a questão da custódia, enquanto havia aquela luta por direitos e possessões, você estava absorto, mas agora está começando a me parecer que você está com medo da paz, com medo de Maria e Nathan sozinhos e em paz com uma família feliz numa vida acomodada. Para você, nisso existe uma sugestão de Zuckerman aliviado, por cima demais, que não é merecida — ou pior, insuficientemente INTERESSANTE. Para você, viver como um inocente é viver como um monstro ridículo. Seu destino por opção, a seus olhos, é ser inocente da inocência a qualquer preço, e não me deixar, eu com minhas origens pastoris, transformá-lo sub-repticiamente num judeu pastoreado. Acho que está meio constrangido de descobrir que até você se sentiu tentado a ter um sonho de simplicidade tão tolo e ingênuo quanto o de qualquer um. Escandaloso. Como foi isso? Nada, nada mesmo, é simples para Zuckerman. Você desconfia inerentemente de qualquer coisa que lhe pareça ter sido obtida sem esforço. Como se não tivesse sido preciso esforço para obter o que tínhamos.

No entanto, quando eu tiver ido, não pense que não gostava de você. Quer que lhe diga de que vou sentir falta, apesar de minha timidez e de minha notória falta de agressividade sexual? De sentir seu quadril entre minhas coxas. Não é muito erótico pelos padrões de hoje, e quem sabe você nem saiba de que estou falando.

— Meu quadril entre suas coxas? — você pergunta, coçando atônito o bigode.

Sim, posição A. Você dificilmente terá feito algo tão comum na vida, antes que eu aparecesse, mas para mim foi adorável, e não me esquecerei por muito tempo de como era. Também me lembrarei de uma tarde, em seu apartamento, antes do meu inimigo chegar em casa para jantar; no rádio estava tocando uma música antiga, você disse que costumava dançar aquela música no colégio, com a sua namoradinha Linda Mandel, e foi então que nós, pela primeira e última vez, no seu escritório, dançamos o *fox-trot* como adolescentes de quarenta anos dançando *fox-trot*, grudados virilha com virilha. Quando eu me lembrar de tudo isto daqui a quinze anos, sabe o que vou pensar? Vou pensar: "Que sorte a minha". Vou pensar como todos nós pensamos quinze anos depois: "Não foi bom?". Mas aos vinte e oito anos, isto não é vida, principalmente se você vai ser Maupassant e suar sangue parar tirar leite da ironia. Você quer brincar de fazer realidade? Arranje outra garota. Estou indo embora. Quando o vir no elevador ou na entrada, pegando a correspondência, fingirei, ainda que haja só nós dois ali, que nunca fomos nada mais que vizinhos, e se nos encontrarmos em público, numa festa ou num restaurante, e eu estiver com meu marido e nossos amigos, enrubescerei, eu enrubesço, não tanto quanto costumava, mas sempre enrubesço nos momentos muito reveladores, enrubesço com as coisas as mais incríveis, embora talvez consiga me safar me aproximando ousadamente de você, e dizendo:

— Só queria lhe dizer o quanto me identifico com as personagens mulheres em seus polêmicos livros — e ninguém adivinhará jamais, apesar de meu rubor, que quase fui uma delas.

P. S. Acho Maria um lindo nome para outras pessoas, mas não para mim.

P. P. S. No momento em que "Maria" parece se tornar mais ela mesma, e mais resistente a você, e mais claro de que eu não posso viver a vida que você impôs sobre mim, não se for ser uma vida de brigas sobre o seu judaísmo na Inglaterra, isto é impossível — neste momento de maior força, ela é menos real, o que significa dizer *menos* ela própria, porque se tornou, outra vez, "personagem" sua, apenas uma de uma série de proposições fictícias. Você é diabólico.

P. P. P. S. Se esta carta lhe soa extremamente racional, eu lhe asseguro que é a última coisa que sinto.

Minha Maria,

Quando Balzac morreu, ele chamou por suas personagens no leito de morte. Teremos que esperar por esta hora terrível? Além do mais, você não é apenas uma personagem, nem sequer uma personagem, mas sim o verdadeiro tecido vivo de minha vida. Compreendo o terror de ser-se tiranicamente suprimido, mas não vê como isto levou a excessos de imaginação que são seus e não meus? Suponho que se possa dizer que eu, às vezes, desejo, ou até exijo, que um certo papel seja claramente desempenhado, e que outras pessoas nem sempre estão interessadas o bastante para querer fazê-los. Só posso dizer, em minha defesa, que não peço menos de mim. Ser Zuckerman é um longo desempenho, bem o oposto do que se pensa que é *ser você mesmo.* Na verdade, aqueles que mais parecem ser eles mesmos me dão a impressão de pessoas personificando o que acham que talvez gostassem de ser, acreditam que devam ser, ou querem se fazer passar como sendo para sei lá quem que esteja dando as cartas. Tão sinceros que são que nem sequer reconhecem que ser sincero *é o ato.* Para algumas pessoas atentas, contudo, isto não é possível: imaginar-se sendo elas próprias, vivendo suas próprias vidas reais, autênticas, ou genuínas, tem para elas todo o aspecto de uma alucinação.

Sei que isto que estou descrevendo, pessoas divididas em si mesmas, caracteriza o que se chama de doença mental e que vem a ser o oposto absoluto de nossa visão de integração emocional. Toda a visão do Ocidente sobre saúde mental se volta precisamente à direção oposta: o desejável é a congruência entre a autoconsciência e o ser natural. Mas existem aqueles cuja sanidade flui da *separação* consciente destas duas coisas. Se é que *existe* um ser natural, um eu irredutível, é bem pequeno, acho, e pode até ser a raiz de toda a personificação — o ser natural talvez seja a própria habilidade, a capacidade inata de personificar. Estou falando sobre reconhecer-se que se é nitidamente ator, em vez de se engolir inteiro o disfarce de naturalidade e fingir que não se trata de uma representação e sim de você.

Não existe você, Maria, assim como não existo eu. Existe apenas esta maneira que estabelecemos nestes meses todos de representarmos juntos, congruente não "conosco" e sim com representações passadas — no fundo somos o já-era, exibindo rotineiramente o velho, velho ato. Qual é o papel que exijo de você? Não saberia descrevê-lo, mas não preciso — você é uma tamanha atriz intuitiva que você o *desempenha*, quase sem direção, uma atuação extraordinariamente controlada e sedutora. O papel lhe é estranho? Só se quiser fingir que é. *Tudo* é personificação — na ausência de um eu, personificam-se eus, e depois de algum tempo personifica-se melhor o eu que melhor se vira. Se me dissesse que existem pessoas, como o homem lá em cima para quem você agora ameaça se entregar, que possuem de fato um *forte senso de si mesmas*, teria que lhe dizer que elas estão apenas personificando pessoas com um forte senso de si mesmas — ao que você com razão retrucaria que uma vez que não existe maneira de provar se estou certo ou não, este é um argumento circular do qual não há como sair.

Tudo que posso lhe dizer é que eu, de minha parte, não tenho um eu e que me sinto sem disposição nem capacidade de perpetrar, eu mesmo, a piada de um eu. Não resta dúvida, trata-se de uma piada sobre o *meu* eu. O que tenho, isso sim, é uma variedade de personificações que sei fazer, e não só de mim mesmo — uma trupe de artistas que possuo internalizada, uma companhia permanente a quem posso convocar quando é preciso um eu, um estoque em expansão de peças e papéis que formam meu repertório. Mas com certeza não tenho um eu independente de meus esforços impostores e artísticos de ter um. Nem iria querer um. Eu sou um teatro e nada mais que um teatro.

Bem, provavelmente tudo isto é verdade até certo ponto e, como sempre, estou tentando ir longe demais, "na beira do precipício", como diz você a respeito dos judeus, "como alguém à beira da insanidade". Posso estar redondamente enganado. Claro que esse assunto todo do que vem a ser o eu, os filósofos já discutiram à grande e, a se julgar pelas provas aqui, trata-se de uma questão muito escorregadia. Mas *é* INTERESSANTE tentar manusear a própria subjetividade — algo em que pensar, com que brincar, e o que existe de mais divertido que isso? Volte, e brinquemos juntos. Poderíamos nos divertir à beça como Homo Ludens e senhora, inventando o futuro imperfeito. Podemos fingir ser o que quisermos. Basta personificar. Isto é como dizer que basta coragem, eu sei. Estou apenas dizendo o seguinte. Estou disposto a continuar personificando um judeu que ainda a adora, se você voltar fingindo ser a gentia grávida que carrega nosso minúsculo e não batizado bebê por vir. Você não pode escolher um homem que não suporta e deixar a pessoa que ama só porque a vida infeliz com ele é fácil em comparação à vida paradoxalmente feliz e mais difícil comigo. Ou será que é isto que todos os maridos velhuscos dizem quando suas mulheres jovens desaparecem no meio da noite?

Simplesmente não consigo acreditar que esteja falando a sério sobre morar lá em cima. Detesto ter que ser aquele que levanta o argumento absolutamente corriqueiro, previsível e feminista, mas, mesmo que não fosse viver comigo, será que não poderia ter pensado em alguma outra coisa que não voltar para ele? Parece-me uma auto-simplificação tão grande de sua parte, a menos que a tenha lido literalmente demais, e o que você esteja tentando por todos os meios me fazer compreender é que *qualquer coisa* é melhor que eu.

Agora, o que você diz sobre pastoreamento. Lembra-se daquele filme sueco que vimos pela televisão, daquela microfilmagem da ejaculação, concepção, aquilo tudo? Foi maravilhoso. Primeiro houve todo o ato sexual levando à concepção, do ponto de vista das entranhas da mulher. Eles puseram uma câmera ou sei lá o quê, no canal deferente. Ainda não entendi como conseguiram — será que o cara está com a câmera no pinto? Bom, mas você viu o esperma todo colorido, descendo, se preparando, saindo para o infinito, e depois encontrando seu fim em algum outro lugar — *muito* lindo. A paisagem pastoral por excelência. De acordo com uma corrente, é aí que começa o gênero pastoral de que fala você, aqueles desejos irrefreáveis de gente para além da simplicidade de ser levada a um ambiente perfeitamente seguro, encantadoramente simples e satisfatório, que é a terra do desejo. Que comoventes e patéticas estas pastorais que não admitem contradições nem conflitos! Que aquilo é o útero e isto o mundo não é assim tão fácil de entender quanto se imagina. Como pude descobrir em Agor, nem mesmo os judeus, que são para a história o que os esquimós são para a neve, parecem incapazes, apesar da árdua educação em contrário, de se proteger contra o mito pastoral da vida antes de Caim e Abel, da vida antes que houvesse a expulsão. Fugir agora, e voltar ao dia zero e à primeira colônia sem mácula — romper com o molde da história e desvencilhar-se da suja realidade mutilante dos anos amontoados: é isso o que a Judéia significa, veja só, para aquele bando de judeus beligerantes e sem ilusões... e também o que a Basiléia significava para o claustrofóbico Henry encaixotado lá em Jersey... e também — convenhamos — mais ou menos o que você e o Gloucestershire significaram certa feita para mim. Cada uma tem sua configuração própria, mas esteja incrustada na paisagem lunar e escalavrada do Pentateuco, ou em deliciosas alamedas da ordenada e velha Schweiz, ou entre as brumas e prados da Inglaterra de Constable, em seu cerne está o cenário idílico da redenção, através da recuperação de uma vida asséptica, sem confusões. Falando sério, agora, nós todos criamos mundos imaginários, quase sempre verdes e lactantes, onde possamos enfim ser "nós mesmos". Mais uma de nossas buscas mitológicas. Pense em todos aqueles cristãos, crescidos o bastante para este tipo de coisa, a pipilar visões virginais de Mamãe e a invocar aquela entediante manjedoura da carochinha. O que significou para mim nosso rebento, até esta noite, na verdade, senão algo perfeitamente programado para ser meu pequeno redentor? O que diz é certo: a pastoral não é meu gênero (assim como não lhe ocorreria pensar que fosse o de Mordecai Lippman); não é tão complicado arranjar uma solução real, no entanto não andei me abastecendo com a mais inocente (e cômica) visão de paternidade do filho imaginado como pastoral terapêutica para a meia-idade?

Bem, isto terminou. A pastoral termina aqui e termina com a circuncisão. Que uma cirurgia delicada seja feita no pênis de um menino recém-nascido lhe parece a pedra angular mesma da irracionalidade humana, e talvez o seja. E que o costume seja inviolável até mesmo pelo autor dos meus livros um tanto céticos lhe prova o quanto vale meu ceticismo diante do tabu tribal. Mas por que não olhar sob outro ângulo? Sei que fazer a apologia da circuncisão é completamente anti-Lamaze e contrário à corrente de hoje que quer desbrutalizar o nascimento e dar à luz uma criança na água, para nem sequer assustá-la. A circuncisão assusta, verdade, principalmente quando executada por um velho exalando a alho sobre a glória de um corpo recém-nascido, mas quem sabe era isso que os judeus pretendiam e o que faz o ato ser substancialmente judeu, a marca de sua realidade. A circuncisão deixa tão claro quanto possível que você está aqui e não lá, que está fora e não dentro: — também que você é minha e não deles. Não há outro meio: você ingressa na história por intermédio de minha história e de mim. A circuncisão é tudo que a pastoral não é e, na minha opinião, reforça o que vem a ser o mundo, que não é unidade sem luta. Muito convincentemente, a circuncisão desmente o sonho uterino de vida num estado beatífico de pré-história inocente, o idílio sedutor de viver "naturalmente", sem o fardo dos rituais feitos pelo homem. Nascer é perder tudo isto. A mão pesada dos valores humanos cai sobre você logo de início, marcando seus órgãos genitais como se fossem dela. Na medida em que cada um inventa seus significados e junto personifica seus próprios eus, é este o significado que proponho para este rito. Não sou um daqueles judeus que querem se prender aos patriarcas, e nem mesmo ao estado moderno; a relação do meu "eu" judeu com o "nós" judeu deles não é nada tão direto e espontâneo quanto Henry agora deseja que seja a sua, nem é minha intenção simplificar aquela ligação hasteando o prepúcio de nosso filho. Apenas há algumas horas, cheguei até a dizer a Shuki Elchanan que a tradição da circuncisão é provavelmente irrelevante a meu "eu". Bem, o que acontece é que é muito mais fácil adotar uma posição destas na rua Dizengoff do que sentado aqui à beira do Tâmisa. Um judeu entre os gentios e um gentio entre os judeus. Aqui, acabou sendo, pela minha lógica emocional, a prioridade número um. Ajudado por sua irmã, sua mãe, e até por você, vejo-me numa situação que reativou o forte senso de diferença quase atrofiado em Nova York e, o que é mais, que secou as últimas gotas de fantasia do idílio doméstico. A circuncisão confirma que existe um nós, e um nós que não é apenas ele e eu. A Inglaterra fez de mim um judeu em apenas oito semanas, o que, pensando bem, talvez seja o menos penoso dos métodos. Um judeu sem judeus, sem judaísmos, sem sionismos, sem judaíces, sem um templo nem um exército e nem mesmo uma pistola, um judeu obviamente sem um lar, apenas o objeto em si, como um copo ou uma maçã.

Acredito que dentro do contexto de nossas aventuras — *e* as de Henry — seja apropriado concluir com minha ereção, a ereção circuncidada do pai judeu, lembrando a você do que me disse quando teve oportunidade de segurá-lo pela primeira vez. Não me afligi tanto por sua timidez virginal quanto pela surpresa que veio em sua esteira. Inseguro, perguntei:

— Não é do seu agrado?

— Ah, não, é ótimo — disse, pesando-o delicadamente na balança de sua mão —, mas é o fenômeno em si: é que me parece uma transição tão rápida.

Gostaria que estas palavras ficassem de coda para o livro do qual você tão tolamente me diz querer escapar. Escapar na direção de quê, Marietta? Pode ser que seja como você diz, que isto não é vida, mas use sua cabecinha encantadora, arrebatadora: esta vida está tão próxima da vida quanto você, eu, e nosso filho podem esperar chegar um dia.

GLOSSÁRIO

Alberto Dines

ALIYAH: hebraico, subida, significando a ida para Israel. As várias levas imigratórias, primeiro para a então Palestina e depois para Israel levaram este nome, pressupondo uma ascensão.

ASHKENAZI: judeu da Europa central e oriental, em oposição ao sefaradi, o judeu de origem ibérica, africana ou árabe.

BAR MITZVAH: hebraico, literalmente o filho do dever ou do mandamento. Diz-se do jovem do sexo masculino que completa treze anos e assim está apto a cumprir plenamente suas responsabilidades religiosas. A comemoração do *Bar Mitzvah* tornou-se uma festa de grande pompa no século XX.

BUCHER: iídiche, rapaz; bucher yeshivah é o rapaz que estuda no yeshivah, seminário.

BORSCHT: sopa russa de beterraba que pode ser tomada quente no inverno e fria no verão.

CHALLAH: pão trançado, em geral doce, coberto de papoula, usado para a bênção dos sábados e das festas (com exceção da Páscoa).

CHANUKAH: hebraico, inauguração, festival religioso de oito dias comemorando a vitória dos Macabeus e a reinauguração do Segundo Templo (165 a.C.). Na ocasião acende-se uma vela por dia no candelabro de oito braços (*menorah*). É uma festa alegre, onde as crianças divertem-se com jogos especiais e recebem presentes dos pais sob a forma de dinheiro. Ocorre em fins de novembro ou início de dezembro.

CHASSIDE ou HASSIDE: hebraico, pio. O chassidismo foi um movimento místico que floresceu na Europa a partir do século XIII e chegou ao auge no século XVIII, sobretudo na Europa central. A princípio foi encarado com desprezo pelos rabinos tradicionais pelo fervor e pelo êxtase que propunha no culto e nas orações, pretendendo alcançar o Senhor pelo canto, dança e até pela alegria. Dedicavam-se também à Cabala. Hoje o chassidismo deixou a marginalidade e tornou-se extremamente popular nos EUA, Israel e até mesmo no Brasil, onde é praticado pelo grupo Beit Chabad, que segue a dinastia dos rabinos Lubavitcher.

CHAZAN: hebraico, originalmente um funcionário comunitário, mais tarde usado para designar o cantor da sinagoga (ou, nos círculos mais ortodoxos, aquele que conduz a reza).

CHEDER: originalmente em hebraico, significava quarto. Veio para o iídiche para designar aquele cômodo na casa do rabino ou do professor onde as crianças desde os três ou quatro anos eram alfabetizadas através da leitura das Escrituras.

ERETZ: hebraico, terra, país. Usa-se como abreviação de Eretz Yisrael.

FALAFEL: sanduíche israelense inspirado na comida árabe: pão (árabe) dentro do qual são colocados bolinhos de grão de bico fritos, batata frita e salada. Muito comum também em Nova York.

GALUT: diáspora, exílio.

KIBITZ: tagarelar.

KIKE: iídiche, diminutivo carinhoso para pênis.

KNESSET: Parlamento de Israel.

KOSHER: comida preparada segundo os preceitos dietéticos judaicos; cozinha kosher, no caso, uma cozinha limpa, mantida de acordo com os rituais.

JUDENREIN: alemão, limpo de judeus. Expressão nazista para os territórios onde já não restavam judeus.

MESHUGGE: doido.

MINYAN: hebraico, número; quórum de dez judeus, maiores de treze anos, do sexo masculino, necessário para certos atos litúrgicos e preces mais importantes (como o *Kaddish*, oração fúnebre). É forma de manter núcleos comunitários.

MISHKIN: personagem de *O idiota*, de Dostoiévski, homem simples e puro, a personificação da bondade e da pureza.

MOGEN DAVID: hebraico, o Escudo de Davi, a estrela de seis pontas.

MOHELS: plural anglicizado de *mohel*, aquele que circuncida.

PAYESS: hebraico, o lado; designa o cacho de cabelos que segundo a Bíblia os judeus estão proibidos de cortar nas têmporas.

PESACH: ou pessach, a Páscoa.

ROSH HASHANAH: Ano-Novo.

SCHNOOK: pronuncia-se *shnuk*, iídiche, boca, molambo, sujeito mole, frouxo.

SHMEER: pronuncia-se *schmir*, literalmente, mancha, sujo, mas significa jeito, malandragem.

SHMUCK: iídiche, um joão-ninguém.

SCHNOORING: verbo americanizado do iídiche *shnorrer*, pedinte, pessoa que reclama, chato.

SHALOM ALEICHEM: A Paz sobre Vós, forma de saudação e bendição, também usada em árabe (*Salaam Aleikum*).

SHEMA YISRAEL: ou shemá Israel, Ouve, Israel, palavras iniciais da mais importante prece do ritual judaico diário, profissão de fé monoteísta.

SHIKSA: plural, *shikses*; iídiche, rapariga não judia; também designa a empregada doméstica.

SHMATTA: iídiche, pano sujo, barato.

SHLAYGER: chicoteador, verdugo.

TEFILIN: filactérios, tiras de couro que se amarram no braço esquerdo (para ficar perto do coração) e na cabeça, usadas pelos judeus depois dos treze anos, nas preces matinais diárias, menos aos sábados e dias festivos.

ULPAN: hebraico, seminário não-religioso para formação de lideranças e estudos intensivos de hebraico para os novos imigrantes.

UJA: abreviatura de United Jewish Appeal, o mais importante fundo filantrópico dos judeus americanos.

WJZ, WOR: emissoras de rádio da cidade de Nova York.

YARMULKE: iídiche, solidéu que os judeus usam permanentemente para não deixar a cabeça descoberta. Em hebraico, *kippah*.

YESHIVAH: seminário, onde os jovens completam sua educação religiosa.

YOM KIPPUR: dia da Expiação ou do Perdão, quando se faz o grande jejum de 24 horas; ocorre dez dias depois do Rosh Hashanah e faz parte do Ano-Novo.

Philip Roth recebeu, em 1997, o Pulitzer Prize por *Pastoral americana*. Em 1998, recebeu a National Medal of Arts na Casa Branca, e, em 2002, conquistou a mais alta distinção da American Academy of Arts and Letters, a Gold Medal in Fiction, dada antes a John Dos Passos, William Faulkner, Saul Bellow, entre outros. Recebeu duas vezes o National Book Award e o National Book Critics Circle Award, e três vezes o prêmio PEN/Faulkner. *Complô contra a América* foi premiado pela Society of American Historians em 2005, pelo "notável romance histórico sobre um tema americano em 2003-4" e como melhor livro do ano pelo WH Smith Award, sendo o único autor em 46 anos de existência do prêmio a ganhá-lo duas vezes. No mesmo ano, Roth se tornou o terceiro escritor norte-americano vivo a ter sua obra publicada em uma completa e definitiva edição da Library of America. Em 2011, recebeu a National Humanities Medal na Casa Branca, e mais tarde foi nomeado o quarto vencedor do Man Booker International Prize. Em 2012, obteve a maior distinção espanhola, o prêmio Príncipe das Astúrias, e, em 2013, a maior honra francesa, o título de comendador da Légion d'honneur. Faleceu em 2018.

OBRAS PUBLICADAS PELA COMPANHIA DAS LETRAS

Adeus, Columbus
A América de Philip Roth
O animal agonizante
O avesso da vida
Casei com um comunista
O complexo de Portnoy
Complô contra a América
Entre nós
Fantasma sai de cena
Os fatos
Homem comum
A humilhação
Indignação
A marca humana
Nêmesis
Operação Shylock
Pastoral americana
Patrimônio
Por que escrever?
O professor do desejo
Quando ela era boa
O teatro de Sabbath
Zuckerman acorrentado

1ª edição Companhia das Letras [1987]
1ª edição Companhia de Bolso [2008] 3 reimpressões

Esta obra foi composta pela Verba Editorial
em Janson Text e impressa pela Gráfica Bartira em ofsete
sobre papel Pólen Soft da Suzano S.A.

A marca FSC® é a garantia de que a madeira utilizada na fabricação do papel deste livro provém de florestas que foram gerenciadas de maneira ambientalmente correta, socialmente justa e economicamente viável, além de outras fontes de origem controlada.